U0858390

七九河开

滑国璋◎著

远方出版社

图书在版编目(CIP)数据

七九河开 / 滑国璋著. 一呼和浩特:远方出版社，2007.1
ISBN 7-80723-192-0

Ⅰ.七… Ⅱ.滑… Ⅲ.长篇小说－中国－当代 Ⅳ.I247.5

中国版本图书馆 CIP 数据核字（2006）第 163606 号

七 九 河 开

著　　者	滑国璋
统　　筹	陈莎莎
责任编辑	张　宇　敖登格日乐　刘向武　张　旭
装帧设计	晓　乔　王　博
出版发行	远方出版社
社　　址	呼和浩特市乌兰察布东路 666 号 （电话 0471-4919981　邮编 010010）
经　　销	新华书店
印　　刷	北京市高岭印刷有限公司
开　　本	720 毫米 × 980 毫米　1/16
印　　张	17
字　　数	200 千
版　　次	2007 年 1 月第 1 版
印　　次	2007 年 1 月第 1 次印刷
印　　数	1—5 000 册
书　　号	ISBN 7-80723-192-0
本册定价	24.00 元

目录

第一章

东楼

一九四三年七月某一天,一个男孩出生了。

好像那一刻并没有红日冉冉升起于东方,以及“祥云绕宅”“云里笙歌嘹亮”之类的吉相,后来也没听母亲说起什么“明月入怀”之类的征兆,这显然注定了一个凡夫俗子。父亲凭他的麻衣相与批八字的看家本领认真地推算了一气,知道这孩子命里并无大富大贵,却也无大灾大难,既找不出逢凶化吉、遇难呈祥的年龄段,也没发现时来运转、平步青云的鸿运流年。

卦上有两个字是确定的:“穷儒”而已。

我带着这个印记走完了一辈子,也没弄清这两个字究竟是好话还是赖话。但这预测的准确性我是打心眼里折服的。

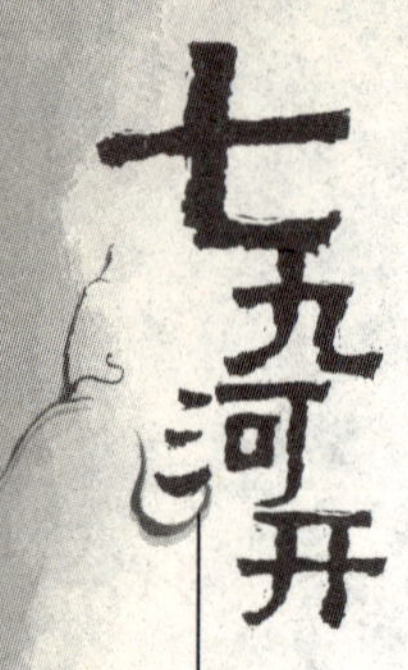

朱家坎

那是个战事频仍民不聊生的年代。我出生的那年遇上天津发大水。天津百货大楼的楼基上至今保存着当年的水高印记。二十五岁的父亲与乡下来的母亲带着我和我姐求生来到北大荒,在黑龙江省龙江县一个叫朱家坎的小镇上住下来。在那个小地方,靠算命是养不活家口的,而且我又得了两个妹妹。父亲在车站脚行干了一段苦力,坚持不住了,有人出主意让他生豆芽菜,于是就在家里垒起了能流水的水泥槽台,一排大缸坐落在上边,我们每天就在充满水气霉气味儿的屋子里睡觉了。生豆芽菜温度是最重要的,低了不长芽,高了烂根儿。经常听他们一掀缸盖惊叫一声,我知道一缸豆芽完了。若干年后,我在《祭母文》中写道“叫卖长街,一声声谋生不易;夙兴夜寐,一日日劳瘁艰辛”,就是说这段生活。

在成为建筑工人的儿子之前,我不记得父亲有过什么正式的职业。父亲活着的时候,我们很少能坐下来像跟母亲似的拉拉家常说说旧事,现在想问也没处问了。我从父亲的笔记本中发现了一篇个人简历,才算给我提供了一些想象的依据。我父亲一九一七年七月九日出生于天津刘庄,然后在天津私立第十八赵氏小学读书,高小毕业;曾在天津县教育局主办的乡村师范读书、毕业;上世纪三十年代,在天津裕丰纱厂原动部看特滨(发电机,因出事故被解雇),在天津协和印刷株式会社学印刷;做过流动工人,曾在拍卖行司账,因该行停业而解雇。四十年代,天津水灾后粮价一天三涨,无法维持,在东北龙江县搬运站做工。后来在龙江县自生自卖豆芽菜。

“买豆芽喽——”父亲推着小车在街上边走边叫卖着。这声音一直在我的脑海里回荡着,若干年后与一部台湾影片《搭错车》里的"酒干倘卖无"的声音交融在一起,两个父亲的形象也融而为一,我弄不清哪个声音更让人辛酸!

父亲虽是乡师毕业,那年头已算得上是个文化人了。他的字写得挺好,端正秀气,又读过些四书五经,懂得礼义君臣父子之类的道理,开始在家里教我读书习字。那时的幼学启蒙读物无非是《百家姓》、《三字经》、《千字文》。教书的办法一个是认字,一个是死背。劝学的方法很简单:打手板。那情景,我大妹至今还能绘声绘色地描摹出来。她说:

我记得爸爸坐在椅子上,你站在他面前背书。妈妈在炕上缝衣服,姐姐坐在旁边看,我趴在炕上听你背书。你背了几句就卡壳了,两只手紧张地藏在身后。爸爸脸色变了,厉声道:"伸出手来!"只见爸爸拿来一块长条式的木板(样子很像古装戏里当官用的奏板),抽打着你的手,一下、两下、三下……妈妈放下针线把你拉过来,爸爸急了,从妈妈的怀中把你抢过来,四下、五下、六下……一直打到二十下。"明天再考,记住了吗?"爸爸余怒未消。"记住了。"你抽噎着回答。爸爸看见你那肿起来的小手,也许是有点心疼吧,为了缓和气氛,顺手拿了一本没有封面的小人书,"听着,我给你们念小人书。老和尚,吃大鱼,没有老婆养儿子……"这时候,妈妈和姐姐便笑了起来。

我也记得有这么一本小人书。它应当算是我有生以来读的第一本小人书。书名忘了,内容是一个苦孩子被庙里一个和尚收养,乡里的孩子们追随在他身后,起哄地喊着那首一点也不和辙的童谣。老和尚养儿子究竟有什么好笑,我当时一点都不明白。后来才知道出家人戒色,戒色的人怎么会出来儿子呢?所以可笑。这本小人书在我们的童年里不啻是沙漠里的灵泉、冰峰上的雪莲、悬崖上的七色花,给枯索的童心带来一缕鲜活与清新。它讲的是有情众生的故事,我们因此知道了人生的苦难,还有慰藉苦难的仁慈善良。有了前者,我们的痛苦不再孤独,有了后者,也就有了生活的希望和意义。这本小人书肯定不是我家买的,我们不可能有闲钱花在这上。惟其如此,这本小人书在记忆里显得很是珍贵。

父亲是严厉的,而母亲总是仁慈的。父亲上午出去卖菜,检查学业是他

回来以后的事情,所以每天上午我还能找到相对的自由。有一次玩得过头了,把父亲布置的段落忘到脑后,想到检查的严酷不寒而栗,急中生智,拿纸条抄了下来,贴到炕上饭桌桌腿的侧面。考问开始了,我照着纸条往下念。机警的孩子终究斗不过机警的大人,小把戏被父亲戳穿了。一个耳光扇过来,我的头磕在了桌角上。妈妈听见我的哭声很异常,抱起来一看,眼里出血了。妈妈发疯似的把书撕了,喊道:“不念了,不念了!”爸爸也害怕了,任凭着从没有脾气的妈妈发火。母亲是儿子最可靠的守护神,在她的怀里,创痛都会给人带来甜丝丝的感觉。

我是个构不成故事的平庸孩子,从小就没显示出什么不同于人的超凡之处。“没坐过监牢的人是个不完整的人”,这是名人名言。十八世纪法国作家让·卢梭就是个自知与众不同的人,他说“大自然塑造了我,然后把模子打碎了”,不可能再有第二个卢梭了。而我呢,我只是上帝批量生产中捎带出的一个粗糙制品,“它不经意地塑造了我,然后把我忘了。”

我的家庭也属于批量生产中的一个,既不至于饿死,也永远没富裕起来。

我的故乡天津在摧城拔池的炮火中解放了。一九五三年三月,平庸的父亲带着平庸的孩子们搬回了老家。

老婶与老姑

还乡,是件快乐的事。对孩子们来说并不知道它的真实价值,只是新鲜。有变化的生活总是令人兴奋的。其实天津没什么值得我们牵挂的,我们跟这里没有关系。对长辈来说就不同了,他们在这里长大,这里有他们的记忆,有亲人和各种各样的社会关系,虽然这些关系不可能给他们什么帮助。

父亲先把我们安置在下瓦房。我爷爷在这里开一家木材货栈。虽说叔叔是后奶奶生的,而爷爷却是亲的。他们收留了我们。

父亲不可能立刻找上工作。他白天做临时工,晚上在天津培华会计学校上学,转年考入天津市建设工程管理局干部训练班,两个月后结业,分配到天津市第三建筑公司第五工程队财务组工作。他有文化,会作文,会写字,会算账，打得一手好算盘，又受过专门培训，应当说可以做一个称职的“干部”了。可是微薄的工资养活不了这么一大家子，他毅然提出下组干活。劳累的工人要比轻松的会计工资高。经领导批准，他到了油工组，由劳心者转化为劳力者，并由此确定了他的一生。

那一年我九岁，已经记事了。由于血缘关系，我的父母亲说过不少他们的后娘后弟的是非，但就我的感觉来说，他们并没有达到可以称作恶劣的程度。

叔叔年轻，长得很帅，我婶自然称得上美太太了。尤其是跟我老姑（后奶奶生的）坐在一起，显得老姑太憨而婶婶更美了。老姑在这个家是很有身份的，有亲爸亲妈亲弟撑腰，在我妈我婶面前又是不便惹的小姑子，自然是有恃无恐、怎么说话都行。老姑的性格很开朗，大大咧咧没什么毛病，跟她挺好处。她是个乐天派、新潮女性。她拿出一张黑白照片，照片上是一位绅士与一位新娘的结婚照，她指着其中的新娘问：“这是谁？”

“这不是我婶吗！”我的眼力不差。

“好小子。这是谁？”她指了那位新郎。

我审视良久，答不上来。但肯定不是我叔叔。那是谁呢？我婶怎么跟另一个男子照过这种照片，并且这种照片怎么能出现在这个家庭里呢？结过婚或有过外遇的证据也不该拿给小辈来看呀！看看眼下四周的气氛，也不像家里发生了什么事件，我的确被弄懵了。

“小子，猜不出来吧。”老姑卖着关子，颇有几分得意，用指头指着自己的鼻尖说：“是你老姑我！”

我这才恍然大悟，并且思路一换，茅塞顿开，确实是老姑，女扮男妆的老姑。

我爷爷当然不参加这种乐子。不过，他能让我老姑照这种照片，也够开通了，而且老姑天不怕地不怕的性格确实让人感到又亲切又可爱。

她不在我爷爷这儿住，她有自己的家了，她是因为我们来了才到这儿逗留上一半天。

“嘿！”她总是对她哥直呼其名，“晚上上我们家吃包子去。”

“嘛馅的？”

“油唆子的。”油唆子是肥肉耗油的渣滓。

“不去。油唆子也请客,穷不起啦?”

“哟嗬—— 还请不动!”老姑鄙夷不屑地斜了他一眼,“你要是天天吃上油唆子,烧高香吧!”

玩笑归玩笑,情况却属实。生豆芽菜的刚回老家,还不知到哪儿想辙呢!

老姑乐乐呵呵的生活真让人羡慕,爷爷的威严居然在她身上无效。而父亲的微笑却从来没给我们带来过轻松。我原先把我的不幸归咎为封建家长专制,但老姑的家长不是明摆着比我的家长更封建吗?

从没见过老姑忧愁,她嫁的老姑夫也不是什么阔主儿。性格也能给人带来欢乐幸福,这倒是个很能开悟人的真谛,可惜我却没这个福分。

可能是因为婶婶的美丽,我竟连她的孩子都喜欢。她的孩子又干净又漂亮,比老姑的孩子小一半岁,在一起玩的时候我总是向着小的,这态度被老姑看出来了。

“小人儿不大,倒能分出里外了。”

我当时真没听懂这句话的含义。到如今才弄明白,里是指娘家,外是指外姓。天哪,我那时若是这么聪明,早出息喽!

老姑一来,就到书摊上租二十本小人书,够她看一两天的。穿个大裤衩子坐在马扎上,或躺在帆布躺椅上,看得很投入,并不关心她蹲着和躺着的姿式。这时我也能跟着沾光,不花钱就能看上小人书。可惜我看书太慢,总须一个字一个字地读,嘴里不出声,心里却是在念。我一直不会浏览,不甘于知其大意而休焉,我认为那是极大的浪费。文学是欣赏,语言之美就在字里行间,若是只为弄懂故事,何必读书呢?这个不好的习气让我在一生吃了大亏,听某人说一个假期读了几十本书,简直是天文数字,我看过的书其实没有几本。因为看书慢,每次在老姑还书的时候都叹憾不已。

“谁让你磨蹭来着,”老姑说:“拿来,我换回来新的你再看。”那些没来及看的小人书里真有好的,眼睁睁地被老姑抱走了。就算是换回来的还让看,可刚才已经看过封面的那几本肯定不会再有了,这一别也许就是永别。

九岁的孩子尝到了哀伤。

数十年后，我们长大了，老姑也老喽！每次去天津，除了看望亲三姑之外，都愿意到老姑家坐坐。老姑老喽，胖得圆轱轮墩，坐在小马扎上喘不过气来，爱抽战斗牌香烟，是原先的烟斗牌在“文革”中适应革命形势改的牌子。老姑让我去买，我嫌它才两毛钱一盒，就好心地买了一盒飞马。她说：“让你买战斗的就买战斗的，这（指着我买的烟）么软，不解渴，懂吗？”我赶紧陪上笑，点头哈腰：“我去换，我这就去换。”

“得了，对付着冒烟吧。”

老姑哪能真让我没完没了地跑腿呢，我都多大啦！

围堤道拆迁改造了。老姑家那座有正房与西房、有葡萄架与花、有水泥地面的小庭院怕也不存在了，该是搬进高楼上住了吧。

但老姑与老姑夫都已过世多年。我想再看看那张老照片再逗逗老姑，已不可能了。

婶婶很端庄，端庄得像一个概念，说话声音不高，话也不多，很平淡，不生动。穿一身旗袍，圆圆的胳膊从手腕一直到肩头。烫发头被一个月牙型的宽宽的发卡拢在肩后，修长的颈项在旗袍圪挞袢高领的包裹下显得又精神又风韵，从旗袍侧摆的开衩处不时地闪动一下白腿。这在这个家族群体中算得上是一道风景了。夏天太热，人们睡不着就坐在院子里的小凳上乘凉闲聊，一人手里一把大蒲扇，只有奶奶拿一把诸葛亮的羽毛扇，很像是唱戏人的手里的道具。我发现叔叔的孩子不在了，便去南房他们住的屋子找他。我不敢喊，生人加上小辈，我岂敢造次，便扒在窗户上看看那个孩子在不在屋。我惊呆了，婶婶坐在小板凳上正抬起大腿擦脚，另一只脚放在盆里，而大腿却完整地呈露着。

我慌乱地离开了，不声不响地回到人群中，既不说我要找的那孩子在，也没说那孩子不在。

关于旗袍这一服装样式，我几乎赞美了一生。即使后来生出的美轮美奂的奇装异服怎样刻意地暴露，刻意地追求妖冶与性感，我认为没一件式样能抵得上中国旗袍的完美。

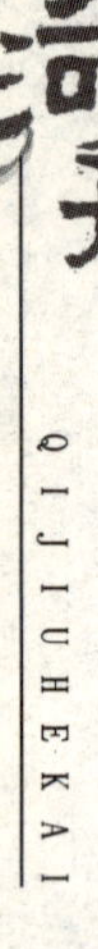

我不记得我婶跟我说过话。几年后我爷爷死的时候,她哭成了泪人儿,嗓子都哑了,她把我叫到屋外说:“你去给我买斤槽子糕去。”她一整天没吃东西,身子都软了。我觉得她怪可怜的,很愿意替她做点什么。后来我跟妈妈说我婶的嗓子都哭哑了,妈妈说:“嗨,那是装的。”我才明白做媳妇真不容易,也明白了妯娌是这么种关系。

我婶在这个家族中做了个合格的媳妇,少言寡语,喜怒不形于色,虽然并不亲切,可也挑不出大毛病,对我们家不可能有真挚的亲情,却也不像后奶奶那么明白地不怀好意。

老　屋

大沽路是纵贯天津南北的一条长路,虽然并不笔直,却绵延十数里。上世纪九十年代,我带着竺青寻访故里时,在门垛的墙上居然辨出刻在我童年脑海里的四个大字:海记大院。

一九五二年夏,我们在下瓦房爷爷家完成了过渡性的小住,搬进了这里。

听大人说,我们这海记大院一带叫东楼。天津市有东楼、西楼、南楼、北楼,好像还有西南楼。这些地名,我从小就耳熟能详,只会称呼,却不知它所指的是哪座楼,并且这片地方简直就没有楼。即使临街的买卖人家有个小二层,大约也不会以之命名的。

肯定指的是古建筑,就像每个老城都有钟楼、鼓楼一样,钟鼓楼的地名依旧,而实物早被湮灭了。

海记大院原先是个什么买卖,余未查其详。我们住进去的时候,这是一个车马大店。院子很大,前院停满了骡马大车,左侧是一排车倌过夜的小屋和喂牲口的马槽,地上零乱地撒着草料和散碎的豆饼。大院里横七竖八地摊着胶轮大车,大车旁或立或卧的大马悠闲地甩着尾巴,驱赶着追随它们鞍前马后的苍蝇。地面被马尿或雨水弄得一片泥泞,里院的人要绕过这些牲口才能走到东南角的土墙后面去上茅房。

一道挺长的土墙把里外院隔开了。土墙开了个门,走进去是一溜连成一体的小平房,住着以最低廉价格租用的贫困居民。我家住在北数第三间。

我一直不明白,爷爷是开木材店的业主,我家为啥连个正经住处都没有呢?

家族的是是非非我所知甚少。这时候,女人细心的优势就显得格外重要了。大妹妹比我小两岁,许多事比我记得还清楚,加上她后来常去天津,跟亲戚们走动得比我密切,很多事被她补充上了。她的补充不但让我知道了我家的故宅确实在H庄,还知道爸爸何以房无一间,何以举家谋生东北,以及亲族间芥蒂之由来。

妹妹说:一九六九年回天津,老姑带她去了老家H庄,告诉说这一片房子都是咱们家的。看到一座具有清朝年间北京四合院式的房子,老姑告诉我:“这一间是我住的,那一间是你爸爸住的,这两间是你爸爸结婚住的,这一间是生你姐住的,后边的院子是你爷爷奶奶住的。”老姑不厌其烦地诉说过去的故事。

妹妹看见那高大的青砖瓦房,百思不得其解:“咱家既然有那么多房子,为什么让我们流落街头呢?如果分给我们一间房子,我们也不会去远走他乡。”老姑不假思索地说:“宝贝儿,这得问你爸爸去,谁让他向我妈妈飞大茶壶的?跟我妈对打对骂,你爷爷用皮带狠狠地抽了他一顿,把他赶出家门了。”

没有任何传奇色彩,一个寻常继母与继子的平凡故事,就决定了我家的命运。

一九八九年夏,爸爸带我去了趟H庄,让我认一认祖屋。宽敞的庭院共有六个,每个院的门前都有一个牌楼。牌楼上没有字,是空着的,据说是老太爷想让他的儿子们考上举人或成名后再添上。遗憾的是这几个儿子没有一个成名,所以至今仍然空着。

有一个大门是虚掩着的,爸爸轻轻地把门推开。院子很像乾隆年间京都民院,院内有十几间房子,每间房屋的门窗都是经过精心雕刻的,有花鸟云纹之类的图案。院内有一个天井,天井下面用碎石子和断砖砌成的小花池,池内有火焰般的串红,五颜六色的蝴蝶花。院子的东侧有一颗夹竹桃,枝叶纷披成一棵可观的树。

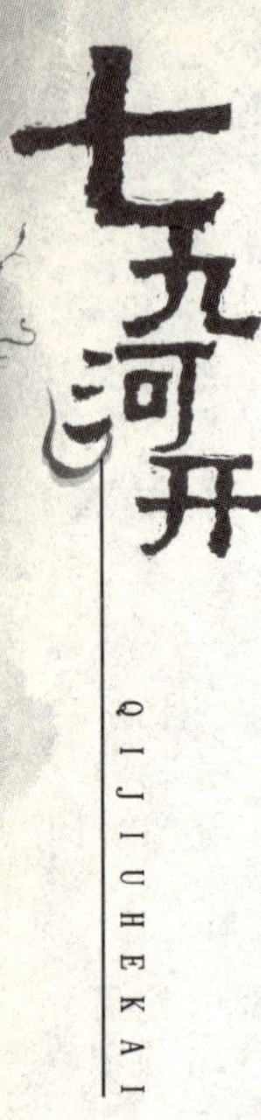

爸爸告诉我那间坐北朝南的房子是他和我妈住过的。我蹑手蹑脚地走到屋前,隔着玻璃向屋内窥视,屋里没有“现代化”的东西,古色古香的旧式家具摆得井井有条。无意间,我抬起眼看见右墙上挂着一副油画,画里面是一个多彩而富有质感的年轻女性,用略带夸张的手捧着一本玫瑰红色的书,眼神迷离,书的名字我看不清。虽然我不懂画,但我感觉这画作者的功底是不错的,也许他就是这房子的主人,是我家族的后裔?

房子的主人不在,院内静悄悄的。我看见那一间间高大的青砖瓦房,如今已换了新的主人,此时的我,头昏沉沉的,心一阵痉挛。这就是我们的祖屋吗?眼前纵横交错地出现父母带着我们背景离乡的情景,与这个宁静的庭院叠印在一起,二胡《江河水》的音乐隐约地在耳边响起,我禁不住一阵唏嘘……

一九九二年夏,我再次去H庄。又是爸爸带我去的。他好像知道这片房子要拆迁,而且消息十分准确,特意赶来向它做一次诀别。

爸爸起了个早,穿上身浅灰色的夏装,手里拄着苏州产的竹制拐杖。我们沿着柏油马路向H庄走去。它渐渐地出现在眼前,路边的广告牌下围满了看热闹的人群。房产开发商已把小区的规划图高高地挂在广告牌上,房屋的结构,周边的环境,绿化面积,吸引着不少过往行人。当人们正在高谈阔论时,一辆辆带有履带板的推土机徐徐开进来,半导体喇叭里传出来嘈杂的指挥声,随着重型推土机的隆隆声,我家族的大宅门轰然倒下。

站在路边的爸爸,老泪纵横的脸变得扭曲了,浑身打颤,目光茫然地扫了大宅门最后一眼,此时的爸爸像一个缺氧的患者大口大口吸着带泥土味的空气,“这世道真厉害呀,弄得天翻地覆。这么多房子,这么大的平台,转眼间就没了。家没了。日暮乡关何处是啊!”

“这原本就不是我们的家。我们上无片瓦,下无寸土。这里马上就要盖新楼了。不管是老屋还是新楼,都跟我们没有关系。爸爸您说是吧,啊?”我努力克制自己,不让眼泪掉下来。

烈日以赤橙的火焰烧着这堆残砖碎瓦,我搀着爸爸,沿着那条老路走去。

三　姨

三姨是我妈的亲妹妹。

她不是嫁到城里来的,是不堪恶夫恶婆的凌虐从家里跑出来的。进城后把她的女儿托付给亲戚,到处撞头找活干。她吃的苦三天三夜讲不完。想过自杀,又怕丢下孩子没人管。幸好遇到一个钉鞋的,为人老实本分,经人一劝就结婚了。又生了三个女儿,一个儿子。

从没见过钉鞋的三姨夫生气。他每天提上工具箱、铁脚脖子到院门口一蹲,不声不响地干他的营生。有的活还得拿回家干,三姨和我妈一样,成了带孩子做饭的。

三姨是个爽快的有血性的人,什么讲究什么毛病都没有,吃就吃做就做,有啥是啥,从不会拐弯抹角那一套。那时候的人越穷越能生,她家五个我家六个孩子,靠一个劳力挣钱,日子就可想而知了。带孩子如同放羊,能活你就活吧。表妹肋下曾有个疖子,化脓流水儿,一直长不住,妈妈说能看见里边喘气就动。二十年后再见时,她已嫁人生子,在医院当护士,疮口早已完好,人还胖了呢。

穷人命大,真不可思议。

"实在没辙,卖血去,"三姨发狠说:"得了钱先好好吃它一顿,解解馋。我这么胖,抽点血不算什么。"

"瞎扯,"妈妈说:"一顿营养能把那些血补回来?就你会算账?"

"那天我去四虎家,从门缝一看,就小五一个人在屋,趴在炕上脸朝里正数钱呢。全是大票。"三姨放低了声音,"我真想拿个麻袋把脸一蒙,进去一把抓过来。反正家里没人,谁知道谁抢的!"

"过过嘴瘾吧!"妈妈知道是说着玩。

旧社会过来的女人,再怎么也摆脱不了旧观念的束缚,自从有了儿子以后,三姨算是有了主心骨,儿子成了她生命的寄托。要是儿子有个好歹,三姨活着的勇气也就没了。后来听说三姨真的卖过血,真的大吃过几顿。她是个活了今天再说明天的人,有男人般的爽快,有豪杰般的刚强。她是个胖子,其实身体并不好,总是咳咔的吐痰,夜里睡觉也不预备个痰盂,闭着眼啪的一口,头都不歪,吐到脚底的墙上,挂得滴里荡当的真难看。她不管这些,怎么自在怎么活呗!

再后来,三姨夫死了,三姨也搬到了南楼平房里,仍然是一间屋。闺女们都出嫁了,只有她和儿子过日子。我们家的孩子们无论谁出差赴津,总是住到三姨家,因为她又亲切又随便。爱吃什么做什么,想坐着想躺着都行,三姨从不挑礼儿。

三姨大病的时候,我和妹妹正巧在天津碰上。

"唉,这事闹的,从医院出来,没几天又闹了个二进宫,又住进去一次。"三姨到这时候还想把病情描绘得轻松些,别给孩子们增加压力。

三姨家的儿子已经是卡车司机了,而且还有了对象,这让人心里踏实多了。他买回火腿肠和熟肉,陪我喝酒。三姨说我是写书的,让我给她写部传记,把她这辈子受的罪好好写一写。我又不忍拂她的意,就认真地听她讲着。

讲得很细。她在老家怎么呆不下去的,怎么半夜跑出来的,怎么投靠无着,在哪干了多少天,人家又怎么不要的,下雨那天是怎么想死又没死成的……我知道我不可能给她出书,只是听着,叹息着。我若是知道这是诀别,我至少也应该拿笔认真地记下来呀。到了我有能力写书的时候,她经历的情景却写不出来了。这是我一辈子最遗憾的一件事。

第二天我们按计划离开了她。

回家后接到表妹的信,说她妈妈已经去世。

一算日子,就是我走的当天下午。

三　姑

可能是我们自小跟三姨住一个大院,可能是我们的恋母情结导致的特别看重娘家亲,所有的孩子都跟三姨好,跟三姨亲。直到我们离开天津,长大了,每次赴津,仍然奔着三姨家,在她那儿吃住。

三姑知道了,徒步到三姨家,拉我们去她家住,孩子们犹犹豫豫的,三姑着急了,动情地说:"姨家能住姑家不能住呀?姨近呐姑近呐?"醍醐灌顶,我们这才明白点事理:对了,姑姑与我们同姓。

爸爸为这事跟妈妈动火:“孩子都让你拉过去了,六亲不认呐!”又拿我们撒气:“你们对得起你姑吗?良心,人得讲良心呐!”我从爸爸的笔记本里翻见过他写的一首藏头诗,七言八句,每句开头的一字连起来是:“想我妹滑某某受气。”

爸爸不是个感情细腻的人,三姑却在他心目中占有这么重要的位置,爸爸肯定是欠了姑姑很大的人情,因为没法补报,才让愧疚在心头压了一辈子。后来我们才知道,我家穷得揭不开锅的时候,三姑背着婆婆把她刚当媳妇时的金戒指给我爸拿到当铺里当了,解了燃眉之急,却再没有能力赎回,成了死当。让三姑怎么向人家交待?

开始懂事的孩子们开始去看望三姑了。三姑家在挂甲寺的一个平房小院,是老房子。一进院门有一个影壁墙,拐过来对正的正房是三姑家,左侧好像住着姑姥姥,是姑夫的母亲吧,岁数着实不小了。我去的时候总被安置到东厢的一个小炕上,很整齐优雅而安静,小屋与三姑、姑夫的大屋是一体的。院子里用青砖铺的地面已被几代人磨损了,却很整洁,有一颗无花果点缀在院落里,调节了一下庭院的几何线条,并且摇曳生姿地带来一些活泼俏丽。

三姑像是受了某种委托、带着某种使命似的,不动声色地要帮助我们去接通各种族亲的关系。

“今天去你二姑家!”三姑说。

“二姑是谁?”

“是你爸的堂姐。”

……

就这样,亲戚关系解冻了,是是非非的旧账过去就过去了。亲戚就是亲戚嘛!

三姑恪守着传统,完成着一种道义的高尚。她老人家提上头一天就准备好的礼品,在酷暑天带着我,走很远的路去探亲。三姑一辈子没胖过,看她走路的辛苦样子,我心里很不好受。

“把背心脱下来,我给你洗洗。”

回来时,我累得中暑了,三姑竟然还有精神干活。

“不用了,昨天才洗的。”我说。

“什么不用了,出一身汗,卤死了,快脱。”三姑不由分说。这亲情,让人感到暖乎乎的。

三姑夫一辈子在国棉四厂上班,有哮喘病。

“怎么治呢?”我跟姑夫拉家常。

“没什么特别法子,就是靠小药瘪儿盯着。”姑夫的话很亲切。

他并不严肃,一看就是好脾气。

天津的夏天够热的,我有个好习惯,中午睡觉也要床棉被,不一定盖,抱着就行。

“大夏天的,不嫌捂的慌?”姑夫问。

“习惯了,北方人冷怕啦!”我凑趣说。

“好好,乐意捂你就捂着。”

姑夫无可奈何地笑笑,笑得真亲切。跟姑夫说话比跟爸爸说话好。

我家的孩子都喜欢与三姑的家人相处。因为姑夫是个很好处的人。也许正是这个原因,注定了三姑一家一生的和睦。

妹妹曾经这样写道:

三姑有一个幸福的家庭,虽然是父母订亲,他们却恩恩爱爱将近六十载。在漫长的历史长河中,他们似乎从没因为遇到不愉快的事而引发争吵,都有商有议,相互尊敬。对待自己的儿女,也总是苦口婆心、和颜悦色,从不粗暴。以至于他们的孩子都随了父母,把这种美德家风生生不息地传承下去。

温馨和谐的家庭让人羡慕、让人心动。姑夫曾经跟我说过:“父不忧心因子孝,家无烦恼为妻贤。你三姑是贤妻良母啊!过去穿衣服都是手工缝的,你三姑有一手好针线。我在棉纺厂上班,人们都夸我衣服好。她常说男人朝外走一走,身盯女人两只手,就是说,男人穿着体面整洁,人家一看就知道他老婆好,勤快。这么多年,与婆婆、哥嫂、弟媳住在一个院子里,从来也没吵过嘴,红过脸。你三姑心眼好,心太善,就连你后奶奶得癌症都是你三姑伺候的……”

夜,很静。窗外有风吹过。三姑沉浸在往事的回忆中。她说,一九七二年,我听说你奶奶得了癌症,我心里一点儿准备都没有。不管怎么说,我们毕竟在一起生活那么多年。虽然是继母,她真的要离开我们,我的心也不是滋味。那年正赶上三伏天,天热得汗珠子砸脚面。那时没有电风扇,空调就更别说了。我日夜守候在她身边,一天换好几次衣服,给她擦洗那瘦骨嶙峋的胸脯,挺味的下身。食道癌晚期,连滴水都喝不进去,饿得哭,看见别人吃东西馋得叫。我不忍心看见那乞求的眼神,就悄悄地离开医院,向东楼水果摊走去。半路上我突然感到天暗下来了,抬头一看,乌云已经压顶,豆大的雨点砸在地面上,密密的雨点霎时间变成了瓢泼大雨。我没带伞,买了一个十斤重的西瓜,两手紧紧地抱着,趺趺撞撞地回到医院,把西瓜挤成水,用筷子蘸着一滴一滴地喂她。突然间,你奶奶那双柴棒儿似的手,一下子抓住我的胳膊,几乎看不到眼白的黑眼睛一动不动地瞅着我,声音哽咽着说:"闺女,我可得了你的济了。我对不起你,你小时候,我不该对你那样……"

奶奶走了,走得很平静。

三姑最大的爱好是喜欢看体育节目,特别是足球。这真让人难以置信。正当国际联赛比得如火如荼时,倘若你忘了赛程和时间,就去问三姑好了。你若是不知道贝克汉姆、罗纳尔多、孙雯、白洁是谁,那么好了,三姑会滔滔不绝地讲给你听,好像在介绍她的球队队员,而她是队长或者教练。三姑不止一次地对我说,别整天光看那个《人在旅途》、《情在天涯》,你也看看球,保管让你着迷。

妹妹的女儿也在作文里这样回忆她的童年:

"那个面积不大的小院有我童年的故事。妈妈带我常常去姑姥家,她家院子里有一棵无花果,我跟伙伴一起在院子里捉迷藏,晚上睡一觉起来,一起吃夜宵……"

时光飞逝,八年过去了,三姑、姑父已是八十高龄的人了,我该再去看看他们了。

家父去世时,三姑派儿子千里迢迢来吊孝,我们没办法表达对他的感激,表兄弟们拿着老头票塞来推去,双方的心里都热乎乎的,不用言语就可以完成交流。大家都懂事了,大家也就都老了。

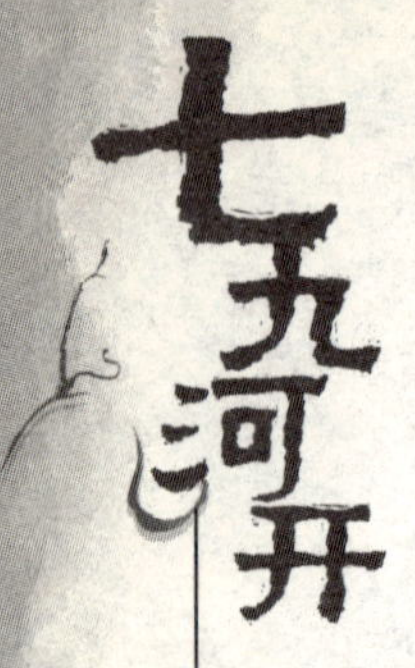

如果把我们懂事的时间提前四十年,那该少留多少遗憾呀!

二　舅

村里人有一条进城之路就是当兵转业。我二舅就是这么进的天津。我家至今还存有一张“三次赴朝纪念”的照片,就是我二舅和他的战友穿军装照的。二舅转业后分到了河西区的一所中学当领导,这样他就有机会常来看看我妈和我三姨,我们则又多了一个在城里的娘家亲。

革命可以改变人许多本来的性情,惟独官本位未能稍减,官阶的特别价值是谁也忽视不了的,它成了人的价值的一个重要标志。

不久,农民出身的领导被一位城里教师相中了。这是二舅从来未敢梦想的事。他在梦里也许抱过田螺姑娘,却没想过去碰碰都市女郎的裙子。但奇迹真的发生了。我们也不必把这一切都理解为官阶的魅力——那很可能亵渎了真实的爱情——单就我二舅的个头、身材、五官和性格,确也能构成女性心目中的伟男了。从羞怯躲闪到借题接近,从工作关怀到生活照顾,从思想交心到林间漫步,双方都感觉到不只是同事了。我真想象不出她跟二舅谈什么能谈到十一点半,让工友开开校门才一同回去;更想象不出二舅是给她讲战争故事呢还是讲窝瓜的种植与管理。当生活逻辑不通时,我们不得不绕了回来:他是领导,她是属下。

总之,庄稼汉的心悸动了,命运要牵引着他走入一个全新的领域,去体验去享受众生平等的欢乐,去享受人人都有权利追求却不是人人都有运气获取的温馨。狂涛凶猛地撞击着转业兵的心扉,他必须做出决定。

他来找他的姐姐。

“这怎么行呢?”妈妈也不见得就有主意,有的只是问题,“那她二舅母怎么办呢?”

其实二舅不可能没想过这个问题,他来只是不明确地想等一个意外的援助与鼓励。显然,意外没有发生。

二舅闷着头只是抽烟,没再说话。

二舅母是后三河嫁到前三河的。入伍前他们就结了婚,已经有了两个儿子。大表弟比我小不了几岁。夏天我妈带我们去过姥姥家。是坐乡下来的胶轮马车去的。

高大的杨树在连接城乡的土道上搭成一路绿荫,等距的树干栏杆般地在眼前依次闪过,把盛夏的炎阳切割成一条条,键盘似地在人们的脸上弹奏着田园交响诗。路畔小车上堆放着白皮茄子,我感到一阵新奇,车倌下去买了一兜子送到车上:“城里人,当水果吃吧。”我们真的啃了起来,有点甜。香瓜已经下来了,又一兜子送到车上:“吃吧,别洗了,没水!”我们当然不洗了,嘣的一声掰开,瓜瓤溅了一片。大车东倒西歪地过了一座小木桥,姥姥家到了。

二舅家像办喜事一样,老老少少一院子人。妈妈说这是姨姥姥,我就叫一声姨姥姥,那是表舅我就叫一声表舅,根本记不清谁是谁。

“这是你二舅母。”我这才留意起来。

很失望。不是一般的失望。这个女人怎么能比二舅还老呢?又黑又瘦的脸上分布了不少皱纹,嘴唇包不住的牙齿在最突出的尖端接合部汇合。显然是今天新换的衫子,很不谐合地在身上僵硬地打几处褶子,袖口里伸出两条不知所措的手臂,憨笑地对我说:“快上屋里吧。”

这种场面肯定是用不着我帮忙的,妈妈全身心地应酬着乡里乡亲。二舅母招呼女人们拉火做饭,喧闹里蒸腾着无比浓厚的农家乐。

饭后,我跟着二舅母听她安排睡处。一个两岁多的男孩子在炕上睡着,舅母要把他抱起来给我腾地方,一摸孩子,舅母自语道:“我一猜就尿了。这回可现眼喽!”那动作、那表情,一个十足的贤良农村妇女的形象。

我一辈子就记住了二舅母这么一句话,这么一个表情,但她的朴实憨厚勤快忍耐已经印到我的脑海里。

从那一刻起,二舅母不再丑了。

怎么能辜负这么个好人呢?

二舅终于没敢迈出那一步。他做过怎样激烈的斗争,心里承受了多么巨大的关于爱情的痛苦,他怎样回绝的那位都市女郎,他用了多久才恢复的正常,我不管。

后来,二舅领着二舅母到城里矫正了牙齿,烫了发,照了相,虽然并没有矫正得了二舅母的土气,我们也已心存感激了。

农村出来的城市人,如果把朴实也矫正了,我们还有什么价值能跟城里人比呢!

乐事拾珍

孩子并不因为穷就能泯灭爱玩耍的天性。

能给我们带来快乐的玩具,掰着一个巴掌就数完了:毛片、烟盒、玻璃球。毛片是用马粪纸板贴一层白纸分成若干小格印上各种人物的彩色画片,买来用剪子剪开就成了五十张小画片,上边印的是古代人物:水浒一百零八将、三国人物、历朝美人之类。

画片印得很粗糙,据我现在的眼光看,是锌版单色套印的,有的颜色错了位与衣纹并不吻合。但那却是我那个年龄的孩子们最为珍爱的财富。它可以摆阔,可以交换,最主要的是可以赌博。拍毛片,每人出五张,摞在一起,整一整,放在地上,然后石头、剪子、布确定谁来开局,用手掌在毛片侧边用力一拍,翻过去的就归自己了。如果你不怕手疼,你就发狠劲吧。有时候真能一摞翻个底朝天,喜出望外地欢呼起来,对方便气急败坏地说:“快点出牌!”有时一掌下去一摞牌纹丝不动,手却震得火辣辣的疼,疼得用嘴吹或夹在腿中间,不知如何是好。

海记大院靠近门房的一个轻易没人出进的门口有一块石板,由于我们经年累月地磨擦,变得十分光洁,那是我们心中最美而诱人的乐土,做梦都能梦见那块石头。烟盒是不用花钱的玩具。只要留心,车马大店经常能捡到。“大婴孩”是常见的中档烟,“恒大”、“大前门”就算好烟了,“绿叶”、“勇士”是穷苦的下等人的廉价物。把烟盒摊平,叠成三角,盒面主要部分的一面叫做正面。烟三角可以放在地上用另一只搧,搧过去算赢。因其太轻,使不上劲儿,大家喜欢玩吊三角。每人手持一个,按在墙上约定的高度,一松手,三角落地,若是正面朝上,可以取回。否则对方掉出正面,统归其所有。有时你一张我一张,落地全是反面,存的多了,这时谁要是弄出个正面来,便可大捞一把。这是最揪心的时候,也是大输大赢、大失败大辉煌的时候,弄好了瞬间暴富,弄不好家底赔塌。小户人家经不起这样的大起大落。一到这时候我便摸出一张我的看家法宝,是我自制的两面全是正面的烟盒三角,伪装出十分紧张的样子,祈祷着,一闭眼,一松手,一看,做惊喜状,欢呼起来,把地上的一堆敛巴起来,扬长而去。那是一张慎用的牌,轻易不用,否则一旦让人发现,我的人品就完了。所以我的尺度把握得十分之好。有一次休闲时被人翻见过一次:“咦,这个烟盒怎么两面全是正面?”我很惊慌,但仍能装作不解的样子接过来,纳闷地说:“真是!这叫什么玩意儿?哪来的呢?这也没法玩呀!”边说边不以为然地撕了。撕了并不妨碍再做一张。

感谢主赐给我们食物,并赐给我们智慧。

如果能看一场电影,那称得上是刻骨铭心的乐事了。偌大的白布上映出活动着的人影,很清晰,很逼真,是无法比拟的。黑白片,下雨一样地流动着的白道子,一点也不会引起孩子们挑剔,只要不断片,我们对座位的前后正斜、对迟到找座者绝无怨言。瞬息万变的画面魔幻般神奇,枪声炮火惊心动魄。若是真的看懂,会很动情呢!《渡江侦察记》的吴老贵死了,装着酒的军用水壶倒了,酒流了出来,孩子的泪水也流出来。《夏伯阳》的电影海报至今还印在我的脑子里,迫击炮,留八字胡的夏伯阳,挥手向前勇猛刚毅的英姿,仅此便能想见故事之精彩了。

星期天,爸爸带我去离家很远的下瓦房,我知道有可能看上电影。我当然不能问,问就等于表示愿望,表示要求,万一不是带你去看电影呢,你不是找挨训吗!从东楼走到下瓦房要过一个桥,桥下是通向挂甲寺的一条污水河。桥的中央通无轨电车,车道两侧的人行道是木板拼成的,有一片掉了,能看见桥下流淌的水。每次走到这里我都往下看,想象着掉下去会是什么情景。街道两旁全是店铺,糕点铺里陈列的大八件、小八件像一个个白色的花苞,从酥脆的裂口上能看见带青丝玫瑰以及核桃仁之类的豆沙馅。

我不能多看,我知道那是与我无关的食品,太关注太流连会招来一顿臭骂。向左拐便是下瓦房了。人民公园的南墙成了这条街的天然屏障,屏障与马路之间的空地成了五花八门的地摊。油炸豆腐一分钱一块,超过一分钱的小食品又不在我的关心之内了。有摆摊治脚气、修鸡眼的,一堆蜡黄的肉丁堆在白布上表示地摊主人的技艺与成果。有点痦子的,白布上用毛笔画一个头像,五官端正如佛,脸的各处疏密不均地点着红点,标有穴位名称。有两个小盒或是带盖小碗,装着药水。守摊那个师傅见了我爸,故人重逢般地热情打招呼。“没事儿,带孩子去看场电影,”爸爸说着蹲了下来。守摊师傅赶紧递过一个小板凳,又看看我,“少爷坐哪儿呢?”其实我已经注意到他再无板凳了。爸爸赶紧说:“不用不用,小孩子站着行啦!”

“还是老行当?”爸爸问。

“别的干不了啊,咱还会嘛呢!”师傅说。

“我替你盯会儿?”爸爸冒出这么一句。

“行行,敢情好。”

我爸爸先前也会点痦子。会相面会算卦的人,点痦子小菜一碟。“盯会儿”是什么意思呢?我这才明白,就是借您的摊位用您的药水器械做两个活儿,孩子的电影票钱不就结了。我真佩服爸爸的机敏,也知道了爸爸兜里的实力。

太阳行走的竟是如此缓慢,贪玩的孩子从来没舍得像今天这样拿出这么长时间来体验。我真希望有一两个顾主来赏光,一则能成全我的电影之梦,一则免去爸爸这么木然坐着的尴尬。还是这位师傅善解人意:“天晚了,”他塞给我爸爸两毛钱,“再晚,晚场也赶不上了。”

“这,这……”爸爸笑得并不自然,在对方的真诚推让中接受了。

电影真是《夏伯阳》,迟到二十分钟我们不在乎。

没有人引导过我画画。

我们这种阶层的家庭,只要把孩子带活就谢天谢地了。没有家长去设计孩子的将来。树大自然直,能做什么营生现在怎么好说。我爸爸算是有点文化的人了,除了幼学启蒙的几本书是为了识字之外,也没想到发现和培养过孩子的爱好,上了学校,有老师教书,父亲又有了工作,也就没人过问我了。

班里有个同学会画马,用铅笔几下就能勾出一个戴嚼子的马头,送给同学玩。我很羡慕。有这一手,我不也同样可以赢得别人的羡慕吗?于是求他画了一张,很快我也背着能画了。只会画一个马头,顶多跟他的技艺相等,若能再背几样别的什么,不就超出他一头吗?这不难。于是开始留心可画的东西。写生是谈不上的,省劲的办法是找样子。小孩子们所能接触到的样子,除了毛片就是小人书了。

我们那时候的课外读物只有一种,就是连环画小人书。课本之外的所有知识几乎都是小人书里得来的。从那里,我们知道了孙悟空的来历与梁山好汉的绰号,知道了魔笛、魔瓶与飞毯,知道了地心与天宫都有生命,知道了织女的纺锤与洋人的烟斗,也知道了爱情。爱情一般是勇敢善良的人才能获得的,我们便知道自己缺少的是什么了。如果我勇敢,就可以杀死九头鹰,救出国王的女儿;如果我善良,田螺就可以变成姑娘从水缸里走出来偷偷的给我做饭。这是何等的美妙啊！虽然回到家依然是啃窝头,啃完之后仍然是到校,但谁能窥见我们内心是个多么丰富而绚丽的世界呢!

小人书铺有的是,我上学必经的玉川居就有好几家。这是一种小买卖,毛儿八分一本的小人书,买一千本不过百十元。一个老娘儿们或一个糟老头子往那儿一坐,孩子们衣兜里的零钱就自动向那儿聚拢。听说天津是个大商埠,可是西装革履的大资本家我居然一个也不认识而且好像没见过。英租界、法租界不在我们这一带,有名的天津百货大楼、劝业场离我们有十几里之遥。我能见到的买卖人,也只是赶大车的,钉鞋的,卖大力丸的,做豆腐的,吹糖人或弹棉花糖的。同学K家是我们班的首富,也只是在玉川居开了个布店,大不过跟我爷爷一样,算个小业主吧。天津人似乎不立什么雄心壮志,能吃上贴饽饽熬小鱼就够知足了。摆个小桌,放几盘泥螺,牙签一挑,蘸点酱油醋,五分钱到手了。天晚了,把卖剩的往回一端,打二两散酒,吱儿一口,再铆足劲来一句“包龙图打坐在开封府”,这小日子到哪儿找去呢!

小人书铺就是在这个原理上产生的。

同学Z在南楼住,下学与我同路。中午上学时我们碰巧走到了一起。我忽然看见前边有一分钱,我去捡的那一刹那他也看见了。

“是我先看见的！”我说。

他显然很嫉妒,胡搅蛮缠说:“我也看见了。”

“你看见了怎么没捡？”我占理。

“不能捡别人的东西！”

“那我扔了它。”

“你扔！”

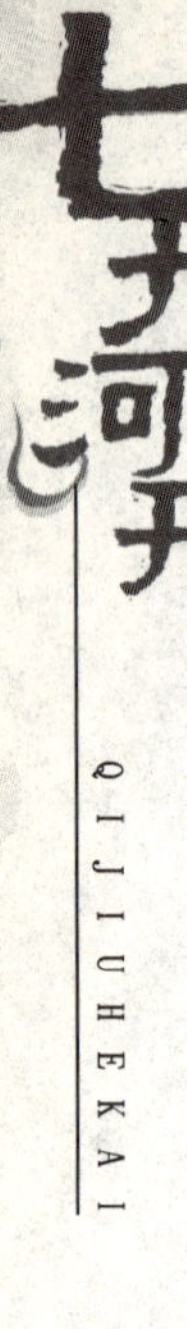

我当然舍不得扔,也舍不得交给警察叔叔。人贫志短,只好把说话口气缓和下来:“这样吧,放学咱们看小人书。”

小人书铺没什么人。一个猫头鹰般的丑女人坐在那里打苍蝇。在眼花缭乱、异彩纷呈的小人书封面前,我们经过较长时间的推荐与争论,总算定下了一本,把一分钱交给了“猫头鹰”,两人开始享受这个都没看过的神奇故事。还是我那个好习惯,念,一字一句地念。为了公平,约好你念一页我念一页。念的好处是不但完成了精读,而且统一了进度,免得一个要翻页的时候另一个声称还未看完,跟穷鬼打交道实在麻烦。今天真走运,空空的屋里只有我们两个。Z 不花钱白蹭一本书看,自然很庆幸;我花的钱又不是我的,我的喜悦也并不比他小。七十多页连环画在珍惜与留恋中不得不读完了,不料在把书交给老板娘的时候,“猫头鹰”没好气地用力一夺,来了一句:

“一分钱到这儿过年来了。”

这是什么话?我花钱看书,爱怎么看就怎么看;只要你不关门,我爱看多久就看多久,你管得着吗,吮鸟!这是我们心里说的。

打那以后,我们不再去“猫头鹰”书铺了。斜对面有一家比她的还大的,满墙都是。一个拐子老头开的。这里看书的忒多,多得连两个人能挨着的座位都不好找。

Z 悄悄告诉我:“你没发现老帮子一动不动,从来不出屋吗?”

“怕丢书呗!”这道理显而易见,我说。

“那他不上茅房吗?”

“咦,对呀,”我恍然大悟,喃喃自语:“他能一天不上茅房?”

“你瞧桌子底下!”

桌子底下有个大瓶子,有点像现代款爷用的大口杯。有尿了,老帮子就不声不响地解开,掏出来,把瓶子歪着点儿,就没声了,再放下,盖好。这一串动作是埋头读故事的人不可能注意的。Z 真是好眼力!

马头我已经会了,不画了,那不过是个铅笔速写,肤浅得很。我开始画鸟。有一本小人书说一个鸟儿和两个媳妇的故事。勤快媳妇去河边洗衣,鸟儿唱道:“唧唧喳喳,粗布洗成细白纱。”懒媳妇去河边洗衣,鸟儿唱道:“咚咚咚,棒锤敲出个大窟窿。”这本书里有很多动态不同的鸟的姿势,还有造型各异的树枝树干。我把它们拼在一起,并且上了色儿。妈妈看了夸奖说:“我儿子画的鸟儿各是各的样儿,画个百鸟图吧!”我记住了。可是直到妈妈去世,我也没有兑现。我存的小人书有二十多本了。有的翻烂了,皮也没了,我把它们粘好压平,糊上厚白纸或牛皮纸,重新设计并绘制一幅封面,书名是美术字的,根据内容和背景画的关系确定字体字形和位置,很有些电影海报的风味。我当时还画不了人物,但不出现人物的封面画又省事又富于工艺效果,并不比原先的逊色。我很羡慕小人书里的古装线描人物,公子的宽袍大袖和婀娜多姿的小姐的长裙,真是耐看,从衣纹的走向能感觉到里边的身体。中国的线描太伟大了。

我什么时候能画一本小人书,也印出来放在小人书铺里,打开第一页就有我的名字,亲戚、同学看了,该用什么眼光看我呢?

“看,我画的!”我说。

我记忆最深的小人书是《望娘滩》。一个穷孩子和一个老娘相依为命,靠打草为生。孩子发现了一片草长得十分茂盛,最奇怪的是头一天割了第二天又长起来。他挖开土一看,有一颗宝珠。宝珠放在米瓮里,瓮里的米就溢了出来,放在水缸里,水就满了。县太爷索要未成,派兵强取。孩子一着急,把含在嘴里的宝珠咽进肚里。官兵走后,儿子喊着口渴,把一缸水喝了,还渴,就跑到河里,把河水喝干了,还渴,就跑到江里。妈妈怕失去儿子,追过来一把抱住他的腿,儿子开始变化成龙,向天上飞去。被妈妈拉过的那只脚没有变成龙爪。飞上天的龙每走一段,流连地回头看一次妈妈,江里便出现一座沙滩。这座江上留下了二十四滩,就是至今犹存的望娘滩。

我读这本书就忍不住流下泪来,发誓要把这本小人书重画一遍,彩色的。我甚至希望我就是那个跟母亲相依为命的孩子,宁愿没有父亲。我的二脚趾长,听人说:“二脚趾长,不孝爹娘。”我下狠心要用菜刀把它剁去一截。妈妈知道后笑了笑说:“这不是发疯吗?不孝就不孝呗!”

三十年后我母亲去世了,我才明白一切都是宿命,我不但没有画出彩色《望娘滩》,也没有对母亲尽过什么孝心。我的悔恨与自责只换来一篇声泪俱下、于事无补的《祭母文》。

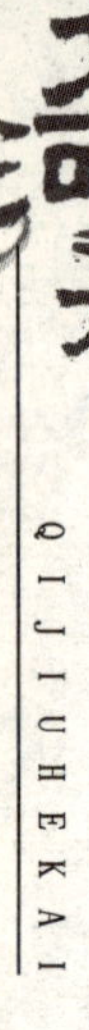

别了，天津

建筑行当是种流动性很大的工作。房子盖好了，泥瓦匠们就该换地方了。你见过盖起高楼把自己家搬进去的泥瓦匠吗？你见过给自己组装一辆轿车的工人吗？不可能有的事。“泥瓦匠，住草房。纺织娘，没衣裳。卖盐的，喝淡汤。编凉席的睡光床，淘金老汉一辈子穷得慌。”这是我们学过的一首古歌谣，我们姑且把它说成是汉乐府民歌吧，这是高度概括世事民生的一条真理。

建筑世家讲传承。后来，我的姐姐、弟弟、妹妹、姐夫以及邻居的子女，又都成了建筑工人。而我母亲直到一九八一年去世，还不知道暖气是怎么发热的。

一九五六年，我父亲又到塞北平地泉施工，盖一座空前规模的肉类联合加工厂。我父亲的工友和师傅们都去了，家属们仍留在天津过着等米下锅的日子。同往常一样，工资不是每月都能按期寄来的。我们连续给父亲写信，终于邮来了三十元钱与父亲的一封信。信上说，这三十元是油工组的师傅们每人一元凑起来的，并开列了一个长长的名单。

信上嘱咐说，今生不要忘记他们。

我和我姐遵嘱给叔叔大爷们回了一封感谢信。小学生的信像作文似的，“你们用辛勤的双手，一定能把祖国建设成一个美丽的大花园。”

工程看来不是一时半会儿能完工的，而且这个建筑公司很有可能被地方留下。为了便于生活，公司决定把职工家属迁来。是年夏秋之际，我小学毕业，随同全家离开天津。

父亲对天津的感情比我们深厚得多。天津这两个字带给他一生的骄傲，尽管这骄傲多么虚幻不实，个中包含着多少辛酸苦涩。

父亲的职业是工人，但他不是那种“斗大的字认不了半升”的人，他有文化，他具有儒教、道教的深厚学养，老年又皈依佛教，手译《金刚经》，这是我对他一直不敢轻视的原因。他的文字与思想，也不可抗拒地影响了我的一生，立德立言，入世出世，最后连自己的类型都没有明确的归属了。

当年从东北回天津,父亲的那种喜悦是显而易见的,虽然在我们看来不可理解,但喜悦的真实确凿是毋庸置疑的。即使他在族亲中有一百个过节,他仍然愿意生活在他们中间。

这是割不断的亲情,父亲怎么舍得跟天津永别呢?离开亲人,等于离开了生活,走向荒凉塞北,等于流放,丢失的岂止是面子。

现在回想起来我才知道,在我们登车的那一刻,我应当轻轻说一声:永别了,天津!

平地泉是塞北的一个小镇,后来改制为县级市。市中心有两座山,一座是这一带有名的老虎山,另一座叫做卧龙山,两座山起伏相连。老虎山上有一条很长很深的壕沟,是当年打仗用的,至今保持着原来面貌。山顶有一个三角架,不知是做什么用的,远看去构成一个目标,一个景观,很有点延安宝塔山的意味。过了小桥向西,就是我的新家了。

我们到来的第一夜是被安排在旅店里住的。我听说这里有山,就着急地要去看。爸爸的师傅说:“到了这儿你还怕看不着山,有你看腻味的时候!明天你就能看到我们建起的祖国大花园了!”说得大家都笑了起来,因为人们都知道“大花园”这个典故。

我姐姐不好意思地笑着低下头去,因为那封信是她写的。

老虎山下的工人新村是一排排一面流水的土坯简易房,比工地的工棚要庄重得多,有门有窗有炕有灶台,更重要的是有正式的邻居。妈妈显然有些失望,天津卫们这样诮骂她们的丈夫们:“瞧你们盖的这玩意儿,一头高一头低,这不是棺材丘子吗?这能住人?”丈夫们反唇相讥:“有楼房!那是您住的吗?您呐,祖坟埋错地方啦!”

我和我姐上了初一。这是一个新盖的学校,只有三栋平房六间教室,没有围墙。从老虎山上一目了然。我用水彩画过学校的远眺图,四周还画了个望远镜式的两个挨着的圆。我对美术的爱好已成定局,进了学校的美术组,作品《劈山救母》还获过三等奖。

这时候我认识了一生的朋友潘志成君。

其实,潘君小时候在天津就是我家的邻居,只是那时并不认识,直到两家都从天津搬到这片棺材丘子般的工人新村住下,我才知道我们俩的家长是工友。

我比潘志成大三岁,他还是小学生时,我的绘画特长已经在邻里中很出名了。潘志成那时根本不会画画,鼻涕拉塌的小穷孩,谁也不把他放在眼里。老虎山工人新村有没上门窗的空房子,我们经常在里边玩。有一次见着潘志成穿了一双新的纳底鞋,鞋底露出一圈雪白的轮廓,与他的身份很不协调。我们来气了,决定捉弄他一下。窗根底有一摊屎,我们挤眉弄眼地从窗里喊他:"过来,再过来点儿,有好事告诉你。"他不知是计,果然老实巴交地走近窗前。他当然没听到什么好事,而我们一看成功了,一齐欢呼起来。小潘哭着回家了。

世上居然还有比我窝囊的人。小潘的出现让我发现了声气相投的同类。

我们成了朋友,成了形影不离的朋友,成了相伴一世的朋友。

在我此后生命的每个阶段,都没再离开过这个人。

我们在这里只住了一年。

这年的冬天下了一场史无前例的大雪,齐腰深。

夏天,父亲单位全体员工开赴 B 市,改名为 B 市第三建筑公司。

如今几十年过去了,我想那片所谓的工人新村早已重新建设,不复旧时面目。我记起两句古诗:"人世几回伤往事,山形依旧枕寒流。"

用以表达世事的飘忽,实在是确切得很,如同己出。

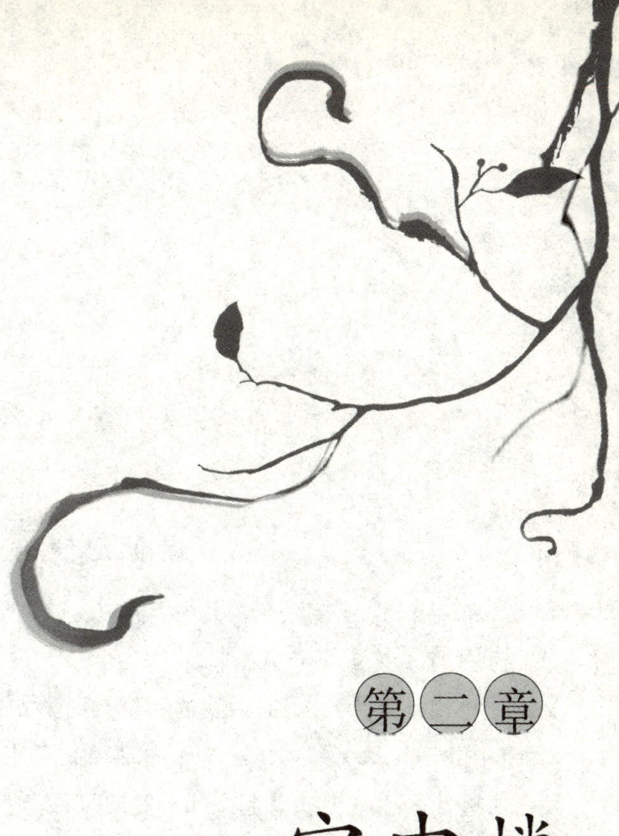

第二章

空中楼

我总想回到B九中母校去看看我当学生时住过的“空中楼”，看看图书馆的那张床是否还在原地，看看平房宿舍的锅炉房和那几株桃树，做些实地景物描写夹进我的书里。但人们说，那楼那平房早已夷为平地了。

游仙记梦

那一年,我二十岁,在B九中上高三。就在临近毕业正是备考要劲的时候,我不小心撞上了爱情。

也许是因为我的原因,我的那位女同学支持不住了,她又来到我住的“空中楼”上,呆了好久好久。她说:“瞪着眼看书,并且念着,念了几页却不知念了些什么,又得从头念起。脑子像被四面墙堵得严严实实,透不出一丝光亮。“她只是描绘着自己,没有一点埋怨谁的意思,我心里却很难受。

夜深了,她回宿舍了,我在不安中进入了半睡半醒。

她走了,走回到只属于她自己的孤独的房间。我也该睡了,守着我所拥有的孤独。今夜没有月亮,墨色的天空闪烁着贼亮的星斗,像是妖怪的诡异的眼睛。云气在我的床的四周涣漫开来,我睁开眼,惊骇地看着。听得环佩叮当,一阵响动,从烟雾中现出两个穿着武士铠甲的女郎,手执锁链走近前来,“就是他”,一下子把我的颈项套住,“起来,跟我们走！少司命夫人要审你。”我的身子很轻,并不费力地跟她们走着,双脚像踩着棉絮。烟云渐散,忽见殿宇重重,高接云汉。我们拾级而上,见朱门洞敞,已有两排天仙般的丽人列队等候,只是一个个色厉神严,令人不敢正视。其间有一个人在我走过时,失声说了一句:“怎么是他?”我闻声举目,看了看那个直盯着我的女郎,却并不认识。她是个十八九岁的垂髫少女,眼似秋波,鼻如悬胆,唇若樱颗,还存有没褪尽的少儿稚气。我刚想问她是谁,被两位女武士牵了一下锁链,不得不跟了上去。

殿宇里金钩碧箔,光明射眼,非复凡间气象。大厅正中,紫漆大案的后边端坐着一位高贵女郎,凤冠霞帔,如同庙堂壁画中的女神。

“少司命夫人,人犯带到。”两名女武士报告。

“好了,把锁链去掉吧。”

“让他跪下吗,夫人!”

“不必了,让他站着答话。”她开始审讯了,大声地叫了我的名字。

“是的,夫人,”我学会称呼了。

“你诱惑女同学,你知罪吗?”

“不,夫人,我爱上了一个女同学。”

“这没什么不同!你知道这个时候恋爱会影响她的高考吗?”

“是的,但是爱已经来了,我有什么办法?”

“掌嘴!”少司命夫人生气了。

于是两个女武士走近前来,左右开弓,啪啪两掌,我的脸刚被打得扭过去,又被另一掌打得扭过来。

“你已经构成了故意伤害罪!”夫人说。

“不,夫人,我不是故意的,绝对不是。我至多是过失伤害。”我竭力辩解。

夫人刚要喊掌嘴,只见刚才列队中的垂髫小鬟走到夫人身边附耳说:“夫人,是过失伤害。”夫人侧过头问:“这有什么不同?”

“故意伤害,是有意加害对方,过失伤害是本无恶意却在无形中造成了伤害,两者量刑不一样。”小鬟好像不大畏惧女神,伶牙俐齿地说道。

“哦,有这么多说道。把他的宿命册拿来,我看看这是个什么人?”

夫人看一本线装册子,厉色渐衰,忽然转为惊讶,对垂髫者说:“竺青,这里怎么还有你在牵扯着?”

“我看看。”那个叫竺青的女孩一派天真与好奇。

“去去,”夫人赶紧把册子合上了,“这也是你看的?何况还牵扯到你呢!”说完,夫人离开座席,在地上踱来踱去,很费思索地自言自语道:“这事情,都是命定啊!”而后柔声地呼了一声“竺青”说:“你喜欢这个书生吗?”竺青抿着嘴垂下了眼帘。“将来你俩有一段奇异的姻缘,但结局不好。我看你还是别去了吧!”“不,夫人,”竺青着急了,说道:“不管是什么结局,我都

不后悔。就是能跟他过三年,我也知足。夫人……”

“既然如此,看来命定了的谁也改不了啊!告诉你吧,不是三年,是十五年,连皮十八年呢!放着清静处不呆,非要去寻无休止的苦乐悲欢,到时候你就知道味道了。”

“夫人,我什么时候去?”

“四年以后。”

“他今年二十,四年以后我才出生,他都多大啦?”

“这不重要!我还有下面的事。”说完,少司命回到案前,执笔疾书,写完后交给一名女武士,那武士展卷念道:“下面宣读少司命判辞:

勘得滑生,出身微贱,命薄心高。不过袜线之才,难成梁栋;匮乏青云之志,不可扶持。乃敢荒疏学业,辜负于慈母家严;竟然惑乱芳心,延误于同窗学子。罪属过失,心无恶意,复有竺青开脱,姑缉拿示警,免于刑罚。

考其一生,无大作为。喜读女儿口色,无非步宝玉之后尘;只谈风月情缘,不过拾蒲翁之牙慧。煮字疗饥,小文偶尔登于报屁;浮白载笔,丑字许能换个酒钱。不图进取,自弃自暴,谁能不生气恼;放浪形骸,非驴非马,你是什么东西!

铃本不动,风过无痕。棒喝无关痛痒,点化难启痴迷。移情观物,造境欺心,错认空即是色;月落云归,楼空人去,终究色即是空。”

武士念着判词,我一字一句地记在心里了,依稀对自己的未来有了个约略的估计。读到“小文偶尔登于报屁”时,竺青竟吃吃笑出声来,少司命夫人喝道:“笑个屁!”竺青道:“是笑屁,夫人!报屁是什么?”夫人道:“这是人间的事。报纸的不显眼地带的补白小文曰报屁,此言无足轻重。”“有报屁还有报缝吗?”“还真有报缝。报屁登不下,有时下转报缝。”“屁缝,如此粗俗字眼,也能进得公文吗?”“只要得体、确切,大俗反成大雅,是上讲究的!”“错认空即是色,这句话怎么讲?”这时少司命夫人踱到离我较远的地方,竺青跟在她的身侧,说话的声音也骤然放低了许多,显然是在避我。瞎子的耳朵灵,我记人相貌的能力差,而辨识声音的能力特强,听得少司命夫人说道:“其实这个滑生还是颇具才情的。锦心绣口,心地善良,从无害人之心。生性怯懦,不识仕途经济。愤世嫉俗,自命清高,总想远离俗世尘氛;造境自欺,耽于幻想,总爱生活在空中楼里。怀才不遇,尚属无怨,却天生多情,总想寻觅书本上才有的红粉知己。世间女子,俗不可耐,如此孜孜以求,岂不是缘木求鱼、枉费心机吗?唤不醒的痴儿郎,我来给他加个批语吧,将来也好验证。”

这时候,判辞已经宣读完毕,夫人吩咐道:“竺青,去把他的上衣脱了。”

“我不习惯给男人脱衣服。”竺青面有难色。

“小小年纪,懂得什么男人女人的,我说的是脱上衣!”

竺青只得走过来,我顺从地让她执行命令。在她的手与我的手接触的一刹那,我觉得她在我的左手里塞了个什么东西,她用眼色示意我别出声,我就攥着拳头让她把上衣脱下。我用左手指触摸了一下,觉得她塞给我的像是个小海螺。海螺,我只在画上见过,不知道竟有这么小的,尤其不知道的是,她塞给我这个,是什么意思呢?夫人走过来,拿一支蘸着朱砂的笔在我背上写了五个字,我瞑目揣摩着她运笔的横竖撇捺,她挥洒得太快,我只意识到开头两个字是“一世”,最后一个字是“缘”。

“带走!”夫人很严厉却又像很失望很无奈地喊着。

我摇摇晃晃地跟着美少女武士,在半空中已经自高而下地看见了我的空中楼,不料她们在背后推了我一把,我一下子失衡坠落。

我醒了,我知道自己从床上摔到了地上。我的先天性心脏病又来折磨我了。我爬起来回到床上,我的左手还紧紧地攥着。

我记得这只手里有竺青塞给的小海螺。少司命夫人朱笔书背的时候,我摊开手掌偷看过一眼,那是一个乳白色的小海螺,轴面上还凝固着几缕血红色的游丝。可是我此刻慢慢张开手掌,里边竟什么也没有。

我多么希望它还在我手里呀!我觉得背上有种刺痛感。是刚才那位神女朱笔书背引起的呢,还是我在地上摔的呢?说不准。“一世……缘,”中间缺的两个字怎么也想不起来,其实我当时就没有认清。这是吉兆呢,还是凶兆?一世缘,一世姻缘,总应该属于好话吧。这么想着,就想起了我的女同学陈芷清,便暗暗地祈祷着,希望这个好梦能够灵验。

大雅堂

我们街坊的西边被称作父亲单位的干部宿舍,官称中苏大街十五号街坊。为了容易区别,我们街坊是红砖的,潘志成、董君、我初中的很多同学家的街坊是青砖的。两个街坊间隔着一条可以通车的土路。一条土路能隔开了干部与工人的身份,却没有隔开下一代的纯真友谊,所以我对这片房子还没来得及完成偏见,它就和我的少年时代一起消失在记忆里了。

潘志成的家与我家成一条线地紧挨着。我初中毕业也恰是他小学毕业的时候。我们一起上了B九中,我高一,他初一。这样一来,原来就三天两头见面的画友,成了每天形影不离的同学。他每天早上到我家叫我一起去学校。我们很快就加入了美术老师兰尚濂的美术活动小组,成了兰老师的得意门生。

董君是我少年时代的最亲密的朋友之一。从一九六零年到一九六三年,我的朋友圈就这么几个人:潘志成、董君、赵君。我上初中的时候,志成与董君是中苏三小的同学。把我们能够连在一起的原因当然是绘画的共同爱好。但还有一个让我刮目相看的原因是,当年在中苏三小时董君曾当过孩子头。他们的一个老师,对外地的孩子死看不上。而这些外地孩子又惯于拉帮结伙,捣乱能捣出花样来。比如说把教室门拉开点缝儿,上边放一把笤帚,等老师推门一进来,笤帚疙瘩砸到头上,于是哄堂大笑扫去了师道尊严,完成了一帮受过训的学生的精心报复。尊严立即转化为愤怒,学生们特别喜欢看老师拍桌子瞪眼、声嘶力竭气急败坏地大叫“谁干的”那种表情。

潘志成用此地话学起那腔调的时候,真可谓活灵活现、形神毕俱了。没有人敢供出肇事人董君的名字,因为人们怕挨揍。得罪老大没有好果子吃,这是小哥们儿们的常识。夜晚,苗老师在家里刚刚关灯睡觉,听得外面有人敲窗户,得得得,声音很轻,接着便是亲切的呼叫声:“老苗,老苗!”老苗发问:“谁啦?”没人应。一开灯,外边的人叽里咕噜地跑了。再关灯,刚才的节目重演一遍。弄得“老苗”快气疯了。

能住在干部宿舍的人,家长首先是干部。董君的爸爸是工程处副主任,是个不算小的官儿。这样说来,他家能有一间空房后来做了我们几个聚会聚住的大雅堂,就成了不太费解的事了。

这间空房只有一室,并且与他家的住宅不在一起,这样我们就更加自由了。董君的父母很开通,同意我们拿这间屋做画室,我们就七手八脚地收拾出一个属于我们的小天地,为自己建设出一个翰逸神飞的书斋画室,我们名之曰“大雅堂”。大雅堂凝聚着董君、赵君、志成与我的友谊,浓缩着我们雅好书画的快乐时光。

友谊之花最易在少年的层面上开放。因为少年是一片净土。这片土壤中不允许掺杂任何私念与功利目的,它是用真诚做肥料的。

董君一出场就是个老实人,从没见过他有一点盛气凌人的表示。我们是以绘画的共同爱好为轴心,把几个朋友焊接在一起的,似乎这一雅好就决定了我们的友谊的纯洁,规定了大家必有的气质。朋友看朋友是透明的,朋友的心灵在互相模仿,别人的长处与修养无形中给自己打开了一个摹本,这样一来,连性格都要趋于相近相同。大雅堂的主人是董君。可能是因为我比他们大三岁,我的言行与风格产生着很强的感染力,获得了小弟兄们过多的尊重。一个人觉得自己在朋友心中占着那么重要的地位,即使自以为不够资格,心里也是快乐的。他们总以为我的意见一定是正确的,很信服,信服到不愿意再用脑筋思考就跟着趋同起来。我知道这信服是从友爱中来的,我很想引领着这几个朋友一起走向勤奋好学、诗文书画的至妙境界中去。

就这样,我们沿着我后来才觉悟的并不正确的轨迹走了下去。我几乎把吃饭之外的时间都消耗在这间屋里,读书背诗临画写作,完成了形式意义上的勤奋。笔墨纸色的交换和赠予完成了相互间的勉励,重重叠叠悬挂于壁上的所谓作品膨胀了各自的表现欲。我们坚韧地向着臆造的画家丰碑走去,谁也没觉得我们走的是一条前路不通的死胡同。

要使当时场景再现,我得剪辑一两个镜头。

这几天正是数伏的时节,大雅堂的臭虫反了天。天已晚了,志成采药还没有回来,我便和董君带上《唐五代宋元名迹》及《西园雅集图》临本到

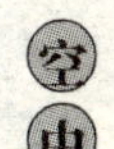

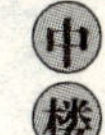

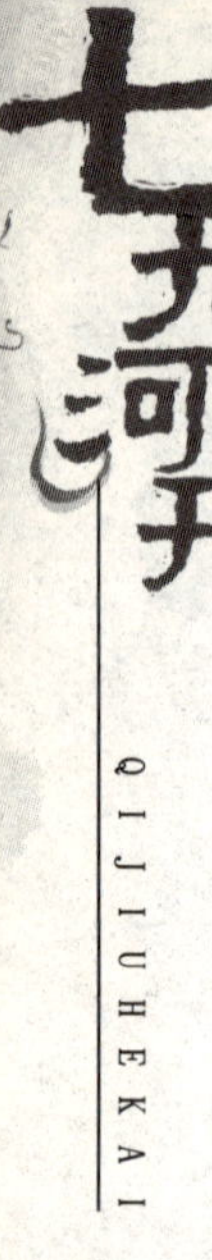

中三小赵君宿舍。三人海阔天空地聊了一气,董君又担心起大雅堂无人,独自返回去睡,因臭虫猖獗,只得睡在地下。志成回来后,也在地下铺了两张纸,席地而眠,我却在赵君家睡了舒适温柔的觉。一觉醒来已日上三竿,我让赵君的小童抱着画册画稿回大雅堂。不知采药人志成什么时候走的,我与董君决心给大雅堂来一次大清扫,把床铺搬出来,把铺底下的木料之类一并抬出,净扫,烧开水浇臭虫。午饭后回来,在大雅堂的园子边的窗下见到了志成,面色苍老,恍如隔世,方知采药之不易。屋子正严实关闭,室内烟熏臭虫。当晚,董君接父亲来信,令其明日去打草。同龄孩子都在利用暑假给家挣点儿,我这个甩手老大未免过于安逸了吧!本以为忙乎了一天,晚上能睡个好觉,不料三人睡下,臭虫重又猖獗。那两个家伙又不怀好意地声称什么大小是个官儿,睡觉能靠边儿,让我去盯墙根,害得我一夜辗转欲睡不能,几次起来。第三次起来后不愿再睡,二人却把灯关了。我正气不打一处来,猛扑过去把灯打开,临了两幅程十发插图,直至天明。第二天,董君整理行装起程,志成亦抱被回家。剩下我一人百无聊赖、怅然若失。刻了两枚图章,曰"津门滑氏",曰"国璋之印",为《西园雅集图》题字钤印。

这是一九六二年八月十五日的日记。

潘志成的所谓采药究竟是什么药,我记不起来了。大约是挖甘草之类吧。而后他又去打草。十天后的日记是这样记的:

下午裁纸再裱《松鹤图》,至晚饭前成。又用四尺全开熟宣裁去五寸钉于墙上,临摹傅抱石之《兰亭图》。回家晚饭后复来大雅堂,志成与赵君俱在,三四天不见志成,似有久别之感。志成在火车站一带打草,堆在一起,打算晒干再卖,至今已近三百斤。约略可卖三十元,至少也可卖二十四元。志成明晨仍去沼潭打草,自称近来饭量剧增,一顿能吃三斤。

我所以要引用这段日记,是有感于志成少年时之穷苦,也为自己的养尊处优深感羞愧。那时我不但不帮家里干什么,甚至长久地连家都不回。只在爸妈或弟妹来叫的时候,才不得不离开大雅堂一会儿。

两个弟弟时时来此玩耍，又时而跑去，舍妹应母亲之嘱来送开水，弟送来炒黄豆一包，母亲一夜头痛，甚剧。

日记中的这片言只语，勾起我多少想象，多少愧疚！假如能让我重活一次，许多事我会不这么做，我或许会做得稍好一些的。

我得把大雅堂说完。

给我们的大雅堂加剧文化氛围的一个重要人物必须提及，这就是好事者刘君。

刘君是南排村土生土长的，五官端正，鼻正口方，是个我见犹怜的美男子，可就是不知道哪股筋不对劲儿，必把人弄得不把他当人看而后止。其实他并无任何劣迹，从无害人之心。农村出身的人，谦虚谨慎而惟恐不及，趾高气扬、目空一切的恶习是与他无缘的。一具开裆大棉裤足以说明他的朴实，永世不变的满口方言更说明他的淳朴。在B七中上初中时他就跟我一个班，也许同是弱者的缘故，惺惺相惜，我们成了朋友。他有一副初中生不宜留的大背头，这可能就是他的全部祸根。

有一次全班到农村帮助农民拔麦子，晚上村里组织文艺演出，让班里出个角色。同学们不知道是出于好意还是歹意，把他推了出去，唱二人台。他真会唱。于是化妆起来，与村里一个女子配对。刘君扮演连成。他的长相原本就堪称人中龙，不用化妆已足够村姑动心了，况且施朱描黛，愈见红白。村姑的年龄不大，胖乎乎的身材，圆圆的脸蛋儿，红嘟嘟的嘴唇，还有水汪汪的眼睛。两人一出台，台下便欢呼起来，真是天造地设绝好的一对。唱的是《打连成》。许是过于投入了，他唱到高潮时，已是大汗淋漓，加上霸王鞭跟随节奏的加快，舞得天花乱坠。我想那刘君已是转昏了头，一头便与村姑撞了个满怀。村姑必是爱上了学生哥的好人材，一点未见羞恼，反倒喜得什么似的。联欢会很成功。而同学们却嫉妒得无可名状，刘君又给人平添了一个嘲弄的口实。

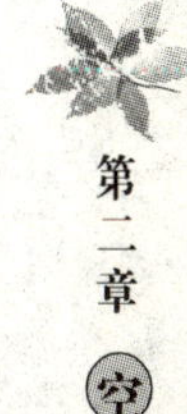

到了高中，我们又到了一个班，他的同学关系并不比初中强多少。他喜欢文学，买了许多书，由于他细心，许多书到了我们知道想买的时候已经无法买到了，他便奇货可居起来。他给自己取了个笔名叫茅舍，取茅盾之茅与老舍之舍,二字合起来又成就了“竹篱茅舍自甘心”的诗意。我们也都着实恭维了一阵子。但我们总觉得,与其说他是学者,毋宁说他是个藏书家,版本学不算文学,是另一门学问。

语文秦老师是高中部公认的有学问有水平的老师,只是因为“反右”的什么事,一直屈居人下。他给我们出了个作文题,写人物小传。我实在找不到可以传的对象,想起了唐宋文中的《送东阳马生序》、《送李愿归盘谷序》,便写了篇《刘君传》。写他遇时不偶的苦闷,写他特立独行的孤傲,写他寄情诗文的愉悦,写他上下求索的艰难。最后说:“只有我了解他,为他写了这篇小传。”秦老师颇为欣赏,写了一段完全赞美式的批语,最后说:“文末交待作传缘起,很上讲究。”为此,秦老师还特意把刘君叫到办公室深谈了一次,我想那肯定是我的文章引起了老师对他的同情。

刘君虽然不画画,却是大雅堂的常客。他看到满堂的书卷气,突发奇想,说:“旧字画在民间肯定还有许多,给他个一半块钱就能收上来,说不定就有好东西呢!”我们只以为是哪说哪了的事,没想到他真的隔三岔五地抱来一些画轴。

B市也算是个“历史悠久”的地方了。据称战国时代属赵国,清初形成了村落。光绪时商业开始发达。通了铁路后,B市一跃而成西部重镇,成为皮毛、牲畜、药材、粮食聚散地,有水旱码头之称。外地商人带来大量物品的同时,也带来了内地的文化,大商号的有钱人家里自然要接触到古董字画。他们的下一代很可能就继承或保存些此类遗物,虽然未必珍惜,却不致片纸无存。

本地人刘君的判断是正确的。老婆婆们翻了出来:“你说的就是这吧?”果然。翻阅完毕,刘君说:“大娘,这些破烂儿您放着也没甚用项。我是个穷学生,给您老两块钱行了吧。”很诚恳,很轻松,当然也很成功。富丽堂皇的四尺中堂就到了刘君手里。画的是牡丹,题字为“大富贵亦寿考”。“寿考”是什么意思?我们没见过这类词儿,算是又长了点学问。最惹人注目的是红色的撒金宣写的十二条屏,大字颜楷,每条八字。并且保存完好,鲜艳如新,挂满了一墙,蔚为大观。刘君并不小气,就让我们一直挂着,最后落到谁手里,不得而知了。

董君一点也不像志成描绘的那般英雄。也许传闻有讹,也许他忽然觉得自己长大成熟了,在告别小学的同时也告别了称雄一时的性格。总之在大雅堂出现的董君始终是温文尔雅、老实巴交,从来没有过张狂无忌、放浪无形的时候。郭沫若在《洪波曲》一书中写到初见毛泽东时,觉其如妇人好女。我对董君亦然。我从日记里翻见,这一年中不是我找他,就是他到九中画室找我。那时候我不会骑自行车,“古人”怎么能骑自行车呢,一有着急的事,就能坐上董君的“二等胶皮”。

大雅堂给我们注入了强烈的传统的“义“的观念,赵君调到某小学任教之后,在他的提议下,他、董君与我三人还郑重其事地结了金兰之好。那友谊确实是既纯洁又牢靠。后来,大家为生活计,各自走上不同的人生道路,见过形形色色的人事,但凡涉及人情与交际,总觉得没有能赶上和代替我们那时的关系的。

少言寡语的董君没有像我那么咬牙切齿地发誓要当画家,他的平和心境只是拿绘画作为遣兴。他不给绘画注入任何功利目的,因而他既不订计划,也不立目标,始终处在法无定法、我用我法的自然境界。《大众电影》中有一幅《红色娘子军》的彩色剧照,吴琼花被吊打的场面,他从琼花撕裂的衣襟、披散的头发、滴血的唇角与复仇的眼神上发现了美,他用彩墨画了下来。其实,这时的彩墨画已经完成了由剧照到国画作品的转换,我拍案称奇,坚决主张把之留起来。不料大雅堂的光棍小子们已经到了观照异性的生理阶段,这个阶段的男人喜欢用作践美丽来遮掩热爱异性,大家你添笔胡子他加个红舌头,把好端端的一幅画弄得一塌糊涂,让我很遗憾了一阵子。

董君很有灵性,有创意,他喜欢在吸水纸(在没见到生宣纸之前,我们使用工业用吸水纸代替生宣)上杜撰山水。他不用任何参考,就能画出构图完整、意境高远的山水画。我很惊讶,这不是一幅幅非常成熟的画稿么?把它放大到宣纸上,绝对是称得起创作的作品。我从里边挑了好多幅,保存至今,总想有一天把它们变为创作,而他的手里,我估计如今是一张没有了。

“念腰间箭,匣中剑,空埃蠹,竟何成?时易失,心徒壮,岁将零。……使行人到此,有泪如倾。”这是宋人张孝祥《六州歌头》中的句子。我们从年少唱到青年,从青年唱到如今,终于唱到了最后一句:“有泪如倾。”

罗小琼

我因为对古文与绘画的沉迷,对数理化俄的厌恶,整个高中是在喜忧参半中度过的。大雅堂、梁园馆和后来的空中楼,带给我的充实与快乐是一生中难忘的;数理化俄能否及格的压力一直像魔法的怪圈卡在我的额头,我无法从它的钳制中逃离出来。

一九六二年苦夏是个灾难性的日子,高二年级的期末考试整整折磨了我一个月。这个月我可以说是在恐惧中度过的。那时期我有个闲章曰"半痴颠者",就是这种心态的写照。日记里也满是"如坐针毡"、"忧煎无似"、"愤不欲生"、"以头抢地而死"之类的记载。这种担忧,不只是煎熬了我一个夏天,不只是煎熬了我整个的高中,可以说煎熬了我一辈子。直到我这十年间还依然做过身临数理化俄考场的噩梦。我瞪着试卷,无论如何不能让思维集中到题上,而时间飞速地消逝着。我知道我完了。我不知道科学上医学上怎么解释这一现象,弗洛伊德的《梦的解析》仅是以性为中心的学说,他不可能研究一个中学生烙在脑褶皱里的紧张,何以在几十年后还这么顽强地存留着,不时地在梦中站起来,折磨一个行将就木的老人。

此刻,我必须忍受着痛苦,把我当时的痛苦检索一遍,希望能与之做一次诀别:

明日考物理,心极恐惧。期中考试除物理四十七分外,均已及格。明日物理若不能过关,则此学期及格无望矣。(七月十五日)下午同学忽问我俄语考试如何,我说尚可。他说,有人听你们班主任罗老师说要找你谈话,说你这次考得挺糟。我猝然受击,一时茫然无语。在图书馆坐了一下午,瞪着报上的文章,念了数行竟不知念了些什么。(七月十六日)放学遇罗小琼老师,试探我的俄语成绩,罗老师不直接回答,但顾左右而言他。我把近日心情向她表述了几句,她只是做了些安慰。(七月十七日)复习化学,心情烦恼。今日不到校,在大雅堂闷坐,欲看书又止,既止又不得安宁,又勉强看书,其实看不进去。(七月二十二日)复习代数。想到自换老师之后颇不遂心。又曾在其手下得过五十二分,更何况此系本学期代数之最后测验,期末考试若一仍其旧,则此门及格无望矣。(七月二十四日)数学试毕。与同学核对,叹恨不迭。下午长吁短叹,愁如终南之山。(七月二十六日)

无论如何,所有的科目都算是考完了。如同一个在供词上已然画押的犯人,剩下的就是听从判决打入牢中等待伏法而已。这到底也能换来一阵轻松,也许是彻底的轻松。月底了,该放暑假了。一向待我仁厚的李嘉峨老师要回天津。这时候,我已经和这位从来没教过我们语文的李老师挺熟悉了,他知道我姐在沼潭食堂工作,托我代买火车票。这是我乐不得的事情。我很早就起来,很庄重地去给李老师送站。一个学生对一个老师崇拜了,仿佛越是辛苦便越能表示心意。我不想等公共汽车,我的心情很好,便走着回校。一路踏歌而行,憧憬着下学期若能转到李老师班里,该是一番何等美妙的情景。李老师性情开朗,平易近人,多才多艺,有诗人气质。我的许多爱好都与他相同,我们都是天津人,我们都喜欢美术与文学,在这样的班主任管辖下学习,一切该有多么浪漫、自由、舒畅而愉悦。

我回到学校时已是黄昏了。西天上横着一大片云彩,被落日的余晖染成玫瑰色的锦缎,华贵而绚烂。所有的教室已在昨天被同学们打扫干净,此刻已贴了封条,放假了。操场空荡荡的,跟人一样地松了口气,舒坦地袒露出它的开阔与平和。操场对面,一行小株杨树掩映着几排住校学生与单身老师的平房宿舍。那一带应当算是暑假前校园里最后的生机了。

我带的午饭还在兰老师的画室里。我还有好多绘画上的事要处理,便提着暖瓶去锅炉房打水。锅炉房设在单身平房的边上。我恰好遇上了也来打水的罗老师。

罗小琼老师是北大历史系去年刚毕业的女学生,她怎么分配到这紫塞边城任教,就不是我能知道的了。但有一点可以确定,她不是本地人。她究竟比我们大多少说不清,但肯定大不了几岁,大学生能比高中生大多少呢?尽管礼仪上的称谓是师生。高二的这一年,我赶上了这位新来的大学生当班主任。

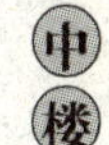

女性的温柔是上帝赋给的,罗老师并没有因为她的美丽而丢了温柔的美德。她很认真,也许是初登岗位的缘故;她很和蔼,是因为女人的缘故。在

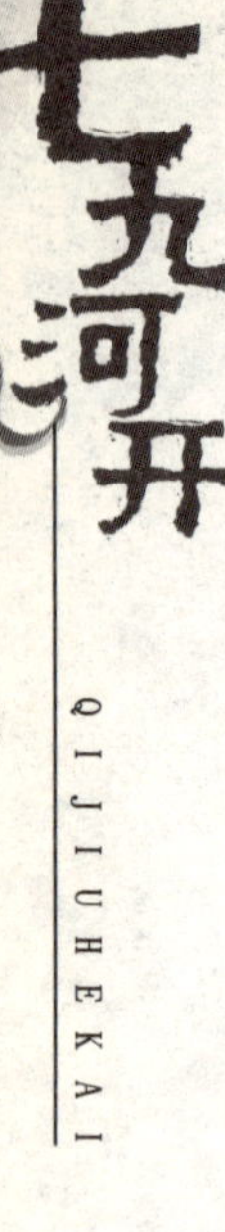

她身上我们从来没有找到严厉,没找到“长者之尊”,找到的只是朋友的关爱与微笑。她不是那种婆婆妈妈的妇人,她是个端庄矜持很懂得自重自爱的姑娘,她把少女的高傲非常适度地融合在她的温和之中,在姑娘与师长的接合部找到了最得体的位置。她窈窕的身材明摆着难以抵抗的诱惑,深潭般的黑眸子里埋藏着令人费解的内涵,而当你注视她的时候,却绝不会或绝不敢产生任何亵渎的闪念。她成了大男生们的偶像,是我心中完美的女神。

她踏上讲台的第一步,就把成熟的女性美亮给了五十双眼睛。

“我不能蹂躏理性和正义而把暴君的生命看得比普通公民的生命更重;我不能玷辱智慧而把这罪大恶极的人从灭亡的命运中拯救出来。我投票,赞成判决路易十六死刑。”罗老师的手势在缓慢的挥摆中停在了下颌与胸脯之间。静场,还没来及坐正的同学与凝视良久的同学即刻消音。紧接着,她在这段朗诵之后说,“这是一七九三年法国国民公会议员表决会上罗伯斯庇尔的一段演讲,是继一七九二年七月十四日法国民众攻克巴士底狱后,资产阶级革命的惊心动魄的新的一幕。同学们,今天这节课,我们讲波旁王朝的复辟。”

仿佛彩排过三次或是接受了某种导演的叮嘱,她的每个动作包括表情,都染上了浓厚的戏剧色彩。她从容地翻开教案,把垂肩的短发甩在颈后,授课开始了。

我不见得这么喜爱历史,我愿意听她的课也不见得真想学到多少知识,我甚至一直盯着她的口形而根本没弄清她到底讲了些什么。然而,每在我知道下午第一节就是历史课的时候,我会在上午甚至从前一天就兴奋起来。“我又可以见到她了。”喜悦便充满在我心间。

我估计她每天要花好多个小时备课,她讲课时很注意演讲的方式包括举止、态度、手势、表情,甚至连声调的抑扬顿挫、疾缓高低都像受过训练似的。讲到沉重的历史事件时,她的庄严的情绪压倒全场,高高的胸膛起伏着,包蕴着火一样的青春激情。如果她的颈项上再多一条长长的白围巾,那就是地道的林道静了。我被她的讲演所感化,所激动,我直视着她的身体,她的眼睛。我觉得她也在直视着我,甚至这一节课是专为我一个人讲的。我终于怯懦了,在她忽闪的眼神里狼狈地逃逸。

“你怎么才回来，”罗老师知道我去送站了，“拿着你的成绩通知单。”说着便放下暖瓶，伸手去摸她衬衣的衣兜。

“怎么在您的身上？”

“都领了，都走了，就剩你一个了。我知道你要找我的。”

我的心提到了喉咙上，我想到我至少要有一门甚至几门不及格。我在前天的日记中这样写道：“若是那样，我将会如何呢？一个月来所受的折磨、所受的刺激不可谓小，但命运不会体察我的慌恐、我的苦衷，它们仍会无情地把失望与灾难之星砸在我的头上。当那一时刻真的到来时，我该是什么状态？前两日心情惶恐，坐立不安，对朋友说，明天去领通知书，很可能‘以头抢地耳’。志成，看在咱们一起长大的份儿上，看在你我朝夕相伴的份儿上，你去把我抬回来吧。只有我俩单独在屋时，我竟恐惧大叫：我命休矣，我该写《自祭文》啦！”

罗老师把通知书递给我。

“几门不及格？”我说着，腿在发软。

“考得不好，”罗老师说着，面色庄严，从表情上猜不出什么，“你自己看吧！”

我打开了，眼球飞速地在各科下面的分数上扫描，想寻找六十分以下的数字，居然没有。我几乎不相信自己的眼睛，但心里立刻踏实多了，又从头过了一遍，的确没有。

心跳向正常缓解，血压仪的指数倏然下降，我仿佛听见了捆在臂上的血压仪绷带放气的声音，想象到长舒一口气的快感。

“我的代数也及格啦？”我如坐梦中。

“五十九，”罗老师的表情依然镇静自若，“我跟你们数学老师说了一下：这个学生将来是考文科的，别难为他了。给你加了两分。”

她说的时候是那么平静，那么轻易，简单得就像从她的教案本上给我撕一张白纸一样。

如果是现在的我，我肯定扑过去跟她拥抱。

“你这样可不行啊，”她指的是我的成绩，“就说你是学文的，可你的文科成绩在哪里呢？你的历史才六十七分，这可是高考必考的科目呀！”

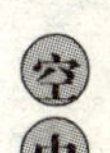

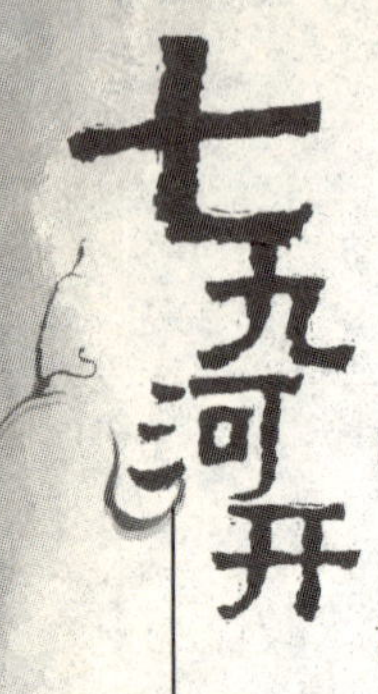

我不好意思了，尤其是她的最后一句。我可以理解成“你装作爱好我的历史课，可你听了些什么呢？”

罗老师似乎看出了我的难堪，换了个话题：“你的性格人品都挺好，挺真诚，又有一定才气，对班里的工作也热心，所以操行我给了你甲等。”

天呐，有生以来我的操行从没得过甲等啊！我去看通知书的那一栏，果然。今天这是怎么啦！

暮色悄悄降临，并在不知不觉中把我们笼罩并且包裹。有两个男生来打水。

“罗老师，您的水打好了吗？”学生问。

“你们先打，”罗老师忽然想起什么，补充说，“把我的壶灌好顺便提到我屋里，门没锁。”又忽然想起什么，“对了，还有这个壶。”

这个壶是我的壶。

她向锅炉外边踱去，我懂事地跟了出来。

操场上漫了一层暮霭。两座教学楼在暮霭中浮起，如想象中的海市蜃楼。高大的白杨树在晚风的吹拂下哗哗地响着，像是梦游者的呓语，修长而雄壮的身躯微微摇晃着，像是微醺无语的醉汉。沁人肺腑的凉风抚摸着人的肌肤，让人从身体到内心都感到一阵爽快。她穿的蓝色的裙子在风中摆出了好看的衣纹，很飘逸，如同张令涛、胡若佛的线描。我们沿着两行小白杨组合的小径走着，树丛里有几个人探头探脑，小声地嘀咕着什么。我们走过之后，身后传来几句俄罗斯民谣：“一对情人肩并肩，走过青青的大麦田……”我估计，那肯定是几个操行连乙等都没得上的坏学生。

“你真的喜欢历史吗？”她问。

“真的。我真这么想过。”我已经有了发表见解的勇气，“文学和历史的渊源是很难划分的，尤其是中国，许多历史文献都是当成文学传授的，而且它们本身确实也称得起是文学。作家所处的时代背景决定了他们的文学内容，许多文学本身也就是历史。”

“你说得很对，”罗老师显然对这个话很感兴趣，她接着说：“岂止是中国。西洋的绘画，那些大师，那些巨匠，那些不朽的名作，哪一件不是历史的产物呢？”

“我在练画上投入的时间太多了,下学期我得腾出一部分时间花在这方面来。”我好像要按着圣经向上帝发誓,“下学期您还做我们的班主任吗?”

“不要总是您您的,我没有比你大到一辈儿的年龄吧!”她斜了我一眼,即使是黑夜,借助远来的宿舍灯光,我也看到了她黑眸子的闪光,那深潭般的滟影哟!

“是的。你还能当我的班主任吗?”我郑重其事地重复了一遍。

也许是声调和表情都很严肃,明摆着故做的严肃,她笑了一下。但这笑容如刚才的日光一样,一闪而过,她恢复了平静,平静地说:“不当喽。下学期我要给初二教历史。你们高三已经没有历史课了。”

惆怅,立刻笼上了我的心头。清澈的湖面被谁投进一块顽石,美丽的小鱼们仓惶逃遁了,水藻不安地摇晃起来,把水中的月亮摇碎了。

沉默,无言。虚空带来的沉默,难堪导致的无言。我们不由地把脚步放得很轻,生怕它在死寂的虚空里会发出震响。

“那么我怎么复习历史呢?六十七分的历史在高考时要拉下多少总分呢?”这是实话。

“如果你真喜欢的话,”罗小琼说:“我可以帮你复习。比如,星期天你可以到我这里来,我给你讲,再借你一些书看。或者在假期,你来也行。我就住在这里,不往哪儿去。”

我的亲爱的读者,最后这一段话是我从一九六二年七月三十一日的日记里一字不漏地抄下来的。这里我不敢给我的老师加点什么,虚假没有意义,但我也舍不得删掉什么,哪怕是一个字。整整四十多个年头过去了。她还记得她对我说过的这几句话吗?她能推测她当时的话给一个大男生的感受吗?真想再到老师的身边当一名历史研究生,今生还有望吗?

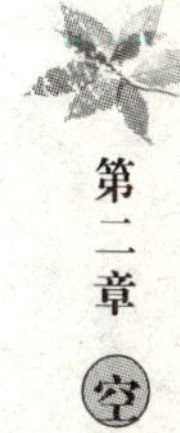

江南淑女

故事的开始是轻松的,轻松得几乎没有情节,如同严冬已过,我们打开一条窗缝时吹进的第一缕春风,我们甚至没有觉出它的温暖,而只感到一种清新,一种不同往常。然而就因这一缕春风,在不知不觉中,蓦地展开了云霓的亮丽,把玫瑰的绯红泼透了一个穷孩子的整个心田,泼出了一个始料未及的童话。

高中的大男生们已经到了关注女同学的年龄。我们用不着探讨这种现象的生理解释,生理不是文学。我们观察一下小荷怎样以它的“小白长红”引起了蜻蜓注意的吧。

在我踏进九中的校园之后,常在一个走廊出入的高一六班的一个女同学很惹人注意。第一让人惊奇的是她的肤色。那时候我还没学会比喻,那肤色的白皙细嫩让我想起了邻居大娘用来赞美女人的常用语:“像剥了皮的鸡蛋清。”这比喻当然谈不上文学修辞,但老百姓从生活里总结出来的经验体验真是贴切极了,从色泽到质感的确称得上酷似了。直到我现在写书的时候仍旧没想出一个能代替它的文学语汇。旧小说里有个描写女儿肌肤的词儿叫“吹弹得破”,言其娇嫩之极。我的这位同学的皮肤就能给人这种感觉。那样子实在让人不忍心吹弹啊。她的嘴唇像是某种植物的果实,被雨水冲洗过似的,鲜艳欲滴,红润而有光泽,圆嘟嘟地有如含苞欲放的蓓蕾。那时候的人是不许化妆的,就是说,那樱颗般的红唇绝对出乎天然。

后来当我知道她是上海转来的学生时,上述两点总算找到了不辩自明的解释。她说着一口半生不熟的普通话,是上海口音与北京普通话加起来被二除的那种话。潘志成最欣赏这种语调的味儿。他说普通话只完成了标准而把情调弄丢了。弄丢了的情调被我们这位同学保留得恰到好处,而最重要的是这一切都不是故意的,只能招人喜欢而绝无做秀之嫌。

我从同在校美术组的同学嘴里问出了她的名字。

“她叫陈芷清,上海人。她哥哥就是咱们学校的体育老师,她是来投奔她哥哥才在九中上高中的。除了她哥,她在这里没有亲人,她就住在李嘉峨老师那排单身宿舍里。问她干什么?”同学介绍完毕。

“没什么。”我辅以没什么的表情说:“看着就不对劲儿,原来是江南淑女呀。”

我的爱情应当从这时算起。

当我们现在理智下来时,才有能力对当初做一些分析。我对江南的向往之情实际上是从书本上得来的。江浙一带历来是出产诗人的地方。酷爱古典文学的我,只要一开卷,就走进了他们的生存空间。秀美的山川与秀美的人物都是诗化了的,“东南形胜,江吴都会,钱塘自古繁华”,那里的水色山光、风花雪月,给古往今来的诗人画家提供了无尽的题材:秦淮河、莫愁湖、吴中北里、维扬板桥、姑苏的寒山寺、上海的苏州河,乃至杭州的断桥残雪、雷峰夕照,说不尽的人文历史,看不够的古典风情。那方特有的水土养育了那方特有的人。那些关于江南的诗文书画为我确立了特有的审美格局,而一旦遇见了那里出产的人物,不免就生出“如逢故人”的亲切之感。更何况吴侬软语,一如燕语莺啼,江南水色,堪称北地之珍,窃慕之情便这么油然而生了。

《洛神赋》里有个句子是“却恨无由以交接”,是说曹植找不到与洛神接触的理由,深表遗憾。我也获得了同样的遗憾。我在三班,她在六班,就算彼此都知道了对方的名字,而要找个可以谈话的借口确也好没来由。加上我这种老实巴交的性格,绝对没有勇气去主动搭讪的。在无言的窃慕中,两学年过去了。直到一九六二年暑假,李嘉峨老师回了天津,我因给李老师寄一封信,要找他的邮信地址,这才算找到一个得体的理由。李老师是五班的班主任,她又是李老师的邻居,并且跟李老师比我还熟,找她问地址是理之所然。这算是我们的第一次“交接”。她还给李老师另外写了一个问候的便笺,让我夹在信里同寄。我很愿意把这个细节理解为她愿与我交接的借口。不然,她绝不会为省八分的邮资而烦我夹带的。

其实,我给李老师写信的内容是,十分恳切地求他把我转到他的班里去,我是真害怕数理化老师来当班主任的。但其中有没有与江南淑女成为邻座的想法,我不太确定。开学前李老师还没回来时,我遇见了陈芷清,她告诉我:“李老师已给张萍老师来信说到你想转班的事,他很同意,但得找校长请求批准。”我找校长久等不见,向兰老师说了此事,兰老师随即取上一幅他的油画作品,让我找校长时带上(现在明白是送礼),却终于没等上校长。换班之事就此搁浅。全部收获就是得到了与江南淑女第二次说话的机会。

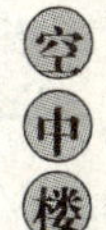

为了提高俄语水平,好心的俄语老师组织同学们跟苏联同级学生通信,让我们每人试着用俄文写篇东西,收齐后一并邮往苏联某市某中学某班,若干天后即可收到与你相对应的一封信,从此他或她就成了你的朋友。这就

看缘分了,也许给你回信的是一位叫冬尼娅或什么诺娃的俄罗斯姑娘,你们通信由“你好”、“学习忙吧”渐渐地变成交换照片、小礼物,一直到“牙留勃留介罢”(我爱你)的单句的运用。

有个同学很幸运,曾经收到过那个“她”的黄色手帕和塑料头饰,还用中文写了一封短信,那字体像是用许多线条拉出来的,大小不等,但还可以看懂,说她家里有父母和一个妹妹云云。还有比他更幸运者,我们高三同级生中真有把这友谊发展为爱情的。当然,由此招来了艳羡,也招来了嫉妒。其实,这真是一种很美很纯的感情,很美丽的故事。

我曾经替自己编了这样一个故事。我的她终于把照片寄来了,长睫毛,深眼窝,卷发,薄嘴唇抿成一条缝,鼻子有点翘。第九封信之后她邮来一盘录音带。由于我跟教导处的老师很熟,我从校播音室借出了录音机,用了十三天时间才把她的三十分钟的录音纪录翻译整理完毕。那是一篇老长老长的情书,并且是她亲口念的,听着她那流泉般清澈而真挚的话语,我流泪了。她说她爸爸是建筑工程师,恰好正以苏联专家的身份到中国帮助建设B市。今年暑假,她能跟爸爸一起到B市,那时我们就可以相见了,我们不用再吃力地查词典、拼单词,组织语法,你会知道动情女孩的嘴唇有多么烫人……我快乐得发疯了,疯狂地吻她的信,她的照片,等待着暑假的到来。暑假来了,她没有来。因为中苏关系破裂了,中共宣布赫鲁晓夫为修正主义分子,是列宁斯大林的叛徒。支援B市建设的苏联专家撤走了,我们与苏联学生的通信也不得不知趣地中断。若干年后,有一个意大利芭蕾舞团访问中国,我恰巧有幸得到一张入场券。《天鹅湖》演出的帷幕拉开时,一位穿着白色长裙的报幕员庄严朗诵道:“主演娜达莎谨以此剧献给中国恋人。”我惊呆了……后来,我把这个故事讲给一个同班同学听,他居然信以为真。我说出这是我想象的时候,他仍然兴味不减,说这不是一部很好的小说吗?

可是我不可能遇到这个故事,因为我们俄语学得不好,没有参加俄语老师组织的通信活动。并且我当时已经有了真实的恋人:陈芷清。

年底快到了,要有两个大型活动。一是迎新晚会,一是全校第三届美术展览。还有两件看去不太重要而做起来颇费时间的事:一是给有关系的班画墙报报头,一是帮助老师刻印贺年片。

布置画展是头等重要的事。兰老师对我们很信任,遇到这类事我们也蛮有兴趣地出力,这样兰老师就省心多了,只做做“宏观调控”就可以无为而治。

李嘉峨老师每年也要做贺年片的,我拿出已经刻好的于非的仙鹤让他看,他说:“这给老年人祝寿还差不多。给美少女贺年,这能行?走,跟我取个样子去。”我跟到语文教研室,他拿出一本《诗刊》,封面是仿汉代画像砖风格的两个宫女的舞蹈,李老师清癯的脸上荡漾开笑容:“长袖善舞,楚腰纤细掌中轻,这多优美,刻这个!”我也会心地笑了:好色的岂止楚王,老师亦然。老师又拿出迎新晚会上要用的《诗歌朗诵》蜡纸,让我们帮助印刷,等我找上志成,印完了内文与封面,已经整八点了。回家吃饭。

美术布展是在次日下午开始的。我们把昨晚在大雅堂所能搜集的画都抱来了,又把我在假期画的猫和松鼠找来,与志成在美术活动室开始装裱。所谓装裱,就是把画贴在有颜色或没有颜色的衬纸上,弄出些国画裱背的效果,以供观赏。李嘉峨老师来了,说昨天印完的《诗歌朗诵》已由陈芷清她们装订完毕,很满意。我们让他找几幅作品来参加美展,他谦虚地说着:“我哪有称得起作品的画呀。”却带着我去他家翻找了几幅,又顺便把我放在他家里聆教的几幅捎上,回到活动室开始布置上墙。

这时候,两个同学来帮忙。墙上空空,挂画实际上是抢地盘的机会。我率先把我的《兰亭图》钉在北墙高处,把裱好的猫和松鼠钉在东墙两窗之间,做了潘志成画《虎》的陪衬。兰老师催我回班请假。下午不上自习,教室里的人正填高考志愿,我的第一志愿填了省师院中文系。

李老师又来了,问我明天诗歌朗诵会会场幕布上用的大幅刻纸画完了没有,我这才想起,我把它忘到脑后了。李老师看我忙乎的样子,料已无暇顾及,便拿上那张样子,称自去临摹放大,回教研室了。少顷复来:“老兰,还是你去给帮帮忙吧!”李老师说。

“没见我正忙着吗?”兰老师把油墨涂在石膏板上,铺上素描纸,用木蘑菇在上边磨着,磨完一翻个儿,花篮里的百合便绽开了娇美的花瓣儿,几根婷婷玉立的花蕊仿佛在颤动。

“印贺年片又不是什么技术活儿,用得着大师亲自动手?好啦,我跟你

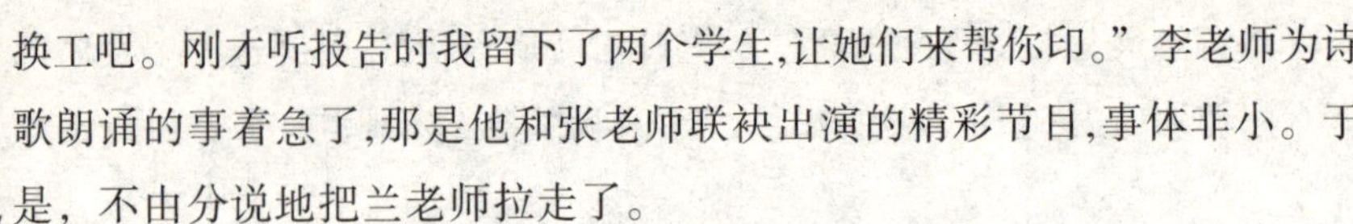

换工吧。刚才听报告时我留下了两个学生,让她们来帮你印。”李老师为诗歌朗诵的事着急了,那是他和张老师联袂出演的精彩节目,事体非小。于是，不由分说地把兰老师拉走了。

不一会儿,高三四班的两个女同学来了:陈芷清和Q。

“李老师让我们来帮助印贺年片的。”她们自我介绍说。

不说我也知道。但我这么有修养的人是不能露出喜出望外的神色的。还是潘志成会来事儿,他心里没鬼,自然很坦荡,招呼她们说:“来,你坐这儿,你坐那儿,还有你……”他指了我一下,“你来教她们怎么印。我去挂画。”

只为这一句,我感谢潘志成一辈子。

坐下来的正是陈芷清与Q。我示范了一幅,“就这么简单！看,画已经出来了。再拿这个小块的‘恭贺新禧’盖个章,在这个位置上,好啦。那半页是写赠言的地方,空着。你俩谁来试试？”

Q可能还不知道我是谁,陈芷清毕竟算是跟我相识了,一笑,说:“我来试试。”她站起,摘了头巾,脱了小棉袄,墨绿色的毛衣立即塑出了婀娜的腰身。接着便拉开架式,如此这般地操作开来,哈,一举成功。而后交给Q盖印。第一幅的成功立即引起了她俩的兴趣,觉得这工作挺好玩,仿佛她们也能画百合花一般地得意。

“这是什么花儿？”陈芷清端详着自己的作品。

“有点像山丹花,”Q不敢确定,“但花梗与叶子又不像。”

“问问这位画家老夫子,”她瞅着我,脸颊上露出两个浅浅的酒窝儿。她管我叫夫子,我差点听成夫君。

“这是兰花。”我严肃地说。

“你蒙人！”她嚷了起来,“哪有这样的兰花？兰花是叶子,是草。”

“不!”我说:“《劝学篇》上说,兰槐之根是为芷。芷,就你名字的那个芷,多年生草本植物,夏天开花,白色,根可入药。”我的口气很像个考据家或老中医。

“这是从哪儿扯到哪儿啦？”酒窝儿较前更深了许多,婀娜的身姿欹侧有致。

Q觉得有点热,也脱去外衣,做活儿挺来劲。把她们教会了,我反倒没事可干了,但又不想离开。跟潘志成挂画肯定不如坐在这儿陪女同学聊天好,我觉得我这个看法不错。

“不是说昨天语文课检查背诵《孔雀东南飞》吗?你们班考了吗?”我总得找点儿话说。

“大家都背了,又不考了。”陈芷清说。

“这么说你会啦?你能背下全首一千七百八十五字?”我不大相信。

“不行。有人提醒还差不多。”

“我给提醒,背吧!”我很想听半生不熟的上海普通话,便极力怂恿。

“孔雀,孔雀东南飞。”刚念了一句又停住了,不好意思了,脸也红了。

“这才是,”我做出无所谓的样子,故意不从开头背起:“鸡鸣外欲曙,新妇起严妆。著我绣夹裙,事事四五通……”

我一带动,果然生效,她接着背时,我悄悄停止,但闻:“足下蹑丝履,头上玳瑁光,腰若流纨素,耳著明月珰。”她已经适应了,继续背下去,“指如削葱根,口如含朱丹。“Q也附合进来,“纤纤作细步,精妙世无双……”

两个声部的女声二重唱真是动人,如同奏响了江南的《采茶舞曲》,吴娃越女的袅娜身姿和燕语莺啼的吴侬软语,织出了声情并茂的宜人图画,画室壁上的所有图画一时黯然失色,被两个少女的童声所替代。

死记硬背是女生的看家本领,看得出她们对得到这个炫耀的机会很兴奋。我根本提示不了什么,并且人家也不需要。

声音终于退出画外。当她们静下来时,只留下两张绯红的脸蛋和采茶女左采右采的窈窕身姿。我的目光不由自主地落到了印贺年片的那双白皙圆润的纤手上。“指如削葱根,口如含朱丹。”我喃喃自语。

“要背就大声点儿。”Q对我已经不陌生了。

“光会背是不行的,要学会理解,”我摹拟着老师的口吻,并伸出自己的一只手看着,“指如削葱根,你看这手指,就像剥了皮的葱根,嫩白,而且细腻,而且……”

两位女郎笑得前俯后仰。

“指如松树皮,臂如细麻杆儿,”陈芷清吟道:“就你那手啊……”

Q笑得弯下腰。

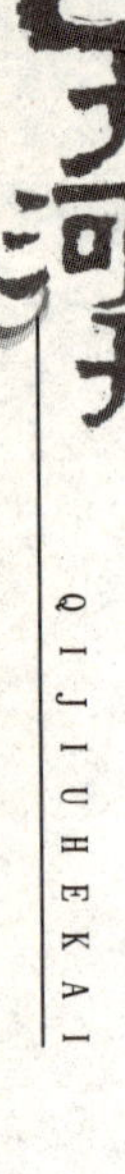

"葱根在这里，"我指了指按在石膏板上的她的手，她赶紧把手抽了回去，藏在桌子下面，"那么口如含朱丹呢？"我的眼睛盯着她的嘴唇。

"去，去，"粉面又白里透红了，"这儿用不着你了，跟潘志成挂画去！"

我一边说着好好好，一边真的站起来，给志成帮忙去了，心里却十分得意。得意什么呢？我也不知道。

兰老师回来了，看我正忙着挂画，肯定认为我是个很本分的好学生。

梁园馆

如果没有毕业升学的隐隐的烦恼，我的整个高中时代可以说全是美好的。以我这个毫无背景的出身，在B九中能时时处处受到最惠之待遇，真是匪夷所思。我之所以赢得老师们的偏爱与同学们的注意，说穿了，仅仅是会画画这么一点雕虫小技，说起我如同说到某某人会踢球某某人会变戏法一样。但这毕竟也是个成功。

一九六三年一月快放假的时候，图书馆由西三楼倒在东三楼，美术兰老师临时搬到东一楼生活指导宿老师的屋里合署办公。我们常去找兰老师，自然与其同屋的宿老师相熟了。放假了，宿老师要回老家过年，在兰老师的疏通下，同意我在这间屋画一个假期的画。宿老师一走，我在一天之内就把这间办公室变了模样。安起一个大炉子，学校有不花钱而又烧不完的煤。墙上钉满了国画，有床铺、大桌、卷柜、唱片，以及一应画具。这小天地属于我了。

境由心造，我此刻仿佛做了小国之君，享受着皇帝才有的得意心情。人生于世，"不如意事常八九，可与言人无二三"，若是找到一二件如意之事，得二三个可与言之人，这不是很难得的事情吗？我在这里画《桃花源图》、《丽人行》、《荷塘雨后》，临摹邵宇的担水农家女与张令涛、胡若佛的古装连环画。每天都有同学和朋友来玩来坐。董君、刘君、潘志成、赵君，每天都能轮番见到。有了这个好所在，我连家都不回了。除了大年三十夜里与大年初一在家睡了两觉之外，整个假期都是在这里过的。

古人云"梁园虽好，究非久留之地"，我把这间临时的居所命名为"梁园馆"。一个中学生能取出什么雅号，仅能达意可也。

这期间发生了一件事,足以导致了“张君瑞害相思”。其实,也称不上是件事情,只是在我独居梁园馆作画的期间,她来过这里一次。

什么事也没有,仅仅是一次仿佛路过仿佛闲来串门的一见,在我的心理历程上却引起了灵魂的震撼。不用交待,读者完全可以推断出我指的是那位江南淑女陈芷清。

我们在一个年级邂逅已过两年半了,这期间除了去年暑假找她要过李老师在津地址、月前美术布展时跟她一起印过贺年片这两次接触之外,仍然是《洛神赋》所说的“恨无由以交接”。我的窝囊秉性决定了我永远不可能成为一个勇敢的追求者。如果我主动给人写个字条而不幸被交到老师手里,或主动到人家住所无端造访而受到带搭不理的冷遇,我的怯懦和我的自尊说不定会把我推向没脸见人的绝路。因此,尽管我已经到了开始注意女同学的鬓发与体形的年龄,却绝不敢轻举妄动,只能守株待兔地期待着别人向我示爱。

我的期盼终于有了回报。假期的校园分外寥落。不回家过年的住校生与老师在去传达室取书报信件时,路过我这里偶尔进来看看,对我的画赞美上一半句。今年寒假陈芷清没回上海,她的寂寞是可以想象的。有一天她领了个小孩子到我屋里玩,这是我始料未及的。可惜小国之君摆不出一桌满汉全席,而带着别人孩子作掩饰的女同学也不可能屈尊留饮。会见是在极其平淡与假装自然的态度中进行的。我既不能表示过分的殷勤,她也做出绝无他意的姿态,连句生动的笑话都没有。我们不算熟悉。

她走了。我不得安宁了。高楼静夜,一片落叶都会发出轰响。被我填满了煤块的炉火嗡嗡地燃烧着,多半个炉壁被烧得通红而透明。冬夜的超常的温暖,给人的已不是舒适,而是浮躁与焦灼。我努力搜寻着白天她印在我记忆屏幕上的一颦一笑一举一动。她的那种羞怯腼腆的举动,鲜活而端庄的面容,妩媚动人的情致,像一道月光从暗夜里透露出来,把我笼罩住。我的心神在不确定里摇曳着,无傍无依,如断线的风筝。

她并无事情,为什么要来?她是怎么知道我在这儿住的?她从来没有单独跟我在一起说过话,她虽然领着孩子,我们完全可以假定那孩子不存在,或假定他不是人而是贵族小姐的一只随身宠物。那就是说她是一个人来

看另一个人,一个女同学来看望一个男同学,一个姑娘看望一个少年。我们并不相熟,不是一个班的,那么她是为了相熟而来的吗?她完全可以大大方方坦坦荡荡地来,如同住校的老师和同学一样,却为什么还要带一个宠物呢?避嫌?避什么嫌呢?是她已经有点儿爱上我还是怕我爱上她呢?她那遮遮掩掩的神情,以假装的从容与镇静所掩饰的拘束与慌乱,是显而易见的,又是令人费解的,猜不透是想和我在一起呢还是怕和我一起。

现在,夜是这般宁静,灯华又如此净洁明亮,若是与她面对面清谈,该是多么富有韵味。可是她能来么?她为什么不敢再来呢?

然而,任我望穿秋水,伊人没有再来。

快开学了,人们陆续回来,都到我屋里转着看着。宿老师也回来了,坐了一会儿。为了表示对屋主人的谢意,我指着墙上临摹刘奎龄的一幅松鼠说:"送给您吧。"他很兴奋,说他正好带了些纸来,可以装裱一下。第二天,梁园馆骤然改观,我们搬走了。屋子打扫干净,墙上的画,地上的床都不见了,由宿舍迅即恢复为办公室模样。墙上只剩下一幅许诺出去的《松鼠》。

我把行李搬到西三楼大展览室,企图在那里过夜。西三楼是住校生宿舍,晚上怕大屋里冷,我就到刘君的寝室里住了一夜。

于君找我要画,鼓动我把那张松鼠取回送他,我犹豫了一会儿,居然真的拿回来给了他。他倒是挺珍惜我的画,哪怕是个小篆刻他都认真地保存着。可是答应了宿老师的画怎么办呢?这是什么学生!

我很怀念这段快乐的时光,写了首《梁园馆歌》:

美哉美哉梁园馆,雾帷深深锁校院。
晨露未晞诵古文,新报新刊余独览[①]。
舒窈纠兮十四娘[②],莲叶田田水云乡[③]。
有美斯臻成大雅,集来笔底起苍黄。
我恋雅斋灯华灿,兴至夜阑犹未倦。
炉火烘烘若鼓琴,挥毫泼墨直达旦。
高士独居不觉孤,雅聚贤达趣不俗。
茅舍[④]常来谈空有,于君夜伴作苦读[⑤]。

董君有车驮往返[6],会保日来观执管[7],
志成收罢小书摊,临池犹作临渊羡[8]。
江南淑女住平房,寻得借口探同窗,
绕膝携来谁家子,避嫌欲盖却弥彰。
可恼伊人不常至,教人夜夜翻心事,
交甫能怨不能言[9],独抱寒衾怀清芷。
大槐一梦二十天,渔郎幸遇武陵源。
梁园信美终难久,明朝一别无日还。

注:①校图书馆老师把钥匙交余,嘱每日从传达室取所订报刊,余乃得先睹之快。

②张令涛、胡若佛所画连环画《辛十四娘》,取材聊斋故事。所画线描仕女,婀娜轻佻,腰细胸丰,余于此每临摹之。《诗·国风·月出》:"月出皎兮,佼人僚兮。舒窈纠兮,劳心悄兮。"

③余画《荷塘雨后》成,时已腊月二十九,董君凌晨即来,一同装裱,淋漓满室,复背墙上。趁湿赏之,荷叶翠色欲流,而莲花亭亭,若出水然。午饭吃馒头炖肉,大快。今夜为除夕,三人合作《岁寒三友图》,夜半锁门回家团圆,午夜二时方寝。

④茅舍,同学刘君笔名,住校生,放假仍不回家,日日来坐,不谙绘事,惟能谈空说有,夜十二时乃去。古有诗云:"龙丘居士亦可怜,谈空说有夜不眠。"

⑤正月初八,于君来称住家中颇不安静,欲来此为伴,言辞恳切,乃欣然纳之。正月十四,嘱为治印"从师"二字。余日记中有"于君心无旁骛,整日读书记笔记"之语。

⑥董君为余睦邻加挚友。余但凡回家,必往大雅堂视之。而董君每日必来梁园馆。余不会骑自行车,每劳其代足,大不忍也。

⑦执管,犹言执笔,作书画也。

⑧潘志成为家中长子,暑假则打草采药,接济家中,寒假将我们所藏小人书拿去摆书摊,辛苦一日,或有毛八分之盈余。收摊后时到本馆来坐。见余书画,徒生羡慕之心。

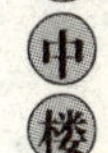

⑨《列仙传》载:郑交甫于江汉之滨,逢江妃二女,见而悦之,不知其为神人。交甫下请其佩,二女遂手解其佩与交甫。交甫怀之,走数十步,视佩,则已不见,回顾二女亦不见。此句言,既见之而心悦之,悦之而不可得,徒生怅惘之心,欲言而无可与言也。

空中楼居士

人要是交了好运,无须举手之劳便可以坐享其成。正当我把行李搬到展览室预备第二天打道回府时,兰老师说:"我跟学校说了,同意你在我的办公室住。"兰老师的办公室已确定在展览室的隔壁。这是一间不大的小屋,有一个小窗口与大展室相通,是原先的图书馆藏书与借阅相连的那种结构。小办公室北面临窗,南边有一条狭长的甬道,而后是门。这间屋,就是我念叨了一生的空中楼。

第一次在高楼的最高层上过夜,颇有置身霄汉之感。躺在临窗的被窝里,望着窗外被繁星照成蓝宝石色的夜空,驰骋着神话的遐想。仿佛是什么仙人自东北向西南撒了一把细密如沙的钻石,形成一道莹莹闪闪的天河。在那些细沙般的暗淡的繁星背景上,又跳跃出一层鲜亮夺目的星星,做着情人眸子般的闪烁。

"北斗阑干南斗斜","同到牛郎织女家",我浏览着星空,为我所知道的古诗句寻找诠释与佐证。郭沫若吟道:"天上的明星现了,好像点着无数的街灯","我身上觉着轻寒,你偏那样的云衣重裹。你渊默无声的云海哟,请借件缟素的衣裳给我?"我此刻的情景跟他所描述的毫无二致。我兴奋得难以入睡,想给这间屋子取个名字。各种优雅的深奥的生僻的优美的词语想了不少,都顾此而失彼,得文而失意,最后索兴明白如话地定名为"空中楼"。并沉吟成一首绝句:

身在危楼最上层,依稀伸手可摘星。
空中楼阁仙人住,河汉鸣弦梦里听。

潘志成对我营造的这座神仙洞府颇为艳羡,他辛辛苦苦地画画其实也是为了报考省师院艺术系。再过几个月就要考试了,他自觉也该抓紧了,于是向兰老师做了同样的表示,兰老师自是碗大汤宽,无不应允。我的生活中又添了个朝夕与共的小伙伴,我当然更是高兴。我们每天总得回家吃一顿饭,再带上次日的一同回校。有时我不想回了,只要吩咐一声,潘志成就会到我家把我的饭带来。又有时跟住校生刘君等伙吃些他们偶尔才有的油糕之类,肚子是很容易打发的。我的空中楼成了我的朋友圈的集散地。跟本校有关的人常来,跟本校无关的如董君、赵君也来跟着一起画写生、聊大天,甚至过夜。

兰老师是画西画的,为了教好我们绘画基本功,他经常组织我们画石膏像、画静物、画头像,兰老师的同学丁老师画国画,同一个模特儿,不同的画种画法,让我们颇长见识。“看这只耳朵,逆光的,透明了,我干脆用朱红上去了,看,还真找对关系了!”兰老师对自己的神来之笔很得意。“你还记得咱们那个高老师吗?”丁老师想起了什么,“有一次坐火车,对面座上有个姑娘,那五官结构非常清晰肯定,深眼窝,棱角明确,眼珠是褐色的,色彩相当微妙,白眼球不是白的,略带青色。高老师目不转睛地盯着看,一直看得那姑娘毛了,不知道他是啥意思,起来跟椅背后的大娘换了座位,才算了事。”大家听了哈哈大笑。兰老师也略微笑了一下,理解地说:“他把她当画看了,在分析,在研究,那才叫进入忘我的境界呢!”丁老师补充说:“哪是忘我,是忘你了,忘了人家是不相识的大姑娘了。人家知道你是个干啥的。谁知道你是画家?还以为你想占什么便宜呢!”

在九中画写生,找模特的事就理所当然地落到潘志成头上,潘志成一辈子都是个没心眼儿的老实疙瘩,我怂恿他,他就去。“今天叫个女同学,形象要好点儿的,好形象能入画,”我开始怂恿了,“入画,懂吗?总画那个拐朋友,你的造型能力能提高吗?画惯了,一出手就是拐子,那能叫艺术吗?初三三班那个头发带卷的叫什么来着?去叫她,就说老师给她画像。”

其实老师根本没说,是师兄说的。

叫来了。

“兰老师,画张油画吧。”我热心地建议着。

“晚上哪能画油画?”兰老师说:“光线不行,分析不出色彩,就画素描吧。”

只好如此了。

我们也跟着画。我们有理由看她了,我们用着画家高老师的眼睛,却没有受到高老师所受的那般冷遇,真是幸运。那姑娘还时不时地舔舔嘴唇,让它因湿润而显得鲜艳些。殊不知这微妙的美意不是我们的画笔所能表现

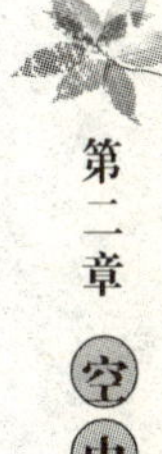

出来的。古人云,书到用时方恨少,我的感受是,画到美人恨技穷啊！就我这两下子,即使是海伦公主裸卧在我的面前,我也只能如聊斋中的王子服“个儿郎目炯炯如贼”,笔下却一筹莫展。

对美的热爱与向往,也可以化为学习的动力,我们益发勤奋了。潘志成天天画素描,画好就钉在墙上,钉了一墙。模特儿每天换一个,空中楼主简直可以同《一千零一夜》的萨桑王国的山努亚国王媲美了。老师也陪我们画到很晚。我的日记几乎日日都记着夜十二时眠,夜一时眠,夜一时三十分眠。

楼 台 会

终于文理分班了。

这个大趋势我在前几天李校长关于选修历史或生物的报告中已经感觉到了,但没想到来得这么快。今天是二月三十一日。

为了这一天,我巴望了三年。

分班是依据学生所报志愿确定的。一二班为理工班,三班为农医班。报文史的学生最少,只有十六人,凑合为四班。报文史的人有两种情况,一种是确实爱好文学历史或外语并有志于在此方面发展的;另一种是理科的智慧没开发出来或开发不出来,而又踏实用功不惜死记硬背碰碰运气的人,如果能碰着一条出路,爱好不爱好倒是不重要的。所以当时流传一句顺口溜:“先理工,后农医,剩下爬的去闻屎。”是见智者对文史的鄙视。

乐我所乐,鄙视于我何加焉？分班在我来说,如同一次解放。从上中学六年以来,熬到如今,我总算要跟数理化说再见了,这是一个兴奋。文史班班主任是我所崇拜的对我又极赏识的李嘉峨老师,去年夏天我向天津写的那封信其实是欲投其门下的请愿书,如今这愿望总算是实现了。这是又一个兴奋。

应该还有个首要的兴奋:我跟那位半年才能说上一句话的江南淑女成了真正的同窗。梁祝的故事用了太长太久的序幕,有可能进入剧情。

不料事实与我的臆想大相径庭。我原以为我们成了同班同学可以坦荡地说说笑笑了,恰恰相反,似乎比先前还陌生。

十六个人的座位很好排,每排四人,四排恰好,整齐而疏朗。陈芷清与一个女同学在前排左侧同桌,我和于君在后排左侧同桌。我的目光要穿过两个人才能看到她,要越过三个人才能看到黑板。即使要直接看望黑板,目光仍不免在中途受到哪怕一瞬间的拦劫。

我相信没有一个人对我的微妙心理有所察觉。

不上课的时候,我注意到陈芷清跟哪些男同学说话(这可能是恋人的本能),我看到她和范君等人说起话来有说有笑的,我很敏感,而当转念他们是两年半的同班时,那隐隐的妒意就轻松了许多。我特别爱看红樱桃般鲜嫩透亮的嘴唇绽开时露出的两行整齐的白齿,她笑得那么单纯而天真,如同四岁的婴儿。想想自己参差错落的两行“碎玉”,不免自惭形秽,丧气得自信全无。

我从她身边走过,她从来不打招呼,仿佛没看见一样;她从我身边走过时,也绝对目不斜视。我与一些女生说话时十分坦然,她却从来不设法找个与我搭腔的借口。

范君是个心底清澈的大男生,这一点谁都看得出来。他比我们小好几岁,个子却比我还高。时不时的憨笑足以证明他是个从来不用心计的人,不参加任何是是非非的小争斗,也从不结怨于人,对所有人都投以同样的真诚。人们善意地呼他为“大婴孩”,这个雅号一直被带到大学里,伴随了他一生。陈芷清她们经常缠着他,让他唱歌,他便用很重的喉音给她们唱:“我的琴声为何这样嘹亮,莫非是装上了金子的琴弦……”他当然也会唱“花儿为什么这样红”,但那首歌里有“爱情”两个字,那是让我们那个年代的年轻人听来发烫的两个字,所以即便没有人那么邀请,他也不敢把那两个字唱出来,以免涉嫌他要向谁暗示什么。我们可以怀疑任何一对在一起说笑的男生与女生,但这种怀疑对他来说从不适用。我对范君的境遇真是好生羡慕啊!

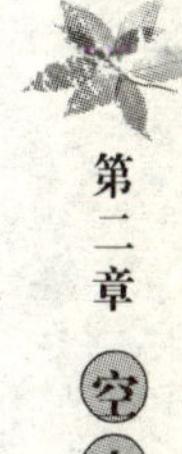

成了同班同学的我和芷清,各怀心事,不动声色。我深信这种回避里一定大有文章。

躲避是已经动了情的女人的本能,是害怕内心被对方窥见的一种防卫,惟其如此,反倒把企图掩饰的某些内容揭示给了对方。本来属于捍卫主人

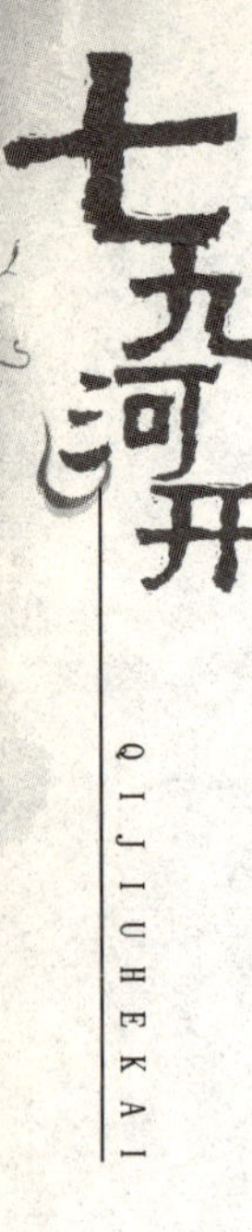

的武器,却恰恰出卖了主人,我们汉语所说的“欲盖弥彰”、“聪明反被聪明误”大约就是为初恋少女而发明的。两个动了爱情的灵魂变得比任何状态下的任何人都脆弱,无论在周围没人或有人的时候,两个人的眼光都互相回避着,躲闪着,深怕碰到了一起会引发惊天动地的晴空霹雳。而这相互躲闪各自逃逸的眼神又由于失去主宰,不能自持地去搜寻对方。最可恼的是当你以为她不再看你而你想乘机看她一眼的时候,她也在同样的一刻产生了同样的侥幸,十分巧合地完成了四目对视,两方面同时被吓得魂飞魄散,只一刹那便赶紧躲开,热潮立刻在她的粉颊上刷满了红晕。她甚至能把手里的课本掉到地上,赶快推开身边的同学去做与本案无关的事情去了。

我很愚钝,但就连这么愚钝的我,都觉出了这个女同学对我的特别。

住校生俨然学生中的贵族,至少在精神上有这么一种优越感。那些放学则奔回自家吃饭的人像是闲散的不在册的旁听,而我们是学校的主人,吃与住像在自家的餐馆里一样自得而神气。中午放学从东三楼走下楼梯时,终于遇到一次我俩同步而后边更无同学的时机。

“你和潘志成一起吃中午饭?”她问得很随便。

“是呀,我昨天带的饭。”我回答说。

“凉着吃?”

“不,有炉子。”

“就你和潘志成?”她问。

“是啊!”我拙嘴笨腮。

“吃完饭我去你们屋里看看,行吗?”她笑了笑说。

这句话在我听来有如王后约我午夜在后花园见面一样,我兴奋得有些发抖。

我若是富家子弟,若是有如今的阅历,我会立刻上街把全聚德烤鸭与香槟酒买来。可当时我不会,也不懂,并且没有能力。

“小生何德何能,敢劳凤辇亲临。幸哉呀幸哉!”其实,我没敢这么说。我这时还不会油腔滑调,也没有那种胆略气质。只是挺高兴地说了两个“好好”。

一进门就慌慌张张地喊:“潘志成,快收拾收拾,一会儿有人来:陈芷清。”

潘志成撇了一下嘴,眼睛眯成了一条缝,诡秘地褒贬莫测地点着头。

她到的时候,我们已潦潦草草地把饭吃完,并且收拾得一干二净。点着的炉子并没有用于热饭,只是给客人烧壶开水罢了。

她坐在我们安置好的椅子上。肤浅的寒暄与空洞无物的问答有时显得十分重要。不一会儿,这种礼仪就自动退位了。

“潘志成说要看我小时候的照片,喏,看吧。”她从提兜掏出一大本相册,却放在了我的面前。

潘志成朝我做了个鬼脸。

“啊,太好了,”我欢呼道:“看看老同学的小时模样。”

大大小小的黑白照片显然是经过精心搭配的。我能想象到这是一个远离家乡的少女的惟一伴侣,曾多少次慰藉过她的乡愁,多少次唤醒儿时的快乐与难忘的亲情。苏州河里的乌篷船,黄埔江边的驳轮,南京路的繁华与里弄的促狭,我努力地从这些老照片的人物背景上想象她当年的生活情景。我看见了初中生的她,小学生的她……沿着相册的时间隧道上溯。

“坐着的这二位是……”我指着一幅照片问。

“我爸,我妈。”她跟我不得不挨近些,为我一一指点着,“这是我哥,能看出来吗?”

我频频点着头,指着中间的一个四五岁的小丫头,问:“这是……”

没有回答。我疑惑地斜过头去看她,她强忍住笑,不吱声。

“这是你?真的是你?”我恍然有悟。

潘志成已先看出来了,起哄地喊起来:“是她,就是她。把把喽,把把喽……”

陈芷清涨红着脸,不好意思了,听懂了潘志成的话,使劲地捶他的背。

大家笑得前俯后仰。

第一次听见一个女孩的笑声,一个姑娘的笑声,一个作为同学的大姑娘的笑声,并且这笑是因我而产生,只为我而发出的。她当然也对别人笑过,但那不一样,那是应酬的笑、空泛的没有内容没有意思的笑。而这笑却是因为我看见她小时候的脸蛋甚至身体而引起的不好意思的害羞的笑。而害羞则涉及性与性爱了。那是不应该让人看见的……可惜,我并没有看见,我

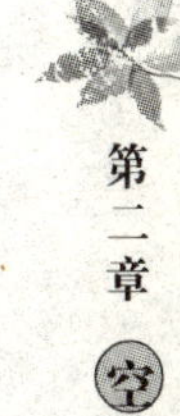

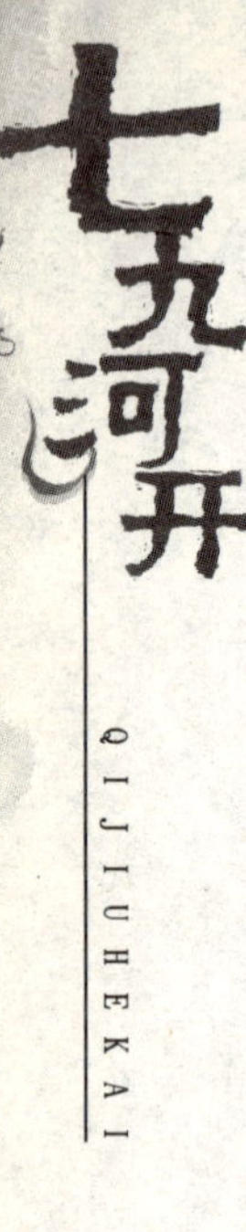

只能依靠照片上的儿童的稚嫩的臂膀,想象着粉色纱衫里面的情景。这就是她的笑声所拥有的内容。我愿这么相信。

少男少女的游戏就是这么开始的。开始了的游戏通向哪里,大家都不知道。但欢愉的开始肯定铺垫着美好的前途。这个令人愉悦的绯红闪烁的笑声打开了我的心扉,阳光般的欢乐淋湿了我的全身。我浸润其间,第一次感到有了女朋友的美好。我的笑是含蓄的假装克制的大男人应有的无声的。但这无声的笑与她朗声的笑形成了音乐上的和弦,我们陷没在嬉戏喜悦的潮水里。

这是一次历史的突破性的会晤。有两个住校生不再平静了。一个住在平房,受着教师等级的待遇;一个住在楼上,是个不花宿费的伪住校生。有了这么欢乐的开始,我想,她在寂寞孤独向隅而语时或到锅炉房打水时,总要望一眼操场那边的高楼上惟一通明的灯光。而我,一听见走廊上的的的的脚步声就怦然心动,盼着立即响起的的的的叩门声。她一个人住一间屋,可我从来没有去过。我也一个人住一间屋,并有一个心腹做挡箭牌。不构成威胁的约会是最得体的,她不用再带个宠物孩做掩饰了。

就是说,只要她愿意,随时可以做客空中楼。

“你会唱越剧吗？”有一次,我问道。

“越剧是绍兴戏。”她说。

“上海一带不都爱听爱唱越剧吗？梁祝、《红楼梦》,连鲁迅的《祝福》不都改成过越剧吗？徐玉兰、袁雪芬、傅全香、范瑞娟,这都是越剧名角儿呀？”我表达着我对越剧的情有独钟。

“咦,你一个北方人竟然还知道越剧,知道的还不少？”她很惊讶。

“所有剧种里,我最爱听的是越剧和黄梅戏。我喜欢古典诗词曲,江南出过无数的才俊,他们那种气韵风情,好像只有越剧能表达出来,表达得惟妙惟肖。除了越剧、昆曲和苏州评弹,别的什么音乐也没法表现出江浙人的气质。”我侃侃而谈,是谈感觉,绝不是卖弄,这听得出来。

“哎哟,我以为你是个老夫子,除了会背诗文就是画画,没想到爱好还挺多呢！”

“也就是爱听听。我对音乐是一窍不通的,但不讨厌。你看我们这屋,还有留声机、唱片,还有自制的收音机,有点儿声音就行。画画用手不用耳,与其让耳朵闲着,不如利用画画时间听点儿什么,在音乐陪伴下画画,那真是一种享受！人说一心不能二用,怎么就不能？”

“哟,天才跟常人就是不一样！”那故做的怪模怪样的声调与表情,让人哭笑不得。

“侬讽刺师兄哩,”潘志成操着夹生的上海腔,说道:“师兄不去捶伊的背,打打伊的头？”

“捶不得,打不得,混身上下找不着个打处呀！”我跟着凑趣。

“阿拉师兄怜香惜玉哩,”潘志成的伪沪语很有点味道,说着说着好像唱起来,“阿拉师兄真是天上地下古往今来的第一情种啊……”

芷清笑得两行玉齿合不拢,追着潘志成,又该他挨捶了。

总算平静下来,她正色道:“你们要是真想学越剧,我教你们唱梁祝吧！梁祝有草桥结拜、十八相送、楼台会……我先教你们唱楼台会。”

“好哇好哇,先唱一段楼台会,我们感受感受。”我们争先恐后地表示热情。

她调整了一下情绪,用十分地道的越语唱了起来,从声调到表情仿佛换了个人:

久别重逢梁山伯,
倒教我三分欢喜七分悲。
但见他喜喜冲冲来望九妹,
我只得强颜欢笑上楼台。

曲调忧伤婉转,悲悲切切,如泣如诉。方才的嬉闹心情蓦然烟消云散,转为凄风苦雨了。

“真让人愁肠百结,肠断魂销啊！”我感叹道。

“嗯,楼台会会让人伤心,”潘志成说:“要不咱先学十八相送吧,反正你们也快毕业了。”

“死潘志成,这跟我们有啥关系,”芷清说:“好吧,唱十八相送。我唱一句你们跟着一句。”是诚心诚意教了,我们开始认真地学。

"记住了吧，"她很有兴致，我们当然拿不准调子的细微转折，歌词和大致的调儿已经记下来了，她说："咱们连起来唱一次。"于是三个声部的越剧十八相送咿咿呀呀在空中楼飘荡开来：

三载同窗情似海……

美术的幻灭

我的面前横七竖八地插了一堆路标，上边写着各色各样眩目的大字：作家、学者、编辑、记者、画家、教授……我毫不犹豫地选择了"画家"。走过那幅指示牌的一刹那我注意到牌子上的小字说明："你可以长久地盯着那个少女的眸子，分析那种晶体的微妙的颜色变化；你有理由遍游名山大川，去铸造你的山水画风格。你的职业是运用画笔而不是车床。你的作品有可能挂进卢浮宫，或者印在农民也能买到的搪瓷盆上。那些美妙的情景就在我脚下的前方，我毅然走向前去。"

我一点也没意识到这是魔鬼的恶作剧。

省师院艺术系美术科目考试定于一九六三年六月二十六日上午在B一中校舍举行。上午我在家找了些参考，记了几个构图，以备考命题画时改造套用。下午到校，李嘉峨老师的相机里有没照完的胶卷，很多情地给我与兰老师在操场上照了张合影。陈芷清知道我明日赴试，想不出在什么方面能帮助我，便把腕上的手表摘下来递给我："考试时可以掌握时间。"我接过了一个女性的关爱，也收受了她的情意与祝福。带着异性体温的小坤表很不容易地戴到了我的腕上，我体验到"拥有"一词的内涵。当晚，兰老师带领他在九中培养出的两个学生：我和潘志成到达考点。

第二天上午考静物写生：笔筒和一本书。下午考命题画。

考场设在B一中的一间教室里。省师院艺术系连续两年没招生了，一些有志于绘画的学生矢志不渝地坚持等待着，就是说今年的考试是离校两年的与应届的毕业生总合的一场大会战。有两个就是B八中前年的毕业生，在社会上闲置了两年之后赶来投考的。艺术系音美两个专业每年各招一个班，每班只招二十人。摊到B市，只能录取三四个而已。而拥在这间考场里的不下二十名考生。这是一场优胜劣汰的生存竞争。此刻坐在我身边的画友们实际上已成了对手和敌人，每个人都在期盼着别人的拙劣与失误，祈祷着自己突来的灵感与突现的辉煌。大家拥挤着走一条独木桥，这时候不会再有谦让与怜悯，你的成功很可能就是我的失败，大家都希望未来属于自己，而未来却不可能许诺给每一个人。

这时候我们眼睛已显现出遗传的近视，我试着照老师开玩笑时说过的“戴上眼镜画细部，摘下眼镜找整体”的办法画着素描静物写生。主考官是兰老师的老师，兰老师有资格得以出出进进，对我格外地关注，看上去比我还紧张，好像不是在考我而是在考他。

在我投考美术专业的整个过程中，兰老师可谓竭其所能了。高中三年间的平时辅导自不必说，让学生住在办公室的特殊待遇也无须多言，毕业考试之后与美术考试之前的日子里，他每天陪我们画素描写生至夜十二点。省师院艺术系的招收条件是初中毕业生，以及有同等学历年龄在十九岁以下的社会青年。而我是高中应届毕业生，年龄又超了一岁。为了我的报考，兰老师请求了校长、教导主任，获得支持，开证明、抄体检、写保送信。师院艺术系根据此种情况，称可越过招生委员会直接向系里寄画报名。我从所作画中选了《三战吕布》、《牛角挂书》、邵宇《担水少女》、小幅山水若干、素描头像两幅、国画人物写生一幅（小孩头像）。兰老师觉得画种有欠缺，就把自己的一幅水彩夹了进去。所以，当主考官驾临B市时，我在他的心目中已是名列前茅了。过考官之眼，这是登堂入室的关键一步。兰老师以行弟子之仪大行推荐之实，请主考官到饭馆用餐，殷勤招待。李嘉峨老师见到主考官，着意赞扬我的勤谨好学、毕业成绩如何优秀云云。

我们不知该怎么表达对恩师的感激之情，兰老师慨叹地说：“有这么句话，说当老师的就像一支蜡烛，照亮别人，毁灭了自己。这话也不全对，老师也谈不上毁灭，你们出息了，不也是我的成绩吗？”夜色冥冥，那句话十分强烈地感染了我们，像是刻在我们的脑海里一样，至今仍旧清晰。他是艺术女神派往人间的使者，他的使命是发现美术天才，完成襁褓中的哺育，当他们学会了走路，把他们送上通往艺术殿堂的大道，而后他又返回头去开始下一轮的哺育。

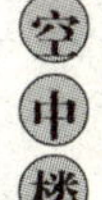

艺术不应该是痛苦的事业，而我眼下的考试却充满了惊恐莫测的煎熬，

我看着腕上的坤表,那个白玉般的人儿又浮现在眼前,海棠花般的嘴唇绽开了两行玉齿,如果我们平静地坐着,听她教唱十八相送,该是多么美妙。

费解的人生。不知它在我们的前面安排着什么。

我画得并不顺手。这是显示水平的关键时刻,我却在拘束与紧张之中把感觉弄丢了,找不着了。平时那种情绪怎么也焕发不出来,只是机械地下意识地木然地描摹着。兰老师进来过两次,在我的画前,用手指了指某个地方,小声地嘱咐了几句什么。老师是尽了他的心意的,而心意在此刻不可能点铁成金。当我知道努力已经难于补益时,心情反倒平静了。如同在悬崖坠落的人抓住一枝枯藤,眼看那枝枯藤正在断裂开来时,却只能闭上眼把自己交给命运。

如果能抛开这种竞技,抛开这种争夺,人该是多么舒畅自由。于是,古代的许多隐士在我面前依次排列开来:钟子期、陶渊明、李白、王冕、郑板桥……这些人既不去考场摧残自己的性灵,也不去官场无端地消耗生命;他们本不向往富足,却也未致饿死;他们不想成名,只是依照自己的兴趣作诗作文作画鼓琴,他们不是很幸福吗?我是弱者,让我去寻找这种幸福吧!

考官们称赞我的命题画的线描很好,B 九中所有的人都以为我必中无疑。不久结果就出来了。我因不符合招考条件,不予录取。兰老师也向我解释,今年积压的考生太多,有人告你是高中应届毕业生,没办法,只好刷下来了。静下心来,准备文科高考吧。

图书馆写真

夏天很守时地到来了。

忙于复习准备高考的同学们连望一眼窗外的时间都没有,根本不知道何时新绿替代了残红,浓重的荫翳已在三层楼高的白杨树的伟岸身躯上哗哗作响。只有坐在前排的女同学的服装,总算能给节令的变化提供些参考。我们发现她们已经换上了单衫时,才蓦地吃了一惊。吃惊的原因之一是,屈指一算,居然快夏至了。还有心照不宣的一点是,她们都在薄衫子的笼罩下挺起了青春得令人不敢瞩目的胸膛。芷清的胸部尤其丰满结实,这是我的骄傲。但是别人不会知道我的骄傲,更不知道我为什么骄傲。女同学的这种醒目的变化是怎么发生的,我们一片茫然。我们只知道她们是和我们一样的中学生,我们不太留意细微的变化,而在这次将要毕业的是最后一个暑假,这些女生蓦地亮相给我们,真是太突然了。她们仿佛在一夜之间变成了大人,让人不敢小觑。

困人天气,下午上课是最难受的时候。这时候指望学生们专心致志,岂不是自欺欺人。好在李嘉峨老师是好脾气,从来不给学生难堪。做点小动作是驱赶疲劳的最好办法。于君不会画画,居然蛮有兴致地画着小人儿,画好了递给我,我一看差点儿笑出声来。画得真像,是前排的陈芷清的同桌。画中的她留着短发,短发下边是脖子,脖子下边是双肩,半袖衫露出左右对称的双臂,中间是由背到腰、由宽到细的弧线,到下端收回为一个浑圆的臀部。一个坐着凳子的女生的完整轮廓被勾勒出来,有如一尊细腰花瓶。她的身条很有装饰韵味,坐着的背影简直就是一幅图案,用现代派构成主义的语汇来分析,她是一尊同半径圆弧雕塑,妖娆、俏丽而性感。

这鲜明的个性特点被坐在后排的准艺术家于君捕捉住,在课堂上百无聊赖的时光中创作完成。说明一点,这幅画绝对是善意的,是美的作品。虽然是以玩笑的方式出现的,但有一点可以确定,她窈窕的身材吸引了于君的目光,他在注意她,虽然是背影。

当时给B九中教语文的都是从大学校门走入中学不久的新老师,比我们大不了几岁。李嘉峨、米老师、张老师……男老师多数还是单身。米老师教过我们,他性情很好,跟李嘉峨老师一样是温和型的。米老师高个子,相貌端正,鼻正口方。听说他当时曾给我们班的吴同学写过一封信,却被交到了学校。

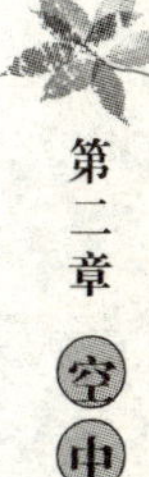

我提起这事不是想透露谁的隐私,而是想勾划一下那个时代的人的观念。该归于某种主义的教化之功呢,还是扭曲人性之过呢?"组织上"连异性求偶的事都管,组织上该拥有多少方面的学问,该忙成什么样子呢?卢梭说过:"当人还处在没有真正的思想的年岁时,有天才的人和没有天才的人之间的区别在于,后者光接受虚伪的观念,而前者能看出它们是虚伪的,因此一个也不接受。"吴同学肯定是天真地接受了本来虚伪却信以为真的观念,才做出了义举不避师、白玉无玷的英勇行为。

谢天谢地,我的女友没有向校方提出关于我的任何指控。这说明我不但什么也没有做而且什么也没有写。我是个高尚的人。

二十岁的高中生已经到了无法摆脱轻浮的年龄。家长与老师的说教,就道理与逻辑而言是无懈可击的,无言以对的,可那全是理论上的,是已经离开了二十岁年龄才有资格论述、才有可能相信、才有可能做到的。我们也弄不明白我们的浮躁是怎么发生的,即使伊甸园的那诡诈的蛇不引诱亚当去偷吃禁果,我相信,他也会注意女大十八变的夏娃的身材而不再会心如止水了。

我害怕到教室里去,怕看到换了夏装的女生,怕看到我想看的那个江南女生隆起的部位。郭沫若说:"我把你这对乳头,比成两座坟墓;我们俩睡在墓中,血液儿化作甘露。"用这么浪漫的想象去歌咏那么要命的部位,这样的诗只有这位"才子加流氓"才写得出来!我不敢看那种雪白的浑圆的坟墓,看到它,我会立刻晕旋,说不定会猝死。假如我死了,我会像郭沫若一样,想葬在那样的坟墓里。我不能到校园去,操场上有穿运动服的女生在打排球,运动服宽松的部位并无不可,而那绷紧的臀部和隆起的小腹最易抓去人的视线。我觉得她们肯定能感觉出我的视线在那里聚焦,肯定会把我看成了一个可耻的流氓。而在她们托球弹跳时,她们的动感地带的颤动会让我的心为之抽紧,我若不立即扭过头去,不知会引发什么后果。我把自己封闭在空中楼上,早晨甚至不敢开窗俯视,小树林边说不定有一个手执课本背诵俄语的女生的侧影,那曲线如同邵宇笔下的人儿复活了。晚上去锅炉打开水,说不定就碰上一个女生,湿漉漉的秀发在头上挽作一团,衣领掖进怀里,露出粉白的颈项和隐约可见的前胸,她正端着脸盆来接水。我若是把我们惟一的暖瓶掉在地上打碎,我没办法向潘志成解释。

噢,浮躁,把二十岁的男生勒得喘不过气来的浮躁哟!现在正是准备高考最后冲刺的阶段,美术之梦已然幻灭,剩下的惟一生路逼使我不能不做殊死的拼搏之时,我反倒在爱河里无目的地浮沉着。教室里的日光灯十二点被某跑校生先熄灭,早晨三点又被某住校生开亮,人们背俄语,背历史,背范文,背政治,做古文翻译练习,我却在空中楼琢磨《洛神赋》里的"翩若惊鸿,宛若游龙","耸轻躯以鹤立,若将飞而未翔"。我怎么也摆脱不掉相思的纠缠,我知道为了这美妙的甜蜜,我要从我的学业里割舍出一部分积蓄做代价,但我毫不惋惜,甚至觉得这种消耗的感觉挺好。

她的感觉如何,就不是我能臆测的了。“子非鱼,焉知鱼之乐?”我若是能断定她也像我一样坠入情网,我会像《十字街头》的赵丹,一脚把两屋的隔扇踹开,和她紧紧地拥抱在一起,哪怕等待我们的是失业与饥寒。

就在我们复习文科准备高考的日子里,学校也把毕业生的收尾工作做完了。让我忧虑了三年的毕业考试成绩出来了,我总算是一名合格的高中毕业生了。

自诩为语文最好的我,只得了七十四分,俄语居然比语文还好。我想起是什么原因了:我把俄语语法变格表之类事先用钢笔抄在了桌子上,不细看,谁也发现不了课桌上的钢笔字,而一发卷子就把它盖住了,只要稍一挪动,就可以使用。就在我把卷子挪开,研读桌上小字时,教俄语的张老师从背后踱了过来。她明明看见了,却若无其事地又踱了过去。慈母般善良宽容的老师哟,我该怎么报答你呢?

李嘉峨老师给我的毕业评语是:

思想要求进步,要求自己严格。惟会上不敢大胆发言,斗争性弱些。能服从国家利益,国家困难阶段表现良好。学习上默而识之,学而不厌,三年如一日地刻苦学习,毅力可嘉。不太注意身体。工作和学习上很谦谨、细致,是美术、古典文学的爱好者,修养较高。对集体工作认真积极主动,做事能持之以恒。今后在政治上鼓足干劲,工作上再泼辣些,定能进步更大。

据说,高考时考生的评语鉴定也很重要。在那个三年自然灾害,阶级斗争为纲的年代,如果不给你写上“要求进步”、“服从国家利益”之类,录取时的政治关就很难过。出身不好的学生,如果给你写上一句“思想不够开展”,差不多等于说你是“特嫌”了。当然,如果给好学生再特别地强调一句“该生有培养前途”,则必优先录取。

星期六的晚上,教室里灯华如泻。一些勤勉好学的同学们仍在那里研习古文。黑板上写着从一份大学语文试卷上抄来的一段古文:

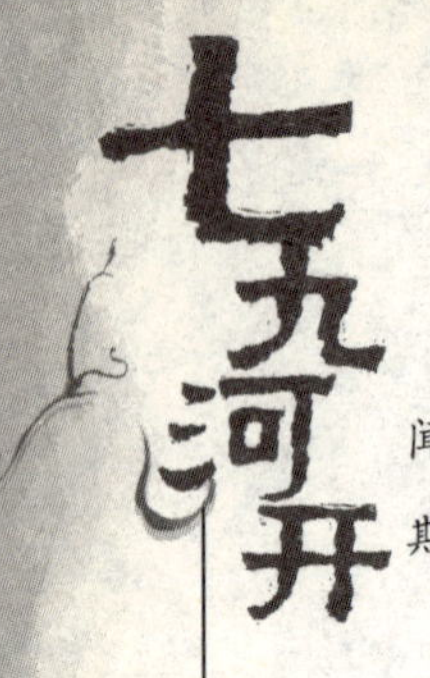

子路问闻斯行诸子曰有父兄在如之何闻斯行之冉有问闻斯行诸子曰闻斯行之公西华曰由也问闻斯行诸子曰有父兄在求也问闻斯行诸子曰闻斯行之赤也惑敢问子曰求也退故进之由也兼人故退之

这道题一是断句,二是翻译。读不懂,根本无法断句,更无法讲解了。两个同学在黑板上挂了一个小时也没断开句。陈芷清说:“滑夫子是老古董,你给大家讲讲,省得我们白浪费时间。”我怎么成了老古董呢?我是韦庄、柳永,不是孔丘、孟轲。把古典浪漫诗人指为封建卫道士,真是冤哉枉也,但芷清说话了,我只好硬着头皮走上黑板。我想我在这关键时刻露上一手,那么为我倾倒的就不只是男生了。可是我自认确有的那个监护我的神灵此刻不知到哪里偷闲去了,或者它存心要看我的笑话,我和那两位同学一齐在黑板上反复地念着,像在念一段绕口令,绞尽脑汁而终于不知其所云。连同刚才两个同学所占的时间,已经不下两个小时了。我们再这么挂下去,我的难堪会把我的无能牢牢地印在同学们的脑海里,我怎能再给某个同学做偶像呢?

这时,幸好李嘉峨老师来了,三下五除二,一点一断一讲,原来如此,有何难哉!写到这里,我把那段古文重读了一遍,第二遍时就弄明白了,不借助记忆,不借助查阅。当我能弥补自己的缺憾时,一切都为时已晚,不会再有一个黄莺般的女声邀我去示范古文断句了。

已经是晚上十点多了,跑校生已经陆续回家,教室里只剩下几个住校生坚持着,想用时间给自己增加些智慧。其中有两个不是为了智慧而坚持不走的人。我和她在各自的座位上坐着,手里不时翻弄着书本,甚至翻出声音来,表示我们在复习什么,其实我什么也学不进去,脑子里满是告诫自己不去想她的想法。终于她若有其事地走过来,问道:“你有订书钉没有?我的提纲散了。”

哦,她有事求我,我应该帮助她。我是个热心肠的人,这谁都知道。可我不是把订书钉带在身上走来走去的人,我这里没有。即使我带了订书钉,万一她要用转笔刀呢?我想起来了:“图书馆有,还有订书机呢!走,跟我去订吧。”

我说过，我有图书馆的钥匙。

有图书馆钥匙的人，除了馆长林老师之外只有我了。

自从上了高中，我就常去校图书馆借书看，于是认识了管图书的林老师。图书馆有什么体力活，比如拉书、搬运、上架、分类、整理之类的事，林老师就把我和几个同学叫去帮忙。后来我们就成了在小窗口里边给借阅者登记并向外递书的工作人员。由于我的老诚本分，很快受到了信任，给了我一把门上的钥匙。这可不是一般的信任，我若是把没登记编号的书从图书馆搬回家他也难以察觉的。我当然不这么做。

我又多了一块自由的领地。图书馆从西三楼搬到东三楼之后，与我们教室为邻居。下午两节课后是活动时间，人们都去操场了，我独自一人到图书馆里把门一关，一个一统天下便出现了。

我在这里翻翻《李长吉歌诗》、《全唐诗》、《西湖佳话》，或者《新观察》、《文艺红旗》，虽然未必能静下心来精读，但这心态已构成一种享受。高高的书架上边有历年的合订本报纸，半锁着的小柜里有没上架的新杂志，那种先睹为快的感觉着实让人得意。老师们在阅览室开会，门开着，我必须在众目睽睽下才能打开它对面的图书馆的门。看吧，我能进，我有钥匙，而你们要借书得照规则到小窗口跟我说话，我说“哎呀借出去了”，你一点办法都没有，尽管你们是老师。在这里，我可以用林老师的杯子斟暖壶里的热水，躺在他的床上把二郎腿翘起来，边读楚辞边喝水。有人敲门，我可以不睬，因为你不知道屋里有人。从窗户上看看拥挤在大礼堂听报告的学生们，我深表同情啊！他们在那里白白地浪费时间，我在这里哪怕记住一句“悲哉秋之为气也，萧瑟兮草木摇落而变衰”，不也是收获吗？

我俨然图书馆的主人，我可以把董君、赵君这些非九中的学生领进来，随便借阅，我可以把合订本报纸以及有健美图片的《新体育》之类抱回空中楼暇时翻阅消遣，可以在图书馆或明或暗（那要看你开几个灯了）的光线下往笔记本里抄点什么。

李嘉峨老师给我的评语“三年如一日”、“不爱惜身体”，这话不是凭空说起的。

今天下午我留心到一个细节，这个细节后来才显出它的重要：图书馆林

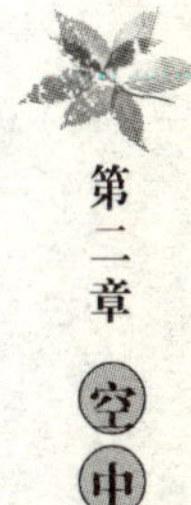

老师背着行李回家了。我知道他至少两天不会再在图书馆露面了。这对我并没有多大意义,我从来没产生过利用这里要做什么比如约会的念头。刚才我被挂在黑板上无法解读“子路问闻斯行诸”的时候,我还到图书馆来找过《孟子文选》,我自己用钥匙开开门而未开开灯的那一刹那,我看到窗外的满月在水泥地上撒下一片片冰绡,在林老师的床上撒下一片销魂的静谧,那是一种最易勾人遐想的情境。

正在我想入非非的时候,顺手打开的日光灯的光辉给了我一个休止符。而当此刻夜阑更深,我的同学温顺地跟着我去找订书钉的时候,我的心咚咚地跳了起来。

夜很静,鞋在走廊的楼板上可以踩出在我们听来有如擂鼓的声音。我们自觉地放轻了脚步。我为什么要放轻脚步呢?那么她为什么也要放轻脚步呢?我们要去做什么呢?

这一切都不是我设计的。

那么,是谁设计的呢?

我用钥匙把门打开了。闪身进来,刚才的月光跟刚才一样地等候着我。她像个温驯的羊羔跟了进来。我并不开灯,怕灯光给我重划一个休止符。她进来后,轻轻把门关上,便形成一个与我面对面的格局。我的手伸到她的身后把门锁上了。这时我们几乎脸贴着脸了,可以听到对方的吃力的呼吸声。

“你不是要订提纲吗?”

“不订了。”

“为什么?”

“你知道。”

这是一句意味深长的话。连这句话都听不懂,我可真的是木头了。

我们就是这么面对面地站着,眼睛已经适应了屋子的光线,月色辉映的屋子原来这般清晰。她的脸庞在雾一般柔曼的月光映照下显得愈加光洁,像玉雕一样纯净莹彻,玫瑰花瓣般的嘴唇抿在一起,不动也不说话。她无力地靠在身后的门上,像是在等待什么。这个白莲似的江南淑女是雪做的,她的肌肤、她的脸颊泛着白雪的润泽。可是莹洁的香雪见不得太阳。爱情是少女的太阳。雪的女儿一旦被爱情照射,她的整个身体都融化了。

我相信我此刻若是伸开双臂拥抱她,她是不会恼怒的。一句“你知道”,不是把千言万语都囊括了吗?我几次鼓起勇气想吻一吻那润泽细嫩的朱唇,却终于被天生的怯懦阻止了。我如果不赶紧从这个面对面的压迫中退避出来,我肯定会像她一样融化了。

四十年后的今天,我写到这里时,还为自己的怯懦叹恨不已。如果能够,我真想弥补一下我的错误。可是时过境迁,我们无法从时光隧道里返回中学时代了。

当一切恢复平静之后,她已经坐在了林老师的床上,我坐在办公桌边的椅子上,只开了屋子北部的一个日光灯。月光退位,我看到她脸颊上的两片红云。这是一种让人惊异的艳丽,我呆呆地看着。我觉得我有权这么呆呆地看她了。有了这个权利真幸福。

“谁复高楼愁夜永,东风喜送画中人。”我又故做斯文了,“既然人似画,何不人入画呢?我给你画张像吧。”我对我的主意很得意。

红樱桃绽开来两行玉齿:“这么晚了……”

“你又没有同屋人监视,谁知道你几点归宿呢?”

显然我说的在理,或者说她其实并不想回去,她犹豫着:“什么也没有,拿啥画呢?”

“我回我的空中楼取一趟。”我蛮有兴致。

“潘志成问你做什么,怎么办?”

“谁都会撒谎。你没撒过谎吗?”

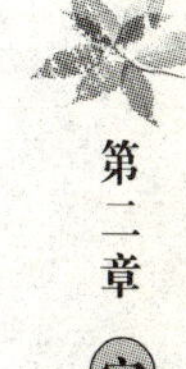

她肯定以为我在影射订书钉的事,这回绯红的就不只是脸蛋了。我悄悄下楼去,由东三楼走到西三楼。

“敲门都不应,倚杖听江声。”我进了空中楼画室,开亮灯,取笔纸颜料画板,垂头而睡的“童子”醒了,睡眼惺松地问:“你这是干什么?几点了?”

“我来了灵感,到图书馆突击一幅创作。你睡吧,睡吧。现在是子夜一时零七分。”我神秘地对他笑了笑。他已经习惯我的神秘了。

我回来的时候,她像变魔术似的换了件柠黄色的衫子。我很惊讶,问:“哪来的衫子?”她看都不看我:“换的呗。”“怎么换的?”我记得她是空

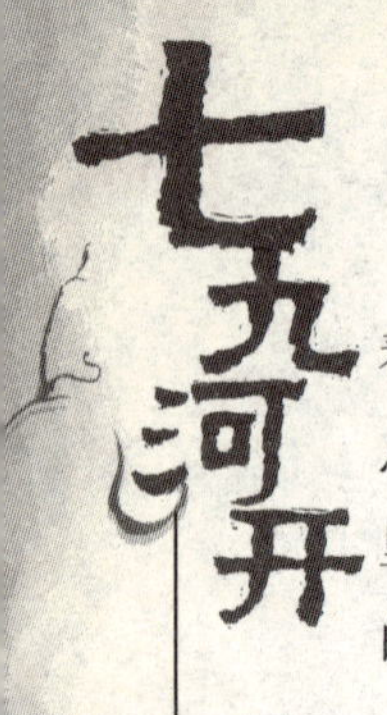

着手来的。她有点不好意思了,"我回了趟宿舍。""你真胆大呀,你知道几点啦?"不过我还是很高兴,她把画像看得很认真,很当回事。我们在课本里学过司马迁说的"女为悦己者容",其实这道理不用太史公说她们也会的,上帝早就嘱咐过她们。

若是我能在美术考场上画得像这次这样顺手,我肯定是艺术系一年级的学生了。最近我跟兰老师连续画了不少头像素描,又跟丁老师学了杨之光那种西洋光影的国画人像新手法,在这里我全用上了。脸部的颜色用大笔触薄色彩找对关系,亮部与高光是空出来的,嘴唇与眼球晶体趁湿找找体面转折,并不费力,眼睛便亮得有神,而略带玫瑰色感觉的朱唇便湿漉漉地突出了。额头与鬓角的秀发用水墨扫上几笔,便有枯有湿地飘逸出来,干脆、肯定、生动得很。从那件薄如蝉翼的黄衫子里可以看见她的胸罩和腰肢,可是我不能再画了,那种如烟云如雾霭如月光如幻梦的感觉不是我的画笔所能完成的,以至于我把画笔所画的有形物象都忘了,却把那恍惚迷离的不确定的感觉印在了脑海里。

一开始我就估量出了这幅写真画的历史价值,所以,我在构图的时候就在这幅胸像的上端留出了将近二分之一的空白。后来我每次翻见它的时候,都会勾起对那个夜晚的怀念,"今夜有约"的甜蜜情怀湿透我的周身,我把它们提炼成一首首小诗题在上面,并写上年月日,一直写到晚年,写满了。

陷落中的高考

我是个生性怯懦的人。从电影里看到苏联集体农庄的青年男女手拉手围着篝火绕成圆圈,搂搂腰,甩甩头,跳得很欢快。那是绝对不涉淫邪的青年人的活动。我心里好生羡慕。但即使我身边有这种活动,我都不会参加的。我是木头。腼腆在我心灵的四周立起了透明的屏障,我无法突破,只好另辟蹊径,于无人处找寻属于我的世界。

我仍然想跟她在没有别人的屋子里坐着,看着,说些什么,什么也不做。古诗里常有人描写过这种境界:"不如向帘儿底下,听人笑语"(李清照),"湖水湖风凉不管,看汝梳头"(龚自珍)。这境界在别人看来也许很乏味,很无聊,但它适合我的性格,我的情趣。你指望一个胸无大志、不打算叱咤风云的人做点儿什么呢？于是我又动念，想约她再去图书馆度一个良宵，哪怕只谈谈功课，谈谈高考。

但是不可能了。

我的钥匙被林老师收回去了。

有一天上午课间操的时间，我又开开图书馆的门，准备倒杯开水享受一下翻阅浏览的悠闲。图书馆是一间教室那么大的屋子，一进门是一排排书架，要走到最里边被书架遮挡住的小空间才是林老师的办公处与床。我的脚步很轻，这是我谦恭谨慎的美德所养成的习惯。我不知道屋里有人，尤其不知道是两个人。当我就要拐进那个被书架隔开的小空间时，我愣住了。林老师坐在床上正给一个也是坐着的女人撩起上衣，露出两个雪白的乳房。

我对这景象一点心理准备都没有，甚至不知道他们在做什么。也许有什么东西比如鞋板虫之类从女人的脖缝里掉了进去，不得不撩起衣服仔细搜寻；也许是林老师曾对医学有过什么研究，给女朋友听听心音肺音之类。但直觉迅速告诉我，不是这么回事。我从懂事以来，已经没有再见过女人的乳房。邻家妇女给孩子喂奶时是大大方方地露出来的，那情景绝不至于给任何男人带来刺激。而眼下的情景就不同了，那两个又白又大的奶子像两个白瓷碗扣在身上，奶头是那个半球体的圆心。

我正想用画家高老师的目光考察一下半球体的受光、反光与明暗交界线的转折递进，忽然悟到这不合时宜，我是个多余的第三者。他们很投入，并没有发现我的到来。我赶紧转身向门外走去。我若是知道碰锁可以用钥匙辅助一下伸缩，我在关门时就不会弄出声音来了。但是我比当事人还要慌乱，我狼狈地逃窜了。

想想看，如果我是林老师，我也要把钥匙收回去的，甚至当初就不该给一个学生。

陈芷清一个人住在李嘉峨老师的隔壁。那间屋应该是老师的宿舍，我想应当是分给她哥哥 —— 体育老师的房子。我对她的屋子一点印象都没有。我好像从来没去过，她也没有邀请过我。她想见我，随便找个理由就可以来敲空中楼的门。感情映在她的脸上如同云彩映在水里，恋爱中的少女比任何时候都美丽。她看见三楼的灯光，就在楼下喊我，“把你的提纲拿下

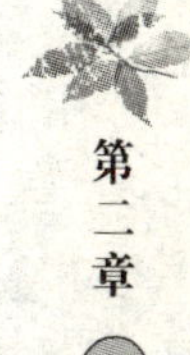

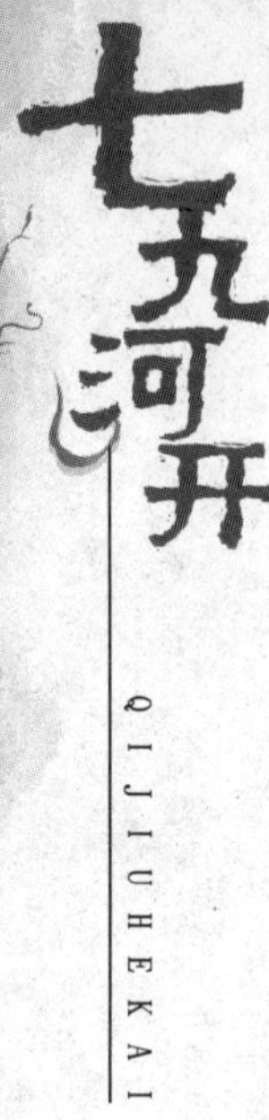

来！”我便立刻跑下来，喘着气站在她面前。月光照在她粉红色的衫子上，她像一朵芙蓉花沐浴在水中。半袖衫露着她丰腴的双臂，我真想摸一摸那缎子一般光滑细腻的皮肤。她那风韵无限的脸庞，动人心魄的胸膛，把我整个的身心俘虏了。我和她面对面地站着说着什么。此刻我很希望有人能从这里走过，看到这一对已经长大了的同学不知该怎么羡慕呢！我该多么得意！

六月二十九的夜晚，潘志成回家了，说是晚上去看电影《红楼梦》，不回来了，明天白天也不准备来校。这个夜晚，芷清来了，这个悬浮在半空中的小世界属于我们的了。刚分班的时候，她打听到潘志成在屋才来，现在是听说他不在了才来，这是怎么一种变化，怎么一种心思呢？她肯定想单独跟我在一起，想到这，我心里又暗暗得意起来。两个人在一起的感觉真好。心里是松弛的，谈吐是真诚的，用不着掩饰，用不着做作，不用担心有谁会打扰，连时间都绕道而行不敢做任何催促。如果没有考试没有就业的忧虑在心头，我们就这么坐到天荒地老都是情愿的。

爱情的享受肯定包含着性爱，性爱除了喜欢互相注视之外肯定还会有另外的内容。但我们总觉那是很遥远的事，遥远到不可到达甚至不必到达的程度。我很喜欢我的浪漫心情，却不做任何浪漫的行为，我除了她所给予的以外，并不想得到更多的什么。我的腼腆使我们的爱情定格在诗化了的氛围里，徜徉于纯粹的情感之中。所以我们即使呆到半夜，呆到天明，都不至于伤害到纯洁。

离高考还有十二天，芷清病了，两天没到班里来。我想去看望她，但没有她的同意我是不便独自走进她的闺房的，我不愿意给她惹出什么说道。这也许是我不懂事的一种托词，但我确实没表现出我与一般同学所应有的不同。

七月四日的晚上，她带着一脸病态来看我，说她对高考一点信心也没有，头脑仿佛凝固了，不再有思想的力气，如同被一座倒塌的墙堵满了，没有一丝亮光能透出来，瞪着书本看了半天竟不知道看了些什么，还得从头看起。我听了以后心情很沉重，我是那么爱她，可是听了她这只能给我的倾诉，我能帮助些什么呢？我们这不适时的爱，给了我们温馨，也给了我们耽误。想到这，我越发不安了,觉得自己是个罪人,尽管她没有一点埋怨我的意思。

我们在相思河里沉浮的时候,高考来临了。我们听天由命地走进考场,无怨无悔地接受命运的审判。

从考场上下来,昏头涨脑的同学们着急地互相询问答卷的情况,描绘自己的做法。我觉得我答的糟透了。我和于君作文都写的是《唱国际歌时所想起的》,他分了三段,写革命者富贵不能淫、威武不能屈、贫贱不能移的高贵品质,我能想象出他的内容之充实。而我从头到尾做了一气含浑的抒情呼喊,到最后以"唱起来唱起来吧,国际悲歌歌一曲,狂飚为我从天落"结尾。这种空洞无物的文章能给分吗?一段古文翻译《薛某学讴》,"讴"本来是唱歌的意思我却译成鼓琴,这个关键词一错,全文的意思满拧。跟同学一核对,我叹恨不迭。

优秀的古文爱好者考成了这个样子,连老师都感到失望。只不过有涵养的老师们并不露出谴责罢了。

高楼送别

高考完毕,本分的学生们仍旧听从学校的安排,参加为期一周的校园劳动。我在空中楼上画了七天画。偶尔从高楼上俯瞰一下使锹弄筐的师生,我的特殊让我有些羞愧了。

七月三十一日,上午照全校毕业生像,举行毕业典礼,发毕业证。下午我一直在空中楼睡觉。五点钟时,范君来玩,随后陈芷清她同桌也来了,让我给芷清纪念册上写临别赠言。多情的同学还洗了若干一寸黑白头像,互相交换,很有些相见无期、生离死别的意味。后来的生活证实了这样做的意义:这一别不少人都无缘谋面,有的真的成了永别。

我回家吃了晚饭,赵君用自行车送我到校。我开亮空中楼雪亮的日光灯,知会我行将远别的女同学到来。又一个"今晚有约"。这注定是空中楼的最后一约了,她明天回上海。

实际上,暑假已经开始了。一切在忽然间静止下来,让人的心觉得太空旷、无依托。校园像是完成一次厮杀的战场,沸腾过的热血冷却了,激情化为死寂,一阵风尘把一切荡尽,回复了旧日的安宁。大半个近乎圆满的月亮从东天上涨红着脸爬了上来,好像是存心要给我一次图书馆之夜的温习。

她来了,笑盈盈地。像料理后事一样,把从我这儿借的书整理好,都拿来了。还特意赠给我一本臧克家的《欢呼集》,不知是纪念爱情还是纪念友情。她曾经教我们唱过的凄婉的越剧《十八相送》,从薄暮中浮动起来,荡漾开来:

> 三载同窗情似海,
> 山伯难别祝英台。
> 相依相伴送下山,
> 又向钱塘道上来。

是的,已经到了这个时候了。不幸的是紫塞边城找不到余杭钱塘的背景,有幸的是两个同窗在分手之际尚有一个静夜空中楼。我们在这学唱楼台会的房间里学唱“十八相送到长亭”、“梁兄你花轿早来抬”。不料那些哀怨凄楚的戏文竟真的成了我们无缘的讥语,直到四十年后我一听到《十八相送》与《楼台会》的唱段都会老泪纵横。人老了,有了阅历,是更加坚强呢,还是更加脆弱?我弄不明白,也不打算弄明白了。

我将作别的不只是这个小九妹,还有这个空中楼。我知道,无论我考上考不上,我必须搬离这里。她把我的床单撤下来,被里被面拆开来,帮我大清洗一遍。这个举动给我们这办公室性质的卧室平添了生活气息。看她洗床单的动作,很像是已为人妻的样子,这给明日的分别反倒加剧了落差,我的心情由喜悦顿然转为幽暗。她让我去换水,我端着盆向走廊的厕所走去。我端回清水,她把床单们投了一遍,又让我去换水。

我像个笨拙而听话的丈夫,很高兴地做着这些辅助性的工作。她坐在小板凳上揉搓着盆里的床单,我在一旁站着,不由自主地注视着她腰肢的摆动。她只顾干活,粉红的衫子缯到后背上,露出了后腰雪白的肌肤,我的心一阵抽紧。站在她身边的我,自高而下地从她的颈项与衬衫解开的第一钮扣之间,窥见了她的浑圆涨满的双蕾,拦不住的冲动,在我的体内涌动起来。我真想去拥抱她。就在这一刻,我意识到这种情欲与哀婉的告别很不相宜,甚至能构成亵渎。我赶紧坐到椅子上去了。

“好了。”她站起来,已是香汗微微,腰部衬衫和大腿跟的裤子满是褶子,衣褶的参差的横线强化出成熟少女的丰腴体形,“你明天自己翻腾翻腾再投一遍,晾干,拿回去让你妈缝被套去吧,我来不及帮你了。”

我想替她擦擦汗,我不敢。

“明天我能送你吗?”我问。

“你不能。你当你是谁呢?”她笑了笑。

“十八相送到长亭。也许我能听听对于呆鹅、木头的点化呢!”

“你还呆?”她笑出声来,“你要是呆,我们就成了大傻子啦!”

哀婉送别的气氛全被她的天真破坏了。没有依依惜别的气氛,自然也不可能有“执手相看泪眼”、“相倚相伴”的行为发生。夜深了,她说她该回去了,她说我要送行的情意她心领了,她说她回到上海会给我来信的,她说……

她走了。

> 抗罗袂以掩涕兮,
> 泪流襟之浪浪。
> 悼良会之永绝兮,
> 哀一逝而异乡。

这是《洛神赋》的句子吧,当时我把它抄在我这天的日记里,让它代我表述我的心情。

她就这么走了。

在她的豆蔻年华里,我没给含羞草留下一次触摸的惊慌,没给花季少女留一点甜蜜的记忆。只给她也给我自己留下永远无法弥补的遗憾。宇宙间最无情的是时间,当你说这是你的现在或这是此刻的你的时候,你所指的现在与此刻已不是你原来要指的那个现在与此刻,更何况明天之于今天,明年之于今年了。没有人能保住这一刻的心思,没有人能保住这一刻的纯洁,明天也许你能得到更加完美的意愿,却不可能再找回此刻的心境了。

二十年后我才懂得,青春期的少女比男性早熟一至二年。当那个大男生战战兢兢地为怯懦而犹豫,为完成完美而竭力自控的时候,他完成的其实是错误。当你想握她的手的时候,她可能在等待你的拥抱,当你真的拥抱了她,她其实在渴望着初吻。如果有人早一些提醒我点什么,我怎么把如此重要的远别做得如此冷漠?

挂号公函

今天是一九六三年八月十六日,昨夜独宿空中楼。这些天一直是在等待录取通知书的不安中煎熬着,心里不踏实便没有做任何事情的心绪。躺在床上,辗转难眠,直到夜里三点才茫然入睡。指望得到一个有预兆性暗示性的梦,比如白发翁用柳枝将我的衣裳染绿之类,直到天明一无所得。我又得像普罗米修斯一样,修整好自己的肚肠,等待那只凶狠的老鹰进行新一轮的啄食。

我自知在世界上芸芸众生之间,是个毫无生存能力的弱者。在这个弱肉强食、优胜劣汰的宇宙规律中,我的命运处在吉凶未卜之间。除了喜欢画画还能背一些诗词古文之外,我不可能再会什么谋生之技,我的羸弱的身体不可能负载哪怕轻微的生活压力。在建筑工地搬砖卸瓦推沙子上脚手架?去南排村酱菜房腌大缸大缸的咸菜?去二食堂跟中年女子们一起给客人端盘子?一想起来就不寒而栗。我见过我的同龄人从事这一行当,他们是从哪里获得的肉体耐力与精神的容忍度,我惶惑不解。我如果走投无路非要以此为生不可的话,我真不知道我能坚持几天。我这么说毫无鄙视劳力者的意思,我父亲姐姐和兄弟都是建筑业的工人,我说的意思是我尊敬他们,钦佩他们,而我做不到。

我受到别人欺侮的时候很想做一名壮汉,一名武林高手或黑道老大,把他们的脖子拧断。但情知其不可,只好在遇上强者时绕道而过。我对考不上大学的前景连想都不敢想,那是一片渺茫,是深不可测的无底洞,我将堕入其间,在无所倚托的黑暗中听天由命地坠落下去,直至消亡。

李嘉峨老师回津时,把他单身宿舍的钥匙给了我,让我替他看家,我于是可以体验中学语文教师的安闲了。但我不得安闲,心的弦绷得太紧,连去邻居老师家串门的心情都没有。终日想着自己的前途未卜,终日笼罩在幻灭的恐怖里,终于按捺不住给李老师写了封信,大意是求他给学校疏通一下,让我留校补习一年,参加明年高考。这在当时并不是件容易的事,每年安排不了一两个旁听生。很快天津回信了。你瞧,我对李嘉峨老师有多么感激,在我去就无着的时候,惟一能给我安慰的就是这位同乡的师长。为了证明这封信我至今还保留着,我把它附印在这里:

谢谢你,两次信和钱都收到了。

天津海河洪水一湍千里,日来时时有决堤危险,人们日夜防洪。站桥头,望东滚的急浪,心里更加不安。请激浪带去我焦灼的心,让我和同学们共忧乐。今天咱们班可能大多见榜了吧?想来榜上无名的同学心里定然是不痛快的,仍愿知道他们的情况,考上的人我只为他们点头称乐而已。你考不上学校,我是你过去的班主任,十分同意你自修和旁听,并竭尽全力帮助你达到理想,惟恐师拙力不从心。

九中的领导和老师们对你寄予了厚望。如果这次没被录取,万不可低头,不能让领导认为你没有培养前途。你当强项争前,即使困难重重,亦阻拦不了有志者。“天将降大任于斯人也,必先苦其心志,劳其筋骨,饿其体肤,空乏其身,行拂乱其所为,所以动心忍性,增益其所不能。”你身居空中楼阁,会将难事看成行云流水之易。苦、劳、饿、空乏、拂乱这五种考验,你无一具备;无父母鞭笞,无严师斥责,冬暖夏凉,衣之所著,口之所食,来之艰难你全然不知。想来你惟当锻炼,即使考不上大学,也该有做苦行僧的打算,万不可将险途困路视为青云。这些话会打击你,但不该把面对的事看得太易。

你考不上我已经向领导写信(昨天)建议留你旁听,我听学校口信,但你别急。你考上了是我们的快乐和希望。我可能二十五日到B市,届时再谈吧!

天上彤云密布,惊雷鸣起,急闪闪照亮一条分天大道,是为我们学生而燃的而开的,书本——志气——惊雷——闪电。

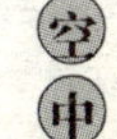

字草,怕你急,快快回信给你。

嘉 峨

一九六三年八月十七日

昨天,自知一事无成,百无聊赖地在李老师家里抄他收集的谚语,并不知道抄了要干什么,将来是否能用得上。去年夏天师兄薛考上了省师院中文系。每到假期,他总要看我,向我描绘他的大学生活:看电影也是学习呀,电影就是文学。要研究它,分析它,看它如何用情节塑造形象,如何用语言塑造性格,语言就是文学,文学就是语言的艺术。中文系的人怎么能不看电影呢?不但要看,还要多看,越多越好。"看电影就是文学?"我瞪着无知的大眼睛,恭听着师兄天花乱坠的描述,羡慕得什么似的。

前几天他又来了,看到我窗台上立着的书,诸如《先秦文学史参考资料》、《古文观止》、《插图本中国文学史》,感慨地说:"你完全够一个中文系的大学生了。"钟子期遇上了俞伯牙,李太白遇上了韩文荆公,听了这么体己的话我感动得差点哭了。平心而论,我在文学上投入的时间与精力是绝对超乎常人的,诗词古文的修养能达到我这个程度的并不多见,至于其他方面就不必比较了。但这能说明什么?高考择人的尺子是分数,即使你已经成了作家也未必就能高考合格而被录取。

毕业前忙于复习高考的期间,我因拿着图书馆的钥匙,经常一个人闭户其中,翻阅浏览着各种图书,幻想着有朝一日能将自己的著作恬列其间。无意间发现一本描写大学生的小说《勇往直前》,封面是一群风华正茂男女青年临风而立,正目视前方放飞着胸间的理想。特别是画面上的主体:一位酷似罗小琼的姑娘,鬓发飘拂,胸襟开阔,丰满的胸膛透露出一种动人心魄的力量。只这一形象便能激励出青年人无限的憧憬。师兄又抛来十分具体的诱惑,大谈师院资格之老、藏书之富。师院有艺术系红楼,油画水彩,力逮西洋,水墨丹青,出新化古。更有琴韵歌声,溶入古柳高槐、杏林桃苑……

这两天,不用学校通知,学生们自动地三三两两地窜到学校,打探命运的裁决。从昨晨开始,发来区内的录取通知书。陈芷清落榜了。

我们认为下午该来省师院的通知了,决定等下去。中午找于君到公园散步,步入花棚里长椅上坐定,折着柳枝,捉个蜻蜓,焦急如热锅上之蚂蚁。我们猜测着谁能考上,谁考不上,畅想着若是我俩都进了省师院,再做一把大学的同学将是如何美妙。我们坐立不安,无心流连风月,又返回学校,仍是没有消息。

今天又近中午了,知道师院已来通知。我心情惴惴,急急向家里跑去了。我估计,关于我的判决该到了。一会儿将不得不面对它无情的面孔,听凭它把我举入天堂或是抛向地狱。

踏入家门,呆滞的眼神里围墙和木门的颜色都变得不同往常。邻居的小孩子们用异样的眼光看着我,表情如我一样呆滞。我努力地想从他们的面孔上读出些什么暗示,或者争着告诉我一句什么,但是没有。

现在,我已经走进了我家院子。

这感觉真好。

我指的是享受回忆。我妈妈确实在家。她早就习惯于我不回家了。在这个家里,我连寄宿都谈不上,像个偶尔敲门来讨杯水的路人,只有当我想到需要点儿什么的时候才想起家来。我的心里只有大雅堂、梁园馆与空中楼,只有画画、背诵、同学和朋友,但这不影响妈妈的心里装着我。到了这个关头,这不,我回来了。有了妈妈,我的生命就有了支撑。即使天塌下来,只要有母亲的爱,我的无助的心就能找到依托,我就不会绝望。

我一进门就喊:“妈,通知还没来吧?”

在母亲回答之前,我的心已经离开了原先的位置,“若空游无所倚”,害怕极了,我甚至宁可听一句“没来”,以便让心暂时归位。而听到的是:“来了。”我怦然心动,竭力地又不情愿地想从母亲的声调里语气里听出点儿什么。这几天每次回家吃饭都照例问这么一句“通知来了吗”,并且告诉母亲,信封的下款若有学校名称,便是录取了,若印有“高考招生委员会”,便是落榜的安慰信。后来干脆告诉母亲,要手章的挂号信是喜事,平信就完事了。

那么,今天收到的信的性质母亲应已心中有数了。可是我母亲什么也不说,只把信递了过来。接信的那一刹那,目光聚焦于信封下款的那一刹那,注定了生死之门。死当然不至于,幻灭却是实在的,朝夕经年的劳瘁,断齑划粥的艰苦,筋骨的销铄,精神的折磨,以及慈母严父的关爱,便统统付之东流。谢天谢地,信封上赫然印着:“省师范学院”。

这是我在梦中眼熟能详的那几个字。是的,就是它,就是这个样子。

我久久地凝视着这个信皮。它在别人手里仅仅是完成一个通知,在我却不那么简单。当初我自己填写这个信皮,是在复习报名的时候,并没想到

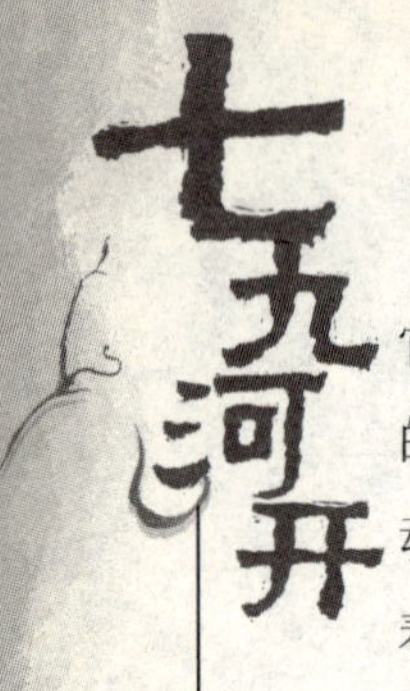

它的下款会印上这几个红字。这几个字是我在考完之后用臆想描画上去的,看,它多么实在。我这个平时在家少言寡语的孩子今天竟然口若悬河,激动地跟妈妈说了好多话,甚至把师兄的那一番渲染都用上了。妈妈听着笑着,我知道她也高兴,她不用再为我忧愁了。她看到她的爱惜有了回报。

我打开了信封,逐字逐句地念着。"×××同学(准考证号第30100号):恭贺你报考高等学校已被光荣录取。现根据国家的需要和你个人的志愿,被录取到我院中文系一年级学习。一九六三年八月十一日。"

准考证上的几个阿拉伯数字,我熟悉已久了。似乎这几个数字是专为我而如此排列的,它代表我,它就是我。它是我在和幽兰般的女生相爱的时候出现的,我安静地坐在高考试场的独桌上,拿着刚刚翻开的试卷,核对着卷子上与桌子右下角的准考证上的号,那就是这么几个数字。那时它带给我的是紧张心跳,而今天,它却像几个带着翅膀的小精灵,舞蹈着,来找它们分别不久的老朋友,音符般地跳跃着跟我接吻。被它们轻佻的足尖敲响的木琴,流泉般地发着清脆的乐声,我的心泉也汩汩地奔泻开来,奔向充满童话的海洋。

信封里还有一封致新学友的信。那是一封充满诗意的迎新词,足以让接到录取通知书的中学生张开想象的翅膀,去憧憬自己的未来。

新伙伴:

你好!

明媚七月,天晴气爽,碧草丛生,百花齐放,到处是浓绿的树荫,遍地是芬芳的花香。在这景色宜人的美好季节里,我们怀着兴奋的心情衷心地为你祝贺,祝贺你胜利地完成了中学阶段的学习任务,祝贺你在学习的道路上踏上了新的征途,将攀登更高的知识阶梯,为参加祖国的社会主义建设学习更多的本领。

亲爱的朋友,当你展阅录取通知书和这封信时,你一定抑制不住内心的激动,百感交集,浮想联翩。此刻,也许勾起了你回忆往事的情趣,或者正憧憬幸福的未来,也许从你的心底蓦地生出了许多美好的理想,更可能的是你的大脑里正勾画大学生活的图景,渴望了解新的学校的情况。那么,就让我们简单介绍一下师院吧。

学校从成立到现在已经有十一个年头。十一年来,学院从小到大不断地成长壮大,这是一次艰苦的战斗和光辉的历程。目前已有教师三百三十七名,教授、讲师学识渊博、经验丰富,诲人不倦;青年教师热情积极,精力充沛,教学负责认真。学生近两千名,他们虽然来自不同的地方,属于不同的民族,但其共同的特点是热爱人民教育事业,学而不厌,孜孜以求,待人直爽诚恳,大家团结友爱,共同进步。图书馆藏书四十多万册,足够学习之用。阅览室宽敞舒适,阳光充足。仪器等各种教学设备也堪称完善。体育馆和操场可供进行各种活动。每当周末或者可以看到由院电影站放映的电影,或者可以参加青年人所喜欢的各种文娱活动……生活丰富多彩,紧张而愉快。

学院坐落在新城南门外林荫路旁,院内栽满郁郁葱葱挺拔的大叶杨和争芳斗艳的桃树、杏树、樱桃树、紫丁香和白丁香,整个环境清静而幽雅,不论初春盛夏或者中秋深冬,四时景色不同,各有风姿,总使人感到心旷神怡,心情舒畅。

朋友,这是一个何等理想的学习环境!你可以在这个天地里尽量发挥自己的才能,学习无穷的本领。你更能够在这里受到党的亲切关怀和教育,迅速成长,将来成为一个又红又专的光荣的人类灵魂工程师。

时间正在要求你辞母离乡,整装待发,我们也在恳切地期待你尽快地来到这个欢乐和睦的大家庭里来。让我们共同迎接未来的紧张而愉快的学习生活吧!

心上的天堂

一九六三年暑假的燥热与诸事叠出的焦虑,随着假期的终了渐渐淡化。走了的同学与老师依次归来,他们准备开学。是该我离去的时候了。明天我要背着行李上大学,今天我独自一人在空中楼住最后一夜,想完成与它的诀别。

前几天早晨,赵君用自行车带着我去车站,一则给董君送行,一则接天津回来的李嘉峨老师。董君穿起了绿军装,“一颗红星头上戴,革命的红旗挂两边”,英姿飒爽,红光满面,好像变了一个人。他要乘火车离开。我把心爱的《唐宋名家词选》赠给他留念。童年的好友就这样分离了。

连日来一直带饭到空中楼居住。一则出于留恋,一则要画些应酬人情的画作。我裱了两幅山水,看着大桌子上水气氤氲的图画,觉得比印刷的还生动,又自我得意了一番。“我才二十岁!”我心里喊道。这两幅画是按父亲的嘱咐给车站食堂画的。又画了两幅简单的,是给本校张主任的……当这一切应酬完成之后,我整理出一些要带走的东西,连同给父亲裱好的画,持之归家。

我在楼下仰望那高高翘起的屋檐,屋檐的背景是黑蓝的夜空。今天是癸卯年七月十四,满天星斗盈盈闪闪,格外地清晰。高天上挂着一轮圆月,皎洁莹澈,无言地注视着我。正是月在中天之时,她显得姣小而遥远。我要走上楼去,走到能尽量挨近她的地方,接受她的清光的抚慰。

我觉得我已经挨近她了。

我依稀听见了她身边的银河正淌着淙淙的水声。

这就是我一生难以释怀的空中楼。

此后的四十年中,我不知多少次梦见它,梦见我又居住在里边,与潘志成整日作画,半夜不眠,有好友来访,有伊人来会。那是一段多么难得多么舒心的日子呀!

我总想回到B九中母校去重游一次,去看看西三楼我当年居住的所谓空中楼,看看我那幅老虎悬挂的墙壁;再看看东三楼我们当年上课的教室,想象一下我画的报头贴在什么位置,看看图书馆的那张床是否换了地方,我们给它的四壁布置的书画还有没有。再去平房一带看看灯辉里的锅炉房,看看晨曦中的小树林和老化到什么程度的几株桃树。我可以在实地做些景物描写以及那般景物下的心理描写,以便充实在我的书里,使之更加鲜活。

但这已经不可能了。物虽是而人已非,改了的人物怎能在不改的景物中找回当年的心境?更何况在母校四十年校庆时就听说校园仅有的两座三层旧楼已经连根拆掉,那个封存着我的欢乐的天国和断肠记忆的坟墓,早已云散烟消,一去不返了。即使新盖的教学楼何其雄伟何其现代,也是与我无关的,既不需要我的赞美也引不起我的感怀。而那个曾经怎样勾留我视线的锅炉房与桃花丛,恐怕也早已被夷为平地,另作安排了。

"废池乔木畴昔,明月清风此夜,人世几欢哀。"无情的时光,了然不顾有情众生的一颦一笑,驾着太阳车隆隆地辗过,把人们圆了的和破碎了的梦辗为齑粉,并扬弃在它车轮后边的红尘之中,让它们轻烟般地消逝,不留下一点微痕。

在太阳车还没有把我辗碎之前,我努力地在记忆的黑洞里搜寻,看看从那里还能捡到些什么残片。我把它们拼接起来,像拼接上古时代的陶罐。并不是每件旧物都有价值,并不是每个生命都有价值,只要能证明一种生命曾经存在过,是这样而不是那样地存在过,对我来说,已经够了。不然,我还能做些什么呢。

我想写篇《空中楼赋》,却无法在这最后的夜晚梳理清我的思绪。直到十五年后,这个藏在心扉里的情结,才化成文字,把这段不了情做了差可的表达。

岁次癸卯之年,滑子廿一之岁,时临高中毕业,与同学潘志成居于九中之西楼,盖美术老师兰尚濂之办公室也。自正月廿四至六月初四日,凡五月之久。陶然其上,如坐云端,余乃名之曰:空中楼。是平生之难忘,今作赋以志之。

古人有云:"仙人好楼居"。斯楼也,檐牙高耸,上剪云霞;窗槛凌空,下绝埃壤。斜倚楼头,明有窥来诗梦醒;漫书广案,白云飘去墨痕香。仰观天宇,莹尔冰心同冷月;俯察万物,恍如江汉载浮萍。更无尘纷羁绊,果是世外空中。余有诗咏之云:"空中楼阁仙人住,银汉鸣弦梦里听。"因以空中楼主自号焉。

楼中何所有,诗情画意浓。其晨也,朝暾东出,映照屋檐。雀若弹丸,的的跳跃于窗台之上;烟如罗带,悠悠萦绕于户牖之间。当是时也,与志成起,开户养浩然之气,而待于晓课铃声。其午也,炎阳泼火而高楼独爽,天气困人可一梦沉酣。其夕也,轻烟笼而操场空,夕阳沉而万籁寂。当是时也,临窗伫立,有所望焉。其夜也,灯光射牛斗之墟,星河如咫尺之近。当是时也,兴酣落笔,泼墨千言,流连顾盼,有所待焉。

若夫背离骚于归途,诵读之乐独享;携糖饼每七枚,慈母之爱何深!断斋划粥,君子由来穷固;囊萤映雪,远志经久弥坚。画绘秋声,不尽萧条之意;图写兰亭,聊寄隐逸之怀。灯明如昼,高士不眠,邻人告人以不宁;挥毫长啸,布被遮窗,潘子写生满壁。击节狂歌,四壁如闻鬼哭;襟怀远寄,九天似有鸾鸣。豪情谁得匹,凭汉书能下饭;幽思邈难寻,剪白云可题诗。楼中之乐,乐何如哉!

时有沪女兰槐,清同白芷,汲钱塘而凝肤色,茹栀子而沁芳心。众生争相瞩目,严师尚且怜香。芝颜久慕,却恨无由以接交;文理分班,何幸相识与邻座。青梅竹马,幸喜年少无邪;报李投桃,遂有相怜意密。犹记高楼日午,玉趾姗姗而来;影册藏珍,华容朵朵出示。赏芙蓉而惊玉润,羞红粉黛;指雏稚而视端庄,谑笑折腰。尚有借故搭讪,索提纲以求一见;更复察心会意,乘清宵而来如约。一声莺语,传来楼下;联翩雀跃,奔至庭前。皓魄当空,映薄衫如烟笼;冰星如水,凝粉臂若玉雕。乃叹《月出》之章,何其相似;尤憾丹青之画,不及万一。至若图书馆里,整艳妆而入画;教学室中,怀意马而斜眸。手触温柔,借手表于皓腕;声飘碧落,唱越曲于高楼。尔乃纸条暗递,片言价抵千金;秋水盈睫,一瞥中含万语。夤夜敲门,声声如击肺腑;中宵辞去,步步牵断肝肠。

于是春心动焉,情意摇焉,春心逐云缕飘飘,情怀共浓荫郁郁。凭窗远眺,红杏扶疏,女生宿舍,或有提水人归;倚栏俯望,绿杨高耸,楼下闲阶,希冀粉衣人至。

怎奈汉之广矣,不可泳兮,沪有佳人,不可得兮。少女娇羞,脉脉含情终不语;青年胆怯,几回不敢挽罗衣。同窗诸子,风流云散;校园零落,楼阁清寥。文君不见,茂陵风雨相如病;山伯弦绝,肠断英台一纸书。人去楼空,几许离悲兼别恨;红销香断,翻成雨怨复云愁。

嗟乎!十五年旧游似梦,素手难摘镜里花;十五年幽思如潮,眉宇空凝水中月。年年红杏开,红杏影中不见人如画;岁岁白杨绿,白杨荫里再无我凭栏。水东流,时已逝,韶华一去不复返;君已衰,吾将死,犹忆高楼一泫然。

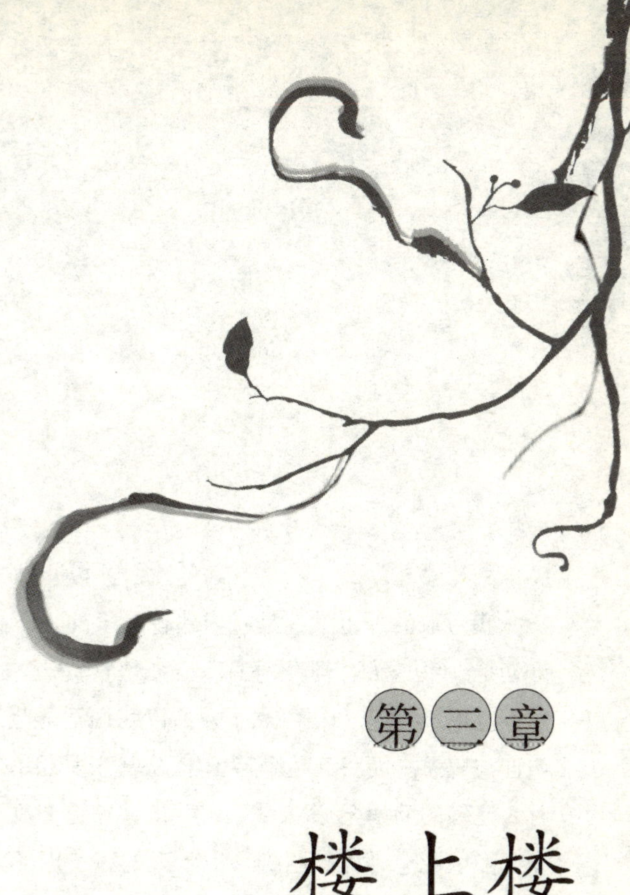

第二章

楼上楼

我将在这里度过四年的大学生活，该给我这个居所取个斋号了。二楼的上下铺的上铺，就叫“楼上楼”吧。是的，挺好！

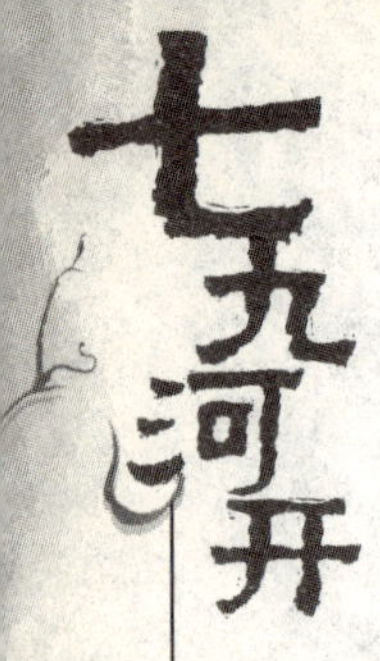

吃饭学院

我考取的师范学院是省内建校最早的一所高等学府,它有一个诱人的好处是:管饭。每个学生每月十五元伙食费,这在学徒工每月工资仅十八元的年月里,数字已经很可观了。所以我们把师范学院昵称为吃饭学院,以示敬仰与感恩。而我又是个特困生,从父亲所在单位开了份证明,我又得了每月六元钱的助学金,算来比当大兵的津贴还要高,真让人喜出望外。上课时老师点名我总是先被叫到。七十人的一个班,我是第二名。据说这名次是以高考录取的先后为序的,而先后总也与成绩有关,就是说我是一九六三级师院中文系第二个被录取者。不管这说法是否属实,确也让我“窃喜”了一阵子。看来我的第一志愿绝对是智者的选择了。

我搬着行李来到这个学院时,已过了花季,根本找不到“致新学友函”中所描绘的丁香桃杏,所有树木一律顶着沉甸甸的墨绿,在飒飒金风中肃立着庄重与虔诚。正对校门的是灰白色的三层文史楼,这里有我们汉本一的教室和阶梯式共同课教室。穿过一片桃林,是第一座学生宿舍楼——女生宿舍,门前晾衣的铁丝上挂着男生不宜瞩目的各色衣衫,即使都很朴实并无当今的奇异与绚艳,但一眼便知为异类。再过去,是第二学生宿舍,仍是一座二层旧楼。楼下是女生宿舍,走廊上可以看见披着湿漉漉头发端着脸盆从水房里走回寝室的女生。在校的五年中,我从来没有去女生宿舍。美丽的女高中生十之有九落榜了,能考上大学的女生十之有九是为衣食计别无选择的精神贵族,这一点从逻辑推理上就可以判断。再说,一个女人独处时,她的女人味可以构成某种心理和生理的诱惑,而八个女人挤在一间小屋里,就无魅力可言了。谁知道她们床下的脸盆里或者门后放着挂着些什么,万一她们在宿舍里洗什么地方,就更加有碍观瞻了。所以我总是匆匆而过,从不稍留,更不造访。我的宿舍就在这座楼的二层西走廊上,四个上下铺,住八个人。下铺已被早到的同学占领了。我把行李扔到了靠窗口的上铺,用心地安置了一番,一个小天地便出现了。我试着躺下体会了一会儿,心里很踏实。无论如何,我有了一个靠劳心为业的铁饭碗了。

我将在这里度过四年的大学生活,该给我这个居所取个斋号了。二楼的上下铺的上铺,就叫“楼上楼”吧。是的,挺好!我觉得我这个到处取名的好习惯实在风雅之至。可惜学生宿舍不让私人挂匾。

天津三姨家的表妹听说我上大学了,来信说:“大学一定挺大吧!听说北京大学里全是楼房,卖什么的都有,还有湖、有马路,是个小城市呢!”我不知该怎么回信了,只好“当然,然而”地支吾了一番。

我们是上个世纪六十年代的学生,我们得规规矩矩的夹着饭盆从破败的宿舍走向学生二食堂。免费吃饭的食堂摆着若干长条桌子,用餐证打上饭端到条桌上站着吃。免费伙食多是玉米面窝头加烩菜。班里有名的大肚皮二肚皮,女生们吃不了的窝头就送给他们,他们可以麻木地不带任何表情地把它们吞下去,令人瞠目结舌。每周有两次午餐是肉包子,挺大,每个人两个。一到这时候,我的美术才能就用上了,把早餐证的“早”字用刀片稍作处理,用墨汁描成“午”字,于是,早餐的稀粥咸菜变成了午餐的两个大肉包子。这技术是秘而不宣的,张扬出去没有好处,这道理我懂。明珠投暗,天才被埋没的滋味真不好受。

一开始,大家都像是来好好学习的,“大学生”这几个字时时提示着人们:你们是学者。多数人心无旁骛,都去上晚自习,都去自修室占座位,在阅览室的日光灯下暗暗地较劲儿,看谁的夜车开得晚。大家崇尚学识,亲眼看见了什么是教授。

建院时,校方从内地发达城市挖来一些学者,也有因历史问题而刺配边关以求重新做人的,校方把他们摆古董似的摆到各个系里,于是就有了教授。

中文系曹鳌教授,湖南人,早年在长沙第一师范读书,是毛泽东的校友。

他的老师是著名的古音韵家黄侃,而黄又是辛亥革命元老、大学者章太炎的弟子,因此,曹蝥先生得意地对我们说:你们是大学问家章太炎的再传弟子了。曹蝥先生是搞古文字的,也是因人设事,给他开了一门古音韵课,每次都帮旁并芒地读上一气,如同幼教学习拼音。古音韵并不复杂,只是怪异,一堂课读会一两个字就算有成效,如同幼儿园的英语课,知道苹果叫"艾剖",这堂课就不算白上。最后,让每个同学抄一遍说文部首,该课即宣布修业圆满。谁也知道这门课一点儿用处都没有,甚至连个卖弄机会都找不到,远不如回字有四种写法、人字可以加上三撇那样能够炫耀学问。但课就开了,就学了,尔后就忘得一干二净了,忘得比俄语还彻底,也许当时根本就没记住。我是用毛边纸大八行抄写的说文部首,用线装订的像一本古书。曹先生仿佛发现了一粒金沙,把我叫到他没有老伴的卧室里,称赞之后,送我一套有封函的《草字汇》,我也由此知道了翁同和、何绍基的名字。这是他一生中最后一次授课。不久他引退回京,临行,我画了一幅《岱宗旭日》,裱成装轴,送给了曹先生。先生回京后,在首都地震的疲于奔命中谢世。

中学教员出身的马国凡是中文系现代汉语的顶梁柱。当时他能把枯燥乏味的汉语讲得津津有味,的确获益于东北人的好口才。"羡慕的羡,下边不是个次字。次羊有什么可羡慕的呢?是三点水一个欠字,这个字念涎,并且就是个涎字。涎就是口水。见了羊流口水,这才是羡慕。羊肉好吃,值得羡慕,如果是大羊那就更美了,所以羊大为美……"讲台上鹄立着马国凡老师高挑的身影,笑容在脸上轻松地绽开,同学们也在哄笑声中倦意全消。后来他出版了《成语》、《歇后语》、《成语概论》,"文革"后当上了正教授。

魏泽民是蒙古族,我们入学就给我们当班主任,经常这样教导我们:"你们来就是为学习而来,别把心思用到别处。好好学,将来考研究生,认认真真做学问,别像我似的弄个小助教,跑跑颠颠的,有啥意思!"

教我们文学概论的某老师,他讲课的方法是念教案,从上课铃响就开念,我们记,一直念到下课还没有记完。我们奇怪,他为什么不把教案印出来人手一份,那岂不是与人方便自己方便皆大欢喜吗!科代表为了表示对师长的敬重,一口一个先生,大家听了挺好笑,因为先生那时至多是个讲师。

做过《三月雪》的小说家宋肖平,当时正给高年级讲写作课,等我们上三年级时,老师们都成了“牛鬼”,所以我们一直没有资格在个人简介上写“曾师事于作家肖平门下”。

教古汉语的程维城老师是个老饱学,讲到古代作家作品时,能用地道的山西口音整篇地背着《阿房宫赋》、《过秦论》,背得大家张口结舌,当然也由此顿悟了中国的古文之道。

那时候最让我们佩服的是可永雪,他研究《封神演义》的学术论文发表在《光明日报》上,挺长,了不得。

天津卫温广义老师温和敦厚,有长者之风,听说他潜心研究周易,必是玄之又玄了,而我们后来买到的他的著作竟是《唐宋词常用语释例》。了解他的人说,这是位活得最轻松最潇洒的人,一辈子与世无争,很有点庄子的意味。可又有人说他是做学问累死的,我一直不信。旷达如温公者是不该那么敬业的。

“四清”中的学生娃

一九六四年冬,国家主席刘少奇的夫人王光美在河北桃园取得经验之后,“四清”运动即将在中华大地上展开。省师院的学生被派遣到基层某地参加为期一年的锻炼。

“四清”是建国以来的又一次政治运动,又名农村社会主义教育运动,主要是整四不清干部,后来又说四不清的概念太含糊,改为主要是整农村党内走资本主义道路的当权派。我们的理解是,农村干部太黑了,贪污盗窃,鱼肉乡民,山不转水转,该换换人了。并不知道中央内部有两条路线的斗争,我们是无知识的学生。无知的学生需要放到三大革命运动的第一线去经受锻炼,一则免得在温室里变修,一则增长阶级斗争的才干。我们所到的基层是省里“四清”的试点,工作队以北京来的军委工程兵总部的军人为主,又从地方机关事业单位抽了些干部,再就是我们这批参加锻炼的学生。工作团团长由时任中央华北局书记处书记和省党委副书记担任。县“四清”工作团黄羊木头分团团长是工程兵政治部主任李少将,副团长是我们系的老师马国凡。潘志成他们分到了狼山公社。我和几位分到了黄羊木头公社脑高大队。我们在后套平原上整整呆了一年,连春节都没让回家。此间,学

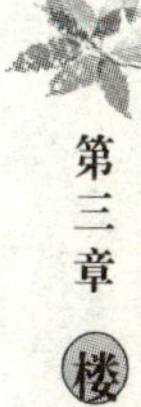

院的院长还来看过我们。

一九六四年的冬天,后套平原坦荡千里,盐碱化了的土地露出骇人的惨白,如同经久不化的积雪。偶尔有两排横竖交错的小树,站立在纵横如网的地沿渠畔,举着瘦弱的枝条在西风中瑟瑟发抖。一只黑色的不知是喜鹊还是乌鸦的大鸟,忽地从枝上窜下,呀呀还是嘎嘎地叫了两声,飞走了。大坟树的边上有一个戴毡帽的老汉在拾粪,从外形上看不出是贫下中农还是地主。

阶级斗争的恐怖笼罩着县里的十多个公社。

这是一场你死我活的斗争。为了把阶级斗争的弦绷紧,工作队经常传达河北桃园以及其他试点的情报,有四不清干部狗急跳墙把工作队八九个人杀掉而后自杀的说法。工程兵的军人在各个工作组当了组长,他们摘下了领章帽徽,但依旧穿着军装,我估计军衣里肯定是藏着一把袖珍型的小手枪,并且还有子弹。这里是阶级斗争的前沿阵地,是战场。在战场上枪毙一个叛徒应该是指挥官的权力,因而我十分小心,不能让自己犯阶级立场的错误。"四清"工作队纪律严明,"三不准"中有一项是不准吃肉。确实有人吃了肉被通报处分的。不准乱搞男女关系,我们班就有两个同学出了事。

李君出差时在三道桥站上火车,他在候车室的长椅上闷闷地吸烟,清癯的脸从任何角度都看不出光泽,小眼睛在近视镜的下边疲倦地下垂着,偶尔眨动一下表示他没有睡着。而他身边的一个农村姑娘却真的睡着了,不由自主地把头歪在他的肩上。他可能觉得这不大合适,却又不忍心把她推开。也许是为了让姑娘睡得踏实些,他往开挪了挪,把她的头扶在他的腿上,姑娘显然睡得更实在了。这个画面是怎么形成的,他也不知道,既无前因,也注定没有后果。二年级的大男生,又不是调干生,对性没有一点经验,但他觉得这感觉挺好,他的倦意全消。一个黄花闺女这么近地挨着他的身体,这对他来说还是头一次。看她熟睡的样子,他忍不住用手去爱抚她的脸蛋。问题就这么发生了。一个穿大衣的人已经站到他的面前。

"这是你什么人?"

"……"

"你是什么人?"

"……"

其实,这不是圈套,没有特别的政治目的与经济目的,那时的人还不会设圈套。

李君几个月抬不起头来,长久地忧郁着,连话都没了。

曹君是调干生,而且是结了婚的过来人。他留在了公社分团。分团对我们来说就是上层了。上层人住在公社所在的镇子上,有机会跟公社卫生院打交道,卫生院有个全公社第一大美人。诗人见了夜莺,是想听它的歌唱;猎人见了夜莺,想的是红烧还是清炖。结了婚的人跟没结婚的人不一样。保持着童贞的男生虽然也时时感到某种浮躁,但仍能安静如处子,不会做出太出格的事来。调干生见着女人,想的是占有。这方面,他不缺少方法,他有过来人的经验。于是,就如此这般地云雨高唐了。刀口下的爱情真是惊心动魄,如何处理曹君的报告递到了县分团党委。出现了两种意见,军队和地方干部都主张严惩不贷。这时,学生带队的副团长、语言学家马国凡用他的语言优势力战群雄,说道:"错误是没有争议的,关键是错误的性质。我们都带过孩子,我们教育孩子不许撒谎,不许偷东西,要听大人的话。但是顶用了吗?不可能说了就见效。你威胁说再偷就打断你的腿,他又偷了你真的打断他的腿吗?这是一批不懂事的学生娃,来就是受教育受锻炼的。二十出头的毛小子,已经懂性了,到了找对象的年龄,喜欢异性是正常的,我们都从这个年龄段过过。他们能干出点儿什么呢?并且这是些中文系的学生,他们受了文学的影响,爱穷酸,爱浪漫,爱自做多情,是些务虚不务实的秀才,借给他个胆,也不可能做出什么实质性的事来。传说归传说,推断归推断,我们拿不出两个人发生男女关系的证据。我们来是搞'四清'的,大目标不应该放在学生身上。孩子的错连上帝都会原谅,我看还是教育为主吧!"

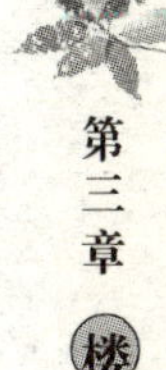

曹君就这么幸免于难了。

政治面目是第二生命,有了第二生命,作为第一生命的肉体才能得以保障。"四清"工作队"三不准"之外还要实行"三同":与贫下中农同吃同住同劳动。我被安置在一个五保户老光棍的屋子里,是一间比凉房还小的黑屋子。解放前,后套是国民党傅作义的地盘,为了打仗,男丁多数被抓去当兵了,富余出来的女人没着没落,串门子搭伙计的事就屡见不鲜了。而当兵回来的人"穷求打得炕板子响",过了结婚年龄,又没钱讨媳妇,也只好走串

门子的路。有女儿的人家可以换亲,即嫁一个女儿,娶一房媳妇,双方免去彩礼。也有弟兄俩娶一个的,明娶的是哥哥,弟弟可以伙用。实在没辙的就打一辈子光棍。光棍也是人,他有他的办法。女人们不知工作队是来干啥的,但她们知道这是党派来的“贴心人”,有事找工作队肯定没错。“我向工作队反映个情况,”大娘有点不好意思,“张队长狗日的可灰(方言:坏的意思)了,乘我男人在饲养院下夜,跑来了。天明走的时候说是给枕头底下塞了五毛钱。我让娃娃拿去买盐,娃说不是五毛是一毛。”我们就在四不清干部张队长的材料上加了一条。我们吃派饭,也就是在贫下中农家里一家一天地轮流吃,这是访贫问苦扎根串连的一项工作,边吃边聊,一则取得广大革命群众的信任,二则发动他们投入揭批四不清干部的斗争中去。“某年月日队长叫我去杀羊,叫我老伴儿去给烙饼,吃的人有十二三个。”“某年月日张队长从场面背走一袋子糜米。”“某年月日队长拿个白条子让我下账,说是拖拉机的修理费。”……

“昨天在谁家吃饭来的?”这一天工作组老赵到分团开会,只剩下我一个人在贫下中农家吃派饭,女当家的问我,“是二喜家?他老婆跟队长……你知道么?”

“知道了。”我不会撒谎。

“还有谁?”女主人好奇地问。

我又列了些名字。

“哎呀,工作队甚也知道了。”女人感叹地说,并且不再追问了。

其实我们掌握的人名中就有这个女主人,只不过我没好意思说。她的男人就在我们身边,不参与我们的对话,好像什么都听不见似的。那么他老婆跟张队长有一手,他是知道呢,还是不知道?说不清。

后来,上级来了精神,只整四不清,不整男女关系,这才帮助工作组把握住大方向。

青春的躁动不时地袭击我们这些成熟了的青年。欲望,在政治的钳制与环境的约束中快要发疯了。

是一个有雨的天气。我从社员家吃完派饭回我的住处,是有一段距离的路程。柳枝如染,草地如茵,这美好的景致与清新的气息让我想到爱情:要是有个穿绿罗裙的好女此刻挽着我的胳膊,我就不会这么大踏步地前进了。莫名的忧愁从心底涌起,天又阴了下来。平地上有一对青蛙在跳,是摞着的,它们在交配,见有人来,一个驮着另一个向一边跳去。莫名的忧愁迅即转化为妒火,我折了根柳枝向它们狠狠地抽去,抽散了,上边的滚出老远。我往前走,天呐,地上全是一对对的青蛙在交配,我发疯般地抽打起来。直到走出那片平滩,我余怒未消。脑子里依旧叠印着它们摞起的形态以及被我抽得东离西散的惨景。

我这是做什么？我干嘛要伤害无辜。我转又悲伤起来,对自己的劣行懊悔不已。我坐在田垅上想流泪,可是并没有泪水流出来。

我一开始就感觉到这种四清四不清的斗争对我个人是没有意义的。我是学生,我应当打我的基础,我不能把精力都耗费在开会做记录写材料上。我来的时候,行李里就打进了两本书,一本是《先秦文学史参考资料》,一本是《古文观止》。为利用一切可以利用的时间,我把书拆成了单页,偶尔看看一两眼,就可以不动声色地默记默诵,这样做即使在开会的时候都不易被发现。晚饭后独自散步到田埂上可以展开认真地研读,弄懂了,把要背的抄在一张纸上,第二天就只剩下背了。工作组长老赵不用我跟随开会的时候,我就在老光棍楞旦的屋里点着油灯看书。楞旦醒了,见我端着书打盹,冷冷地说:“还不睡？”我以为他要夸奖我两句,不料他却说了句:“那灯油,是钱买的！”我这才知道自己犯了个什么样的错误。第二天我赶紧去买了二斤煤油,这下子楞旦反倒不自在了,说:“哎,倒也不是那个意思。”

我会画画,我开始给贫下中农画素描像。他们很好奇,很愿意给我做模特儿。“画得挺像。喔,画得挺像！”等村里人都知道我会画像时,我偶尔画一两个女社员也就不那么惊天动地了。

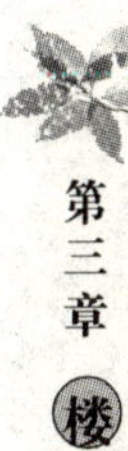

南村的刘七三是全村最苦大仇深的人,穷得连炕席都没有,却有六个孩子。五个女儿一个儿子,当然小子是最小的。刘七三是陕西民勤县到此地落户谋生的,在队里受排斥,受队干部欺压,他是我们工作队的堡垒户。他的三女儿真漂亮,补丁摞补丁的衣裳掩不住少女的秀气,并且很文静,很知情达礼,不大像村里的孩子。这种气质是怎么形成的,在家庭里找不出根源,到村里也找不出根源,我没办法编一个故事给她做解释。

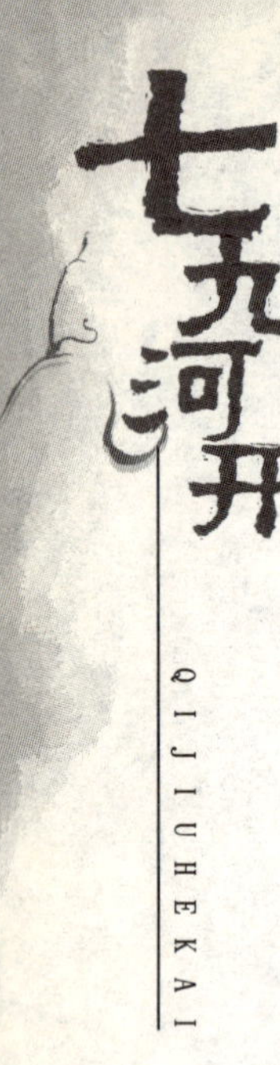

“画像？好哇。三闺女，你叔给你画像，挺挺的坐着莫乱动，”刘七三满脸堆笑，“我去场面了，画吧，你画吧。”

我一边画一边想：这么秀气的孩子遇上这么不幸的命运！她若是生在城市里，生在干部家庭，或者生在我们工作组长老赵的家里，她的命运肯定是另一个样子，她用不着提着箩筐漫滩找营生做，她肯定穿着花裙子在学校里像只蝴蝶飞来飞去。命运真是不公。我能帮助她些什么呢？我如果是个电影导演，她的命运也可能在一夜间改变，她能从平民一跃而成为秀兰·邓波儿。可我自己还是穷个学生，我什么忙也帮不上她。

二十二年后，我出差西行，重过该县，特意到黄羊乡脑高村访旧，村父留饮，得绝句如是：

蓬壁茅庵莫可寻，新宅绿绕唱鸡禽。
隔墙醉向翁妪问，却道毛丫早嫁人。

问起刘七三，说死了。问起三闺女，说嫁了，嫁到外地了，外地是多远的地方，不知道。

作为工作队员的我就这么因地制宜地安排着自己的生活。

已更名为省师范大学的母校五十周年校庆纪念文集《北疆杏坛风》中，有一篇我的同班同学的文章这样写我，他说：“缺点是不能先知先觉的，自己的脑袋长在别人的脖子上；该看重的没看重，该淡化的没淡化。我们班只有一个同学，可以说大智若愚。他‘四清’时给贫下中农画像，‘文革’中用郭（沫若）体书写毛主席语录，‘四人帮’一粉碎，自然成了书画家。”我虽然没有像他声称的那样真的成为书画家，但我心里还是美滋滋的，至少我浪费的时间比别人少一些，没有把精力用到“竹篮子打水”上。

苍茫岁月

一九六六年，“文革”爆发。

突然到来的“文革”给学生带来的惟一好处是：不用上课了。

为谁学、学什么还没弄明白，很有可能越学越反动。而况面临国家安危、政权掌握在谁手里这种头等大事,学习与生产都显得无足轻重了。大字报栏在校园里赫然亮出一道道风景线,它让人兴奋,让人热血沸腾,让人燃起愤怒的火焰与反抗的力量。它同时带来一种赌博的诱惑,看你押对了哪匹马,你就可以享受到胜者的欢欣。热心政治的人勇敢地上阵了,不少同学处在观望之中,不敢轻易下注。

我知道观潮派是个没有独立人格的丑陋角色。既然全国六亿人民都卷入了事关福祸甚至事关存亡的政治旋涡里,总有个“我看是非”的问题,那么敢于亮出倾向总还是个坦诚,即使夹进某种目的也无可厚非。陈胜举事时不是还制造过鱼腹天书的把戏吗?但是学文史的人都知道中国政治是深不可测的一门学问,事情绝不像它的表面那么简单。

我在“文革”中采取了游手好闲的态度基于许多因素:一个是我怯懦的生性,自知没有勇气也没有能力去搏风击雨;一个是我的人生观向来只谈风月,舍不得在此外的什么上耗费时光。

看着别人接连出去串连,我们也想去北京见见世面。没几天传来特大喜讯:国庆节毛主席再次检阅。省师院全院师生不分派别,能去的全部赴京接受接见。“猪圈岂生千里马,花盆难养万年松”,我们也该出去走走了!

在北京接受了伟大领袖的检阅,心情难以平静。借着大串连的机会,我们决定一览祖国美好河山。我们的计划是乘车到南京,再徒步走向上海。不料车到泰安时,我们下车了,决定去看泰山。

这是个“红卫兵万岁”的时代。接待我们住宿的是个女中学生,简朴的衣装掩不住青春的美丽,说话时憨憨地笑着,是一种山东味很浓的准普通话,贤淑朴实,可爱极了。可是我不好意思多搭话,怕同学说我别有用心。

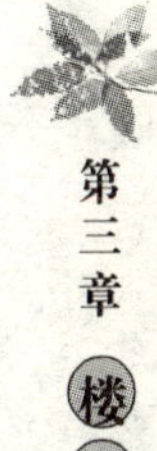

噫吁嚱,危乎高哉!在几千级台阶的引导下,我们直奔南天门。路畔苍松翠柏,郁郁葱葱,形态各异。从纪录片上看见过的国宾馆壁上的铁画《迎客松》,演化成婀娜的立体造像,让人不敢信以为真。石壁千寻,直通壑底;云崖百丈,上接重霄。四面八方,触目处尽是古人石刻,让人应接不暇。

我当时边走边模仿着张孝祥的《六州歌头》填写一首登泰山:

少年狂傲,不解泰山高。携酒肉,摇步履,上重霄,气可豪。沿石级千万,过斗姥,穿回马,转峭壁,股战栗,步摇摇。笑我辈须眉,不及山东女,笑何妖娆。到山颠小憩,恍若赴灵瑶。天门悄悄,暮云飘。

到了南天门,我们把带来的酒肉打开,就地而食而饮。泰山纵酒让我找到了某种感觉,我又把刚才没作完的《六州歌头》补出了下阕:

看雄峰立,超万仞,崇天地,作高标。齐鲁静,群山小,海天遥。惜周秦石刻,恒千载,一时销。绝巅冷,友人醉,我长号。雾霭迷茫,云掩层崖暗,臆懑心焦。问屏翳何处,我欲乘风遨,借我扶摇!

走到无锡,不想再走,于是改乘火车。去上海的火车仍是人满为患,只占上了两个座位,我们一行四人只得轮流站坐。我到车厢过道里想舒展一下,不料那里也塞满了人——当然都是学生。我们正好站在三个女生的对面。那三个女生一看就是中学生,个子高中低三档,各具风格仪态,如同当今画家天津美院何家英为求构图变化而精心勾画的三个典型女性。其中一个娇小的女孩顶多是个初中生,是古典文学中常说那种二八娇娃,温柔娴静,不苟言笑,肤色犹如三矾九染的工笔重彩,白晰明澈。高个的是个开朗的大姑娘,嘻笑无心,像是红楼梦里的史湘云。想是为解除面对良久的尴尬,大女孩看了看我们的红袖标,大大方方地主动开口了:"M省师范学院。你们是M省来的?"惊异的夸张的表情像是见到了巴丹吉林沙漠的双峰驼。

她叫黄瑛,上海中学生。一说上海,我就想起了我的初恋,一想起初恋我就想起了越剧。我主动把话题转到了这上边。她听说我喜欢越剧,立即显得挺兴奋,好像钟子期遇上了俞伯牙,只是车厢里不是场合,不便给我演唱罢了。我说买不到越剧唱本(这是常见的小伎俩),她说她有,回去寄给我。于是,我们很自然地互留了地址。这一切都是在上海到站前完成的。生怕擦肩而过的心理让我抓紧了每一分钟。迅速的心理反应,正确的判断和把握,经过装饰和掩饰的心情,不温不火的表露,这些在我来说是一次庄严考试的紧急应对,我过关了。那么她呢?

我知道我们一下车就会像被河流流散的浮萍,不可能再相遇了。

上海,再次摇醒了我的初恋。

我回到学校居然真的接到一封邮件,打开一看是一本六十四开的《越剧选曲》,上海文化出版社一九六五版本。确是她自己的书,扉页上写着"购于上海,黄瑛,一九六六年二月十七日"。下边还有一行字是:东新路武宁一村二十号三零三室。我分析,这一行地址如果是后加的,那就是特意了,你买书后签上自己的名还要给自己写上自家住址吗?书里还夹了一封信,一看抬头,女生的小伎俩就暴露了:收件人是我的名字,信却是写给"三位战友"的。我不记得我的那"两位战友"也要过越剧唱本呀。原文如下:

三位远方的战友:

你们好!今天来信主要把一本你们所要的"越剧选曲"寄给你们。

本该在上个月初(十一月)就可以寄给你们的。但,由于我的笔记本在我们同学那里(上面有你们的地址)。她又出去串连了,所以就一直拖到今天才寄给你们。非常的保(抱)歉,请原谅!

这本"越剧选曲"是我自己的,因为现在新华书店里没有卖了,都收起来进行审查,审查好以后,编辑新的出来,所以我就将我自己的一本寄给了你们,等出了新的以后,我定寄给你们。在越剧方面,如果需要我帮助的话,我一定尽我的能力,因为,我也是比较喜欢越剧的。好,不多写了,再见!

愿你们在大风浪中更快地成长。

远方的战友:黄瑛

一九六六年十二月十四日

若干年后,我写过一篇题为《秀才人情纸半张》的文章,就拿我和黄瑛作了个例子。只是为行文需要,我把它改造成了这个样子:

一九六六年冬,我们一群学生被一种热情所驱使,举着"肯登攀长征队"的旗帜,由南京向上海徒步"长征"。途中遇到一个学生坐在背包上,她叫黄瑛,是上海中学的学生。分手之时,她掏出一块很漂亮的小石子递到我手里,得意地说:“看,雨花石,送你吧!”我瞅了她一眼,从此那一双闪动的深潭般的眼睛再也没有从我的记忆里消失。我至今还保存着这颗雨花石,而黄瑛却在大千世界的茫茫人海中无处寻觅了。当时年少,又是萍水相逢,不好意思问人家的通信地址。

那一年,正好赶上四部委联合举办全国青年杂志文章评奖,我的这篇稿子居然获了言论一等奖,并且出版了获奖文集。我真想让黄瑛无意间看到它。

邂逅相遇的十年后,我因故出差上海,特意按照《越剧选曲》的扉页地址去她家看过她。她父亲说她到东北的什么地方当知青了,就是说还没有选调回来。我不便再详细打听。黄瑛故事,就此搁笔。

乱世甜婴

成熟了的青春骚扰着每一个学生荷尔蒙在体内不安的冲动着,时不时地给忙于革命的学生造成一段走神或联想。知识分子参加革命总是带着一种永久的小资特征:革命加爱情。可是我和同窗马君却仍是孑然一身、一片空白。看着身边的不少同学找了对象,我们真是好生羡慕。我们只能在那些可能没主儿的女生身后指指点点,挑点她们的短处或长处,寻点开心而已。“也就八十来斤,风一吹不就倒了?”马君指着一个女生惊呼道:“里边能有内容么?”“不知道,里边我没看过。”我庄重地回答他的设问。于是我们笑起来,我们从异性那儿获得了审美愉悦和生理愉悦。

郊区农民造反派办了一张小报叫《农民运动》,是我题的刊头,我享受到当年伟人的快感,很得意。我在《农民运动》的屋子混得久了,就在地板上的床板上睡着了。北国的早春二月其实仍是冬季,根本找不到被拍成电影的柔石作品的情境。夜里,半个被子又被马君扯了过去,我蜷缩着身子,睡得很难受。

心脏不好的人爱做奇怪的梦,我又在空中浮游起来。天上居然也有村落，我看见了土墙的根基和倚在墙根晒太阳的老人。我想起了在B九中上高三时做过的奇怪的梦——见到了少司命夫人和她身边的一个叫竺青的丫鬟，并且依稀记得她们的对话。那对话肯定是与我的婚姻有关的，虽然并没有弄懂内含的命运。我既然又飞落到天上，我试试能不能再见到她。老人向云端指了一下："那不就是少司命夫人的宫廷吗？"果然，东南角上就真的浮起一座殿宇，很高很清晰，只在宫墙的下端被云雾与村落隔离开来，像是两次曝光的彩色图片。我根本不去想这景象的突兀与衔接的是否合理，我被喜悦冲击得不顾其余了。

我不敢直接步入正殿，便绕到殿后，再从殿侧悄悄往前窥测。突然大殿的门开了，像小学校放学似的涌出一大群少女，嬉闹着在殿前的场地上开始玩耍。布口袋、跳绳、荡秋千……与我们人间女孩们的玩耍大同小异。这时有两个文静的女孩漫步着向殿角走来，我正要逃到殿后，她俩却在殿角的台阶上坐下了，背对着我。我从侧面还能看清她们的长相，一个穿红衣留一根长辫子，另一个穿绿裙的正是我在高中毕业前梦见过的那个竺青。

"瞧这帮没心没肺的丫头们，就知道玩，玩到哪年哪月呀？"红衣女说。

"没心没肺才是幸福。我这一走还不知什么情景呢？"竺青说。

"少司命说，你要投生的是个军人家庭。到那种人家，还能画画么？"

"是个文职军官，不是武夫，挺有文化的。这倒不重要。重要的是我二十年后能不能找到那个滑生，万一有个阴差阳错，我就惨了。"

"你放心吧，注定的事谁也改不了。明天你啥时辰走？"

"辰时走。谁也别送。三十五年后咱们在这里重聚。"

这时听得玩耍的少女中有人喊"红霞"，那个红衣女应声跑了。好机会，我从竺青身后拽了她一下衣带，她回头一看，惊异得眼睛都圆了："你怎么来了？我正要下去呢？"

"下去？下到哪儿去？"

"嗨，跟你说你也不懂。你快回去吧，让人看见了，少司命夫人一生气，也许就改变主意了。"

"不，我好不容易来了，马上就走，我才不呢！"

竺青四下张望了一会儿，拉着我绕到殿后说："你真麻烦。不过，好在已是注定的事了,你跟我来。”

曲径回廊,进了西厢大院的月亮门,她蹑手蹑脚地把我带到一间二层楼上的画阁里,显然这是她的闺房了。屋子很整洁也很优雅。金狻猊异香满室,碧玉瓶插着两支长长的孔雀羽毛,博古架上陈列着各种小摆设:手链、脚镯、发卡、日本儿童玩偶,还有几尊小铜佛……剩下的是些奇石,其中最大的一块有二尺来高,四面玲珑,峰峦叠秀,安置于紫檀座上。石孔上隐隐约约有白云飘进飘出。我正一一地数着石上的孔穴,竺青在一旁笑笑说:“别数了,九十二个。有两个被捏死了。石——清——虚。你倒挺在行的!”我记得在《聊斋》里读到过这篇,没想到这块奇石竟落到了这里。竺青说:“不记得蒲松龄在文中说过吗,天下之宝,当与爱惜之人。这石头的原主人邢云飞为了它宁折两年寿命,他想与石头同始终,没承想死了以后,人间那些污浊之辈为争抢宝物,祸端百出。少司命夫人就收回来给我了。”我真是羡慕不已,竟大颜不惭地问她能送给我吗,她说:“你若要,还得捏上三十个孔!”我想了想,我这嶙峋瘦骨,再减去三十年,怕没几年活头了,只好作罢。

博古架右侧的几上有一个大肚水晶瓶,也是二尺来高,像个瓮,里边贮水,插着一枝木本植物,叫不来名字。枝条像伞一样地纷披而下,叶疏花密。花的形状像被雨打湿翅膀的蝴蝶,收敛成一小团,花蒂如须,娇美如少女额前的刘海。再往右是靠窗的案子,案子上置有文房四宝,画毡上有一幅没画完的工笔仕女画,旁边有一幅供临摹用的画本。我吃惊地问:“你也画画?”她说:“画不好,正临摹呢。”我一看那画本竟是华三川的仕女画,更加惊异了:“华三川没画过古装仕女呀,早年他画钢笔画,后来改为工笔人物,画过一套绢本设色连环画《白毛女》,正在畅销。我们那里正闹‘文化大革命’,仕女画都被列为四旧销毁了,你是从哪儿找到呢?”

“少见多怪吧!”竺青朗声笑道,“你们那个‘文化大革命’是一次文化浩劫,说到底无非是权力之争。由此算起的十年以后,华三川转画仕女人物,他的画兴盛一时,是老百姓最最喜闻乐见的,我不过是提前用用他的样子罢了。对我们来说,十年算个多大的数字呢?”

“那你算算我将来有啥成就?”我问。

“你?”竺青撇了一下嘴,“你爸都给你算过‘不过是个穷儒’,我还用算？告诉你吧，你没弄出啥名堂！命里有的推不过，命里没有莫强求，懂啦？”

“那我命里有啥？”

“有我！”竺青说完，噗哧一笑，笑出声来。

这时伴随着一片叽叽嘎嘎的笑声，有人猛烈地敲门。我的应变能力提示我只有一种选择，像旧小说里常说的那样，哧溜钻进床底。竺青把门打开时，七嘴八舌已经嚷成一片了。

“别装了，你俩偷偷往回走的时候，我们就看到了。”

“我们在门口听了好一气才敲门的。”

“是你叫来的吧？先来个海誓山盟，二十年后再团聚？”

“别藏了，快叫出你的情郎让我们瞧一瞧！”

这时候，伏在床下的我觉得被人踢了两脚，紧接着就有只手提着我的裤带把我揪了出来。一帮丫头把我围得严严实实。

“哟，看把小哥窝屈成什么样儿了！”

“今天别走了，咱们给他俩祝贺祝贺，明天他们好一起登程！姐妹们，准备宴席！”

这顿饭是我一生没吃过的。

我被簇拥在“花堆”里，听她们笑闹。那些小女子们珠翠绮纨，云髻霞帔，华服炫丽，香气扑人，个个都窈窕秀丽，风致嫣然，一个比一个漂亮。说实话，在这里竺青算不得出众，但看得出来，她的性格魅力是大家公认的。她是《聊斋》里所描绘的那种“无繁言，无响笑，与有所谈但俯首微哂，每骈肩坐，喜斜倚人”的那种温和型淑女。为了劝酒，那帮丫头亮出了各自的才艺，我因此见识了洞箫排箫、钟磬竽瑟，听她们唱了《九歌》、《霓裳羽衣》直至《阳关三叠》、《章台柳》。酒至半酣，一个叫娇娜的姑娘别出心裁，让我见识一下她们的击鼓传花酒令。她把长袖外衣一脱，裹胸的坎肩便把两条玉臂露了出来，她在鼓上敲了只一下，几上的那瓶花里的一个花骨朵的须子就被震掉了，花蕾展开，化作一只蝴蝶，居然飞了过来，落到竺青头上。大家一哄而起，喊道：“请新娘子干杯！”竺青的脸一下子绯红，只好按规矩，端起杯，一扬脖真的喝了。而后以次类推，鼓声也由一下变成两下三下，干杯的也两杯到

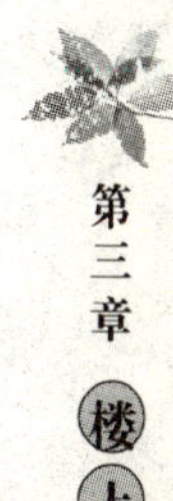

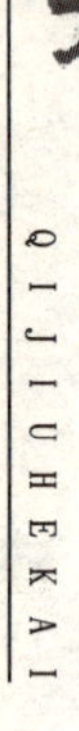

三杯地递增。我奇怪自己为什么没有被排在第二,正自尴尬,不一会儿才知道自己上了个大当。轮到我最后一个站起来的时候,娇娜的鼓像雨点儿一样地敲起来,只见水晶瓶的花骨朵纷纷坠落,化成一大片蝴蝶飞集到我的头上、身上。众女们不由分说,端着酒杯一个挨一个地朝我嘴里灌。笑闹声嚷成一片,以下我就什么也不知道了。

半夜被摇醒来,我才发现自己在竺青的床上。喝了她给我的醒酒羹,我很快就觉得心安神畅了。她告诉我她今天早上就得去托生,她会在十九年后找到我,给我做新娘,与我朝夕不离,一起画画,带孩子。我算了算时间,不解地说,十九年后我多大啦,你还能嫁给我?她说能!并且对我说:"这十几年中,你将有一次婚姻。我会在你的婚姻破碎之后出现在你的面前。"她问我能一心一意地爱她吗?我说我将用生命来爱你。她幸福地偎在我的颈边,那么感动,那么真诚。

修篁在窗外凄凄簌簌地响着,月光(天上也有月光)把竹影投到碧纱窗上,像一幅能动的水墨画。石清虚吞云吐雾,蝴蝶花水泻有声。竺青千叮咛万嘱咐,告诉我"你真的不可能有大作为,索性乐天知命、安度一生吧。"又说眼下的民间大乱是不值得参与的,"你明早就从你们被困的东风楼撤出去,守那玩意没啥价值。"我问她"我怎么能找到你",她说,以后的事你就别管啦。她居然哼了一段我从来没听过的歌:"是谁在耳边说,爱我永不变。只为这一句,断肠也无怨。"(后来才知道那是三十年以后的某电视剧的主题歌)我动情地搂着她问:"现在行吗?"她点了点头,长睫毛在我脸上忽扇了几下,痒丝丝的。

罗衣甫解,异香满室,一枝白莲赤裸裸地展现。

我知道,今夜始,我已不是童男了。

我被冻醒了,醒来在四面楚歌的东风楼上。这一天是一九六七年三月六日。

后来我才知道,这一天在东北辽宁瓦房店的军营里,一个文职军官的家里出生了一个女婴。出生时正是日上扶桑,朝霞如绮,取乳名曰小晨。这孩子不哭不闹,爱笑,笑时腼腆不出声。"笑个屁,有啥好笑的?"姐姐嗔怪道。

"谁跟你笑了,没心没肺的。"哥哥说。渐长,性情文静,忍让谦和,待人真诚,善解人意,很是讨人喜欢。喜绘画,无师自通,虽稚拙简朴,却有灵气在焉。

十年后,这位文职军人鬼使神差地转业到与他毫不相干的地方工作。又九年后,他的女儿因为打工鬼使神差地出现在冷星楼。那时候我正兀自守着孤独,杜撰着《聊斋续异》,因而一见如故。此是后话,点到不提。

校园秋声

我这个半截子革命派很识趣地到校外游手好闲去了。潘志成是跟我一路的随大流者,他无所事事,跟着外语系一同学组成一个师院驻电影制片厂联络站。

我去看望潘志成,见他不像是在革命,而是在暗室里洗相。那个同学缺人手,潘志成一建议,中文系的我就留了下来。该同学是个挺温和的人,不大介入电影厂的派系斗争,好像也是到这儿来躲清净的。

革命浪潮一浪高过一浪,你方唱罢我登场。电影厂奉命拍摄文献记录片《红太阳照亮了草原》。驻厂的我,有机会看见了从拍摄到拷贝、到剪辑、到配音配乐、直到合成的过程。我听见"制片人"为难地说:"几个大学的战斗队队旗都拍上了,工学院提出来为什么没有他们的。还真的没有!别人的旗子都呼啦啦地展开了,就他们的不呼啦啦,好怪!这可咋办?就得补拍了。"我这才明白拍记录片还有这么多说道。片名的字幕说是用手写体好,有气势,于是这个出风头的事儿就摊给了我。我第一次看到我的字体在大银幕上由小变大、由远渐近、突兀而出的视觉效果,连我都对自己有点儿佩服了。

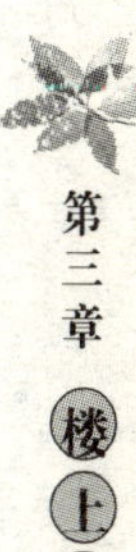

在这个片子里,我的许多叱咤风云的同学都上了主席台。特别是G君英俊而庄严地站在麦克风前念发言稿的镜头,深深印在我的脑子里。阳光照在这个二十多岁的学生脸上,春风吹拂着他潇洒的头发,让人想到了《湘江评论》的创刊人以及"指点江山,激扬文字"、"风华正茂,挥斥方遒"的青年伟人的诗句。在后来的几十年中,一听见"文革"的歌曲就让我想起那个火红的年代,想起了壮志凌云这个词的形象内涵。我这么动情,不是怀念某个路线,只是关于生命情感的一种触动,谁要是认为这种情感与政治有关,那他就根本没有读懂我,那就只好“不可与言”了。时势造英雄,英雄又被历史的大浪淘尽。我们有过青春,但青春不再了。沧海桑田,能不浩叹!

等待毕业的日子是彷徨的。心是悬着的,如同海上的漂流者,想看见岸;假如那个岸并不是想去的地方,就又害怕它出现。心悬悬而意惶惶,我们就是在这种心态下从一九六七年夏熬到转年的夏天。

革命好像已经成功了,再没有你死我活的刺激了。被同情的已经得意了,得意过的又变成被同情者。工作与婚姻两个问题占据了毕业生的主体心灵。我因为鞭打过交配的青蛙,到现在也没找到一个异性目标。我只能在制片厂的暗室里帮助潘志成翻翻显影液里的照片,再就是张罗点同学来厂里的小放映室看“毒草”。

真的要毕业了。历时五年的大学生活就此告终,我们不再跟这个学校有关系了。没有人规定哪天离校,没有人组织任何的统一行动。旧有的人际关系、领导与被领导的关系全部解除,愿意保持的友谊仍旧在个人行动中依依不舍地延续。

我们班的七十个同学并没有因为“文革”的派性而反目成仇成为势不两立的对头,我们还能站在一起在文史楼前照一张毕业合影,而后再按照帮派各自完成小集团的留念。这已经是很难得了。

是是非非都随着我们的毕业进入了历史。这么一场群众斗群众的大革命,伤害了各种关系,我们班毕竟是学文学的,也许是保有着原始的人性吧,虽然也分成了两派,也都认真地革过命,但是毕竟尚有同学情义在焉,这也是难能可贵的了。

事实上,人生的每一阶段都有忧愁伴随着。只有等那些阶段一个个地过往了,我们在打捞回忆时才能指出某一阶段是快乐的,难忘的。而这快乐和难忘也都是就大体而言,并且是因为我们把不快乐的一面淡忘了而已。

林　玉

林玉是我大学时的同班同学,从东北考来的, 在班里从不张扬, 为人和蔼可亲,雅好诗词,班上有“江北第一风流才子”之称。因为他总爱以东北方言跟人称“哥们”,人们就把他叫成了林哥们。林哥们是个远离政治、无心青紫的诗人。在校期间,因为有几个诗歌同好,大家给这个小团体取了个雅号:诗人协会。这几位诗人经常“啊,大海,自由的元素”地呻吟着。李君留着背头,出人意外地猛地向后一甩,对林玉说:“你看我像不像一头雄狮?”一激动指不定把什么碰倒踢翻。文君在某地方报上发表过好几次诗歌,是“好久没到这方来,这方的闺女长成了材”那类的民歌体,跟李君崇拜的海涅、拜伦、马雅可夫斯基之类的风格不是一路。如果没有“文革”,我们上了四年级的外国文学课,诗人协会也许会长成一个枝繁叶茂的大树。可惜运动一来,一切文化都成了封、资、修,诗人协会也就自动解体:李君爱上游泳,把诗集卖了买了游泳裤衩,林玉也不敢再“饮如长鲸吸百川”,“我欲醉眠芳草”了。

毕业后林玉被分到了二机厂当中学教员,在B市举目无亲,因他为人谦和心眼好,与我成了“相见亦无事,不来忽忆君”的挚友。

都到了找对象的年龄,都赶上了知识分子成了臭老九的年代,姑娘们都被革命洗了脑子,一听说教员,莫不掩鼻而去。跟我一样喜爱诗词的林玉,遇上了与我一样的尴尬与无奈。我在电机厂劳动的两年中,他常去看我们。一段时间没来,他会从本市邮封信来:

范婴、滑狂、宋痴:

闲居陋室,优游终日。自叹十年寒窗苦,无处挥毫;欲逞三军铁马雄,何方买箭?只影徘徊,空幻巫山之乐;闷坐观书,痴想洛水名篇。冰封雪漫,难得燕婉之游;蝶匿蜂藏,惟合捻须而咏。但能成律,莫择俗雅;漫笔涂画,聊宁狂魄。艳歌八首奉寄,以博杯酒之助。

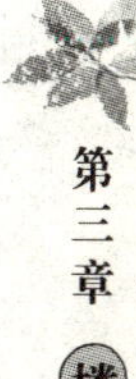

其一:曲巷深处是君家,庭中尚着海棠花;得谢娇莺不避客,玉手亲倾茉莉茶。其二:眼摄红香忆梦深,从来相会意常温。只缘同窗一席话,费尽痴儿半载心。其三:眩目花枝隔远道,惊鸿近树玉楼高。黯黯云阴蔽明月,涓涓流水静悄悄。其四:莫向云楼抬望眼,好在陋室理衷肠。塞外风流空自许,高堂神女冷冰霜。其五:有香香几尺?蜂高蝶不来。应怜小花草,终日寂寞开。其六:素月分辉入窗来,含媚应笑此生呆。若使嫘娥相就我,诗书万撰答奇才。其七:惟恨十年一支笔,终日蹉跎无所差;孰云此子便乏能,欲把新诗换青眯。其八:勿羡芙蓉横绿波,休夸新月藏云帔。宛曲旖旎入画屏,重楼却赏鸭儿睡。

相告一事,厂内下文件,让六六、六七两届下厂教师全部回教育科任教,可能不久便回,无可奈何。这星期你们如回家,我准备去探望,希勿外出。

林子　一九六九年十一月四日于二机厂

林玉在师院上学时,外语系英语专业的某同学（后来在电机厂与他们一起接受“再教育”）对他有过好感,他去过她的宿舍几趟。有一次他在院里走,她在后面叫住他,说:“看,你的袖章都要掉了。”于是走过来,帮他戴正戴好。像这样关心他的小事,曾在他的心湖掀起波澜。但他处在那个年代,实在不能免俗,经打听,说她父亲是某中学的校长——当时所谓“黑帮”,她又有病,于是大串连回来,爱情之花便开作荼蘼了。后来曾在B市邂逅,则“小姑昨夜嫁彭郎”矣。林玉分配到二机厂之后,师傅给他介绍一个绝缘材料厂的女工,当时已六年工龄,小学文化,每见一次,像审犯人,问一句答一句,否则绝不开口。相约去影院看电影,两人一前一后地走,相距约一米,到了影院,她后排,他前排,一句话也不说,散影后,各自扬镳。他觉得实在无聊,提出作罢,却遭介绍人一番数落:“这事哪儿有男的说不干的！”再有,六分厂一个姑娘经介绍认识了,她是个养女,养父是个科长,得癌症死了,留给她们母女一套公房楼居住,可她养母也癌症了。老太太一只眼睛是瞎的,由于手术治疗挂了一个瓶子,在脖子上插食管进流食,他看了实在吓人。尽管她大有孝心,为人挺好,每次会见后送他老远,可他还是悄悄引退了。惨目情景是一,最重要的还是她离“美丽”差得太远了:生有朝天鼻,脸庞少颜无色,绝不生动。林玉当时的心情还是挺浪漫的,“看着她写不出诗的女人不要”,这句话成了我们定义“诗人与诗化生活”的名句。

林诗人所遇皆诗。对象虽然没找成,诗却写了不少。我至今还记得他的两个名句:“满楼织女满楼春”,“不信请询门外锁,也应熟识叩环人”,真是多情之至,典雅之至呀！这个彷徨苦闷的阶段总算熬过来了,每个人到最后总能找到自己的归宿。我结婚的两年后,林哥们也终成眷属,对象叫小褚。我询及恋爱过程,他给了我这么一篇文白合璧的信札:

一九七一年我正“众里寻她”、百觅无着之际,二机教育处招来一批北京知青任教,我托北师大同事代为物色一个。同事慨然自任冰人,告余曰有褚姓女憨讷可喜,适与之同寝室。承蒙指点,我亦在食堂见之:健康,朴素,大方,青春正好。见了几次,彼此印象都好,我这个“木头”,也呆里藏奸,瞒了两岁,以助其成。后伊去山西一行,略有波折,暂画休止符。她每天到二小上班,路过我们宿舍楼前,我便有意迎上去与之招呼。一来二去,峰回路转,又见机缘。经中介斡旋,便屡屡相约见面,也就情好日密了。记得一次在空荡的办公室会面时,同事故意拉断电闸,我们点蜡烛,烛光下伊人脸似桃花,在我看来,真如仙女临凡。再后来,她们岗前培训,我是老师,她是学生,她就成了我的婵娟。婚后我问她为什么喜欢大哥哥(我大她八岁),她说她喜欢知识分子,喜欢文质彬彬,喜欢我的谈吐,喜欢我写诗论文,她特别喜欢我在小报上写的《卖花姑娘》影评。白首之约,就此敲定。两年后结婚时我们只有一对板箱,当月的工资回家旅行了一次,也就囊中告罄。她的好处是,容易满足,所谓酒盅盅量米不嫌哥哥穷者也。多年来,善持家务,善剪衣裙,善钩编织,在我的熏陶下也喜诗文,还自编了课本剧,组织学生演出,并曾在教育局获奖。布衣之家,有乐如斯,斯亦足矣。

由于娶了京都姑娘,后来他们一起由二机厂调到了北京南口中学,直到退休。晚年林玉得了脑溢血,亏了这位贤淑妻子的护理,恢复得挺好,仍能写钢笔字、写诗,甚至在退休之后复出讲坛,又拿起教鞭讲平平仄仄了。我替他高兴,写了首绝句用手机短信发给他:其诗曰:“皇都气象不平凡,老干虬枝出杏坛。弟子满堂歌桔颂,半为宋玉半婵娟。”这是个随缘自适、随遇而安的人,他实践着某种哲学,这哲学正开悟着老年的我。他这么回顾他的一生:

“一个多么伟大的艺术家在他身上死了”,记得罗曼·罗兰曾经有过这么一句话。我这里借用这句感叹,翻成:“一个多么出色的诗人,在他自己身上泯灭了。”大跃进年代是个疯狂的年代,但我得幸于那个年代的是:在中学时代我就开始写“顺口溜”,想当诗人,把它称之为“诗”。一入大学,我自认为是诗人,每天念叨着写诗,也在各大小报上发表了不多几首。正在我与

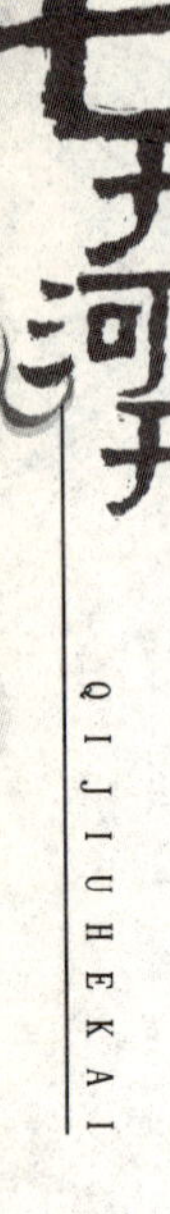

闫兄建民（已故）摸着点门儿、准备大展宏图的时候,不想遭遇了“文革”,“吟罢低眉无写处”,只得刹车。一九六八年去了B市,因为为人愚讷,想跳出教育口始终不能,考研又因外语成绩不佳,宣告失败。想考到母校任教的准研究生,报了名,我们教育处却派人到报名处给取消了。百计营谋不能脱,无奈我成了少数几个始终“捏粉笔头”的人,一直吃“粉笔饭”吃到现在。后来居然打心眼里热爱教育生涯了。怎见得呢?有我的“教师节抒怀二十韵”为证（见敝小册子《杂吟集》）。我始终自信,虽然我的才气差了点儿,但如果不是形格势禁,凭我的钻研精神,四十年来始终舞文弄墨,我是能成真正诗人的。谁叫我愚呢?话又说回来,成了诗人又怎样?捏粉笔头不也挺好吗?一切都无可无不可。

林玉跟我一样,就这么信马由缰地由清纯小哥走入黄昏迟暮。所不同的是,他有个从一而终的伴侣。“我能想到最浪漫的事,就是和你一起慢慢变老。直到我们老得哪儿也去不了,你还依然把我当成手心里的宝。”这时下流行的歌曲,只是小青年们用奇特构想做浪漫秀,其实他们并不那样做,并且也做不到。有人做到了,他叫林玉。

刘　棣

刘棣是潘志成在师院艺术系上学时同班同学。他家在省医学院,父亲亡故,不久母亲也去世了,他不得不过早地过上了无拘无束的自立的生活。他不像别的同学那么刻苦钻研,不知道是没钱还是他拿学习不当回事,从不按老师的要求买笔买色买图画纸做作业,别人画了半截,他问也不问就在人家的画板上接着画起来,不知道是帮人修改还是自己练画。他的生活毫无秩序,得着谁的衣服就穿。夜里睡得迷迷糊糊,起来出去,并不到厕所。第二天人们在走廊尽头发现一泡未干的尿,不用问就知道是谁的作品。上课时经常被班主任提起来:他在美术课上看文学书籍。放假前他敛了许多借书证,到图书馆借上五十本书,声称一假期就看完了。他的粗制滥造的美术作业极其乱乎,却能赢得老师的错爱与偏袒,同学们颇不理解。就这么个家伙,居然被音乐专业的女生吕某爱上了。吕某爱上了他的才华。她跟刘棣打赌,意气昂扬地把手表摘下来下注,当然这块表义不容辞地戴到了刘棣手上。

潘志成的朋友成了我的朋友。

“文化大革命”开始了,停课闹革命,打破了一切旧秩序。“风云际会起屠钓”,刘棣卷入了革命浪潮。他的气质决定他的不凡,他的天分提示他必须成就一番事业,无论是哪方面的事业。中国的几千年的儒家传统一直鼓励文人“达则兼济天下”,而济天下的首选途径是参与政治、建功立业。李白去当供奉翰林、郭沫若去当北伐军政治部主任,徐悲鸿去当美术学院院长,恐怕都是出于这样一种思考。尤其在中国,没有政治上的地位,艺术很难出头。而若是政治成功了,便可以领导艺术,即使自己已经不再从事艺术,其成就、威望以及快乐并不在艺术之下。刘棣相信自己的智商,他觉得实现抱负的机会到来了,他全身心地投入了“大是大非”的角逐。

他当上了院革委会政治部主任。

然而,平民出身的刘棣不可能一下子进入庄严,市井气在角逐的间歇仍能不时地透露出来,显得亲切生动而鲜活。

“你看这是什么?”刘棣拿着一张黑白照片给王君看。很像美术教具——两个半球体的局部放大。焦距不准,也许是距离太近达不到镜头的景深,也许是光圈太大把景物淡化了,很费端详。

“屁股?”王君按照自己的审美习惯驰骋着想象力。

在场的人都大笑了。

“不对,”刘棣说:“再猜!”

王君是音乐专业的高个子男生,戴眼镜,大背头,作派很像交响乐队的指挥。笑起来让人觉得他一肚子坏水似的,本质却是个好人。他、潘志成、单君和刘棣是推心置腹的兄弟。

看着王君挖空心思的尴尬相,刘棣说话了:“是女人的乳房!”

王君的小眼睛在镜片后频频地眨动着,一脸的不解。

“F的乳房。”刘棣解释说:“这是把相机放在肚皮上自拍的,是寄给远方情人的信物。如今被情人连情书一起退回到系革委会。”说着又拿出一摞照片,是书信件的翻拍放大。

F是音乐专业的留校生,女中音。上学期间有个恋人,那恋人毕业后分

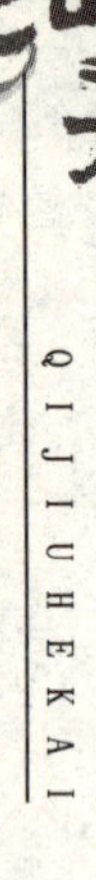

到了东北,一直书信来往。眼下这些革命小将第一次见到情书怎么写,能写到什么程度——词句滚烫。

“这么珍贵的物件怎么到了系里?”王君问。

“这你还不知道,发生了情变,女的不干了,男的气极了,寄到系里告状!”

“革委会连这事也管?”

“谁管了?”刘棣哈哈大笑,“这事咋管呐!”

从此,艺术系的人物中又多了一个刻薄的绰号。

斗争已不像去年那样刀光剑影、你死我活。革命委员会在稳定的秩序中行使着职权。内部的派系之争是内部进行的,看去很平静。

刘棣们打扑克打到深夜,饿了,派人设法弄点吃的。

“半夜了到哪儿去弄?”

“大秋作物熟了,随便弄点什么都行。”

几个腿子窜到校园外大队的地里,掰玉米、摘茄子,装满一兜子就跑回来,煮上。不料第三次去的时候被巡地的社员发觉了。偷庄稼的三个学生一着急,撒丫子就跑,连提兜都没顾上拿,而提兜上印着学院的字样。

第二天,大队派人提着兜子来到师院革委会,政治部主任接待了来访。

“有这种事?”主任吸了口烟,表情冷峻,“几个人?面貌特征?这是一起严重的破坏农业学大寨的事件,我们要一查到底,严肃处理!好了,把提兜留下吧。”主任贵姓?

主任免贵姓刘,叫刘棣。

革命造反派完成了历史使命之后,艺术系的毕业生被端到了河北某盐场进行劳动锻炼。刘棣的政治生涯到此为止。

据潘志成来信说,盐场的生活很艰苦很严酷,军事化管理,有军人坐阵,学生形同苦役,动辄得咎。这时候,我也正在B市电机厂接受劳动锻炼,尺素飞鸿,在潘志成、刘棣和我之间架上一道互诉衷肠的友谊之桥,通信给我们苦闷的心灵里多少能带来些慰藉。一九七零年五月二十三日刘棣来信说:

蒙君不弃,念旅人孤寂,赐之大作,读毕喜甚,字佳意新,余所识之风人,无出君右者。因步韵和之有四。其一:客里无心看春光,春来但觉鬓毛长。柔条处处拂破帽，细草丝丝染裾裳。白鹭多情穿新绿，红霞有意映嫩黄。桃蹊逢迎陌上望，巧笑盈盈是玉娘。其二：溪畔青青杏花妍，陶辞读罢意悠然。暖暖烟树村庄远，辚辚响传车马喧。谁知面壁十年后，竟尔汗滴五柳前。夜雨深听潮涨落，人生梦觉何须眠。其三：东南行客塞外思，长夜梦破阿谁知？总记议论人间事，常抚飘荡鬓边丝。冥鸿隐逸薄天际，霆电风发对雄姿。搔首踟蹰多惭愧，月来销尽细腰肢。其四，一抹青林掩断云，溪流总动客思深。海滨戍客仍如旧，塞外佳士应一新。渭北江东怀人意，高山流水慰知音。殷勤托语沧溟月，万里清光寄我心。

他在信中说，“潘志成仍在师部搞展览，估计一两个月回不来，单君也到军部搞展览去了。展览尽是这些人搞，一定没有看头。而我这样的，当然得老老实实，不许乱说乱动，并且此类差使是一辈子也轮不到的。近日在此办学习班，收效寥寥，已受领导注视矣。望兄勿以繁忙之公事忘却海滨故人那一颗急切盼望之心。此处一切从慎，给你的诗也望加意保存，我是从不留底稿的。”

这回算是真的秀才见了兵了。能把目空一切的狂妄之徒整得如此规矩谨慎，足见政治的威慑力何其之大焉！

刘棣终于不堪其苦，不堪其辱，听军管说谁若自愿到边远之地工作可提前分配时，毅然成行，到了中苏边境上的一个县级小市，他被分配到友谊宫，也算与绘画沾上点边儿。政治上失意之后，刘棣迅即转轨于绘画，他同某君为密友，两人合作，佳创联翩，常有勾线设色之主题国画被印成年画发行。他们画《边疆春色》、画《草原长城》、画十六幅四条屏《三打祝家庄》、画连环画《王铁人》，在省报上发表，在省出版社出小人书，干得很起劲。

由于文学的同好，由于心灵的脉搏相近，我们频繁地书信往来，互倾心态。他说：“志成是我的至交，然而就我的性情来讲，似和你更相近些，你能体会到此时此刻我的心情吧。”这也是实情。他的信每次都有诗作词作与我赠答。他的诗仿佛信手写来，有些以诗代书的味道，情思文采，绝非俗流所能比拟一二。信中描绘了他的处境与心情：“现在的边境小城，树木凋敝，百草枯萎，河上的厚冰可以载人，天气已经格外寒冷，每天上下班在街上走时，朔风嗖嗖，

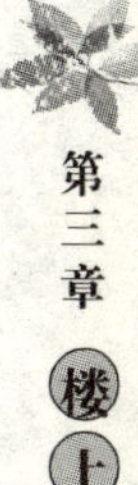

身子直打寒战。怅望西天,顿生思乡之情。遂赋新章,调寄金缕曲,以酬故人。

十月飞初雪。入边城,戍角吟悲,寒风送叶。年少豪游空万里,此际关山难越。清江上孤鸿明灭。旧事依稀似醉梦,问故人曾记当时约?吟诗草,共明月。　忧思难寐终长夜。对孤灯,茫然四顾,愁苦难写。非是情长儿女意,男儿心自如铁。恐匆匆,年华过也。自负当年多壮语,到而今幻想都破灭。凌云志,言还怯。

这就是二十郎当岁尚未婚娶的学画画的学生手笔。把那些后来成为国家级的画家们都拿出来,能有几个堪匹。而且刘棣的画同样是国家级的,只不过他未走仕途而已。

很快,刘棣就从他所处的鄙陋的囊中脱颖而出。边境小城彼时隶属于L省,他被调到省级出版社充任美术编辑。他的造型能力特强,意到笔随,在连环画稿纸上直接构图,一本复一本。他用一个月可以完成一年的工作任务,余下的时间就可以用于自己的单幅创作上了。绝顶聪明的天才一旦把精力专注于一个目标时,只能让那些“人一能之己十之”的笨伯徒然望其项背。他说,他已明确了今后的努力方向乃是国画,是写意人物,所倾心者任颐、贲庆余、王绪阳诸人,他很快就步入了那个领域。他不只画人物,也画马、驼、花卉与山水。他与另二人到法国举办了三人展,出版了第一本《刘棣画集》,又到东南亚搞个展,在岭南出版社出版大型精装本《刘怀山画集》,又到台湾搞个展,出版豪华本个人画集,在北京、深圳买了住房,画价是以万为单位的主儿了。

刘棣成功了。

飘零复飘零

作为因“文革”原因推迟毕业的大学生,我们于一九七零年秋锻炼完毕,我到B市二十五中报到,从此跨入了生命旅途中的一个全新的阶段——工作了。这时我二十七周岁。

九年的孩提时代,十六年的学生生活,两年的劳动锻炼,结束了无拘无束的前半生旅程。从今天开始,新的不熟悉的成人阶段到来了。可是,在我踏上这新道路的初期,学生时代的罗曼蒂克又延宕了一段时间。“独上高楼,望断天涯路”,谁是我后半生的伴侣,我还不得而知呢!

二十五中空旷的大操场前有两座二层的平顶小楼,是教室和一切办公室的所在。我第一次来报到,正逢学校寂寥无人,上了二楼还冷冷清清,头一个遇到的是个穿学生蓝单褂的女老师,两条不长不短的辫子,身体很丰满,脸蛋上泛着红润,没有使人惊愕的艳丽,却也闪动青春的光彩。我想这大约是二十五中难得的美女了。要是按旧小说的套语说起来,正是:播音雅室,有几番幽期蜜约;驻霞书屋,作一对并蒂花开。

想来是有缘,我被分到初一年级组,恰和她分在一个办公室,于是黑板的值日牌上把我们俩写到了一起。但是我们并不搭话,据她后来说,这种不说话,使她很紧张,倒把关系一下就弄得不正常起来,仿佛都看出了对方的心思。

现在忆来,我们的爱情好像只剩下几首诗词了。第一首送她的诗因为怕她介意,只是在纸上留下很清晰的印痕但不是笔迹,诗也写得只有她能明白:

相逢恨晚岁蹉跎,忍对落花叹奈何。
一步来迟终是憾,空拂绿绮不能歌。

第二首是词,十月十四日,学校组织人下乡慰问支农的学生,让我也去,我趁此暂别,正式赠词致意。于是成《水调歌头》一首,其词云:

慧眼流光闪,华面彩霞。难得比肩处子,朝夕肯相随。胸内流泉荡漾,倩影撩人眼乱,中夜起徘徊。幽思割不断,拂去又还来。　　殷切意,无从诉,只深埋。寻遍天涯海角,谁惜建安才。可羡蓝衣淑女,堪作得心助手,可肯偿余怀?君意诚难测,辗转费疑猜。

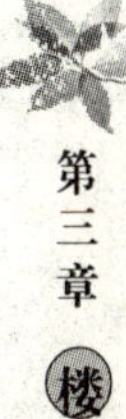

第三首是在开会时,我呆坐着,凝视着楼外冷漠的秋天,思绪茫茫,写了首《扬州慢·暮秋吟》:

秋色飞黄,秋风送冷,萧疏落叶飘零。昔芳茵生处,已铁铸青青。最教人销魂断意,苍凉落照,邈远苍穹。立残霞,寂然凝虑,思入云中。　　白驹过隙怎生留,岁月匆匆。叹案牍繁忙,尘氛羁绊,销铄神行。遐想云山深处,松子落,呦呦鹿鸣。但餐英饮露,足资了却浮生。

转年春天,我们结婚了。又转年,我们生了个女儿。

想成名,对于已经步入青壮年的我来说具有十足的诱惑。学了这多年文学,一门子心气就是把名字变成铅字,最好让成千上万的人像知道高尔基一样知道我。我从到处都有的《报头图案》的小册子里拼凑出一幅黑白宣传画《知识青年到农村去》,寄给了《B 城日报》。不久,真的在报纸上印了出来,写着我是作者。

这是我的名字第一次在正式报纸上排成铅字,我盯着它看了又看,体验到“状元及第”的得意,想象着我在旅店或会议签到薄上签完名,有人惊异地说“你就是谁谁谁?我在报纸上见过这个名字”的那种情景。

后来我问清了给我发稿的人是报社的一个老编辑袁君,打那以后我们成了一生一世的朋友。为了讨好学校,我又给二十五中写了一篇抓批林批孔促教育革命的报道,又发表了,我又因此认识了报社政文组组长。此后又写了一些言论稿,又因此认识了理论组的编辑们。

D 师院中文系毕业的周君,比我们晚一年分到文教局,他照例要到基层锻炼一年,分到了二十五中,跟我成了朋友。我的随和是很容易跟人相处的。周君锻炼期满,以口吃不便登讲台授课为由留在了局机关里。一九七二年文教局分成教育局与文化局,喜欢写作的他想去文化局,教育局长因为要失掉一个得力的大批判写手就让他推荐一个合适人选,于是他就推荐了我。局长说:“嗯,我知道这个名字。行吧!”我就这么离开了教育第一线。这是我人生中关键的一步,若不是周君,我可能跟其他同学一样,当一辈子“红烛”,直到粉笔灰染白双鬓。

报纸上的豆腐块总觉得算不上作品,我得弄点儿正经文学。可这时正是“文革”后期,虽说文艺已经突破了八个样板戏的垄断,各省市恢复了文艺期刊,但仍然被“革命”统治着,仍然是高大全式的工农兵形象,仍然是延安讲话精神,不这样自然无从发表。

托尔斯泰的批判现实主义被斯大林改造为社会主义现实主义,社会主义现实主义又被我们改造为革命的现实主义与革命的浪漫主义相结合。这种政治导演下的社会主义文学主张塑造理想化的无产阶级形象,难度之大,可想而知。要搞文学就不得不削足适履。于是,我坐在书斋里苦思了好几天,终于以写正面人物、写思想斗争为主,并结合地区特点、民族特点,弄出一篇后来被蒙古族朋友称作“新龟兔赛跑”的小说《小骑手》。这时候,我的师兄调到省革命委员会政治部工作,我把我的小说《小骑手》、散文《长安街抒情》一起寄给了他。不久,省文艺刊物的编辑李君把《小骑手》寄到了我家,说是拟发,还提了三篇信纸长的修改意见。这让我很兴奋。四天之后我就带着改后稿专程赴省城找到了李君,这才知道她是端庄的美女。她看了以后又提了一两处具体意见,让我当下就改。我像个仓促上阵的考生一样,加了两处景物描写,她看了居然说挺好。她问我住在哪儿,我告诉她了地址。转日傍晚,她带着四五岁的小女儿特意去看了我一次。她好像知道我喜欢字画,问我素描纸上写的毛主席诗词能否裱成立轴,我说不是宣纸只能装框了。

院子里有两棵老杏树,绿荫如许,硕果满枝,当那个着裙的少妇领着花儿一样小丫从树下走过来时,我觉得那画真好,有点儿像徐悲鸿的油画《庭院》。这是我见到李君惟一的一次。两个月后我收到她寄来的两本刊物,我的第一篇小说在省级报刊发表了。我又设法找了几本,寄给天津的亲戚,意思是:我有点儿像作家了吧!

这时,我的师兄、当年便被同学们视为业务楷模的刘大为君在B市报社当美编,仍是以西画为主,他画过毛主席和林彪在井岗山会师,画各族人民大团结。他处理的油画色彩沉着而漂亮,朝霞映照在两位伟人的胸前,紫罗兰色彩清新可喜,藏族妇女裙子的色条鲜艳欲滴,令人几欲伸手触摸。

我正叹服不已之际,大为却说:“好什么哩,原色直接抹上的,是绘画的大忌。看人家大画家列宾的灰调子,那才高级呢!”他从旧杂志上剪下来的画片贴了几大本作资料,我看见有两幅一样的意大利女孩半身像,想找他要

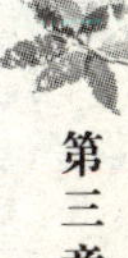

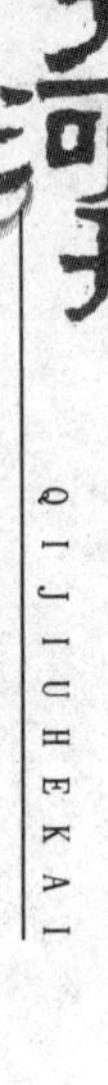

一张,他犹豫着。我说这是两张一样的,他说色调不一样（印刷所致）呢,最终还是给了我一张。

我仍然像中学时那样热爱美术,很热心地参加市里的美术活动。我画过知识青年在蒙古包,画过如磐风雨中的鲁迅,参加过全省美展,并借此认识了许多同好。

刘大为想画一本连环画,让我给他编个脚本,要有蒙古袍,有马,最好是反映少年儿童生活的。我一想,蒙古袍、小孩,还有学雷锋的思想,我的那篇小说《小骑手》不是全都对路吗,一拍即合。

那时我正在“五七”干校学习,没什么正务,每天点着三百瓦的大灯泡画玻璃画,心态一派从容。因为故事现成,我只用了两天就把它改编完了。不久,省出版社审定通过,决定出版彩色连环画。脚本寄回来,刘大为开始构图。那些年上海汤小铭的水粉组画《鲁迅》在美术界影响很大,大为决定也画水粉画。他很严谨,按独幅画对待,人物造型与马的造型都处理得挺俏,讲求色彩与笔触,看起来挺帅。袍子、腰带的纹络很有装饰性,头巾鬓发寥寥几笔便韵致迭出,让人心动。这本连环画很成功,一次再次地印刷,总印数为五十五万册。就是说,沾了绘画的光,我的名字被印成五十五万个，散发到少年儿童手里,让我得意了好一阵子。

后来,国家的外文出版社又要去了绘画原稿,重新制版,大开本铜版纸,译成了英、德、日等国文字,对外发行。可那是“革命”年代,没有稿费概念,我给外文出版社写了封信,称边城地僻,购书不易,可否寄赠几本样书,居然收到了老沉的一捆。留了三套,其余的寄赠给亲友用以炫耀。尽管我也知道如同电影的成功在于导演而不在于编剧一样,连环画的价值在于画而不在于文,我还是故意地指着扉页对女儿滨滨说:“看,爸爸的名字排在刘叔叔前面,了不得哦！”

这期间,我像我的同事朋友师长领导一样努力地做事,演好属于自己的角色,并且主动地或被动地变换着角色,以求进取。

有人学海扬帆,从教师变为校长;有人著述迭出,由中年变为前辈;有人宦海青云,官至县处地师甚至省军;有人中途夭折,胸中块垒难消……到现在写到这些人的时候,“苍苍者或化为白矣，动摇者或脱而又矣”,人们一如其旧地各自忙着自己的事。只要活着,似乎永远有放不下做不完的事,连重逢叙旧甚至想念问候的时间都挤不出来,数年十数年二十数年都难得一见,有的已先我而逝,再无谋面的机缘了。这是一种无奈,这无奈的内涵是什么,我却说不出来。

大为如今已成为国内著名的美术大家,暂且不表。我的那些同学师长们与众多扶助过我的编辑们,或官场呼风唤雨,或事业有成春风得意,或仍旧度着平凡而微小的人生,总是那个时代的产物。我们的身上均留下深刻而不可磨灭的时代痕迹。

一九八一年,对我来说是一次大劫难。

四月十七日我从民政局拿到一份离婚证。

从坟墓中走出来看天空,天空原来是这般的蓝!这倒应了那句名言:“情侣们因为误解而结合,基于了解而仳离。”这个解脱是用心灵的重创换来了,代价不菲!虽然痛不可堪,我总算做了一回男人。

我搬回五柳堂在母爱的慰藉中过了半年,农历十月十三日母亲去世,享年六十三岁。

这两个重创把我击垮了。B 市,像一座巨大的坟墓把我罩住,简直透不出一丝光亮和一丝气息。就在我连一天都坚持不下去的时候,靠师兄引荐,省委党刊发来了正式调令,我得救了。

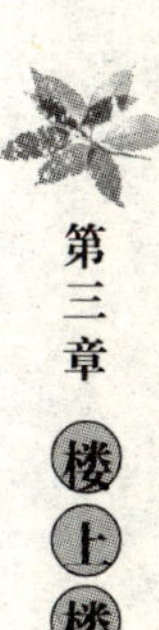

第四章

冷星楼

月光是她带来的惟一伴娘，它夸张了她的曲线，把她推进梦幻般的月光帷幔中。星光下，一枝白莲倒了。太阳升起来，金盏花盛满了晨曦。

心灵沙漠

总算从苦难渊薮里逃离出来。如果不是学长促成的恰如其时的调动,我会在丧母的悲哀与离异的痛苦中窒息。当我在列车上回首屈居了二十四年的B市时,觉得那是被魔鬼的毒咒罩住的一座死城。

初冬,雨加雪。

痛苦是以孤独告终的。解脱是孤独的开始。一大卷行李被一条不知本色的毛毯包裹着,放到了杂志社二楼属于我的办公室里。杂志社的办公室分为两处:党委大院的主楼上有几间办公室给了高级领导、第二编辑室和总编办公室。大院外边的这座小楼是杂志社自己盖的,楼下是车库和水房,二楼三楼是本社自办的招待所。从这些客本无多的客房里拿出了几间做了第一编辑室。小楼十分简易,三个楼层的房门都是露天的,每层有一道铁管制的长栏杆,从楼下可以把诸层诸室一览无余。小楼与南排平房的后墙形成一个小院落,可供住宿的人放置载货汽车。除了没有在党委大院门口凭出入证出入的神气之外,这小楼可以说十分完美了。

我的办公室在二楼楼梯口的东侧第一间。为了能够调动成功,我当时在给杂志社的"卖身契"上明确表示:单身,不要住房。不要正规宿舍楼的人总也得有个栖身之处,一编室副主任的办公室里有一张搬家后遗留的单人床,本是供他午休用的,竟慷慨地让我搬了过来,我可以按照我的意愿构架我的新生活了。我把床顶在东北角上,用木板、砖加宽了少许。把办公桌放在床对面的西北角,桌子左侧放了把椅子,再用两个朝外的卷柜挡在椅子侧面,小天地便出现了。这是我的居室兼办公室,另半间对着的两个桌子是另外两位同事。他们只在上班时来,下班就走。我可以从容地用电炉子热点什么,或到党委食堂把饭菜买回来。

晚上,该走的都走了,死寂追随着暮色向小楼袭来,在它所能找到的空荡处悄无声息地完成了占领。我无法抵抗孤独,一个人步出院外,到对面的小饭馆找了个靠窗的位置坐下来,要了一盘花生米、一盘过油肉、一瓶啤酒、一碗米饭,独酌起来。丧母的悲哀再次被酒点燃,当一瓶啤酒罄尽之后,我到柜台上又要了二两散白酒,让它继续陪伴我的哀怀。窗外已经纷纷扬扬地飘起雪来,如同送葬路上漫天飞舞的纸钱,初冬的雪在即将落地时又化成雨滴,如同被遗弃的哀子的眼泪。想到我坐在灯光下进食的此刻,母亲正孤独地躺在冬天旷野的墓穴里,鼻子一阵酸楚,赶紧用手掌把脸捂住,免得让人看到奔涌而出的泪水。我踉踉跄跄地奔出门外,只有满心的悲哀。

夜的小街,只有几盏路灯透过雪花朦胧的雾气鬼火般地摇曳着。对面的小楼一片漆黑,使得仅有的两室灯明变得格外扎眼。我知道,西边那间屋里住着招待所两个服务员,是杂志社员工从乡下亲戚中引来的打工妹。东边那间就是我的灯光了。我已无家,我已无牵挂,我把衣服夹紧,迎着千万把匕首般的霰雪的切割,向坟墓般的小楼走去。

孤灯,寂夜。我打开一个黑布包着的厚笔记本,开始向母亲直白。自从母亲去世,这个本就成了我向母亲忏悔的一种仪式了。我每天哭诉着我的怀念,历数着母亲的深恩,反省着自己的愧疚。我几乎每夜都会梦见母亲,她依然活着,我同她说着生前所不可能说的那样真诚耐心而繁复的话语,而后在抽泣中醒来,坐着发愣。

我的心情无法从死亡的黑暗里自拔。我买了够做一身衣服的黑布,去裁缝铺做了一身制服。没有人用这种材料做衣服,裁缝表现出前所未有过的惊愕。为了活计,她们还是接收并且量体裁衣了。我去取衣服时,她们用异样的眼光看着我,不怀好意地说:“不试一试?”我已经感受到是一种侮辱,我忍受了,平静地说:“不用了。”出门后,真想仰天大哭一场。

这种坚韧刻骨而漫长的时光至少跨越了两年。我把所能想到的事例、所能描摹的情感,一点一滴地拼接起来,把我的懊悔、我的悲怆一句一事地连缀起来,用哀痛的丝线穿起带血的泪珠,在母亲去世的两周年前,终于写成一篇《祭母文》。在印刷厂当排字工人的堂弟,好心地为我排成铅字,印刷了数十份。在亡母两周年祭日,我与弟妹们跪在坟前哭诵了一遍。这是它的全文:

维夏历癸亥年十月十三日,哀子国璋远具泰康龙江之陈酿佳肴与菸叶,致祭于亡母之墓前,临风泣涕,而悼之以文曰:

呜乎慈母!诀别二载,回首堪惊;七百余天,何尝一日而心宁。暑往寒来,每觉肝肠搅刺;痛定思痛,哀思无减有增。音容宛在,触目伤神;旧事如昨,联翩不断心头涌。

忆昔祖居津门,出身寒苦。境遇飘零,弃土觅食关外;褓襁羸弱,长子独获偏怜。三字经讲古励今,盛德启蒙三迁舍;千字文背诵如流,四邻称誉七龄童。洗脸激回麻疹,惊慌父母;慈爱驱除病魅,死里逃生。叫卖长街,一声声谋生不易;夙兴夜寐,一日日家务艰辛。关东八载,儿虽幼稚,至今记忆犹真。

津门炮哑,欣然旋归故里;海记大院,光景依旧维艰。一条炕偎挤六儿女,三十元养活八口家。饥肠辘辘,棒子面凭添菜色浮;瘦骨嶙嶙,空心袄难御西风紧。苦中乐,上学早点每三分;穷益坚,张榜前茅名第四。二分钱喜捡牙膏皮,三角五几欲售铜砚。张口啼饥,面袋空如,再向糖房伸手背;檐下求人,惭颜何似,忍看南头一皱眉。邢台音书杳,母与姊,虔诚祈祷筷子灵;家父寄钱来,姐携弟,雀跃持归愁眉展。劝业场穷孩甘美味,三河庄赤子沐慈恩。

岁值丙申,举家迁赴集宁;母难无虞,尝言必有后福。转岁移居包头市,一住长达廿四年。只道背井离乡,终当有还归日;孰料定居塞外,竟而埋骨他乡。廿四年中:料理全家,无异为佣;操劳寒暑,岂有尽期。累年上学,累年衣脱即洗;几回作画,几回饭冷重温。弱属先天,医疑后母,一句隐伤慈母心;偏怜无减,厚爱有加,五中长照春晖暖。携糖饼每七枚,寸草之心难泯;纳征鞋走千线,慈母之爱何深。少不奉晨昏,到底趾长终不孝;壮而离膝下,果然有家而忘娘。出差归来,竟尔进门空两手;成家去后,未请慈母进一餐。奔走钻营,无暇与母话半晌;推心置腹,独有身边姐一人。捧出慈祥,操持只为儿女乐;宽容过错,忧煎惟有寸心知。

岁云暮矣，体渐衰微；慈母心事，不语谁知。神驰意往，姨境堪忧，九曲肠牵大沽路；吊胆悬心，舅家何所，几回梦里到龙江。诸事纷纭，不分巨细，何时放心得下；苍颜华发，无论晨昏，永无歇手之时。日复日，支颐南窗，何日归居故里；年又年，凝神灯下，夙愿牵延廿五年。居傍直沽，应随姨母欣晚景；家临渤海，会有鱼虾佐烹调。红口白牙，言实悖谬，只道尽心有日；推三阻四，岁月飘忽，竟认母寿无期。一生茹苦，苦尽合当甘饴味；几番梦幻，幻灭高堂竟绝尘。

长孙过百岁，老母难期临。亲家云集，一时交错觥筹；迎迓操持，抱病强撑身骨。起哄乾杯，无疑劝母饮鸩；亲孙亲子，竟作逼命无常。中宵筵散，谁识家破当此际；病体扶移，不期永诀在斯行。二十四年自家院，从此出门再不归。

医院三昼夜，苦难不堪书。口不能言，以手扪膺，如有霜锋搅五脏；众目离离，默然饮泣，可怜无助对垂危。慈母眼神不忍看，一看心儿碎；慈母哀求可奈何，惟有泪双垂。琳妹情挚，临床苦守，三日不曾离膝下；璋子无能，凄然坐视，一行慈母苦挣扎。几次欲回家，家中犹有事须做；三番病床起，病房原是鬼门关。临去又弥留，为有羽裳声声唤；依恋难撒手，怎禁鹏湘切切啼。母将去矣，国璋子最后抚母乳；母终去矣，国祯弟忏悔倒尘埃。人世不容慈者在，临去几多依恋；命途偏向善良欺，无如化作空灵。

再倚慈母身旁，国璋跪画寿枕；奔丧千里衔哀，国明哭拜遗容。棺木破窗入室，国政之诚可感；纸钱再莫节俭，敏姐之言堪哀。谢金翎，铸墓碑；谢睦邻，缝寿衣；谢亲家，买棺木；谢小贾，置茔地；谢志忠，冒寒挖穴；谢众人，随灵肃立西风里。

呜乎慈母！天地不公兮盛德而殁，无辜受难兮神鬼有私。乃悟因果之说，原维妄谬；因识善报之劝，纯属欺人。扑倒墓前，泪泉滴尽宁滴血；仰天哭叫，不信阿妈唤不回。泪眼问高天，高天渊默无语；子身立后土，后土埋恨无穷。芳春又再，欲同儿女语，顾左右，竟无人；盛夏又再，烈日燃旷野，欲纳凉，从何所？金秋又再，西风折百草，向黄昏，独惆怅；严冬又再，冰封大地裂，长夜冷，怎栖迟。新宅暖如春，谁念孤魂栖野陌；灯前儿女笑，竟抛我母住荒丘。又画玻璃，母亲饭熟未？又饮年酒，母亲添菜来！滑超滑凡，尚不知叫奶奶；大舅健

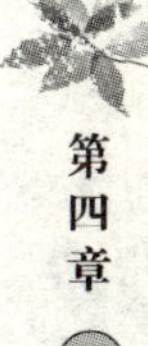

在,母亲尽可释心怀。归来兮慈母,儿不再离半步;慈母兮归来,家中不可无您。

彻悟今晚矣,空有钱钞在握;遗恨倘能追,何惜人百其身!生而不孝,执意孤行轻远别;死作长罢,锥心刻骨总何宜!于今而后,乃月积十元,至死不辍。不孝男犹在,将修石墓弥遗恨;或有子孙贤,当移母体返津沽。心中有话,惟凭日记同母语;焚香有灵,日盼阿妈来望儿。赤诚能感天,固信绕膝终可待;鹃血啼尽日,即寻慈母向冥然。

呜乎慈母!言有尽而情难终。人神阻隔,慈母不言。母其知之,其不知之耶?尚飨。

一九八三年十一月慈母谢世二周年哀子国璋泣血稽颡

这是我的血泪之文。我一生的履痕,一生的情感,有哪一项能比这个更重要更真诚呢?

尘世已无牵挂,冻僵了的灵魂在西风中瑟瑟发抖,只有在昂起头来注视到天空的太阳时才知道自己还在活着。

黄莓之死

我办公兼居住的小楼的主体内容把编辑工作挤到似有若无的位置。几个编辑例行公事,一到白天,小楼固有的内容出场点名了。形形色色与杂志无关的人物走动开来:司机、零星房客、服务员以及服务员的腻友,给寂楼带来了生气。

实际上,这个小楼应当说是为杂志社员工子女就业而建立的。找不着国营工的子女们手里拿着待业证无处谋生,单位把待业证汇总到一定数字就可以申报一个劳动服务公司,公司所有权性质为集体,时人简称为大集体。这些人组成了小楼真正的生活。

管理客房部的服务员只有两个,就是我说的夜晚只有两室灯明中的那一间的居住者:薇婕与黄莓。吴薇婕,是个蒙古族姑娘,她的姑夫调任本杂志任副主编,她也就跟了来被安置到这里开始了自立的生活。早晨推开门,露天走廊上,一个穿着雨靴带着围裙的姑娘正抱着一摞被罩床单走过来,偏过头看着我笑着说了声:“叔!”直到我回屋后关上屋门,那个五官富于棱角、笑得很别致的丽影还在我的脑海里凝固着。我想,那就是黄莓了。大集体的小青年因为都是本社的子女或亲属,她们按照辈份与礼貌都跟我们叫叔。这称呼一下子就确定了我们的位置,当然也规定了我们的态度。司机们与男青年们都可以到服务员室抽烟打牌甚至喝酒,我们是从来不去的。她们也从不到编辑室,怕打扰我们庄严的编稿工作。

清明节,我请假回B市为母亲扫墓。回来的时候又是一个夜晚,细雨给路灯罩上了一层湿雾,迷离的灯火在雨帘中瑟瑟发抖。我好像有意要选择这样的情境一个人走路。悒郁的心情容易在同样的背景上得以共鸣,得以抚慰,得以消释。一个人只有找到一个能够读懂他的心情,能够与他拥抱同哭的人,郁结于胸的块垒才有可能化解。清明雨,知我心。

两室灯明的小楼只有一个屋亮着,我提着旅行兜先去敲了敲服务员的屋门,想报告一声我回来了。薇婕和一个留着短发脸蛋红扑扑的陌生姑娘正坐在火炉边,一个看书,一个织毛衣。寒暄之后,我问:“这位是……”薇婕说:“她是王编辑的妹妹,从河北围场县老家来的,她接替黄莓的工作。”

“黄莓呢?”我问。

“黄莓死了。”薇婕的声音很低。

我一惊,但从她的语调与表情看,绝不是在开玩笑。“你先回屋,一会儿我跟你说。”她说。

十分钟后,她已经坐到我办公桌侧边的椅子上。

黄莓真的死了。她才十八岁,什么也不懂,一赌气,像闹着玩似的就把青春断送了,真不可思议呀。薇婕慢慢地讲述开来:

黄莓是个天真活泼的女孩,谁见了都会喜欢她,她很坦诚,真心待人,不留心眼儿,没有什么对人不能讲的事儿,还没来得及学会撒谎和欺骗,透明得像一滴清水。进了大集体这个圈子以后,爱上她的小伙子确实不少,这不怨她,有人爱是女孩的骄傲。先是同事曙光向她表示的,黄莓说,大集体里混不出什么名堂,我们女孩没本事,混口饭吃就行了,你个男子汉应该有个更好的前途,你去上学吧!

而后是建军建平同时爱上了她。建军建平不是兄弟,但两人是好朋友,两家住在一个方向,却是一远一近,每次小莓送他俩回家,送着送着就不知该送谁好了。得罪谁也不好,就干脆邀上他俩去看电影了,这样一来,就可以变为他俩送她了。小莓把这个莫衷一是的苦恼跟我们说了,我们都说,这哪行啊,你赶紧拿定个主意,推掉一方,免得浪费别人感情。小莓选定了建平。建军是个老实人,知趣地退出了。小莓一心一意地爱着建平,又都在这个大集体工作,简直是形影不离。

建平在工程队干活,小莓跟我住一屋,中午晚上,建平总是来找小莓一起吃饭,还有那个Z姑娘——就是总来小楼找我们的那个大大趔趔的姑娘,是我和小莓的共同朋友,常在一起做饭吃。小莓心里没鬼,她的一个参军的同学给她写的信,她都拿给建平看。事情就出在这里,出在客房部的一名房客上。前几天,有四个小伙子是来省城看庆典活动的,知道这里床位才二、三元,不知通过什么关系住了进来。小莓做活勤快,待人又热情客气,其中一个小伙子竟爱上了她,他给小莓写了封信,不敢直接交给她,想让我转交,我说那就是她的抽屉,他就从锁着的抽屉缝塞了进去。这个小莓真没心没肺,她不忍心拂人家的好意,不可能答应人又导致了她的歉意,她从窗台搬了盆不知名的小草花放到了那个客人的床头——她有客房的钥匙。这一来反倒弄得那个小伙子六神无主了,同来的三个都走了,他又住了几天。小莓觉得挺好玩,把这事说给建平听,还不无得意地把信拿给建平看,结果两人吵了起来。

那天晚上,我和Z姑娘都在,建平跟我俩诉苦抱怨,责怪小莓这不好那不对。小莓问心无愧,说我已经打定主意找你了,我对你没有任何秘密,我把心都能掏出来给你看,你要我怎么做才能相信我?建平也是在气头上赌气地说:“你去死吧,你敢死我就相信你。”小莓一摔门出去了。我们在屋里继续听建平的抱怨。过了半天不见小莓回来,我不放心,出去找她。二楼没有,我下楼来,见她靠在车库的大门上,手无力地下垂。我说,这么凉你靠在这儿干什么?她说我吃药了。我说你吃药也别在这儿呆着,走,回屋去。我去拉她,她已经瘫软在地上。我赶紧跑到楼上叫人,说小莓吃药了。这时我才想起我们屋外窗台上有一瓶新买的敌敌畏,是给客房杀虫用的,此时瓶子不见了。我们一齐赶到楼下,瓶子就倒在小莓的身边。

Z姑娘懂事,让我赶快出去拦车。我站在路中央,两臂张开摆动,即使真有汽车朝我开来,我保证不会躲。一辆卡车停住了,我说了情况,司机真好,让赶紧抬人。黄莓已经说不清话,可还是坚持上了车。建平陪同,送往医院抢救。这时我才想起该给总编打个电话说一声,当时还没想到黄莓是他家亲戚,而只想到他是社领导。待我们赶到医院时,一切都无法挽救了。她的哥哥是夜里一点赶到医院的,他把黄莓抱起来,又狠狠地摔在床上。他肯定是太爱他的小妹妹了,爱之深,恨之剧,他仿佛在说:“傻妹妹,你这是做了些什么呀!”此刻他的愤怒不只是在燃烧,而是要爆炸,若是能把天庭引爆,我相信他可以化作霹雳。

一个刚懂得爱,还不会爱,也没有享受到真爱的花季少女,就这么无知而潦草地了结了一生。连让我们该去恨谁都不知道。

薇婕讲完了。

我木然地坐着,只有唏嘘,连一句开导人安慰人的话都想不出来。她回屋了,我躺在床上,回忆着薇婕所勾勒的种种情节,仍然不知道该肯定什么、否定什么。大卡车上,建平抱着这个将死的恋人,他该说些什么,他能说出些什么呢?知道自己行将死去的黄莓也许在嗫嚅地用越来越微弱的气息说:“相信我,我爱你……”这么惨烈的爱情,是她有意这么做的呢,还是她后悔这么做了呢?

“叔!”那个明媚如阳光般的微笑一闪之后,溶入苍茫的夜色之中。

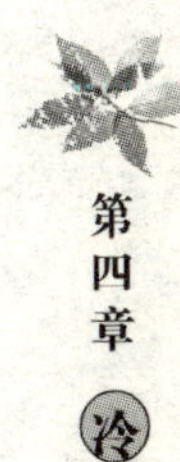

官其格

超脱与旷达是写在纸上的格言,真要抵达那种境界,谈何容易!我虽然逃离了苦难的熬煎,却无法摆脱孤独落寞的笼罩。早晨一个人走下楼去找点儿早点,中午从食堂用饭盒打些饭菜独自走上楼去。像被人丢在了沙漠上,丢我的人走了。

我端着饭一步步走上楼梯,沉重得如脚拖镣铐的苦役犯。忽听得楼上传来女声的吟诵:

“同是天涯沦落人,相逢何必曾相识。我从去年辞帝京……”

我很诧异。一个留司机过夜的小店,会有人吟咏这样的诗句,并且是年轻姑娘的声音?我当自己是沦落天涯的江州司马在浔阳江头遇到了知音,感动得差一点流出泪来。拐过楼梯才发现一递一句地朗诵者竟是新来的瑞珍和薇婕。见到我时,诵声戛然而止,瑞珍的脸上掠过一片红霞,不好意思地笑了。

“中学生怎么能念这种诗!”我知道瑞珍是高中毕业生,故意做出长者的嗔怪。

“这就是中学课本里的课文呀!”薇婕接茬很快,她毕竟跟我熟了。

“是这样——”看来是我的无知了。我不知道如今的中学教材竟开明到这个程度。其实我倒宁愿她们不是从课本里学来的。

晚上,又恢复到例行的死寂。我正在灯下做着什么,听见走廊上慌乱的脚步声,接着没有敲门就涌进两个人来:薇婕与瑞珍。她们喘息未定上气不接下气地说:“叔,我们在你这儿躲会儿行吗?”

“当然行。发生什么事了吗?”我边问边把她们让到了沙发上。

“官其格又喝醉了,开不开门,闯到我们屋里,真吓人!”

我不知道官其格为谁何,给她俩各倒了一杯茶,听她们坐下来叙述。

官其格是个五十多岁的大胖子,体壮如牛。“文革”之前,省里成立了《毛泽东选集》翻译委员会,因他精通日、俄、汉、蒙、英等六门语言,成了这个委员会的成员。他最精通的是日蒙翻译,是省里少数民族中罕见的学者。据他说,他还不是蒙古族,是通古斯族。这个民族只剩下几十个人了,是中华大家庭五十六个民族之外的几乎不为人知的少数民族。其语言文字已被蒙古语文同化。服装、饮食、歌曲与乐器自然也与蒙古族无异了。

官其格身上有俄罗斯血统,灰蓝色的眼珠便是个明证。他的祖母是俄罗斯人,母亲是蒙古人,可他自称是通古斯人。其实通古斯人是达斡尔的一个部族,生活在呼伦贝尔草原北部与俄罗斯接壤的一带,牧人爷爷娶个俄罗斯女人给他们做祖母也不算什么难事。不料蓝眼珠终于给官其格带了不幸。中苏友好的时候,官其格常去苏联看望他的姨奶以及姨奶的一家。姨奶去世后,他和她的家人仍保持着亲情的来往,每次去都给他们带些大兴安岭的特产:鹿茸、鹿血、狍子肉、猴头蘑之类,到那里喝够了伏特加,再带上两双上好的皮靴子,便志得意满地完成了一次异域探亲。一九六六年他照例办完了签证,登上了开往满洲里方面的国际列车,还没出境,就被遣送回来,投敌叛国与苏修特务的罪名成立,不由分说地被投入监狱,把这个通古斯大汉弄得莫名其妙。他在狱里倒也没受什么罪,比交给革命群众批斗要安全得多。后来,译委会有些翻译上的难题解决不了,不得不到狱中找他,或者干脆把稿子留下让他在狱中带罪工作。

十二年后他被平反出狱,有理由找个发工资的地方。因《毛选》译委会的人事曾划归于杂志社,他便到这里来“落实政策”。杂志社给他补发了七千元的工资,又给他造表入册成了本社的在编人员,并在宿舍楼给了他一间住房。可是杂志社在工作上找不到用他的地方,索性就这么养了起来。官其格在东北老家有几百只羊,几头牛,本可以省心省力地当个富裕的牧户,可惜他入狱期间老婆带着孩子改嫁了。眼下无所事事的官其格只好天天喝酒。喝醉了上四楼宿舍,用自己的钥匙怎么也打不开自己住房的门,便去对门找邻居。这种深更半夜的骚扰终于让邻居呛不住了,单位便从我在的小楼上给他开辟了一间客房。可他仍然是三天两头开不开自己的门,这回便轮到两个服务员不得安宁了。

“其实他不喝酒的时候待人也挺好的。一喝醉就要酒疯,把我们两个追得吓得无处躲藏。他自己明明有钥匙,怎么就开不了门呢?”

薇婕哭笑不得地说。我看出来,她们感受到的恐惧没有她们所描绘的那么严重。

不一会儿,阳台走廊上传来一阵马头琴声。这种只在舞台、电视与录音机里才能听到的民族器乐真的在生活里出现时,让人有些将信将疑了。

“好啦,肯定是门开开啦!”薇婕说。

语言学家同时是个琴手,这是不可思议的,这可要感谢他的民族了。马头琴本来就是长于表现忧郁苍凉的,那乐音在这孤僻的小楼上回荡便更来得低沉而凄厉。琴声仿佛演绎着一个古老民族的久远的乃至原始的感受,弥漫着浓重的宗教宿命的色彩,如泣如诉地倾泻着无尽的酸辛。又如同在讲述一个悲伤的故事,人们只听懂了故事的结局,却看不到故事的起源与嬗变。我全身心地品味着它的内涵,无法想象这样的音乐怎么会出自一个“醉鬼”之手。

竟然出现了歌词,是蒙古语。我当然一句不懂,便向身边也在静听的薇婕请教。她不但能说很有幽默感的汉语,更能说一口娴熟的蒙古语。她试着用笔边听边记,最后整理出这样的几个小节,摊给我看:

留下一个背影你走了,我的其木德,
别管别人叫阿爸呀,我的小鄂博。
没有人再给我熬奶茶了,
不是吗,可怜的官其格!
都市的马路踩不出足迹,
葬送了真诚的人群荒如沙漠。
你像块被抛出帐外的干牛粪,
难道不是吗,官其格?

点不燃的是愤怒的血液,
化不开的是心灵的冰河。
那么酒在哪儿呢,
斟满杯吧,官其格……

我读着这歌词,再回味一下那忧郁深沉的蒙古长调,鼻子一酸,就要流出泪来。为了掩饰,赶紧转移话题。

下午,编辑室开会,几个“烟囱”把几位女士熏得忍无可忍,只好把门开开透透气。清脆的高跟鞋声由远及近地传来,一个时髦女郎在开着的办公室门前立定:板正的呢子大衣沿着腰肢划出柔和的弧线,精巧的手包长长地自肩上垂挂在腰间,一双俏丽的红色高跟马靴一竖一横地摆出一个美妙的造型。她似乎并不怯场,很大方而得体地说:“请问官老师在吗?”大家莫名其妙地左右顾盼,互相用眼光咨询着对方,想听到一个回答。“唔,你找官其格吧,他不在这儿上班,”一个同事懂行,对女郎说,“他不用上班,他不在屋里吗？”

“不在。”女郎平和地答道。

“那就不知道去哪儿了。”

“谢谢。”嘎嘎嘎的高跟马靴声重新响起来，听得出拐下楼梯，消失了。

“官其格的伙计，”这位同事无所不知地介绍道，“印刷厂女工，来掏官其格补发的七千元的。”

七千元未见得都是她掏走的。但人们确实发现，官其格新买的凤凰自行车不见了，又过几天，他屋里的三洋立体声收录机也不见了。小楼上的人喊喊喳喳地议论着，甚至是扼腕叹息，不知是心疼高跟马靴的玉体，还是心疼语言学家的钱袋。

我到楼下的厕所水房洗我杯子上的茶锈。官其格正好也在那里。我们已经认识了。那么魁伟的身躯屹立在我身旁，有如夸张了的现代派雕塑，敦实可靠。茶锈洗不掉，我抓了把水池上小盒里的清洁剂。

“咦，你怎么用那个擦杯子？”

“清洁剂就是清洗物品，而使之清洁的呀！”

“那是清洗厕所的。”

“清洁厕所只是清洁剂的功能之一。在没有投入使用之前，清洗的对象与清洁剂本身并没有什么关系，我捏着的这粉沫还没有跟厕所接触，用干净的清洁剂洗干净的杯子，怎么不可以呢？”

不知是语言学家转不过弯还是不屑于跟我耍贫嘴，他只是笑着摇摇头说：“反正不怎么好。”

“晚上下班后到我屋里，我请你吃饭。”我认真地邀请他。

他来了。椅子已一正一侧地摆好，花生米、海带丝和食堂的红烧鱼、炖羊骨头拼在一起，也算丰盛。两瓶白酒立在碟边。他丰硕的脸颊把一双本来不大的眼睛挤成了一条缝：

“你也爱喝酒？”

我看出来他很高兴。小便餐就这么开始了。

“刀子。”他啃着一支羊棒骨，向我伸出一只手来。幸好我抽屉里有一把蒙古刀，赶紧递了上去。他一边喝，一边精心地雕刻着骨头棒子。“用蒙

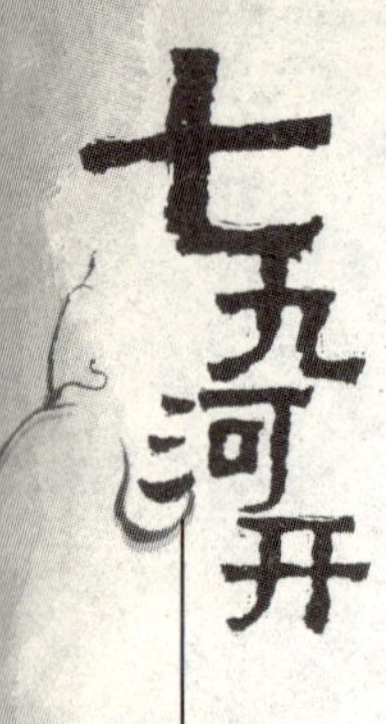

古刀,要这么样,刀刃朝里片着吃,”他示范着,“这样片下来的肉就被手捏住了。朝外削就很危险,而且不礼貌。”

“吃鱼吧,是武昌鱼呢!”我推荐说。

“我们不吃鱼。水里的虫子,也能吃?”

他的话多了起来,“你们怎么啥都吃?蛇肉、猫肉、耗子肉、蝎子肉,除了人类自身以外,恨不能把整个大自然吃掉,连象征和平的鸽子你们都能忍心红烧或清炖。它害着你们什么了呢?听说大都市有吃填鸭的,把活鸭子褪了毛,吊起脖子放在锅里蒸,被蒸的鸭子一张嘴,灌一勺调料,直到蒸死了,调料也饱和了。调料可以借助它的生理机能由食道血管进入它的肌理全身,由里到外地入味。讲究!好吃!还有一种大补食品——猴脑,最好是趁热吃。每个餐桌的中部开有一个圆洞,类似现在吃燃气火锅,把装有活猴的笼子拿来,放在桌底下,猴头刚好卡在圆洞里,动弹不得。店家很礼貌地问一句‘可以开始了吗?’客人只要吩咐一声‘开始吧’,猴头的颅骨便被掀开,你们就可以用羹匙撇它的脑浆喝了,温度适中可口,大补,真他妈的爽!这就是文明,这就是饮食文化!这让人联想起‘文革’中涌现的种种刑法:向人民低头、坐飞机、清醒头脑、热处理、冷处理……执行枪决的时候怕喊出什么来还要事先把喉管割开,张志新不就体验过这种杰出创造吗?”

这是从哪儿扯到哪儿了呢?不吃鱼就说不吃鱼,走题也走得忒没边了。

我不便再让了,一任他把一块骨头修理的精光。“这不是小气。懂吗,小伙子,”他解释道:“肉是上天赐给我们的粮食,会爱惜才受人尊敬。你们到馆子大吃二喝,菜都摞成了一座宝塔,根本吃不完,就走了。饭馆把它们整个地倒进了泔水桶。暴殄天物,要遭报应的。”

这个老官其格,虽然编排到我头上了,可我一点都不生气,真的。在我刚走进的城市的陌生中,这快人快语是难得遇见的。而他也谈兴正浓,似乎要把十年的话一吐为快,我不过是个听众,是个契机由头而已。他在意的不是谁听,有人听就行;甚至他不在乎是否有人真听,只要他能真说,就是全部了。

“听说你的凤凰车、大三洋都没了,是真的?”我换了话题。

他知道我说的是什么意思,小眼睛在涨红了的脸上又眯成一条缝,把一两大的杯中酒吱儿的一口全喝了,我赶紧满上,表示愿闻其详。我以为能等

出什么精彩描写,他咧着嘴无声地寻思了半天,又摇了摇头,慨叹了声:

“人家也不容易呀!”

我相信,刚才他脑海里肯定过了不少电影,他甚至想讲一两段猥亵的镜头给我听,却终于找到了理性,他没有骂那个红马靴的轻浮,也没有骂她用肉体交换物品的下贱,却从心底里发出了同情。

“你们看出来,我已经是个没用的废人了,”他的声调变得有点凄凉,“我知道单位不希望我从狱中出来,我出来对他们没有一点意义,是个累赘。但我又能怎么样呢?老婆孩子都走了,我总得活着呀。也许你会说喝酒嫖女人是错误的,可这人世间,谁能说清什么是正确什么是错误呢?潘多拉的盒子已经被打开,战争、疾病、瘟疫,一切危害人类的东西都跑了出来,人类有了各种各样的痛苦,冤屈就是痛苦的一种。把我送进监狱,不是哪一个人的仇恨。无意的伤害在人间很多很多。火山的高温岩浆吞没了一个城市,死的并不都是恶人。传教士正在演讲,传达上帝的声音,一瞬间,教士的声音与肉体一齐化为乌有,连上帝都保护不了他。众生多如蝼蚁,上帝怎么知道官其格入狱了呢?不要埋怨什么,埋怨使痛苦加倍。不要去寻究是非,是非并无绝对可言,如同蔬菜的时价,夏天的西红柿一角一斤,冬天变为一元。三寸金莲在旧社会至善至美,今天却丑不堪言。邓丽君的录音带今天被公安查抄收缴,也许后年光屁股的图片会大模大样地挂在墙上。你能说清孰是孰非吗?你看黄色录像就是犯法,他看黄色录像就是审查或研究。解放后党内十三级以上的干部才允许看《金瓶梅》,你能说清这一政策的理论依据吗?高跟马靴跟我这个酒鬼上床,是她堕落是我堕落,还是我们共同堕落了?‘文革’中揭露了高干中的丑闻让人们大吃一惊,那么没揭出来的呢,今天的呢?别跟我论是谈非了,想想明天早点你吃点儿什么吧,烧麦还是油条?”

说完,他端着酒杯大笑起来,肚皮颤动着,杯中酒洒了一半,一个严肃的哲学论题被他改造成一个玩笑,官其格称得上是个奇人了。

我每次到机关食堂排队买饭,都能见到一个胖得出奇的姑娘,五官尚不致走形,黑眸子虽带点儿呆滞,却充满了善良。嘴唇由于发胖显得厚了些,若是如今天一般涂上唇膏,也许正是难能的性感时尚呢!这个胖姑娘

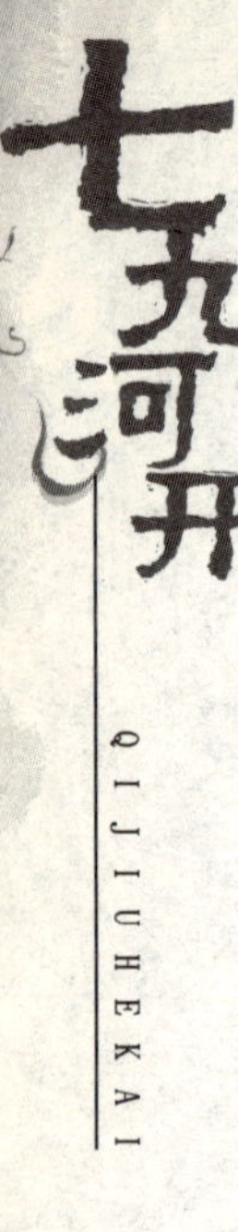

并不惹人厌恶,每天都很文静地打好饭提回家去,从不跟人搭话儿。肯定是党委哪个干部家的子女,谁对她也不太熟悉。当高跟马靴的芳踪消失之后,胖姑娘的身影在小楼上隆重地推出了。官其格依旧在云里雾里天天喝酒。有人发觉大白天他的屋里竟传出异乎寻常的响动与呻吟。大集体的男青年扒在没糊严的窗户上偷窥,而后又蹑手蹑脚地回服务员室里叫人,大家一一地来看西洋景。Z姑娘不明就里,也起哄挤上来看,刚看一眼就惊叫了一声,跑回屋里去了。薇婕问:“怎么啦,怎么啦,看见什么啦?”她不知该怎样描绘,忽然想起民间笑话的用语来,嗫嚅地说:“一个伟大的身躯在蠕动……”

单位总算找到一个得体的理由,给这个无法安置的官其格安置了一个得体的地方:再次入狱。与前次不同的是,前次是政治,此次是刑事:诱奸精神病患者。

三年后他从监狱出来,已不可能再给单位添麻烦了:犯人从服刑之日起,原单位工作关系自动吊销。

他在小楼整理仅存的衣物,要回老家去了。薇婕在旁边侍立着,看能帮助干点儿什么。

“这个脸盆留给你吧,”官其格老人说:“我没用几天,你瞧,还挺新呢!”

早春的清晨还真有点儿冷。忘了回家的半个月亮,惨白地挂在空中,像是从梦游者的梦里飞出来的灵魂。我们把他送到巷口的汽车站等车。这已经够可以了,我们不可能送他上火车的。

好像找不出什么话可说。

“官叔,回去后好好保养身体。”薇婕说。

“噢!”官叔说。

“别再喝啦!”薇婕说。

“噢!”官叔说。

“有合适的,再找个老伴儿做伴儿吧!”薇婕说。

“噢!”官叔说。

天真冷。官其格用颀颀的指头连手掌擤了擤鼻涕,稀的,他弯腰想把它抹在靴底子上。从怀里掉出一个精致的金属扁酒壶,俄罗斯产品,螺丝扣壶盖,里边装得满满的,摇不响。他笑了笑,重新揣在怀里。

车来了。

车开了。

不知他在车里是否看见我们在挥手。

七九河开

编辑是件令人窒息的工作。

几十号人在那里办一本理论刊物,谈不上任何创造性,只是把从上边学来的时尚用语变成印刷品,把固有的政治术语与新文件的精神结合得天衣无缝,水到渠成。领导很有经验地教导大家怎样写文章:一定要先吃透文件,在读的中间有一点感受就马上记下来,放在那里,来了选题的时候,把它们一加组装,很快就能形成文章。

我愕然地听着这些训示,不知道自己能否上道。

我能做到的便是终日无言。谁也辨不出我的表情是喜是怒,谁出看不见我的心是死了还是在燃烧。被压抑的心无法向外拓展,只好内观回向,钻进榛莽丛生的幽暗之境。幽暗是只有幻想容许无穷幻想的殊境。一切现实中不许发生或无法发生的行为在那里都可以完成。

由于人事的变化,原来的两位同事去了二编室,我的办公室搬到了楼梯西侧的头一间屋—— 这就是我此后二十年间屡屡梦到的那间屋,并且形成了惟我一人的理想境界。我一直想不明白,怎么会形成这么个局面呢?我记得我用卷柜把里边的一半隔断了一下,依旧是卷柜后与办公桌之间摆一张作者来访用的椅子,可以让我斜对着他。前半间至少还有两张对在一起的桌子,应当还有一个人跟我同屋办公。但竺青回忆说,那时候屋里只有我一个人,并且十分肯定。

就算是吧,那当然更好。

我对生活从来没有过多的奢望,优厚的物质条件似乎注定与我无缘,而且我始终也没看出那中间究竟有多少快乐。我只需要一个小小的能容得下我和我的自由的空间,在那里,没有监督的目光,没有异己的干扰,我不但能支配自己的思维,还能支配一个无穷大的宇宙了。《聊斋》里有一个道士,

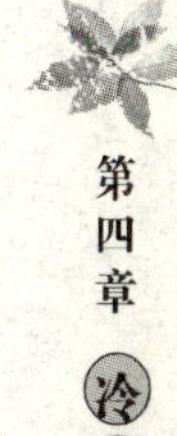

他的大袖子能把一对恋人装进去,让他俩在他袖子里的乾坤中自由自在地生活了很久。若干年后我亲自到过山东淄博蒲家庄访问蒲松龄故里,写的一首七律诗中有这么两句:"笔底乾坤容我驻,杯中风月赖君陈。"我在冷星楼里无意找见的这一间办公室就如同钻进了老道的袖子中间,这里注定了我期盼的自由,也注定了要发生的美好故事。

小楼已经与大院里的总编室隔绝了,独占一室又使我与小楼隔绝了,这很适合我的心境。我可以用不多的时间为工作嚼嚼蜡,而后就可以在上班时间大模大样地画画了。我一直喜欢华三川的仕女画,他的古装人物,造型俏丽优美,线条飘逸流畅,把丫环小姐的微妙之美刻划得形神毕俱,是古人的遗形写神所无法完成的。用衣纹表现人体结构,优美中透露着实在,耐人推敲耐人寻味。我偶尔临摹一张,挂在墙上,踌躇满志地衔着烟卷看一眼,踱两步,再回到办公桌前,写点儿能挣外快的小文或编编本刊的关系稿。

从小楼的铁栏杆上俯瞰,前边是一片解放前留下的旧平房,几株从小院落里伸出的古木虬枝足以让人想见其古老。每到春来,古树旁人家栽种的桃树杏树,开得红红粉粉,让人在沉闷中双眸为之一粲,油然想起陆游的诗句:"小楼一夜听春雨,深巷明朝卖杏花。"那时,我已在一家杂志上开了"身边的美学"专栏,每月一篇,就因此写过一篇《听雨》,咀嚼一下我的闲情逸致。近来,这里竟动起了土木工程,把平房拆了盖楼,于是我们的小楼便置身于工地之中了。可能就因为这个缘故,工程队在小楼二楼的客房租了一间办公室。又因着这个缘故,关于我的故事发生了。

寂寞的空屋,窗外有两个女郎的身影闪过,一会又折回来,以手遮荫伏在玻璃窗上向里看,并且嘁嘁喳喳地说着什么。

看,聊斋的故事开始了。幸好是白天,不然下边的故事就不真实了。

我已经注意到她们,但我不能上赶着去开门搭讪。我是个自尊的人。如果她们走过去了,我心里也许会泛起淡淡的惆怅,但如果有人问我,我肯定不会承认这种失落感,便是我自己问我自己在想什么,我也会站起来否认:不,我什么也没想。不信,你看,那两个艳影离开窗子的一刹那,我不是连身子都没有挪动吗?

门开了。她俩居然进来了。

我有理由站起来了。

两个十八九的少女,一个上身穿着红色的西装,与年龄很不相称的烫发把红苹果似的脸颊衬得圆乎乎的,成人的发型改变不了少女的稚气。另一个留着一根长长的大辫子,笔直地拖在腰间,在那里形成的一个空洞,醒目地显示着令人艳羡的腰肢。额前的刘海颇富有民间传统风韵,在时尚新潮刚刚涌来的今日显得很是别致。看见那位红西服少女的脸庞,我怦然心动,“怎么这么熟悉,是在哪里见过呢?”我猛然想起二十岁时在B九中空中楼上做过的那个梦,“鼻如悬胆,唇似樱颗”,这不是少司命夫人身边的那个丫头么?

“竺青!”我喊了一声。

没有反应。

“她不叫竺青,”大辫子笑了笑,解释说:“她叫小晨。”

小晨看了我一眼,一脸的莫名其妙。

“对不起,”我尴尬地说:“我认错人了。”

“我们是二楼工程队的,请问您这屋里有电话吗?”

如果《灰姑娘》里的女巫手里的魔法棒此刻在我手里的话,我保证会立刻指向我的办公桌,把一只南瓜变为电话,完成我的殷勤。可是南瓜与魔法棒一件也没有,能有的只是微笑着摇摇头的遗憾了。

两个姑娘似乎不像我这么遗憾,竟在屋里踱着,看墙上的画。

“华三川的仕女,画得这么好呀!”

她们好像把打电话的事情忘了。我很惊讶她们居然认出了华三川,说出了绘画的行话。我有理由搭讪了。

“咦,你们懂画,你们是画画的吧?”

两个笑容像两朵杏花绽放了。白里透红,鲜艳欲滴,涨满的花瓣纯洁无瑕,花瓣抱成一团,保护着属于她们自己的香气。

“她会画画。”大瓣子指着红西服说。

可算找着知音了。我问:“学过吗?”

红西服腼腆地答道:“小学时在美术班学过点儿,只是爱好,画不好。”

“爱好就好，”我为人师表、谆谆教导说：“人需要有种爱好，有爱好的人精神会很充实。爱好绘画不一定要当画家。我是搞文字的，但从小养成的绘画爱好，到现在都舍不得丢。”我想我这深入浅出的理论肯定是很得体的，“有空把你的画拿来看看。”

“真的画的不好。”红西服的脸快跟衣服一个颜色了。

“最里边的那间屋有电话。”我没忘记她们的来意，指示说。

蜻蜓在水面上点了一下，飞走了。水面上的涟漪却一时无法散尽，一圈又一圈地荡漾开来，开始很清晰，渐远渐轻渐弱渐淡，终于化为平静。

一九八五年的秋天涟漪般的消逝了。心河复又结冰，复又铁板似的归于寂静。

聊斋续异

心头的冰块被烈酒消融，烦恼被疯狂的刺激驱散，我一觉醒来，竟仍是一片空虚，记不起我是谁，我为什么要在这里。我知道，我已不是青年人了，找不到现代生活的坐标，摸不着享乐一代的脉搏。我成了时代的弃儿，应当知趣地关上门，到墙角寻找自己的位置。

从工作中得到的乐趣微乎其微。现实既然不再给予我什么，我只好到精神世界去开拓。我有滋有味地读着三家会评会注的全四册《聊斋志异》，被其中的美轮美奂的世界弄得心旷神怡，颠倒不已。白天浇了花，晚上就会有两个美女来登门致谢，一个叫魏紫，一个叫姚黄。有个少女夤夜求救，书生允诺，把房后树上的蜂窝换了个位置，免去了它们的火灾罹难，夜晚少女以身相许，细腰纤不盈握，竟是蜂儿幻化。又一个书生在荒村读书伏案而眠，被两个调皮的少女逗醒，竟从此成了朋友，教她们读诗写字，因为手把手还引起了姐妹间的妒意。又有一位书痴，在圣贤的教诲下真心真意地相信起“书中自有颜如玉”来。精诚所至，金石为开，一天夜里他读到汉书第九十八页时，发现里边夹着一个纸剪的小人儿，大约类似我们今天用作书签一类的东西。书痴大喜，坚信他的用功应验了古训，此后他读书每至困倦时就翻到汉书第九十八页，欣赏一下那张纸剪的小美人，便倦意顿消，神采飞扬。后来他干脆把纸人儿立在笔架上以便随时观赏。有一天看着看着，那位原本坐着的小人儿径自站了起来,走到桌边一跳,一个大美人便从他身边站立起来,居然说话了:“奴家姓颜,名如玉。”下边的事便可想而知了。

天下竟有这等好事,这是多么奇妙而理想的境遇呀!我是宁信其有、不信其无的。蒲松龄在每一篇后面都特别说明了这件事的出处,谁讲的,发生在什么地方,言之凿凿,你怎么能说是杜撰呢?于是我找到了只属于我的生活空间,享受着不为人知的快乐。境由心造,我觉得自己已经进入了这个氛围。

夜深人静,孤馆秋寒,难堪寂寞,我铺上宣纸,抹上几笔墨竹,挂在墙上兀自欣赏着。竹枝挺拔坚韧,竹叶墨气氤氲、浓淡相兼,颇有层次。竹竿攲侧有致地在风的吹拂下摇曳生姿。这幅水墨画称得上杜甫所说的“天工与清新”、“疏淡含精匀”了。我开始佩服起自己的才气来。既然等不着红袖知音的造访,我只好宽衣就寝,孤独地体验着“被翻红浪”的难堪。幽梦清浅,依稀听见窗外的秋风秋雨声。风雨聊作孤独者的陪伴吧,总比四周一片死寂好,多少能给人一些慰藉。又依稀听见有竹枝的摇晃错落声,又听见树杈的折断声,原以为秋风秋雨带来的不过是萧瑟凄凉,至于如此猛烈无情么?好在我有小楼的荫护,任外界如何凶险也与我没有干系,反倒成了一种享受。

次晨,雨歇风停,秋阳暖洋洋地爬上来,把一片桔黄色的光芒投到屋里的粉墙上。我注意到墙上的墨竹,竟发现昨晚画的三枝竹竿有一枝断了。我大吃一惊,再三思索:“这么生硬的折枝是绘画构图之大忌呀!我再笨也不致使用这种章法呀!并且我清清楚楚记得是二直一斜,怎么成了一直一斜一折呢?哎,昨夜的风雨竟这么厉害吗?”于是沉吟出一首题画诗:

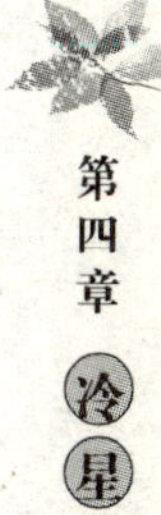

昨宵风雨骤, 满壁修篁颤。
才画竹三枝, 竟被风吹断。

这幅画到现在我还保留着呢!若干年后我又画过不少竹枝,又遇过不只一次的风雨夜,却再也没发生此类事情。

我的窗台上摆着的绿色植物中有一盆是薇婕从客房部拿来的吊金钟,

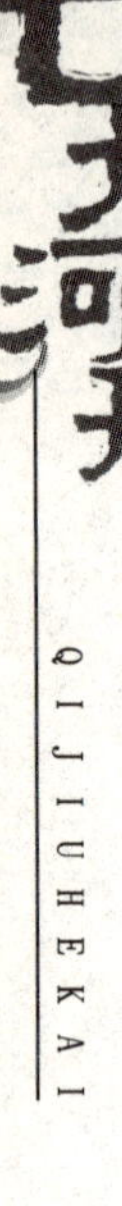

已蔓延成蓬勃的景观。小花朵薄如蝉翼,粉红浅紫的花瓣包裹成一个个小钟,从空荡荡的钟里伸出一组娇黄的细蕊,宁静地垂挂着。那么,钟声呢?

到我这个年龄,失眠是常有的事。何况我这先天的心脏病总是在我入睡之前给我以足够的折磨。像外国人那样摞起两个鸭绒枕,仰面朝天地躺在那儿还能睡着,我是永远不会相信的。便是如“得大自在”的释迦世尊侧卧着获得安详,我也做不到。我必须先把枕头移开,连胸与脸一齐贴在床上,让胸在长久的压迫之中进入疲劳与平静,才能慢慢侧过来枕到枕上入眠。

这一夜,我如此这般地把自己折磨了许久,却怎么也不能入睡,忿忿之下,穿衣下地,点一支香烟,在地上踱来踱去,体味着优利乌斯·伏契柯在牢房“走过来是七步,走过去还是七步”的感觉。终于走累,坐在窗前的椅子上吸烟。

窗外是一轮满月,银白的月光水一般泻到窗台上。我的目光被吸引到那盆吊金钟上。小小的金钟垂挂着,有的似乎在轻微摇晃着。夜很静。我捏了烟,屏住气息观察。好像从裂开的金钟里飞出一个小虫子,去推另一个金钟,于是那里便又飞出来一个虫子。一会儿之后,小虫子们纷纷飞扬开来。我注意到一个落在金钟上边的虫儿,我惊得目瞪口呆:不是虫子,是个小女孩,裸着身子,只在重要地方做了包裹。身体虽小,却十分匀称修长,如十三四岁的少女。光着的腿上有一双俏丽小巧的红靴,背上是一双蚊子般的翅羽,透明的。她们有的在舞,有的在飞,嬉闹着。我坐在不被月光照射的幽暗地方,她们没有发觉我。

我知道今夜真的遇上花妖了。如果我把这事说给人听,我保证没有一个人会相信。并且花妖太小,我用肉眼看起来很吃力,我应该把它们拍下来放大,一则可以作为我向人描述时的佐证,一则放大以后可以看得更清些。那些造型是我们在图画中看不到的,它跟希腊神话题材的油画与插图并不一样,而当时日本卡通片的《花仙子》并没有传到中国,那么这个形象显然不是我靠印象幻化出来的,我没有那么超前的想象力。我悄悄摸出我的海鸥相机,上了个黑白卷,安上闪光灯。当闪光灯充电完成,我端着相机向金钟靠近。

黑暗中,我对着月光照射下的花盆按下了快门。我看到闪光灯闪亮的那一刹那,小精灵们惊慌地纷纷钻进花朵里。但我相信,这种逃离已经晚了,千分之一秒的速度完全可以在她们猝不及防的一刹那完成摄影。

我知道她们不可能再出来了。但没关系,我用科学得到了花妖实在的证据。

小楼在不经意中进入了冬天。办公室生起了炉子,可以烤馍片,炖烩菜了。楼下有用不完的公家煤炭,想到住办公室还有此便宜,不由得暗自欢喜。下午我又给自己的画拍了几张片子,看看胶卷,已经显示为第六张了。“晚来天欲雪,能饮一杯无?”既然找不到一个朋友,冬夜独酌也是很有情调的。于是一边品酒,一边联想着有关此种意境的诗句。“莫放春秋佳日过,最难风雨故人来”,说得有理。雨夜孤独,最宜怀人。“雪满山中高士卧,月明林下美人来。”隐逸林泉的高士原来也希望美人来陪伴孤独,这就彼此彼此了。

酒至半酣,面红耳热,有些困乏就伏在案子上迷糊一会儿,忽听有敲门声。这么晚会是谁呢?门开了,竟是黄莓。依旧如前地带着阳光般的微笑,围着一条又宽又长的方格围巾。我赶紧招呼她在我的对面坐下。聊了不少小楼近日的人与事,她一边聊一边在纸上写画着,不断地练习她的签名。

我的办公桌上摆着一本刚刚邮来的青年杂志,她随手翻了翻,高兴地说:“叔又发表文章了!”尔后便认真读了起来,读完,笑了笑说,“叔就喜欢花魅狐妖。你说的那个剪纸人的小把戏,我们那里的姑娘们都会玩这个。有剪子吗,拿一把来!”

编辑不缺少剪刀浆糊,我从抽屉里找了一把给她。

她从我的八开大稿纸上撕了一张,叠了几叠,很快剪完了,打开一看,是一串小狐狸,嘴对嘴尾对尾,是一串六方连续,造型俏丽,煞是喜人。她又把它们一个个剪开,说了声“看好了”,往地上一丢,忽地站起来六个姑娘,着古装,一个个如花似玉,艳丽无比。她们站成一队,齐声向我行礼道:“先生万福!”尔后就围拢到我的周身,有的摸我的耳朵:“哟,耳大垂肩,先生的前世是菩萨呢还是天篷元帅呢?”有的摸我的头发:“到美容院去焗油了吧,好黑呀!”又一个把我的眼镜摘了下来:“戴这个劳什子做什么。瞧,公子真是貌如潘

安呢！”叽叽嘎嘎地笑着、闹着。

黄莓也笑得前俯后仰,说:“行啦行啦,你们这帮小狐狸,又上来骚劲儿了吧！别闹腾了,我跟叔正说话呢。”说着,用手在脸盆里醮了点儿水,向六个姑娘身上一弹,她们便倒地变成了六个纸剪的小狐狸。

我真是又惊又喜,赶紧俯身把它们一个个捡起来,爱惜地夹到我的《聊斋志异》里。黄莓看见了案头的相机,听说里边还有卷,便让我给她拍一张。我领她在楼梯上由下而上取景拍了两张。“不早了,我该走了。”她说。她没说她去哪儿。

我醒了,弄不懂刚才的事发生过没有,好像是一场梦,但桌上的稿纸确实留下一大堆稚气的签名,翻翻《聊斋志异》,夹进去的剪纸真的还在,再看相机后面的红孔里显示的数码,已经由“六”变成了“八”。

含　笑

我数着日历等待着春天。一九八六年来临了。

自从大辫子与红西服在我的屋露面之后,我再也没有见过她们。即使天天上下楼也没碰着过。心里暗自奇怪,莫非也是来路不明的狐鬼花妖?她们来找电话的时候天并没有黑呀！她们说在二楼租有办公室,去问一问不就证实了吗?可是证实了又怎么样呢?“到我屋里来一下”,能这么说吗?人家若是问“有什么事吗”,该怎样回答、怎样下台呢?于是只好把满腹狐疑与半腹心事埋在腹里。

心灵感应是种不可解的现象。我经常在生活中遇到一种似曾相识的情景,已经体验过或已经发生过的情景,眼下又要重新经历一次。在经历的过程中我一直觉得一切都十分面熟,甚至能说出下一步该是什么样子。果然,这个预知在一分钟后便被兑现。我很奇怪,但并不惊恐,因为这预知事件并无危险。而且我也并不说出,也许是因为来不及说出,也许知道说出了也没人相信,更何况道家还有“天机不可泄漏”一说,省事为妙,便只平静地体验这一切。

我到楼下上厕所。这是全楼惟一的一个厕所,不分男女,进去把门闩住即可。我出来后到水池子洗手,意外地见大辫子在那儿洗什么,便很自然地打招呼:“你们还在这儿办公?”

“是啊!”她笑了笑,表示还认得我。

“你们俩谁是画画的来着,不是说拿画来看看么?”

“是另一个,她叫小晨,她总觉得不好意思。”

“这有什么不好意思的。不会才学嘛,谁能一下子就学会呢?”

“好吧,”大辫子的两个酒窝朝我笑了一下,“完了我告诉她。”

果然第二天,两个姑娘拿着一卷画进来了。一种不露形迹的化妆透露了少女的精细与聪颖,脸蛋都很光洁,淡妆似有若无,头发是用心梳理过的,并有人为的光泽。这时候我真的感谢这不知怎么形成的我一人一间办公室的境遇了。

“你是竺青。”我指着持画者说。

“我不叫竺青,我叫小晨。”红嘟嘟的嘴唇抿起来笑成一弯新月。

“我怎么总改不过口来呢?”我为难地说:“小晨这个名字像小名,要不,我就叫你竺青吧,算是我为你取的笔名。”我说。

两个姑娘对视了一下,不约而同地笑了,大辫子说:“好啊,竺青这名字挺好听!”又拍着小晨的肩膀说,“你有笔名了,你要成画家了!”“我,”我指了一了自己,如同鲁滨逊教星期五说话似的,而后又指指墙上挂着的画的落款,一字一字地念我的名字。

姑娘们一齐笑了起来,应当说是启两点朱唇露四行碎玉了,几乎齐声说:“老师好。”

我至少有一个真学生了。

她的画的确很幼稚,衣纹勾得弯弯曲曲,转折关系也含糊,五官粗糙,大而无当,谈不上秀美。两幅水粉的颜色很大胆,能把原色直接抹上去。两幅时装画倒很舒展浪漫,颜色也很沉着,不用问,肯定是临摹的。我跟她交流了一会儿,最后定下来学画仕女。我给她找了一幅华三川的挂历画,让她先练习造型与勾线。

她再来的时候,就没有大辫子陪同了。

“你们中午吃啥饭?”我伏在三楼的栏杆上能把二楼的走廊一览无余。见竺青与她的女友正在西栏角的炉子上煮什么。

“煮挂面。”竺青看见了我,显出很高兴的样子,“您吃什么?”

“不想做了,能多煮一碗吗?”

“能!”竺青答应的十分爽朗。

不一会儿,一个搪瓷盆端上楼来,面条上还卧着一个荷包蛋。她走后我开始享受这美好的午餐。随着面条的下降,又露出一个荷包蛋,我很惊讶,索性把筷子伸向盆底,居然总共有五个。

有这么做饭的么?我是能吃进一碗面兼五个荷包蛋的壮士么?真是高看小生了!心里却无端地充满甜蜜。

我努力地吃着,决心把它们吃下去,并且想象着这学生对老师的敬意与热情里还有点儿别的什么没有。

这以后,她每隔一两天就来我屋一次。她的悟性挺高,一点就明白,人物衣纹的线条勾得挺实有力,衣褶关系也明确肯定了。关键处我在她的画稿上涂改一些,做几笔示范性勾线,她便接着画下去。这很是加强了她的信心,自动地勤奋钻研起来。开始着色,我告诉她沉着的雅色是怎么调出来的,她便掌握了这个手法。我在她画的人物基础上稍事点染强调,感觉就不一样了,这种合作性的绘画很快就见到了成果。那时候正流行空白布轴,在上面画好不用装裱就可以赠人了。她连续在布轴上画了好几个成品,都是在我的“监制”下完成的,由我拿去当礼物赠人了。我真后悔没留下一两幅做个纪念。

这种教学与合作是十分愉快的。我只要说出画哪幅,那么那幅画便在她手与我手的合作下出现。而我仅仅做了点指导和示范,并不费力气。这种“心想则事成”的确是一种享受。在竺青来说,这比任何纸上谈兵的理论都有助于她的学习。如果她没遇到我,她的绘画爱好可能就此夭折了。我如果没遇上她,我可能就在樊笼般的寂庐里窒息了。

我的凄凉的心里亮起了一道光明,像地狱里的微光。由于她的出现,身边的一切被照亮了,树木滴翠,花朵芬芳,连天空都比往常开阔高远。

世间有一种奇妙的感情,不需要理由,不需要做什么,便可以把两人连结在一起,让他们互相想念。这种想念由片刻一直能发展到终日。而这种想念又绝对是纯洁的,拒绝任何污染的。“相见亦无事,不来忽忆君。”古人把这种微妙情感参透了,用了这么两句形象的话表达出来。竺青带给我的是一片美好,并且仅仅是美好。美好是一种感觉,是纯心理的。它不涉及任何功利目的乃至生理目的,尽管它发生在异性之间。

这很有点像《聊斋·娇娜》中的孔生与娇娜。十三四的小姑娘娇娜会治病,曾给孔生的胸部肿瘤做过切除手术,孔生爱上了她。但娇娜的家长因女孩太小,便把她姨家姐姐松姑娘嫁给了孔生。娇娜的一家其实都是狐仙,在一次天公震怒的浩劫中,孔生为救娇娜被雷霆击倒,奄奄待毙。感恩的娇娜哭得死去活来,为了救命,她从嘴里吐出一粒药丸,嘴对嘴地送进孔生口中,"又接吻而呵之",终于让孔生复活。这是一种纯情的不涉性爱的肉体接触,是友谊而不是爱情,是美好而不是快感。娇娜的丈夫在这次雷击中丧生了,娇娜跟随着孔生夫妇相伴至死,却把那种美好的感觉始终保持在友情的线内。以至于作者蒲松龄在此篇的末尾感慨地说:"余于孔生,不羡其得艳妻,而羡其得腻友也。观其容,可以忘饥,听其声,可以解颐。得此良友,时一谈宴,则色授魂与,尤胜于颠倒衣裳矣。"

竺青给我带来的感觉恰好如娇娜。一开始我就压根儿没想到占有,只是想见到她,天天时时地想见到她,只要能跟她说说话,画画画,看看她的憨态与笑容,完成一下心灵的交流,我就知足了,我就快乐无比了,这就是蒲翁所谓的"色授魂与"的美学原理。为此,我还以"色授魂与尤胜于颠倒衣裳"为题在我的美学专栏上发表了篇文章,大讲我的神交理论。

看她朱唇开启两排白白的牙齿一粲,便读懂了天真;看她充满活力的腰身所变换的任何姿态造型,便读懂了青春;跟这样的女孩永远也聊不到世路凶险,于是我又读懂了清纯。我并不奢望什么,只要看到她,就是全部。

"送你一盆能开花的花吧,它叫含笑。"

我的窗上摆的尽是些玉树、镶边吊兰、令箭之类的忘了浇水也能活,浇了水也不开花的绿色植物。地上大花盆里栽着从母亲手植的夹竹桃移来的枝条,已长成一米高的小树,那是母亲的遗物,用来寄托我的哀思。我一直相信那树木会保留着它的手植者的信息,我的行为与心情都会被母亲感知着,有了她的护佑,我会活得踏实些。这盆含笑的到来是否与此有关?找

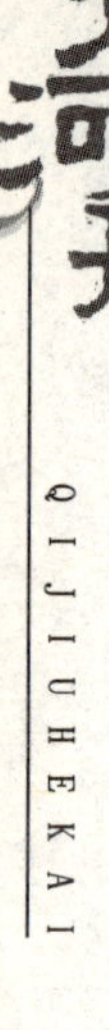

不到解释的时候,我很愿意把这些归于超自然之力。

我凑过去看那盆含笑。这花的名字已有些《聊斋》的意味,加之由这么个天外飞来的纯情少女送来,我如坐五里雾中,只差朝自己的胳膊捏一下以辨寤寐了。在许多俏丽葱翠的叶片环抱中,一小丛花骨朵有的已裂开了小嘴,里边隐约能看见淡黄的花蕊挺拔如伞状。一股淡淡的带点药味儿的清香忽忽闪闪地向人扑来,像一群喧闹着的孩子。竺青说,这花能长成三米高的大树,是真是假,那是将来的事,眼下虽然二尺来高,却已是翠色爽肌、香气袭人,足以够人消受了。

造物主总爱炫耀自己的作品。一个十九岁的女孩竟出落得如此楚楚动人。她穿着一件白色纱质上衣,勒紧的内衣在白纱的笼罩下依稀可辨。一双秀美的黑色高跟鞋托出窈窕的身材曲线。铁锈红的裤子沉着而不沉闷,清晰的裤线是体形的工艺装饰。她蹲在花盆边一腿低一腿高的造型有如装饰画画家的一个设计图,无论从哪个角度看都可以找到一幅优雅而完美的构图。这样的构图简直令我不敢多看,就像我浏览全国美展作品集、对着那些联翩出现的佳作发出惊呼一样,"我的画不能画了,画得好的人太多了,没法比!"

花季少女,年轻是她的骄傲,天真是她的骄傲,用年轻与天真托起的美是匕首,是投枪,是丘比特手中的金箭,足以射穿每一个读者的双眸,让人喘不过气来。尤其可爱的是,她容光焕发地向我走来,她手里正拿着天堂的钥匙,而她自己却装作不知道。或许她真的不知道。那就更没有人能逃脱这种征服了。

时尚已经松动了中国古老的土壤,一旦有一股春风吹入,哗地从土里不约而同地钻出了一片青葱。老一辈人看得瞠目结舌,而新一代青年却不需鼓励便竞相追逐着新潮,以万夫不当之势席卷了人间世界。口红、眼影、首饰、披肩发、喇叭裤、三件裙、半步裙、超短裙,络绎相属,走马观灯似地在街头展出。这刚刚开发刚刚释放出的天性,与人为的诱导毫无关系。

街头出现了牛筋裤,亦名健美裤、显形裤。竺青身不由已地买了一件。妈妈说:"箍在腿上紧巴巴的,有啥好的。现在这年轻人呐……"而后问:"老师说怎么样?"我当然大度地说:"挺精神,挺显个儿!"其实,显的岂止是个儿,一双美腿的整个形体都呈露出来,便是小腹的微妙起伏都让人尽收眼底。我扫了一眼便不敢再凝视。我怕的不是着装者不好意思,而是怕自己难堪。那是一尊用墨汁染过的裸体,她不知它所能引起的感官冲击有多么魅惑,多么炽烈。若是我的内心反应由目光反映出来,我生怕师长的尊严失控。

她的爱俏不仅出于女孩的天性,更多的是出于幼稚。她如果已经发觉有个人爱上她了,聪明的人应当把自己遮掩起来,而不是把美呈露出来,这样也许会完成一种保护。幼稚就不一样了,她不懂高跟鞋衬起的体形,不懂紫纱中泄露的梦幻美,不懂得鬓发被春风撩起的诱惑,不懂得诱惑能牵引出什么危险。她若懂了,也许就不这么做了。儿童穿上花衣裳只不过想获得大人的一句夸奖,十九岁的姑娘在听到夸奖时就应当留意点儿别的什么了。妇人的妆扮大多是为了性吸引,十九岁的姑娘却未必懂得吸引的内涵,只是因着无知而盲目效颦,这是最易惹麻烦的事。别人的麻烦固然可以与己无关,而自己的心被丘比特的箭射中,却只能自食其果了。

记不得是外国哪位哲人说过的了,"一个女人会爱上她每天见到的那个男人。"这么一概而论还要拿出来冒充哲理、冒充发现,真是好笑。但生活中的确有这种可能,俄罗斯文学《第四十一个》不就让敌对双方的一个男人与一个女人从仇恨到相爱并相依为命了吗?眼下的竺青就遇到了一个比她大二十四岁的男人,她与他被艺术的锁链偶然地连在了一起,她们陶醉在艺术的欢乐里,也陶醉在对方的人格人性里。

她很可能把她偶然遇到的这个人理想化了。这个人不张扬,不猥琐,谈吐得体、儒雅而幽默,从不卖弄学问,却能在不经意间流露他应有的学养,并且那种流露是深入浅出明白如话的,听起来很生动、很易理解。他把自嘲运用得恰到好处,不但没有贬损自己,反倒让人更加尊重,觉得高深莫测了。他明明知道她对他有好感,却从不用语言表达些什么。这种若即若离的态度保持了他们的最佳距离,她只好用她的想象来填补这个距离所造成的空间。由于她心里已经被爱控制了,她当然以最理想最完美的想象来塑造这个半真实半虚幻的人,以至于她的心里除了这个老师世界上不再有男人了。我们之间的这种美妙情感,在不知不觉中把我们的代沟填平了。

老师是个多么含糊的概念,同时又是个多么得体的隐身草与挡箭牌。她想和他在一起,就想出了个请老师到家里喝酒以示答谢的好主意。老师当然受宠若惊地郑重出席。她回家晚了,老师就不辞辛苦地送她,送到门口,她又返回来送他,双方的心里已经意识到这不像老师送学生或学生送老师,但谁也不说破,各自悄悄地享受这个师生名分下的情人的幸福。

假如让我说出一生中永远无法忘怀的境遇,那么除了空中楼便是这个被我名之曰“冷星”的这个小楼了。我不是在这里找到了什么“诸事顺遂”的好运,而是找到一个能安置孤寂之心的一座岛屿。我可以在上班时间画画,给杂志专栏写稿,还可以随便会客而不必担心谁的脸色。并且我又有了秋香侍墨的小书僮,很能善解人意替我做点儿什么。朋友们相中了走廊西头主任办公用的套间,在那里张罗酒会。到这时候我就得把竺青留下帮忙。我屋子里的火炉闲着,可以烧水煮奶茶。我们把主任外间的办公桌对在一起,有L君、晓勇、G君们以及我和竺青一起开喝,不一会儿就见效了。

L君称竺青为妹子,这种称呼是痞子圈里的口语,也确能显示他的性格特色。他们都知道我收了竺青做学生,开玩笑也是绝无恶意的。话题不知怎么转到我和竺青上来。

“别看滑老师不言不语的,蔫猫逮大耗子哩!”L君口无遮拦,“妹子,说说老师对你有什么表示没有?”

“没有啊,啥也没有。”竺青居然接这种话茬,而且挺认真。她对人情世故一点不懂,还没学会处理此类难题小伎俩。

“你难道没有一点感受吗?”L君又问我。

我也是喝了酒的人,感情与胆量都会失控,很想借这个机会、借这种热情、借这种胆量表达点什么,就说:“就是有什么感受,也只能写在本里,你指望我敢说出来?”

“把笔记本拿出来朗诵一下!”L君一提议,大家也跟着哄起来。

“去把我的本拿来。”我把抽屉钥匙给了竺青,竺青听话地走了出去。

我在隔壁的酒桌上继续陪他们豪饮。大家都已经面红耳赤,争抢着大声喧哗着。

“咦,滑老师的节目怎么没了下文？”

不知是谁的记性好,又想起这个话题。

我这才想起,竺青去取我的笔记本已有些时候。一种不祥之感在心头油然升起,我赶紧离座走到我的办公室,见她正呆呆地坐在我的办公桌前,桌上摊着我的笔记本。

“找着笔记本啦？”我问。

没有反应。

我走近一看,摊在桌上的不是记录我的诗词的笔记本,而是另一个日记本,那里写着另外的什么,我怦然心跳,我把抽屉钥匙给错了。

我尴尬地笑了笑,想把这个错误淡化,想用轻松与玩笑来掩饰些什么,但无论如何已改变不了她的失望。

大滴的眼泪在她的脸颊上无声地滴落。

其实,在这之前我们互相并没有说过什么,没有一句关于爱的表白,没有一句对于爱的承诺,即使你问起其中的哪一个,我们都会理直气壮问心无愧地说:“师生。”那么,这大滴的眼泪该作何解释呢?

她没有如小妇人般拂袖而去。她毕竟是个孩子,并且是温和善良善于克制和容忍的那种女孩。我说:“走,过去吧,他们还等着呢！”她擦了擦眼睛,温顺地跟着我又来到酒桌上。

“咦,怎么啦,怎么回事？”大家不解地问。

没法回答。

后来,我在她的日记里读到了这一天。

“他让我开抽屉取他的日记。我看了很伤心,那不是关于我的。”

显然,她心里是希望能看到我是怎样写她的,希望从那里看到我的内心,我的心语,当然也希望看到我爱她。那么这说明了什么呢？不就说明她已经爱上我了吗？即使再蠢笨的人也不难完成这么简单的推理。

我知道了,竺青已经坠入了情网,或者说落入了有人不经心布置下的爱情陷阱。这是她心甘情愿的。即使伴随着爱一起到来的不全是甜蜜,更多的也许是惶惑不安、提心吊胆、吉凶未卜,甚至上当受骗,她好像也不在

乎。她把一切希望和幸福全都交给她的眼力的判断上。其实她不知道自己是毫无眼力可谈的,因为她从未有过爱的经验。若干年后,她可能因此而后悔,但眼下这初动的爱情是谁也拦不住的,包括我。更何况我并不想拦她。我真心地爱她,我为什么要拦她呢?我已经找到过一千个理由证明她没有理由爱上我,因而我一直未敢作非分之想,未敢做任何认真的表达,而当我知道她爱我之后,反倒要我像圣人那般去给人做思想工作,你当我是笨蛋吗?

我很内疚,又很庆幸,我想精彩地跳到空中完成一个定格。

她已经坠入了爱河。我这样说,既不是想把她描绘成“主动”,也不是想开脱我的“别有用心”。我已是过来人了,用不着矫情地假装什么。我只是把我能记住的证明没齿难忘的一些情节细节摆设在这里,以供我弥留的追怀,以证明我曾拥有过怎样的幸运和幸福。

我总觉得这姑娘是有点儿来头的。

在我走不出的孤独的幽暗里,她的出现带来了天国里的光明,有如一枝带露的鲜花存心要来给一个枯寂的生命以滋润。她何以要在我的劫余时出现,何以悄无声息地做了我的近邻,何以与我同好送来一个学画的得体借口,何以拉一个长辫子女伴在我的窗外窥探?那天真的一粲,温柔的性格,善解人意的慧心,宽容无碍的胸襟以及楚楚动人的风神,像是被人设计过而后打发到这里来的。那么打发到这里来做什么呢?

《聊斋志异》里总爱写一些善良美丽的狐鬼花妖,到所遇不偶的主人公前演绎出绮丽而离奇的故事,莫非她也是为此而来的么?在她与我交往中,许多情节与细节不断地出现虚拟的巧合,使我懵懵懂懂地始终生活在幻觉般的神秘里,仿佛冥冥中有一种超常的自然力在导演着什么。有时候我的期待或我的预见会在第二天原原本本地演化成现实,让我感到惊愕。这种亦真亦幻的境遇让我一心地认为遇上了花妖。但我一点恐惧都没有,喜悦地享受这不能说破的真实。

还一种解释是我前生可能做过什么善事,比如救过一条蛇或一只田螺,她没有来得及像民间故事那样当时就变成一个姑娘给我做饭,而在今世来作报答,大约是费了不少时间才找见我的去向,因而耽误了十九年之久。

最后一种也是我特别愿意相信的解释是,母亲看到我这么长久的不能自拔的苦痛与孤独,很用心思地去为我寻找一个淳朴而贤淑的女孩,这是个不斗心眼不斗嘴、吃得起苦受得起穷的无怨无悔的纯情女孩,当母亲确定这个女孩真的找不出可供挑剔的毛病的时候,才做了如此的安排,让她走进我的生活。如若不是这样,那么所发生的一切都将失去逻辑,都会成为说与人听而无一相信的天方夜谭。

我这么想着,心里充满了平和的欢喜,有恃无恐、充满自信地去接受命运的恩赐。

这期间,我应邀到她家吃饭。她家住在城西一片没有暖气的简易楼房里。她妈妈说:“竺青能遇上这么好的老师也是缘分呐!”她爸爸非常开朗健谈,特意做了一盘拿手菜:口蘑挖空装肉馅蒸熟。“你这文化人,给这道菜取个名字。”他说。我窝窝囊囊地吭哧了老半天也没有卖弄出来。我究竟紧张什么,腼腆什么,我也不知道。她妈说:“今天你们哥俩(指竺青父)好好喝几盅。”我支支吾吾地说:“哥俩可不敢当,我比您(指竺青父)小得多呢!”

我何以对辈分这么认真,这么关心,这么着力辩解,现在想来才知道是不无用意的,但当时谁也没有意识到什么,包括我自己。她姐姐是很擅于礼仪辞令的,因为她不久前结婚时我和竺青特意画了幅画送她,她对我很是周到。与我同来的跟我学画的杜君,是医学院医疗系毕业在即的学生,竺青姐对他更见热情。她们全家一点也没料到将来会发生什么。每次饭后,竺青送我,在路上送去送回居然长达两个小时,家里人并不多问,依旧把我待为上宾。

我想,《婴宁》中的王子服听人妄语到山上真的找见了折梅女子,并且受到姨母的礼遇,那情景也大约如此吧!

我的生活已离不开她了。

又下雪了。这样的天气是很容易让人感到寂寞的,也是最易心有所怀的,如同兼风带雨的夜晚,“风雨凄凄,鸡鸣不已。既见君子,云胡不喜?”这

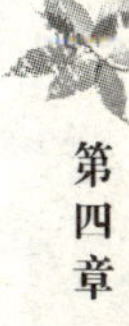

时候若能见到我的那个她,所有的难堪都会烟消云散,我当然这么相信。

“中午到公园赏雪,你能去吗?”我打电话给她。

“好啊!”那声音洋溢着无比的欢乐。我能想象出黑眸子闪动的明亮的笑容,以及绽开玫瑰红的嘴唇所呈露的两排白白的齐齐的牙齿,如同外国画报的封面印刷的摩登女郎的口形。

又是我来晚了。不知是她早到了,还是我到迟了,每次约会都是这样。这在情人约会的礼仪上来说,我知道我是不对的。但她从没有意识到这种约定俗成。心如泉水般澄澈的少女心,连云的阴影都投不上去。她站在公园的台阶上穿着一件由柠黄色块与群青色块组合而成的羽绒服,鼓鼓囊囊的像个玩具熊,又像是麦当劳门前的充气广告。但我知道鼓鼓囊囊的里面藏着浓纤得中的曲线,那是上帝的得意之作。要是有一天我能看见那曲线,我宁愿从摩天大厦的顶楼上大喊一声之后跳下去。

她看见我了,我们对视着。站在台阶上的她由地理优势给她完成了一种高傲,一种居高俯视的身份,像是站立在美利坚海滨的自由女神,而身穿中山装推一辆过时的旧自行车的我就无法那么神气了。但这并不影响我的价值,我看见了她望穿秋水后的惊喜,她向我投来石榴花一样的微笑,并且做了个只有小孩子才做得出的动作。那动作是什么,我已描绘不出来了,双臂一夹,头一歪,红彤彤的围巾衬托着冻红的脸颊,要是没有旁人,说不定会扑到我的怀里。那喜悦从她微妙的动作上是能看出来的,显然那是经过控制和掩饰的。

我们沿着湖边踱着。天气灰蒙蒙的,无怒无喜,不可言状。若是一个心情沮丧的人独自遇到了这天气,说不定会生出一头扎在湖里的念头。而我不是。

绕到湖的彼岸,有一带长廊,我们在长廊的条凳上坐下来,坐得不近也不远。我想用手给她捂捂脸蛋,但对面的亭子上已经有人占领了。我们只能看着四周景物漫无边际地说着说不完的话题。没法认定哪句话是重要的还是不重要的,它们的价值已经超越了内容本身。如同你目不转睛地注视一个人,你究竟在看什么想看到什么,连你也说不清楚一样。我对谁也没有过这么多话,无尽的话题在脑子里排着队,这感觉真令人兴奋。只有喝了酒的人才体验过这种感觉。对面这个清纯的少女,忽闪着眼帘,把遐想的那份神奇与别人莫辨的秘密,雪花般地放飞于天地之间。

园林雪景是一幅画。高大的塔松樟子松云杉,摆出阔大的身躯,顶端的积雪盖不住墨绿的葱茏。浓重的背景上镶嵌着几簇疏落有致的枝条,被落雪妆成精巧的玉雕,玲珑剔透,像一件件美轮美奂的工艺制品。我叫不出这俏丽树种的名字,造型很像元人的梅枝,却比梅枝更舒展,更多变化,如同一个怎么打扮怎么好看不打扮同样好看的妙龄少女,每个细节每个角度都释放着勾魂的魅力,让人爱不欲生。苍莽的劲松是琼枝玉树的可靠守护神。有了那终古常青的墨绿,玉树开得那么宁静、纯洁而闲逸。

该午餐了。我们把白焙子切开,挤上蒜蓉辣酱。今天比往常丰盛的是多了几片酱牛肉,我们还为之推让了半天。张大嘴咬一口自制的三明治,啊,味道居然如此之好。千百万片雪花在空中飞舞,如同无数的白衣小精灵,挤眉弄眼地来分享一对情人的午餐。我们相顾一笑,这野餐怕是一生不会再有的甘美了。

春天来了。

爱情是与青春并生的,被春雨浸透了松软的土壤里钻出嫩绿的草尖,被春风摇醒的柳条上,勃发出嫩黄的叶芽儿,那种急不可待的样子很像她的心情。恻隐之心是与爱情伴生的,她发现了一群草芽儿在拼命地顶起一块土坷垃,坷垃太大了,顶不动,只好从旁边向外挤。她怜悯了,动情了,蹲下去,伸出圆乎乎的小手,轻轻地把土坷垃拿走了。她感到小草的愿望实现了,她的愿望——她的愿望是什么呢——也会实现吧。天地间肯定有种力量叫仁慈,不然她的爱心是从哪里来的呢?

于是,我的一切忧烦,忘怀在她的天真里。

节令是万能的。万能的造物不只垂青于富人。富家小姐和太太们可以豪华地追逐时尚,用珠光宝气把自己点缀成满身铜臭气的商品,便以为美到极致,而穷人家的孩子却能凭借天生的聪颖在小巧中把美弄得不可收拾。当大波浪小波浪、乱妆之类的发型把正经女人的头弄成鸡窝时,竺青的秀发却长长地披下肩来,如一帘黑色瀑布。可能是怕它散乱,她用一条紫色的

薄如蝉翼的纱巾从颈后拢住,纱巾在胸前很随意地打个结,两条巾角便一长一短地飘曳在胸前。

造物主从冬眠中醒来,找到一份好心情。它把扮演朔风的莽汉唤回,派出了温柔天使——春风。"二月春风似剪刀",巧女的剪刀,它剪出了杨柳的嫩叶,剪出了春草的芽尖,还剪出一件造型巧俏的纱巾,送给了穷人的女儿。于是,春意便在她的颈上与胸前盎然开来,被严寒压抑了一冬的少女的灵性与温柔重新又飘逸开来。

春天在大地的胸膛上萌生、涌动。这是个不安的季节,希望的季节。我站在田野上、树林边,对目中的一切都动情。那是由四月的原野与四月的少女组成的一支协奏曲,四月的少女心已经被与她相似的四月的欢乐浸透。

尽管在郊外照的几幅照片是黑白的,我却牢牢地留住了这个春天,这个与一个纯情少女一起踏过的春天。我知道了红粉知己的爱情能把男人的多少郁闷化解,让他站开一步看人生,进入旷达而明朗的境界。

五层楼夏夜

我将去做一次勇敢的旅行。

懦夫为着某种激情的激励,往往做出异乎寻常之举。美国妇女眼看她的婴儿葬身轮下,她能在一怒之下以手将汽车推住。吴三桂因为一个陈圆圆,"冲冠一怒为红颜",不惜亡国之辱,把清兵引进关来。我在总编办公会上自告奋勇地得了一个差事,到红山去采写一个警察,是为了带竺青同行。

此前,因为同事L君的关系,我差不多认识了他所有的大学同学。其中过从甚密的是宣传部的高君。高君是个健壮魁伟的猛男,性情却贤淑如处子。他原在省城钢厂做个一般性的工作,不知在哪里搬了门子,一步进入省级机关。他不会喝酒,却很愿意张罗聚会,我便有幸光顾他住的那偏居城西的五层楼上。他的两间卧室很清静,大约是因为老婆在书店工作的缘故,家里有不少藏书,也许是他与我干的都是爬格子写文章一类的营生,他对我很是推崇。

"没事你常来,"他举啤酒向我示意干了,"我喝不了酒,你可以放开喝嘛。喝多了在这儿住也可以,我老婆带孩子在她娘家住,一般不回来。"

为什么不回来不是我关心的事。我关心的是我这个武陵人“寻得桃源好避秦”,于是试探说:“带个学生来行吗？”

“那好办,我给你让出去。”

我向单位告别出差的日子比实际上车的日子早了三天。

竺青来了。

“你怎么跟家人说的？”我喜出望外,兴奋地问。

“我就说我一个同学的爱人出差了,害怕,让我去做伴。”

就这么简单,她来了,两间五层楼的家成了我俩的家。根据屋主人的安顿,我们找到了足资晚餐的食品,郑重其事地炒了几个菜,把白酒打开,我们体验到了家的温馨。

炎夏,酷暑,热得人只能穿着最少的衣服。她挨着我坐在沙发上,短袖衫子完整地露出两条浑圆的胳膊。

“咦,这是什么？”我按住她肘关节上的浅窝。

“太胖了吧,要不咋有窝呢？”她笑了。

“是不是也叫酒窝呢？倒点儿酒试试。”

我真的试着往上倒酒。窝太浅,大多都流了,窝里毕竟还存有一些,我赶紧抱住她的胳膊吸了起来,包括流在臂上的。事实上我在上面印了无数的吻,不知她感觉到没有,她只是笑着却没有把我推开。

这么高的楼房,真让人有置身霄汉之感。这么清幽的环境,真让人有身处洞天之感。我们在心里对这只有两人的世界憧憬已久,却没有想到它可以变为真实。现在可以尽情地享有它了。“酒晕无端上玉肌”,竺青也真的学着喝起白酒来了,不一会儿脸就红扑扑的了。她穿的短裙的柔软而优美的褶皱,清晰地塑出大腿的轮廓,如同西方古典雕塑一样,形体结构被衣纹明确而肯定地强调出来,我忍不住把手放在她的腿上,她把它推开了。

“就放在这儿保证不动,”我说:“听我说话,咱们说到哪儿啦？”

她没再推开,以为我真要讲什么重要事情。不一会儿,她叫起来:“手动了。”拿起我的手放回原处,“好,接着说吧！”

我很委屈,只好在原处放置着。我知道,得陇望蜀,弄不好连原处也会失

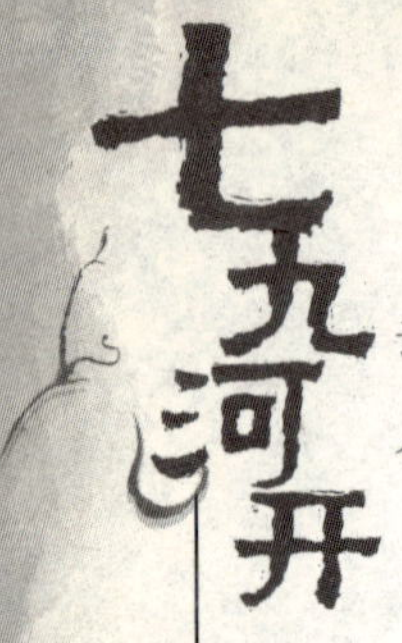

去。而后讲一个更引人入胜的故事以便她能投入而不致分心。不料一会儿她又叫了起来……

这是个狡狯的小精灵。

夕阳涨红了圆圆的大脸倒了下去,暮色降临。街上穿梭似的人流像迟暮的鸟儿各自归巢,万家灯火便亮起于夜幕之中,如点点繁星。夜真好,把各家各户包裹成各自独立的小世界,只有在这个时候人们才能坐下来或躺下来找找自我。

我在这个遗世独立的小世界里享受我梦幻般的拥有。聊斋的所有绮丽婉约的故事此刻都已化作真实,昔日空灵的香艳如今变成可以触摸的实体。这真是古往今来"天上地下第一称心如意的事"啊!她来的时候带着一个小包裹,里边肯定是换洗的内衣之类。她能答应在这里住三天而后一起上车出差,那么这头一天必是"西厢酬笺"的一出了。

竺青忙着收拾碗筷,一切停当,淋浴的热水早已烧好,她要去"沐浴更衣"了。抱着她的小包裹,探进身来,一个指头竖在红嘟嘟的嘴唇前:"不许偷看!"便掩上门。

我肯定不偷看,因为我脑子里满是一会儿之后的情景,那画面已经够让人晕眩了。呆着没事,从书架翻着一本王实甫《西厢记》,急急地很快就翻到了"草桥店梦莺莺"的一折。其实,这一段在上大学时早就读过,在那个时代,这可以构成年轻人的禁书了,但因属于古典名著,又系文言,尚不在查封之列,被中文系的学生发现,争相传闻,艳羡不已。彼时禁欲甚于防川,诗人们只能煮字疗饥而已。此刻的我,再翻出这一出,在这种身临其境的时刻,是很容易玩火自焚的。

好心的红娘怕害了相思的张生送命,拥簇着莺莺去赴约。莺莺又假推不去:"羞人答答的,怎生去?"红娘说:"有甚的羞,到那里只合着眼者。"闭上眼就不害羞了,好主意!果然,莺莺来了,"着一片志诚盖抹了漫天谎。出画阁,向书房,离楚岫,赴高唐,学窃玉,试偷香,巫娥女,楚襄王;楚襄王敢先在阳台上。"是的,楚襄王确在五层楼头这一厢!张生那里如热锅上的蚂蚁,"风弄竹声只道金珮响,月移花影疑是玉人来。意悬悬业眼,急攘攘情怀,身心一片,无处安排,只索呆答孩倚定门儿待。"这种拂不去的相思、偿不完的情债,的确是能致人死命的。她如果今夜真的不来,那就“安排着害,准备着抬”吧!红娘敲门,张生问是谁,红娘说:“是你前世的娘。”而后把被子枕头递进去,把莺莺推了进去,临走时还嘱咐“你放轻着,休唬了她!”偿债的人来了,医病的人来了,销魂的时刻到来了,把张生激动得跪在地上叩头:“小生无宋玉般容,潘安般貌,子建般才,姐姐你只是可怜见为人在客!”为人在客便值得可怜?可怜便可荐枕?这话是怎么说来?而后便展开了情爱中最辉煌的一幕:“绣鞋儿刚半拆,柳腰儿够一搦,羞答答不肯把头抬,只将鸳枕捱。我将这钮扣儿松,把缕带儿解,兰麝散幽斋。怎不肯回过脸儿来?我这里软玉温香抱满怀。呀,阮肇到天台,春至人间花弄色。将柳腰款摆,花心轻拆,露滴牡丹开。嫩蕊娇香蝶恣采。半推半就,又惊又爱,檀口揾香腮。畅矣哉,不知春从何处来。”

古代的文化竟也如是,说到性时也与我们一样兴致勃发,精神抖擞。看他们那风流儒雅酸文假醋的样子,还以为都是非礼勿言、不知人间有此乐的呆子呢!却原来也会做那肌肤之亲、云雨之乐。若是把这段戏文用当今白话翻译过来,一定会让人触目惊心的。我们上学那时候,还没有如今这么多这么露骨的民间笑话,同学之间也从不谈此类故事,而生理上又已成熟,一天天积淀起的情欲如岩浆奔突的火山,这是大家彼此彼此、心照不宣的。我们的对话至多能达到《西厢》的高度。

“你觉得中国古代的成语里最生动最形象的是哪个?”午饭后端着饭盆回宿舍的路上,爱好古典文学的G发问。

“软玉温香,”我爽然应答,“玉,白而细,那白而细而软的玉是什么?你想想,这比喻多么贴切!香味居然还有温度,那是什么香味?是体香!你看前边走着的那个,那不是软玉温香么!”

我的雅号便由此得名,因此传扬开来。

“我最喜欢的是半推半就,”G另执一端,“半推不是真推,是假装推,就是以半推为前提为形式而完成真正的目的——半就。仅这么四个字便把少女的羞涩多情与春心萌动的微妙情态描写得活灵活现,远胜过外国小说的大半页形容。你一拉她就过来了,那是没文化。更有甚之,像外国电影里演的那种女人抱住男人亲得死去活来,那能有什么意思?女人要是主动了,总觉

得乏味,真不如中国古典型的女子含蓄隽永,耐人寻味!”

“极是极是,”我一片恭维,“G兄是过来人,够得上专家了。”

“灯下偷睛觑,胸前着肉揣……”林玉插了进来,刚背了两句,就被G君拦住了,“打住打住,再往下就成金瓶梅了。”

二十年倏然而逝,当年咬文嚼字的我们,同步地变成了“过来人”。G君宦海沉浮,在仕途经济里听人尔汝,林玉兄焚膏继晷,让粉笔沫染白了鬓角,女同学们摇身一变,成了苏联老大妈,班长醉酒独宿,任听隔墙的河东狮吼。我呢,一生寻觅着聊斋里的娇娜与郭沫若笔下的婵娟,想给这一腔诗情找个买主,竟又从“过来人”走了回去,回复了天真未凿的童心。

蹬蹬蹬一个白影从门缝闪过,闪进对门的卧室里去了。我知道,该是阮郎上天台了。

我走过去,见她刚洗完澡,正对着立柜的镜子梳理头发。她穿着一件天青色的睡衣,圆口领高高地掩住胸部,长筒裙一直拖到脚跟,是一个毫无形状的直筒子,有类乎走上祭坛的道长穿的道袍。我从背后一下子搂住了她,我的手感受到她的体型体温与体质。一阵晕眩是被她推开以后才苏醒的,“不能,现在不能。”她笑着说。她摆好了两个枕头,是挨着的,她先在里边躺下了,把她的“道袍”掖得紧紧的,连手都伸不进去,不一会儿竟呼呼地睡去了。

窗外五层楼高的大叶杨在晚风中沉重地摇曳着,阔大的叶片偶尔撞击在一起,发出像是接吻的声响,窗纱的褶皱笔直地垂着,像谢幕时歌女的长裙。日光灯关闭后的余光维持了很久,像是行将入睡的婴儿的眼睛,终于闭上了。幽暗的夜色带着无限的宁静与温馨抚摩着屋里的一切,很快调匀了入睡者的呼吸,渐渐地也熨平了未眠者躁动的心。我侧过身去,看着身边这个傻乎乎的女孩像天使一样睡着了,开始悟出了什么叫纯洁,什么叫天真。当一个人的观念骤然发生了转换,情绪也会紧跟着进行调整。刚才那种巫山之梦的激情被理性平息下来,我立刻感到了宁静与平和,看着身边睡着的无知的孩子,长者的怜爱之心升起了。我摆正身子,试着闭上眼睛,心里变得豁然开朗,有如明亮的夜空,空中布满了闪烁的繁星,那么清晰、明亮。我静默在我心的天宇下开始了冥想。

竺青确实是个孩子。尽管她今年应该称作二十岁了,但她没有过恋爱的经验,不知道爱情的哪怕最浅显的内涵。她对老师的爱已经转为对异性的爱,这一个渐进与转化的过程因为找不到明确的分界线,她对这转化的结果毫不吃惊。对眼下的性爱也是本能的自然而然的,肤浅的和不明确的。她一点也不知道她萌生的爱情是否带有危险性,这刚刚迈出的一步会通向哪里。她模模糊糊地期待着的肯定是甜果实,但若是个意外的苦果呢?若是由于她涉世不深而导致遇人不淑,给她设下一个温柔的陷阱呢?到她觉悟的时候也许一切都无法收拾。

但是这些,在她纯净如山泉的心地里根本就不存在,毫无意识。她抱着小包裹在黄昏时来这里赴约,没意识到这是一个什么环境什么性质的约会吗?她既然想到一个女人与一个男人要过夜,要同床共枕,竟没想到要发生什么非同一般的大事吗?如果是个玩闹型的女孩,倒也不足为怪,而她显然不是,她没有一点心理准备,她甚至根本没想到那一层。这是天真呢还是自信?但这不是只有自信和自控就能保障的幽会呀!这种自信必须有一个可靠的基础,那就是他信,对对方的信赖。她对我的信赖竟达到如此高度,想到这儿,我感动得流下了眼泪。就是这个大女孩的信赖,把我推向了高尚,完成了精神的升华。

守着一个美丽的躯体,看着她起伏有致的身型,我安详地睡着了。

一个大男人与一个二十岁的少女在一个床上度过了三个夜晚而没有互相占有,把这事说给谁听,谁也不会相信。但这是真实的奇迹。

第二天醒来,我刚要动,觉得身子被什么压住了,睁眼一看,竺青侧卧在我身边,一条圆乎乎的大腿压在我的腿上,她的头偎在我的臂弯里,像个熟睡的婴儿。几缕头发被汗粘在脸颊上。晨曦在窗棂上徘徊,把玫瑰的颜色涂了她一脸。

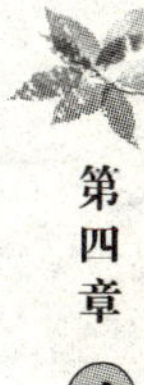

红山幽梦

我在友人的五层楼上度过了销声匿迹的三昼夜。

下午,她来告诉我火车票买上了,是明晨的。我兴奋得把她紧紧地抱住,抱在小床上躺了好半天。但我不做什么,我要把我的梦幻留给旅程,留给红山的神秘居所。

火车离开省城越来越远了,这才使我真正地相信,我们的蜜月旅行,我的生命的最后的青春之旅开始了,不是梦想,是真实。我装在心里暖了三年之久的妙人儿,此刻只属于我自己所有了,我是她的守护神。

我们出发,远走天涯。

把昨日的烦恼撕成碎片,
雪花般扬出车窗外;
从蚕茧的生存里爬出,
自由的大旗在空中抖开。
伸出你的手,我的爱,
请跟我来!
野性的情歌在云缕里穿梭,
翻飞的欢恋在草尖上徘徊。
走出去便是自由,
大自然始终敞着胸怀。
到天边去吧,我的爱,
请跟我来!

这不是一个大款带着一个小秘,不是一个长官带着一个下属。是屈原带着他的婵娟,姜夔带着他的小红,是两颗互相寻觅的心互相吸引着,依附在一起,去找它们共有的天空,共同的归宿。“我生命的一切只为找到它,哪怕付出忧伤的代价!”

次晨九时半到红山,未见友人M君接站,大为失望,背兜提包如牛负重,汗淋如雨。费了周折,由人引导到市少年宫,隔大窗见M君正给一帮小孩们讲课,那种认真劲儿颇为好笑。这情景给人带来的喜悦,究其实,是证实了他确实存在,只要他在,他应许给我的世外乐园就等于兑现了,兑现了我在到来之前为之神往为之迷惑的梦境。M君隔窗见着了我们,立即出来,领我们穿过课堂到里间小屋,这是他的办公室。

必须用心地描绘一下这间办公室。因为此后的十七个夜晚我与竺青都是在这里度过的。

我们一走进这座“爬满青藤的小屋”,就感到一种潜在的神秘的喜悦。敞亮的大窗是整块玻璃板做成的,可以坐观街市全景。但无须多虑,一幅比窗子还大的窗帘足以把我们与街市的眼睛隔开。临窗是两个并列的办公桌,其一是少年宫主任,也就是这儿一把手M君的公案。但案子里并不存放什么公文,倒是有许多幅影像珍存在里边。这一点我们马上就知道了,因为M君相见少顷就急不可待地打开抽屉拿出来显示。

每个人都有自己的故事,这就是人世间的生活,从古至今,从中到外,鲜莫如是。他的公案对面是个没人用的桌子,桌上零乱地摆着些茶杯颜料之类,显示着室主人杂乱无章的个性。屋里有一个水龙头和一个下水池,于是这儿便有了生命之泉。我看见之后,即刻想到沐浴和方便都已不成问题了,暗自喜悦不已。我相信,这儿肯定是我与她的世界了,肯定能见着她在这个水池上洗脚、洗头、洗臂、洗腿的情景。因为在来这里之前,我不只一次描绘过我对带她到这儿同居的美妙向往,而她并不显出有什么不愿意,倒是笑着说“别想美事”,那神情无异是一种默许。

水池边有几盆半死不活的花,看得出它们在主人心目中毫无位置,像是老额吉生养的七八个孩子,养出来该怎么抚养是不须用心的事。只有一盆文竹长得气象不凡,沿着墙直爬上高高的屋顶,望之如碧云缭绕,蔚为大观。这就是我所谓的“爬满青藤的小屋”。屋西壁上挂着三张条幅字画,其一是中央美院胡勃所作《拜石图》,中间一幅书法“幽鸟相逐,清风与归”写得古拙遒劲、老辣沉雄,使这间本应叫作办公室的小屋颇生雅意。想起来了,这是我在省城随手送给M君的,不曾想他真的精裱张挂于此,这不但使我有“如逢故人”之感,简直觉得是宾至如归了。

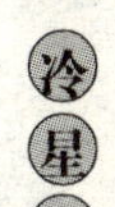

M君向里间努了努嘴,那是用胶合板顶天立地隔出的一个小库房,墙上开了一个木板小门,门边挂着一尊半圆雕,是希腊众神之王——宙斯。打开小门,里面幽黑狭小,一看就知道是库房兼暗室。洗相用的小桌、显影盘和红白灯泡,还有一台录音机和若干录音带,靠窗堆着书籍画册和捆住的行李,乱七八糟地一古脑儿堆上去,像是要下决心堆上屋顶似的。靠门处是一个打开的沙发床,床上铺着毛巾被之类。M君所谓的幽馆显然就是这里。

“我已经跟我们家里说好了,还是到家里住去!”M君说。

咿咿呀呀的小孩子们被咧着牙怪笑的大眼贼老师哄得放学了,他领着两位客人往家里走,我这才知道我因为等竺青放假来晚了些时候,M君住宅的拆迁已经开始,原先说留给我的没人住的三间房已被M君全家搬进去了。

果然如M君在省城时向我描绘的那般——这是一个幽僻的乡村式的院落。小院里种着一片菜地,葵花细脚零丁地在日光下垂着头,西红柿秧子上挂着几个瘦损不堪的青柿子,一口大缸坐落在篱笆跟前,里边放满了洗衣用的清水。窗前挂两个鸟笼,圈着一只虎皮鹦鹉和一只百灵鸟,孤独地不时地跳跃一下。一进屋是灶房,两旁便是住人的房子。

M君的夫人已经病了好几年了,至今呆在家里将养,据M君说,要不是他倾家荡产孤注一掷地找医生全力抢救,这位可怜的嫂夫人早就玉殒香消了。但无论如何,病体支离未老先衰的嫂夫人并没有因为疾病而改变她爽朗热情开通贤惠的性情,也许是正因为意识到生命已经不多了,她变得十分豁达。这种美好的妇人之德从一开始对待我们的态度上就表现出来了。上了年岁的妇人,对这一行二人本来是洞若观火、一目了然的,但她仍能依着丈夫的意志,笑脸相迎:

“早就说你们要来,怎么才来呀?收到你的信,M以为你们就出发了呢,到市里的你们几个同学那儿都找遍了,没影儿。你俩就在那屋住吧!”M君的两个孩子回来了,她向孩子们这样介绍:“这是你大爷,这是阿姨。”

午饭时,M君买了些烧饼夹肉,此地叫作对夹。还有酱和尖椒,M君喜欢吃特辣的,还有半瓶放了半年的白酒,被我一个人喝了进去。我们有了着落,心里踏实了,快乐的时光从今天开始了,我当然需要酒,需要酒来把积压过久的热情点燃,让它把我与她烧成赤红的透明的躯体吧!从今天起,我抛掉了一切忧烦,一切干扰,一切压抑和一路疲劳,去体味生命的安逸、生命的快乐、生命的自由了。

我俩果然到东屋午睡,床是横竖相对的,我多想挤到竺青的床上去,但这是夏天,这是白天,我只能望梅止渴,不敢放肆。这时我才发觉这儿不是理想的乐园,隔墙有耳,自由便受到限制。竺青当然也不很自在,于是一商议,决定还是回碧萝画室去住。她自然同意,那种心照不宣的爱欲使我俩神秘地相视而笑。

下午起来,M君已去上班,我与竺青到商场去办第一件事——买一个手提包,里面可以放她随时可用的物品。既然M君让我们随心所欲,我们很自信,今晚,不,今夜,幽暗的洞房便是我们的世界了。

朋友来访,饮至深夜。夜阑客散,只剩下我们两个。我料定竺青会依旧坚持穿着她那道袍似的睡衣睡觉。那道袍像个麻袋,从颈下一直把脚丫子包住,天衣无缝,害得人不知如何是好。今夜我先把她的睡衣藏了起来,她就合衣而卧不脱衣裳,我只好又还给她。老辈人有句话:"锁头,锁君子不锁小人。"我曾对这话提出质疑:即使抽屉不上锁,君子也不会去偷的,而小人就不见得了,所以应当说锁头是锁小人的,怎么能锁君子呢?君子还用锁吗?老人反驳道,君子见了锁,知道是不宜开看或动用的,就不动了。小人知道凡是上锁的地方都是藏有珍贵物品的所在,而这也正是他的欲望所在,一个小小的锁头怎么能挡住小人的暴力呢?故云"锁君子不锁小人"。竺青的"道袍"不过一层柔姿纱而已,真的能防范什么呢?譬如锁,只是防范君子罢了。

夜晚,我和M君应酬完毕,回到碧萝画室,拉上了高大宽阔的白窗帘。M君因为酒喝得不少,回到办公室话多了起来,还把抽屉里的影集给竺青看,殊不知竺青早已知道了他的故事,并且知道了他的黑色的七月——失恋。

八月二日,我在M君陪同下到采访地,开始做三日采访。行前把竺青安置在M君家里。

工作余暇,由友人陪同游马鞍山。山上虫唱蝶飞,草木葱茏,却诱人的归隐之想。山腰上有一新建庙宇式院落,寂静无人,我凝视着空荡的门房小屋,真想安置一床,伴山而终。只是那个玉人呢?M君说,把竺青也带来,山居便不寂寞了。人生一世,得此足矣,胜似那尘红嚣闹、斗角勾心。

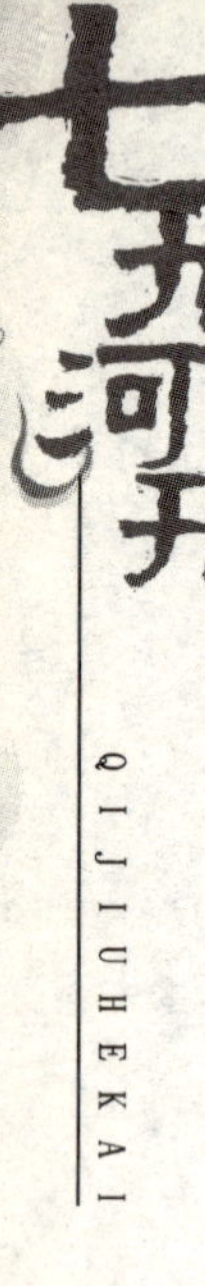

下午参观小流域,黄昏时回到驻地。一株虬枝纵横、繁花似锦的树,在院子的正中央扑散开来,宛如一把大伞,一座可汗的毡账行宫,蔚为大观。主持人说,这是合欢树。听到这个香艳的名称,我又怀念起仍在红山的小竺青,此刻她一个人孤零零地在做什么呢?她正怔怔地坐在暮色中望穿秋水,等着我的归来,等一个意外的惊喜吧!我这一生中从来没有像今天这样为花木牵情,那情调很有些古诗词的韵致,可惜我连写诗的时间都没有,空负了这份情怀。院内有古柳,高接天宇,而柳条修长,直垂地面,一直铺在地上,如同宫帷的幔帐,如同玲珑潇洒的垂帘,如同浴女披拂的长发。我惊异自然界居然真有这般美好的布置,上帝兼任了舞台美工。我坐在树畔照了一张相,觉得自己仿佛坐在合欢帐里,被天人的秀发围拢着、轻拂着,心痒丝丝的。

八月五日晨,我们回到红山。一进屋,果然那个穿白纱裙的女孩在那儿坐着,正寂寞地等我回来。M君不在眼前时,我热烈地拥抱了她。她问:"你想我吗?""想"。我问:"你想我吗?"她噘着嘴说:"天天想,想死了!"中午在M君家吃了顿午饭,他夫人欢快地烙饼,依然是辣椒蘸酱。我在里屋的桌上看上一捆中成药,写着乙肝灵,心里格登一下:"乙肝?"我觉得把竺青安置在这儿吃饭是不对的。下午我就带她回画室了。

竺青听说我带她回画室居住,高兴得什么似的。那间狭小的办公室是我们的天堂,是只属于我俩的世界。我们遗世独立,隔世而居,不会再受尘氛的干扰。我只需要她,她只需要我,此外,我们什么都可以不要。

世界是个永恒的冥顽不灵的石块,浑浑噩噩地运转着,不知走了几万亿年。在它的身上产生过多少生命,又怎样悄悄地消失,它已经记不得了,太多了,它无暇顾及。人类熙熙攘攘,各自忙着自己的事情,并不关心别人在哪里,在做什么。此刻,谁也不知道红山临街的大玻璃窗内的角落里有一间小小的洞窟,被我们称作碧萝画室,人们无论如何也想象不到这间并不起眼的小屋里所发生的美妙的故事。

只有到晚上,我们的这间碧萝画室才算清静下来。少年宫大教室空空荡荡,杳无声息,一片宁寂。夜晚真好!

把洁白的大窗帘挂上,挂得严严实实,左边用一个图钉钉上,由喧闹转为宁静的街道便与我们隔离了。日光灯的光华高高地从屋顶倾泻下来,整个画室沐浴在一片洁白素雅的氛围里。

教室的灯是黑着的。把里屋的小门关上,这个小天地就实实在在属于我俩了。长长地舒一口气,自由从肺腑里奔驰出来,在屋子的空间里恣意地驰骋翱翔,像无数生着翅膀的小精灵,光着圆乎的小身子上上下下地戏耍,两个小家伙撞在了一起,便爆出一串爽朗而惬意的笑声,我们安享这无尽的欢畅。

她给我洗衣服,洗我的汗渍与征尘,洗我的疲劳和不安,用那长流不止的清泉水,用她细密而真诚的爱。出门之后,洗衣服成了她自动去做而且乐于去做的事,我再也不因为脏衣裳而发愁了,因为有她同行,因为有她在身边。她快快乐乐地做,勤勤快快地洗,她像是梁祝里的书僮——九月或琴心,又像我的恋人,像我的妻子。名份是不值得介意的,名份是制约乡下人与小市民的骗术,我们才不在乎名份呢！许多人不懂得生命属于自己只有一次,未来——来生是不存在的,把爱埋在心里扭成异形是残酷的没有价值的。为了众人的一声称许,为了世俗意义上的道德规范,他们付出了青春与生命的代价,这是聪明呢还是愚蠢?

在人世间走过四十多个风风雨雨的年头的我,到了这个年龄才算从观念的枷锁中摆脱出来,希望找到一个活生生的自我。如今我找见了,真的找见了,找见了我失落的另一半我,这另一半我是在她的身上找到的。仿佛我是为了找她才活到今天的,她也是为了我才来到这个世上,来到我面前的。当我们相遇之后,便立即觉得世界上再没有可介意的事了。有了对方,什么都可以不顾。无论什么场合,什么环境,都可以旁若无人。在车上相偎,在街上拉手,在众人中只顾两个交谈,在中午不挂窗帘就敢于拥抱……心中只有对方,别的都不存在了。

她穿着睡衣给我洗衣裳,勤快得像个刚出阁的小媳妇。洗好的衣服晾在库房暗室的绳子上。

"你洗身上吧！"她说。

"行！"我立即脱衣服。

她到里屋去回避。其实用不着她回避,但小姑娘还是不好意思,是真的,不是装的。虽然这几天她一直是让我抱着睡的,虽然她的身体的每个部位都被我摸过,摸得她心惊肉跳,焦躁不得安宁,她也真愿让我这样摸着、抱着睡觉;但是我们毕竟还没有合二为一,没有像洞房里的新婚夫妇那样坦然。双方的心灵上都被一种观念遮掩着,不肯给对方毫无顾忌地展示一切。就是说,意识里仍是恋人,各自都没有属于对方,至少不愿意承认已完全属于对方。

我们还等什么呢?等天荒地老?待死后化蝶?既然头上没有顷刻落下的刀剑,一纸古旧得发黄的“观念”就能把我们手脚捆住么?让我们回归原始的天性吧!我在外屋的水池里擦洗完身子,推开小屋门,给她来了个赤条条,一丝不挂。如同美术学院的学生作业,完完整整地从素描纸上走了下来、走了进去,走出一位古希腊的著名雕塑大卫。男性的体魄标准而匀称地舒展开来,既不像健美运动员那剥了皮的熏兔一般凸凹怕人,也不像贫瘠的病鬼那么瘦骨支离,这是一副生得匀称的男子身材。触目惊心的是那赤者的身躯中间,赫然呈现的一片浓重墨色,被原始部落崇拜的图腾正在无数弯曲的蓬草中庄严地静穆着,像是熟睡的婴儿、酣眠的小鸟,看去没有一点邪念。这本是一副立体的素描,活动的雕像,却不料在小姑娘毫无戒备的情形下突然出现,使她触目惊心,惊叫了一声之后,竟如受了污辱似地伏在沙发床上哭了。

我这才知道,我在时空隧道的程序设置上犯了个错误,我进入了一个她没有走进或不敢走进的史前世纪。不得已,我只好重返现实。我不再指望她能同我一样裸身相向,如人类之初的亚当与夏娃一样。可恶的伊甸园的禁果,它让人懂得羞耻,从此人类便失去了淳朴和天真,失去了身体面对的机缘。

我们的碧萝画室很有点儿徐志摩《石虎胡同七号》的意味。抒情诗人何以把一个住址作为诗歌的题目,一定有他自己的原因。不管怎样,他所描述的意境却与我们眼下体验到的何其相似乃尔:

善笑的藤娘,袒酥怀任团团的柿掌绸缪,

百尺的槐翁，在微风中俯身将棠姑抱搂，
小雀儿新制的求婚艳曲，在媚唱无休——
我们的小庭院荡漾着无限温柔。

在动了情爱的诗人眼里，一切都是情爱的征兆，一切都是性爱的挑逗。我们的这个小小的王国，也在时时处处向我俩发出这样的诱惑。

一九八八年八月七日，星期日。这是我们旅行中最快乐的一天，也是我生命中最值得纪念的日子。这是由诗、歌、画、酒与爱组成的交响曲，是安逸、静谧、轻松、舒畅和热情编织而成的梦境。今天少年宫休息，不再有学生上课，不再有老师上班，M 君也必是在家中睡大觉，而我的公事和应酬也似乎该告一段落了。这样的一天，我只想一心一意地陪伴我心爱的姑娘，陪伴这个已被我冷落多日的可爱的姑娘。早晨我们慵懒地起床，我大模大样地去厕所，回来后看小姑娘洗脸梳头、化妆。她穿着粉色纱裙，露着圆圆的臂膀，对着镜子打眼影，我凑了过去。“别看！”她忸怩地说，我笑着装着走开了。洗漱之后，一起甜蜜地去吃早点，采购着对于我们来说足够丰盛的食物。今天我俩要像模像样地过一天日子。我自有朋友送的两个半瓶白酒，给竺青呢，买了一瓶香槟酒。

回到屋里，她开始画扇面。这个扇面画了好几次了，真难画完，在我的催促下，今天是务必要完成了。人物已完，竺青让我画背景的藤萝，我不管。这幅画非得她独立完成不可。我说扇子背面的题诗是我的事。她只好自己画起来。只有仕女的五官是我帮助画的，其余都由她自己来完成，很是不错。藤萝下的少女闲适地坐在藤椅上小憩，弓起的腿形成优美的造型，潇洒舒展，同时又有意无意地洋溢着情窦初开的挑逗，那慵懒的态度，微呈的酥胸和裸露的皓腕，都显示出春的惆倦与爱的渴求。她画画的时候，无所事事的我，凑过去摸她的手，她的臂，一会儿又让她站起来，我坐在椅子上把她揽在腿上抱在怀里。“这能画吗？”她嗔道。

午餐开始了，我一杯又一杯地喝着，有“红酥手”为我斟酒，有明眸皓齿投我以盈盈的眼波和美妙的笑靥，我今生居然有此幸运！我最爱看她笑着时露出的两排齐齐的牙齿，她的嘴唇很润，笑起来口形真美，像是挂历上印的

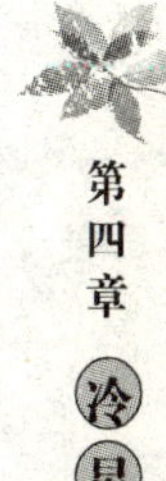

美人的嘴唇似的,很是高贵考究。所不同的只是挂历上的美人过于妖艳,带着明显的放纵挑逗;而竺青的笑,形状很美,却带着孩子的天真稚气,是纯洁的无邪的。我当然喜欢后者。妖艳的人有的是,稚气的黄花闺女却是凤毛麟角、不可多得的,竺青的可爱就在这里。这是我真诚地恋着她的惟一原因。有这样的妙人儿在身边斟酒,有这样清纯的笑声绕在耳边,有这样没有干扰的小天地属于我们自己,有这样从容的时间,从容的氛围,还有那纤纤素手画出的扇面……我沉醉了,不只是因为酒,而是人,是情,是命运。说不完的情话,双方剖白着自己的心灵,捧献着赤诚的心。我们多想永远地像这样、像今天、像此时此刻一样地生活在一起,我会像爱自己的女孩儿一样爱抚她,她会像侍奉长辈一样关怀我,双方都愿意奉献,不讲究索取,奉献便是快乐,而奉献的结果只能获得对方更慷慨更炽烈的赠予!要是能够,我一定带着她远走天涯,只要有个茅棚草舍,只要放得下一张床,我俩吃糠咽菜也觉得幸福!爱是精神的,心灵的,不是物质的,我这才认识到这个真理。这真理不管别人信不信,反正我信。

午饭后我出去办事,回来的时候,我没有直接回去,我到临街的大窗户上想看看她正做什么。她孤零零的一个人,穿着纱衫子坐在M君的桌前,好像在玩橡皮泥,桌上已经摆了许多成品,看不清捏的是什么。她很投入,一点也没注意到窗外的人。我悄悄走进大门,用钥匙不出声响地把小木屋的门打开一条缝,并不进去,听她嘴里咕哝着什么:

“这是爸爸。这是妈妈。这是新娘。迎亲的来啦,新娘该上轿啦。吹喇叭的,吹锁呐的,别一个劲地吹啦,没看见我妈都哭了吗?妈妈别哭,我还回来呢,我会回来看你的……”

声音很慢,一会儿冒出一句。她在做什么呢?我把门缝推大一些,不料这自制的三合板木框门吱扭地发出声响,她惊慌地回头一看,赶紧拉开抽屉,把橡皮泥人儿哗啦都收到了里面。

“回来也不出声,吓人一跳!”

“我听见你在屋里自言自语,你做什么呢?”

“没做什么。”她的脸绯红了。

“我都看见了,捏小人儿?”

“不对。”

我就要去开抽屉，她挡住不让，两只胳膊围住我的颈项，头斜靠在我的肩上，显得格外动情，是我们以往拥抱中所没有过的。说不清不同在哪里，但能感觉得到。

“看我给你买什么回来了，全是好吃的。”我把提兜打开，一样样地摆出来。最后打开了一包红烛。

“买红烛做什么？”

“咱们开个烛光晚会。挺有情调吧！”

她显得十分兴奋，开始摆布这些东西，脸上洋溢着无比的喜悦。黄昏来临了，我们点上蜡烛，面对面地坐着，说着，享用着，不一会儿，她又坐到我身边来了。

“能看看你捏的是什么吗？”我认真地问。

她认真地想了想，终于站起来拉开抽屉，把它们拿出来，摆好。我奇怪地问，这是什么？她说，这是耗子娶亲呀，我们老家过年的时候，我见有人捏过，我捏得不好。

“你怎么想起捏这个呢？”

“……”

“你刚才怎么不让我看呢？”

“……”

她什么也不回答，倒在了我的肩上。

红山之夜降临。薄纱般的白窗帘虽然把阔大的玻璃窗遮得严严实实，但那彻夜不熄的路灯仍把屋子映得十分清晰。我们很愿意把路灯的光理解为月光，我们享受着“月光”的温柔与静谧。沿着墙壁攀缘到屋顶又由屋顶的这端延伸到那端的文竹，缠绕在一起，像恋人交互搂抱的身体，缱绻得死去活来，在月光的映照下，它们被掩映得如同一片绿云，时隐时现，有如巫山云雨。水池里有节奏的滴水声，给静寂的小屋平添了音乐般的清冷韵致，让人想起了古代宫廷里的夜漏。这声音把平和的静夜变得生动，又把奔突的心绪化为平和。

今夜，她没再穿那件从脖子到脚都能裹住的睡衣。好像她认定了今天

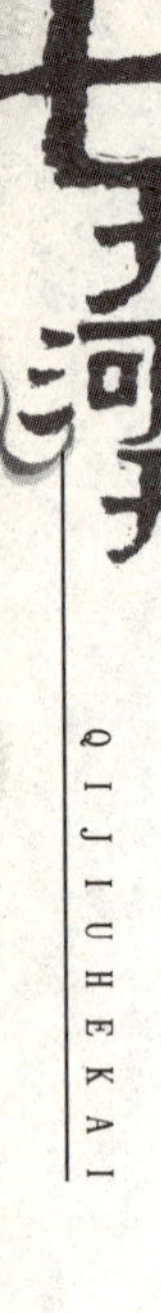

是她出嫁的日子,日子是她自己定的。没有鼓乐笙歌,没有娶亲的和送亲的。那些橡皮泥制做的小耗子们静静地立在办公桌上,只有竺青能听见它们的喧闹。月光是竺青带来的惟一的伴娘,它帮她在眼影上涂上紫罗兰,在嘴唇上涂上冷色调的玫瑰,在颈和胸上敷粉,在胯与腿上镶上银边似的轮廓光,以夸张它的优美曲线,又用蓓蕾的花色染遍了她的香肌,而后再加上柔光镜头,使她整个地埋入迷离的梦幻之中。月光仿佛也受到她的胴体美的感染,一次次地由上而下又由下而上地抚摩她,亲吻她,吻遍了她的周身,在处子特有的肤香中迷醉。

星光下,一枝白莲倒了。太阳升起来,金盏花盛满了晨曦。

我们在红山市逗留了十七天,我们舍不得这个世外桃源,但我们必需走了,我们要去竺青的老家,去看看黄金海岸——南戴河。

戴河行

抖落路上的征尘,一对流浪的鸟儿总算找到一个可供栖息的巢。昌黎,这就是我们此行要寻觅的最终的乐土,我们的快乐老家。站台上的每一条栏板上都印着这两个字,这是被这个二十岁的姑娘念叨了一年,被她的母亲念叨一辈子的她们的出生地,而此刻,我俩已实实在在地站到它的地面上了。向往,在一瞬间变为真实。

我们走出车站,站前满是卖水果的小摊,葡萄好大好大,黑亮黑亮的,仿佛童话的世界。竺青告诉我,那叫巨丰。我不但没吃过也没见过。还有桃,白里透红,水灵灵,饱满新鲜,看了让人想摸。昌黎是瓜果之乡,我听竺青说过,没想到一下车,它们就用这么璀璨的五光十色向外乡人炫耀。穿过并不宽敞而人群熙攘的街道,我们背着包,提着好几盒捆在一起的天津桂发祥麻花,去找昌黎县五金公司。竺青的表哥在那里工作。到了这地盘,竺青俨然是主人了,她给我带路,我听她指挥。

“吃饭了吗?”有人操这种标准的老坦儿口音说这句话,我俩笑了起来,待到满街是坦儿味时,我渐渐品出了一种亲切得体的人情趣味。“忒好啊!”忒,元曲中才有的古字,讲究!

中午我们已坐进了竺青表哥云良的家里。云良短粗墩实的个子,复转军人,见过世面。我们在这里住了两天,就转移到乡下竺青的姨母、云良的父亲家里。云良的妹妹白静是个从发型到身材十足男性化的少女,跟竺青很快相熟。下雨天没事可做,我们三个人躺在一盘大炕上聊天讲故事,称得上是“心无挂碍”了。

这期间我们又去了一趟叫作“崖(音‘捏’)上”的村落,去探望竺青的姨姥姥,并在那儿住了两天。

这是一个真正的河北农家院落。院墙是土坯、石块与碎砖胡乱堆砌而成的,还有些长短不一、或粗或细的木杆子疏密有致地补着空缺,高粱玉米秸子斜立着,充实着木杆子的疏漏。几根横横竖竖的杆子搭起一个有阴凉的简易马厩,从篱笆的缝隙里能看见自家绿盈盈的菜园子。院中央堆着已经晒干了的玉米棒子,黄得耀眼,女人和有闲的男人坐在小板凳上拧着玉米棒脱粒。青砖墙勾着水泥的砖缝,半人高的石头地基也勾出不规则的多边形图案,看去像是舞台上唱河北梆子用的布景。墙上挂着笼屉、秫秸盖帘,墙根蹲着水缸、敧着菜板,石板上摆着背篓。挺宽的窗台上摆着一两个锈漏底的脸盆栽种的死不了花与指甲花。一只梯子永远靠在屋檐下,蹬着它可以上到屋顶,屋顶如院落一样晒着秋收的谷物。两棵并生的椿树从秫秸侧畔扶摇而上,枝叶纷披地把房舍与院落拥抱在怀里,骄傲地炫耀着盛夏有过的繁荣。竺青很在行地向我介绍说,这就是香椿。要是你在春天来这里,能吃上新鲜的椿芽子。你在塞外吃的塑料袋装的香椿,那是咸菜,与春初现从树上摘下的嫩芽没法比,用它炒鸡蛋有股清香味儿,才叫好吃呢!

晚饭跟她乡下表兄喝了不少烧酒,颇有些醉意了,收桌时天色尚早,不便去睡。竺青善解人意地建议到房顶去纳凉。表兄也表示是个好主意。竺青抱着我的胳膊出门去。

房顶很平坦,很光洁,归拢了的农作物给我们让出了很大的空间。我们把茶壶也端上来,边喝边拉家常。多数是我这个外乡人城里人提一些无知而好奇的话题,由她表兄作答,以免去相对无言的尴尬。而本分的男主人却没有尴尬的感觉,坚持着传统的礼仪生陪着,不给我与竺青独处的时间。竺

青见我不会盘腿,坐得很累,就过来与我背靠背,以便给我些支持。男主人若是能看出些什么来,应当知趣地找个托辞下房去,但这位农家表哥太憨厚了,一定认为多心是不礼貌的,依旧坦然地陪坐着。

一轮硕大无朋的月亮蓦地从大椿树后爬上来,浑圆的大脸涨得通红。

“老师,看,红月亮!”竺青叫道。

真是红月亮,真的有红月亮,我也惊呼起来。几天前在红山M君家,他讲自己的故事时引用了一首《红月亮》的流行歌曲,我只以为“红月亮”一词是故作浪漫的情歌作者杜撰出来的,不料几天之后在这里得到了印证,我和竺青都会心地笑了。农家表哥当然不知道月亮有什么值得好笑。

红月亮从树后升到了我们面前,像一面古老的铜镜。

“镜子里是能照人的,要是把背靠背的咱俩都照进去了,此刻你爸你妈也在看这个月亮,咱俩不就漏馅啦!”

竺青听了我这浪漫的想象,笑弯了腰,差点把我闪倒。

“那咱就狡辩说,那铜镜都几千万年了,老化了,成了变形的哈哈镜,实际上我们不像你们看到的那么亲热!”她说。

“实际上比他们看到的要严重得多吧!”我小声说。

她回过臂弯来在我肋骨上狠狠拧了一把,疼得我差点叫出声来。

红月亮冉冉上升,脸上的红晕开始退潮,亮度增长,银辉遍撒开来。先前幽暗的景物渐次清晰起来。我努力地从四围搜寻着白天的记忆:那该是通向池塘的小路吧。路旁的杂草蓬蓬勃勃地簇拥着,在没有足迹的范围里喷射着最大限度的自由。池塘里有高低穿凿的水草,不知蜻蜓是否已在它们的尖顶上安眠。我们从池塘里采来的菱角已在家里煮熟下酒了,这田园情趣只在古诗词里读到过,今天却真的体验了一回。夜色中苍莽幽暗的树林远远地在那儿静默,暗地里继续它的繁衍。它们仿佛嗅到了林莽中的各类生命在秋八月求偶的气息,也便觉到了血管里的热流在奔涌,勃然昂起绿色的长发,把湿漉漉的激情撒向草丛、花朵与池塘。

其实,我什么也没有看到,别指望借助朦胧的月色能看到多远。眼睛看不到的事物却可以体察,我的背脊感触着少女的肌肤与体温,这可是此言不虚的实在。

崖下有个叫新集的地方,是个集贸市场。起了个早,在她姨表哥的带领下我们去赶集。我当时在日记中如此记载:“晨起往之,晓日如霓。时为盛暑,伊人著绛纱裙,年可二二,体态婀娜,双蕾涨满,令人不敢久视。朝阳一抹,霞裳粉面同晖,依稀眇姑射之仙鬟,足堪迷醉。”我赶紧用相机把她拍了下来。到了新集,果然一片繁荣的农家气象,地摊货架,百物杂陈,竺青去买几斤猪肉,又蹲在地上挤在二狗、三妞之间看发卡、手绢、小圆镜或牛角梳,也被我拍照下来。赶集归来,做一顿实惠丰盛的午餐,从村里的小卖店提瓶白酒,便皆大欢喜了。姨姥家的南边有两间废屋,不知是谁家的,砖瓦房,窗户俱损而窗框尚在,很像是《聊斋》里写的狐仙借住的废园。竺青陪我在那儿踟躇良久,真想打探一下废屋主人是谁,我俩收拾收拾住在里边,如陶潜般去过归隐田园的生活。我们不图荣华富贵,不想在城市的嚣尘中辛苦钻营,只要有竺青陪同,粗茶淡饭,撰写《聊斋》,也算不虚此生呢!有《沁园春》一首为证:

鸡啄疏篱,雀噪香椿,黍泛金黄。到园田栽菜,风拂菱角;新集割肉,日照霓裳。皓月东升,夜清如水,屋顶相依共纳凉。对农父,有桑麻入话,此乐未央。　　算聊斋大约在此乡。有小姑炊火,平添淳味;村头沽酒,也可飞觞。秋种黄花,春耕燕子,陌上归来踏夕阳。问姨母,有书生在此,肯赁空房?

云良的使命完成了。两天后,我们由表哥的亲友陪同游玩戴河,这是我第一次扑进大海,完成了最初的也许是最后的对海的认识和记忆。

海是如此的开阔、博大、深沉、含蓄。所有的赞美词在这个真实面前都显得空乏而不着边际。厚实的波浪涌起来,在逆光中像一块半透明的田黄或是玛瑙,至少像我所熟悉的巴林冻石,只是比它们大得多,质地纯净得多,并且生动鲜活得多。由近及远,水色由田黄转幻为紫罗兰,向群青色递近,终于融化为蓝天的色彩。只是天是轻飘的。而海是沉重的。天宇浩渺,令人想到无穷、无极与无限,想到无始无终,想到生命的短暂,想到宇宙的永恒。

我们租了两个气垫,换上泳装下水。刚一沾上水花,我们的心情便像中

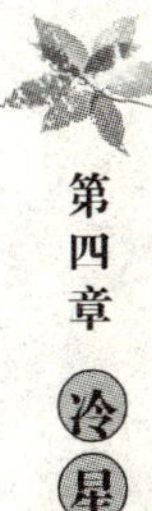

了魔法似的即刻化为欢畅,所有的烦恼荡然无存,甚至连性格都好像被谁偷换了,忘了我是谁,我多大年纪,忘记了我和谁在一起,甚至忘记了礼仪。除了游泳衣所能盖住的部位之外,大家可以说是裸身相向了。

大海这个特殊环境,让人们在不知不觉中丢开了虚伪与做作,人性复归,把自己的原本骄傲地昭示给别人,同时又坦荡地欣赏着异性。

竺青在气垫上瞎折腾,找不着平衡,几次翻身落水。我把竺青扶上气垫,自己也爬了上去,我觉得我俩在光天化日下上了床——海洋里的水床。就在我的手搭在她背上的一刻,被人拍摄下来。我声称我在B市二里半的池塘里跟别人学过游泳,我来表演一下,我憋足一口气,打算从气垫底下的此端游到彼端,我觉得已经游过去了,一抬头,头仍触在气垫的底下,等吓慌了的竺青把我拉出来时,我已经喝下两三口又咸又涩的海水了。再等一等,一个大浪击来,在竺青后背上溅起一片雪浪花,气垫上卧成美人鱼状的竺青惊叫着张大了嘴,快门及时按下,这就是我家卧室至今悬挂的竺青泳装照。临从省城出发的时候,我因知道要去海边,特意从人体摄影画册上记下许多造型构图,我让竺青在海滩上摆出这样那样的艳影瑰姿,这些照片真是太精彩了,不但记下了她永远不可能再有的姿色,也记下了我们永远无法忘记的这段恋情。我无法断定,这些美丽的照片在我们将来重新读到它的时候,是骄傲还是伤心,是庆幸还是遗憾。

如果上帝只允许我在我的一生中找出一天命名为欢乐,我会说,是的,今天!

我有点儿累,跟他们打了招呼,就独自躺在海滩上,用心灵去感受大海与天空。

噢,大海,自由的元素!

你炫耀着博大,展示着骄傲。在你无声的嘲笑中,我感到了自己的渺小。多少年来,我和红尘中的小人们混迹杂存,煞费苦心地追求着蚕茧中的生存,到处是罗网、陷阱、欺骗、黑夜的迷惘与梦魇的恐怖,被囚禁的心灵找不到一缕阳光和空气,在唤不醒的昏聩与冥顽中麻木僵死。是谁派来的这个女孩,她用天真与纯洁牵引着我,来到你的怀抱,她用她的一笑完成了对我的开悟,她用大海洗净我眼里的云翳,让我重见宇宙的清新,重新思考人生的意义。我的苏醒了的企盼,贪婪地吸吮着爱,吸吮着自由与解脱,吸吮着人生的真谛与要义。我像海鸥一样毫无遮拦地在海面上、天宇里飞翔,大口地呼吸着空灵、静穆、欢畅和永恒。

要是能把这种感觉保持到永远,该多好!

竺青在我视线中的不远处,捡拾着海浪冲击时留下的什么,那动作远望去真像个孩子,很认真,很投入。她直起腰来向我招手,我跑过去,她像捡到珠宝一样向我展示她的收获。我一看,不由得惊叹起来,岂止是孩子,连大人都会由衷地喜欢的。那是些小蟹、贝壳和海螺。小蟹虽小,一应俱全,像艺人的微雕,并且是活的,让人不可思议。我去找来一个塑料袋,把它们珍惜地装了进去。好心的竺青还往里面捧了些海水:“小螃蟹还活着呢!”

这天我写了一首词《金缕曲·黄金海岸纪游》:

涌去涛声远。伴鸥朋,飞来天外,魂销海岸。柳毅心随云缕逸,鲛人笑共波花灿。把烦忧、挥手掷芸芸,脱羁绊。　　幸许过伊甸。忘时空,归真返朴,裸身直面。小蟹喜能摸四五,芳姿恨不拍千万。谅归来,至死不相忘,海之恋。

又回到村里,家里只留下我俩和八十高龄的姥姥,还有个小儿,是个尚不懂事的孩子,我当着他的面吻一下竺青的脸颊,小孩子只是笑笑,觉得好玩,并不惊讶,不知道这意味着什么。而在有着八十年人生阅历的姥姥眼里,我们的关系是瞒不过的,虽然她并没有看见我们接吻。

“胡子又长出来了,去刮一刮。”竺青说。

她怕我显老,抑或怕我扎她,总之,这件事我是得听话的。我手拿个小圆镜在门口的亮处刮胡子,竺青走过来说:“看这儿,看这儿,我替你刮吧!”这当然好,我肃立着听任她的摆布。这么面对面地站着,我的两只手又闲着没事,不由自主地搂上她的腰。她扭动了一下,嗔怪地示意“姥姥能看见”。我消停了,静享着爱人的服务。

“你的老师真是好命的,得了学生的济呢!”竺青替我刮完胡子,我们回屋陪姥姥坐着时,姥姥说。这话在我听来,绝无讽刺意味,完全是祝福性的

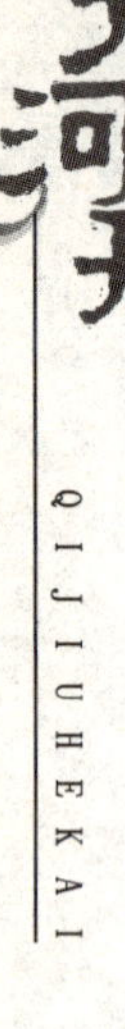

中听的好话。姥姥又嘟哝了一些什么,唐山话,我们听不太懂,有一句听清了,"老夫少妻,早晚还是别人地(的)!"我吓了一跳。倒不是因为老人家说了句再平常不过的真理,而是她何以引出这个话题。仅是因为学生给老师刮胡子这个细节吗?不,即使没有这个行为,单凭女学生带男老师回乡旅游这个举动,姥姥就能猜个八九不离十。我们自以为遮掩得很成功,究竟逃不脱老一辈的法眼。

吃完晚饭,我们说出去遛遛弯,看看大海日落。姥姥家离海边很近,走到那里一点也不觉得累。

黄昏了,落日镕金,海水荡漾着耀眼的橙黄,如同穿上晚礼服的贵妇,高傲中隐含着神秘。海波如同款动着的金丝绒,舒缓而华贵。它们在等待暮色降临,在人们看不见什么的时候进入激情的梦。

我们漫步着,她挽着我的臂,小鸟依人地靠在我身上,絮语着。我们也像海水一样在等待夜幕的遮掩吗?

黄昏的海很安静。想是白天被游人的喧嚣折腾累了,此刻总算松驰下来,缓慢地偶尔推过一个宽阔的海浪,"扑通——"散去了,像倦怠的老人的眼睛。不知不觉中,夜已来临。

"你要是在海边受孕,有可能生个龙女。"我说。

"我可不要龙女,怪吓人的!"竺青说:"别瞎说了。这么静,大海万一能听见咱们说的话呢!

"你知道张羽煮海的故事吗?龙女要是动了真情,龙王都拦不住呢?你瞧——"我指着黑沉沉的大海,"海水裂了,裂开一条路,邀咱们去做客。听说海底有一种鱼像人,叫鲛人,会哭,哭出的眼泪化成珍珠,我去要一些串起来给你当项链——"

"谢谢啦,你要是被鲛人爱上就不回来啦!那时候就该我煮海啦!"

蚊子咬了她三个大包。我心疼地替她抚摸着,揉着,她却说:"这我也愿意呀,蚊子要咬,不是咬你就是咬我,已经咬了我,就不会再咬你了。我真是太爱你了,我都弄不清因为什么?"陷入情网的少女叹息说。

我站在她的身后,把她紧紧揽在怀抱里,抚着她的胸,她的腹,一切是那么温柔,温柔得让人难受。她的头仰在我肩上,侧过脸来接受我的亲吻。

“爱是不需要理由的，”我很自信地说：“我不是说我有多么伟大，我的一生与伟大从不搭界。我是个平常人，但我向往灵魂的交合。找个女人做老婆，平平淡淡过一辈子，这我也能做到，但是没有爱情的家庭有什么意义呢？我想找个真正理解我的人，找个以我为骄傲而不单是怜悯我的人，找个红粉知己，即使她跟我一样平庸。她能用她的心灵理解我的心灵，不用解释甚至不用对话就可以沟通。双方不会挑剔对方的任何缺点。如果站在有这些缺点一方的立场上去想一想，就会弄明白这些缺点的成因，而后就完全理解了，全都可以原谅了，甚至包括错误。灵魂之交，灵魂之爱，是心照不宣的，是理解、是奉献、是知心、是知音、是共鸣、是和弦、是海誓山盟、是同生共死。它能爱到海枯石烂，即使对方背叛了爱情，自己也无怨无悔，一爱如前。”

说到这里，我好像想到什么，或者预感到什么，动情地说：“我想也没想到今生能遇到你，你这么个能赏识我理解我的人。你的心眼纯净得如蓝天、如大海、如山泉、如秋月之光、如钻石一样没有一点杂质。我是个什么？既无成就，也无财产，论年龄可以当你的父亲，我有什么资格得到你的爱、你的身体？但是我得到了。不是前世因缘，就是我们都动了真情。为了这份情，我可以抛弃一切，甚至是生命。在我的人生里，不可能再有另一个竺青了，不可能再有你这么纯洁而又贤淑的女人了。有一天，无论什么原因你离开了我，都将意味着我的生命完结。”

她害怕地慌忙转过身来，用手捂住我的嘴，可我还是挣扎着从她的指缝中把话说完，“那时候，即使我不想死，我怕我做不到啊！”

船，像破碎的船板，被海浪抛向岸边。海滩边的悬崖上有一间空了的房子，不知是做什么用的，半间屋的地基已被淘空，土墙上用白灰刷着“此墙危险”四个大字。夜的海令人不安，深沉中似乎埋藏着不测，如同命运之不可知。“咱们回去吧，我有些害怕。”竺青说。是的，我也有些害怕。

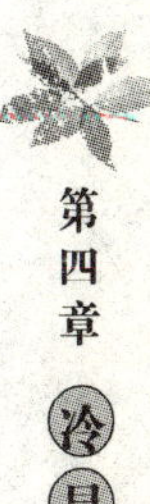

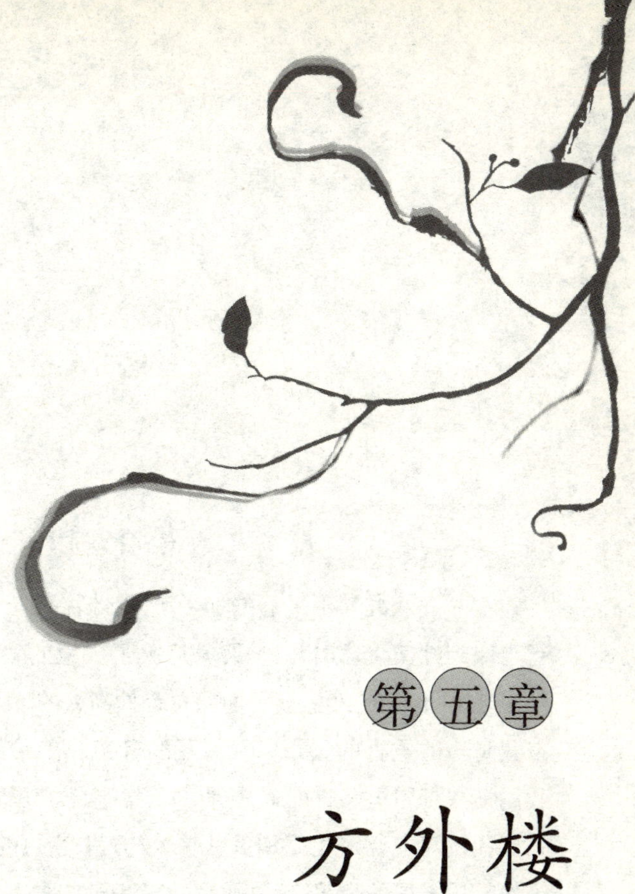

第五章

方外楼

我原想牵着你的手，与你一起涉过这物欲横流的浊水河。我不小心弄丢了你。是你松手了。

黄叶村

在一九八九年不平静的烟尘里,我带着竺青飞回H市。下了飞机,扛着行李回到她父母家时,已是万家灯火了。她的父母亲一点也没想到我们突然回来,但不管怎么说,孩子回家总是件高兴的事。第二天早上,我醒来时,睡在我身边的竺青的父亲以及另屋的母亲、弟弟都照例上班,他们放心地把我俩锁在了屋里。这时候,竺青只穿着乳罩和黑丝的三角裤衩跑到我屋来,钻到我被窝里说跟我"黏乎黏乎"(方言,亲热的意思),可把我吓坏了。这当然是乐不得的事,但我怕她父母突然回来,推她赶紧回去。刚才她一进屋的一刹那,一个浓纤得中、修短合度的女体让我惊呆了,这么匀称完美的身材,我只在人体画册和休闲时装图片上见过,而当这么个活生生的真人出现在眼前时,几乎不敢信以为真,不敢相信这就是竺青。虽然只一瞬间,这个形体让我记了一辈子。这是我记忆中她的最完美的一瞬。

京都求发展的黄粱梦云散烟空。我的所谓事业前程被命运无情地划了个句号。我万念俱灰,知道此生不可能再有作为,反倒心平气和了。我把工作关系交给了事先联系好的省文史研究馆,当了个分管业务的办公室主任,开始了百无聊赖的工作和生活。

我到文史馆的最大也是惟一的收获是弄到了一套两室无厅的楼房。我只身搬了进去,置办了一些简陋而必需的用品,开始了无拘无束的自在生活。这是件大事,我告诉了竺青,但没说清具体房号。我没打算让她这么快地出现在我的单身宿舍里,因为左右邻居都是本单位的人。

"我去你那儿看看。"她喜形于色地说。

"都还没收拾好呢！还没起伙,我每天用电炉子煮挂面。"我说。

"我跟你去煮挂面。"标准的孩子脾气,那么执拗,让人没法不感动。

"明后天吧！"我支吾道。

我正在屋里弄着什么,有人敲门,一看,居然是她——竺青。

"你怎么找来的？"我很惊讶。

"朋友告诉我的,他说了个大概位置,我问来的。"她显得很兴奋,很得意。

我知道,她真的离不开我了,哪怕是几天。就这样,我们在这套被我命名为"黄叶村"的屋子里开始了两人世界的生活。一开始,她并没有住在这里,她每天来帮我干些可干的事,后来朋友帮我做起了大案子,糊了墙,开始了书画装裱的营生,她就有理由跟家里打招呼了:"裱画很忙,晚了今天就不回来了。我在小屋睡。"小屋和大屋都有一个单人床,这话是说得过去的。

文史馆馆长孔君,是旧人员,民主党派,山东人,解放前在燕京大学学文学,喜好诗词古文,据说还写过剧本长篇。解放后在文化局当过副局长。因政治旧账坐过监狱,这倒让他躲过了"文革"揪斗的灾难。孔君为开展文史研究工作,礼贤下士,走访名流,组织起一支书画研究员队伍,又着手创建旨在创研旧体诗词的穹庐诗社,他是会长。通过他,我又认识了孙君,并在业余又多出个行当——某气功杂志副主编。我从段落删节、换标题、标字号字体、划版,一直到四封设计、题图尾花都能包揽,是个难得的专业技工,就这样,办刊生涯开始了。竺青在我身边,有许多她能做的事我都推给了她。她渐渐学会了数字、划版、配图,减轻我不少担子。几期之后版权页上就出现了美编竺青的名字,她和我一样,是在这家双月刊杂志按月领工资的人了。这一来,竺青可以向家里声称她在杂志社有了工作,忙时不回家就成了情理所然。

我的这个黄叶村因为不是一般意义上的家庭,有着所有人家都不具备的自由度,于是成了朋友聚会的文化沙龙。我对这种散淡放逸的生活很得意,有《水调歌头》为证:

栖处名黄叶,又一蒲松龄。日日神游物外,敝履视功名。朝看前村烟起,暮咏斜阳余韵,星月共为盟。夜永人无寐,听雨到天明。　　人世事,吾倦矣,

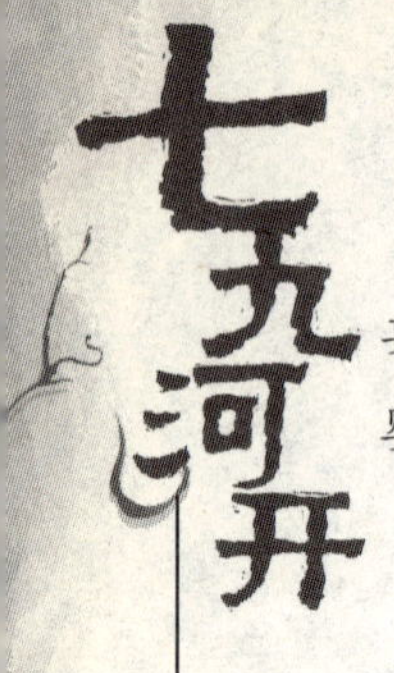

妄念平。不如一床一案,潦倒度余生。总角小鬟侍墨,狡狯狸奴解语,狐梦会婴宁。返朴归原始,生灭赖天成。

有朋友看了我的这首词,读懂了我消沉散漫的精神状态,和了一首,其词曰:

觅句凋华发,顾曲忆韶龄。一篇聊斋传世,不朽岂徒名?历尽人间坎坷,尝遍尘寰苦涩,甘与鬼狐盟!听雨吟黄叶,心上一灯明。　询庄叟,诘干宝,问屈平。由来文坛佳构,多自难中生。细研案头朱墨,好续蒲翁异史,痴笑画婴宁。小试出端绪,大器晚堪成。

我消极避世的生活志趣,不可能因为这样好心的劝勉就昂扬起来。我也曾努力过,追求过,奋斗过,但我的气质性格与时代不可能合拍,“知其不可而安之若素”,我只能返朴归真,过这般日子了。在懒散而自由的黄叶村里,我迎来了一九九一年元旦。

这是那天的日记:

在自由的游曳中,在无着落的散漫中,在不知未来的渺茫中,我孤独地在黄叶村写完一九九零年最后一页的日记,孤栖着,蓦地一九九一出现在生命中。我惶顾,那深刻地印在生命史上的一九九零已消散得了无痕迹。新一年的早晨就是在这样的静谧与冷漠中到来的,多宁静的元旦。“相见亦无事,不来忽忆君”,正想着竺青来了,是如约而来的,是她那天走时留言说的。小助手、小书僮,来了,多好!“我帮你做点儿什么?”她问。“给封底描个小狐狸,把封面色样描黑底色,做午饭。”我说。果然,一切都令人满意地出现了。“把衣服叠起来。”那是前天洗的,晾的,一转眼就整齐地归位,如同中了魔法。所有能想到的活都干完了,我们开始吃午饭,庆贺元旦。只有我俩,打开一瓶色酒,是给她的,一醉方休,小酒友。下午就这样过着,正要醉时,孙君来了,又是气功杂志的事。小书僮喝多了,躺在大屋里,给她盖上被子睡了。一会儿孙君的老伴来访,又喝了一会儿,都喝多了。竺青起来,水已烧热,她去洗澡。我带着酒意推开浴室的门,一个被惊吓了的裸女赶紧扭过身去,一看是我，才放下心来："孙老师走啦？""都走啦！"我注目着紧绷绷的青春人体，走过来要抱她，她说："你还穿着衣服呢，会弄湿的！"

这是我收到的第一个新年祝福。

竺青不是每天都能来的，她有这屋的钥匙，我不在的时候她若来过，总要给我留个字条。我把这些字条很珍爱地保留着，保留至今。"滑老师：天色已晚，我先回去，明早再来。你如醉归没吃饭，睡前冲杯牛奶。""滑老师：饭菜在锅里。请照看墙上的画，谢谢。晚安。竺青。"我也留下条子："青，你干了一天，真不容易。""没想到你今天来。""没法送你了。"读着这些纸条，好像能听见我们当时的心声。

她几乎每天都这么辛苦地来，帮我干活，到了不能再晚的时候，又大老远地骑车回去。每次我都把她送到两家的中间地带分手，有时只是送上马路，喝醉了动不了了也就不送了。有时让客人捎带送送她。小丫头从来没因为我不送表示过不满。她偶尔也在这里住，但不可能天天住，"天天忙，天天加班"就会让家里不相信了，不信任就可能因小失大，是划不来的，我们会算这个账。有一次，我喝醉了，躺在被窝里，心慌心跳，喘不过上气来，她觉得我的身子发烫，吓坏了，光着身子下地给我找药吃，吃了仍不顶用，她慌得没了主意。我也没主意，只是安慰她说，过一会儿会好的。果然，渐渐地终于平复了。第二天她回家跟妈妈描绘了我身上发烫、把她吓坏了的情景。我吃惊地说："你怎么这么傻呢？你妈要是问，他身上发烫，你怎么知道的，你该怎么回答？你这不是不打自招吗？"她嘿嘿地笑了。

她妈来过黄叶村，是我们故意邀请她来的，用意是让她看看这里的环境，满墙糊着报纸，已经复背的画，悬挂着的成品画轴、大红案子、酸浆糊味儿、满地的纸条子，我们是真的裱画。桌子上还堆着一摞摞的稿子和划版纸，我们是真办杂志。并且的确是一屋一个单人床，这是眼见为实的。

"裱画！"睡眼惺忪的竺青从午觉中爬起来，没心没肺地说上这么一句，就开始干活了。我们的日子过得挺快活，挺轻松。我们有了自己的伊甸园。

不料竺青的妈妈实地考察了这个环境之后，不但相信我们"真的干活"，也发现了这里"真的危险"。

“我们家给我介绍对象了,姓刘,比我大两岁,电缆厂的。”竺青说。

“你见了,”我心里咯噔一下,但还得故作镇静,“人怎么样?”

“怎么样不怎么样跟我有啥关系呢?”竺青坦然地笑着说。

看来她们家已经感觉到我俩要出现的可能,决定及时制止。最简单的办法是赶快给她找个婆家。她们把那个小刘领到家里,已经让竺青见了一次,前天又领来见第二次。竺青应命第二次接见小刘,并且跟他谈了话,谈话的内容是:“你不用再来了。”

“你不找小刘找谁?”文职军官气疯了。

“找滑老师。”竺青平静地说。

“两条路。一、不许找。二、找滑老师,断绝父女关系!”

竺青描绘着当时的对话情景。我听出了问题的严重性。

正月十四这天,竺青早晨来了,突击气功杂志的配图。十时许,竺青妈妈来了,面无表情,只对竺青冷冷地说了句“家里有事,回去!”她乖乖地跟上走了。中午竺青又来了,说了上面的情况。

“我不能在你这儿住了,我也不能帮你忙了,他们要把我关起来了。”竺青难过地说。

我们每人喝了一碗粥,继续配图。又是忙了一天,夜十时竺青抱上自己的被子,夹在车后回家了。

我要失去竺青了。

转日,正月十五,问题的严重性再次被证实。我正上着班,竺青的父亲找到单位来,我请了假,带他回黄叶村。我知道今天是要摊牌了,赶紧泡黄花木耳、切肉打鸡蛋,迅速炒出一大盘子木樨肉,斟酒,开谈。

“你和竺青的事,我们也有责任。我们只认为是师生,没往多了想。当然你这个人不错,有才学,有修养,人品也好,这没挑的。我们要说的就是你们年龄差距太大,我们不想高攀,只想让孩子过个正常人家的生活。再说,竺青这孩子你不了解,在家里拗劲儿一上来,九头牛都拉不动……”

“不不,没有竺青这么好的人了,温柔、善良、聪明、宽容,我去应酬饭局,把她一个人扔到办公室里,就吃包方便面……”还没说完,就被打断了。

“她,她,她一个孩子,她算什么?”老爷子脸都涨红了。

正说着,有敲门声,我慌乱地走去开门,刚开一个缝就看见是竺青,她示意我别出声,招呼让我出去。我对竺青父亲说:“您先坐会儿,有个朋友来有点儿事。”我到楼下,跟竺青走到南边平房的拐弯处,竺青慌慌张张地说:“今天上午我妈、我姐哭着劝我,让我不能找你,我们娘仨哭成了一片。就那样我也没说活话儿,我爸又来找你,我怕你们吵起来,不放心,来看看。”

“我们心平气和地谈,我们怎么能吵起来?”

“那更好。但是你可得坚持住,别改口呀!我先走啦!”

“哼,还有打小报告的!”竺青父亲知道来者是谁,事后这么说。

她开始了孤军奋战。真挚的爱情向传统宣战了,女儿开始与全家的对峙。没想到社会进入了如此文明开放的今天,还仍有这样绕不过的斗争。这是竺青早已料到并为之担心已久的。二月二十八日宣战,次日全家展开了围攻。围攻不是叫骂,是一起哭泣,这是传统武器,是被历史实践验证为行之有效的武器。而后是威胁,母亲说,我找他们单位去闹去。东北妇女是说得出做得出的,再而后呢?父亲到我这儿来。

今天,她偷着跑来看我,她伏在我的肩上,两人紧紧地抱着,一时不知该说些什么,她想哭。我感到她的胸部的温软,我觉得她是实实在在的,在我的怀里,是的,没有失去!能失去她么?

“给做点儿疙瘩汤吧?我肚子空了,我真爱吃你做的疙瘩汤!我来点火!”我说道。

炉子着了,吃完疙瘩汤,她帮我洗脏衣服。朋友来邀去看录相,她不想去,悄悄对我说:“这次见了,还不知什么时候再见呢!”于是我也不去了,我们有话说。

“我爸说,你要是找你的老师,一不要再回家了,我们想你时去看你;二不举行婚礼,你让我跟人家怎么介绍;三没有嫁妆。我姐姐说,你们老师看着像个人儿似的,没想到他诱拐少女!”

“戒指只打一个,不给我姐了,她都不支持我!”竺青临走时说。

我第一次体验到失去竺青的感觉。

走廊里又听见哗啦哗啦搬车子的声音,从楼下渐渐响上来,我的心为之一振,静听着,一会儿便是车子停伫在三楼的响动,接着是钥匙插进门孔的响动,门开了,自行车向屋里推进来。接着一探头,一抹红唇的笑,无声而神秘,是的,是她来了,这屋的小主人、女主人回来了。并且,只要车子上楼,就意味着她今晚不回去了。于是一股喜悦的热潮在我的身上涌起,我从这一刻起又可以与她共度快乐忙碌、充实直至销魂的时光了。

然而,这一次搬车子的声响没有在我家门口停下,而是上了四楼,自然也没有钥匙开启我家门的响动。是的,不可能是她,她不来了,说好的。

一切又归于死寂。

今天,我本来是要到乡下去搞书画展览的,要在那里过正月十五,看一次乡间闹元宵的红火。并且这是任务是工作,我的老馆长都再三邀我同行。并且,这是逃避眼下寂寞的最好方式:我的竺青认认真真地要回去,不再在我这儿住,不再在这儿裱画了。我们神秘而快乐的时光已尽,春节即是个分水岭,今天是复归孤独的开始。但是,我昨晚忽然决定不去了,我宁愿一人在这里咀嚼我的孤独。上午,我挣扎起来,带上一颗她临走时为我煮的咸鸡蛋,拖着空肚子到办公室。要去闹元宵的诸人乱哄哄的,我声称稿件没有弄完,是昨天喝了一天酒所耽误的,去不成了。这当然是托词,但我毕竟没有去成。中午,盖上被子好好睡一觉,把连日的疲劳一笔勾销,一觉醒来一切都是崭新的——当然包括孤独——我想。

好了,该走的终归要走掉。留恋,像一条游丝,什么也拦不住,甚至拦不住轻风。我的眼前闪出了刻在巴黎圣母院墙壁上的几个深深的字母:FATE(宿命)。

竺青已经很久没来了。春节是我们的界碑,我们的快乐时光是在庚午年及其以前。大约她家也是这样掌握的,他们给我们划定了欢乐与痛苦的界限,就像西王母在牛郎和织女之间划出一条银河一样。我们只有认命,只有听凭命运的安排,我们进入了困境。我们做好了两个月不再见面甚至绝交的准备。我决心忍受思念的痛苦和孤独的寂寞,以等待命运的转机,我不得不接受这一残忍的现实。

但是,竺青这个纯情女儿是忍受不了这么长久的离别的,那意味着五年情感的终止,怎么会呢?怎么可能呢?怎么受得了呢?

我记得今天是竺青的生日。但我知道,今年她的二十四岁生日不可能跟我一起过了。中午回黄叶村,偶然瞥见桌子上有个条儿:

滑老师:

我早上九点多来过,你不在。这几天过得怎么样,好不好?多注意身体,我也很好,别挂念。也许七号下午我还能来,等着我。别难过,一切都会好起来的。中午自己热点饭,要吃饱,为我!

你的竺青

一九九一年三月六日

真是奇迹。她居然还敢来看我!今天没见上面虽不免遗憾,但纸条上分明摆着一个希望,多么实在的希望——明日之约!我的心情一下子好转起来,脑海里全是竺青的笑靥。突然忆起来,今天是竺青生日,我却没能赠给她一片欢乐时光,而且她还来过。

第二天上午就接到竺青的电话,我出去看她。下雪了,雪花中她像以往似地站在车子旁边,穿着铁红色的新式样的呢上衣。我正开会,让她先回去。等我中午到家已经快一点钟了。到家一看,火已点着,碗已洗净,武昌鱼已经炖熟了。又是我们自己的小天地了,我开始给她过生日。她又坐在我身边。那是她的地方,她愿意挤在我身边,我给她斟啤酒,她给我斟白酒。她要吃上次剩的鲤鱼头。我们回忆起往昔的美好,又在美妙的怀旧里沉醉了,沉醉只能是一小会儿,赶不掉的难题像一把无形的绳索缠绕着我们,无论我们谈怎样的话题,最终都要归回眼下的困境中来——我们要结合了,家里全体不同意。

“你姐姐又说什么了吗?”她每天和她睡在一个床上。

“什么也不谈,他们不再提这事了。”

“晚饭你能在这儿吃吗?”

“能,下午我洗澡,再帮你收拾收拾。今天下雪了挺好。我说去同学那

儿,可以不回去吃饭。”

像从前一样,她要在我这儿洗澡。

在这种低徊的心绪下,还能创造这样一个境界让亚当与夏娃双双步入那自由欢畅的伊甸园么?多好的小姑娘,多好的心肠,多么真诚而深挚的情意!

她先洗,让我在床上休息。因为她洗得慢、细,长发是费事的。“要加凉水么?”我敲门问。水箱溢水了,我要拿拖布,拖布在浴室里,我敲门,她下地开门,唔,都看见了。

“你也洗吧!”她叫我。

我挺高兴,那么快地就脱了衣裳。她拉我站进浴盆里,两个裸体紧紧地拥抱着。细雨般的水洒在她的头上脸上和雪白的身体上,她像一枝带雨的梨花那般娇嫩、纯洁、鲜活欲滴。我惊异地看着她,从来没见过她这样的娇美,仿佛换了一个人,一个陌生人,一个水灵灵的浴女,港台电影中才有的动人镜头。所不同的是电影里的多是些艳冶女郎,而此刻温雨中的是个纯情的小姑娘,加上我们此时的特别遭遇,所以她的脸上不全是甜美,掩不住的一缕戚哀从湿发中、眼睑上、嘴角间隐隐地透出来,一幅带着不可名状的伤感美,在凄凉中决心把爱全部奉献给所爱的美。我感动极了,把她紧抱过来,她的头靠在我的肩上,整个身体实在地贴在我身上。她愿意全部给我,不可能再交付别人。

在湿淋淋的水幔中,流淌出少女的呻吟。分不清脸颊上流着的是雨水还是泪水,分不清是幸福的泪还是惜别的泪。人世间真的能有一种力量把这对情人分开?我不信!

不久,我出差走了十天。三月十九日返回黄叶村。

进门。一切安然,壁上裱满了条屏,是另一个助手W裱的还是竺青?当然是W,竺青不敢参加了,她家不让了。赶紧进里屋,见竺青留的一个条子,算算时间,我在异地孤独地写了一下午日记时,正是她来这屋的时候。

她在我这屋里写这个条子的时候,能感知我正在异地的沙发上翻来覆去的焦躁么?科学不是已经解决了千里外可以对话和对面、荧屏上能看见对方此刻正在干什么吗?可是我们这“龙的传人”至今还假定那是神话。

长久地反复地盯着这张条,也许她昨天来过,今天就不来了,那么参差错落,此次见不着她了。于是黯然伤神,没有小书僮的日子可怎么过呀！我开始归弄带来的零碎物品。忽然有钥匙开门声,心里顿时一亮,还有谁呢？果然是她,就像她听见我的心灵在呼唤一样,神奇般地来了！紧紧拥抱着这个小姑娘,是真的,真的头发,披拂着,鼓鼓的身体,也是真的,带着凉气的脸蛋儿,抚着,当然是真的,小手也是真的。噢,谢谢上帝,她来了,没有变化！

"你怎么知道我回来了？"

"阳台上的门开着！"

"能呆多长时间？"

"我得回去吃饭,出来时没跟家说。回去我就说去同学家了,酸枣和咸菜就说她哥哥出差带回来的。"

我坐在椅子上,把她抱在腿上;我坐到床上,把她抱在腿上。我们着急地对话,恨不得一口气把要说的都告诉她,把要知道的全知道。她告诉我,她来过这儿三次,有一次她妈妈看见她把北京那对景泰蓝长瓶和别的什么卷包上拿走了,知道是搬运到这儿来了,说:"看来你是铁了心了。"

"我妈恨你！"她说。

"恨我什么？"

"说你不该爱我！我妈说,我不找他要一万,也得八千！"

"八千？行,咱们给凑八千。"

"你哪来这么多钱？"

"慢慢凑呗！咱们办杂志每月二百五十块,一年就是三千,让咱们先结婚,三年还清。"

"不可能,我妈是故意出难题。"

"跟你妈说,人家滑老师还价,六千五吧！"

"我们家又不是卖孩子！"竺青笑了,知道都是玩笑话。

"我想了个主意,你看行不行。"她说:"我妈不是要面子吗？你帮我找一个年轻的,冒充我的对象,谁也行,让他跟我回家,说是外地的。他们找不去,完了就说嫁走了,送站,到B市下。我在你家呆几天,我藏上一年回来说那

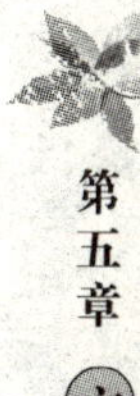

人不好,离了。我妈信命,那时我再找你就会同意了。”

多天真的孩子,撒谎编故事都带着孩子气!

“十点了,咱们躺会儿吧,你十一点走。”

她没有拒绝。我去水房时,她嘱咐把门链挂上。

我送她下楼时,才发现她来时嘴上的玫瑰色唇膏一点颜色都没了。

“你抹的口红呢?”

“还好意思问呢?都让你吃了呗!”

半年后,我因公出差。结识了特约编审谢君。

谢君原是某知名出版社的副总编辑,已然离休。几天之中,我们就很熟了,我非常敬重他。谢君是当代中国杂文界的名人,他观察事物,特别是国人政治生活中的事物,能找到超乎常人的角度,发现独到的观点,立论鲜明,论辩精辟,有极强的说服力。让人读着,不止恍然大悟,且不时地击节称快。后来,谢君专门来过H市。单位把他安排到宾馆的高间里,房价很高,他如坐针毡,听说我是“单身贵族”,坚决到我家里来住。当然他因此也了解并认识了竺青,一直称她是个奇人。天津某报曾向他约稿,他写了篇《记滑子》登在了星期日版上。下边就是那篇文章:

和滑子第一次见面是在J城。他年近五十,长相平常,只是两鬓长长的,好像不大刮胡子,其他就说不出什么印象了。时隔不久我去H市与他再次相逢时,彼此却成了朋友。

在H市,主人显然是考虑到我是个领退休金过活的人,这次去又属公事,决定公费招待我的食宿。我一算,两者每天约合六十元,自觉我的劳动不值此数,心里颇不安。住了几天,正好滑子来看我,不免露出这心病,谁知他竟立即邀我住到他家去。他说他家里有房两间,单人床两张,却只有他一个人住。房费自然免了,吃饭么,随便对付就得,“我看你也不是那种考究的人!”这倒正合我意,他的态度也极诚恳,也就乐于从命了。

到了滑子家里一看,不免暗暗吃惊。只见那间大屋里,一个红漆大案子占了大约三分之一的空间;墙壁上糊着两层麻纸。原来这是一间裱画室。

他告诉我,在自己的“狐朋狗友”中他可以称得上是个“书家”(其实他确是个书法家,H市文物局编选的《青冢藏墨》里就有他的墨宝),不免常有人来索字,于是他干脆学会了一整套装裱手艺。兴致一来,满纸龙飞凤舞,然后裱糊、复背、上墙,接下来,其乐无穷。他自己还写了一首诗来记趣,诗曰:“剪得穹庐一井天,青灯黄卷自陶然。涂鸦端赖七分裱,赏画常含半棒烟……”我开始觉得这位滑子有些怪了。

但更怪的还在后面。他告诉我,他虽一人独居(离婚),却有一个情人,而且年龄比他小得多,先是跟他学画,天长日久便萌发了爱情。接着便拿出他情人的许多照片给我看,告诉我其中的种种故事以及有情人要成眷属所遇到的阻力和困难。对着一个几乎是陌生人就如此掏心见肺,尽吐隐私的,我似乎还未见到。第二天早晨起床后,我见他还在呼呼大睡,便自个出门买了些大饼油条回来,然后我们便毫不客气地一起共进早餐。就这样,我住在他那里就如同住在自己家里一样,无拘无束,心安理得。不幸的是我忽然生起病来,于是他为我求医弄药,照顾得无微不至。在这期间,我发现他客人不少,来者多称他为老师,除本市外,也有外地来的。这些客人一来,他们便在那张大红案子铺纸蘸墨、笔走龙蛇起来,看得出他们就是滑子称之为“狐朋狗友”的一群了。有时滑子也请他们办点私事如帮我弄药,有时夜深了还求他们护送他的女友回家。我曾跟他开玩笑说:当心别让这些小伙子把你年轻的情人勾走了,他莞尔一笑,说:“请绝对放心!”

与滑子相处数日,谈话中有时感到他有一种看破红尘、消极出世的情绪,他常画菩萨像,还正在翻译《心经》。于是我不免有点忧虑,说:“你可别辜负了那姑娘的一片真情啊!”他叹了一口气:“人原本是个矛盾体,我也不知道自己将来会怎样,但决不会做任何对不起她的事。”别后,他在给我的信中说:“魏晋人佯狂,我大概也只是佯‘空’而已。”信中还附了一首《自嘲》,算是对我的答复。诗曰:“起居不必问晨昏,几盏牵牛唤梦魂。临风鸽子恒鸣哨,绕膝苍蝇亦可人。每画菩提尊者像,日书波罗蜜多文。对樽壁上龙泉剑,说到空时泪满襟。”看来他心中有着一种怀才不遇、壮志难酬的郁闷和痛苦。出世云云,只是这种心情的一种曲折反射。

最近又收到他的来信,报告喜讯,说是他与他的天使终于“钟鼓乐之,拜

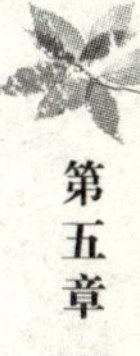

天地了”。并附来一“请柬”,柬为骈体,且写得风趣非凡。

信柬到我案前,佳期早过,我知道他寄这请柬也只是为了给我留作纪念。有情人终成眷属,又欣逢改革开放浪潮再起,为才志之士提供了大显身手的机会,我想滑子的心情当豁然欣然的吧!滑子姓滑,但并不以“子”名。不过他爱以此二字自称,姑从之。

出差的十几天里,一边忙着,一边满脑子竺青。天天想给她写信,却没有一点儿时间。归期已近,再写也收不到了,就给气功杂志的孙君拍了封电报:“太忙无信,三十一日回H市,电话……”从孙君的来话中知道竺青一切都好,倍感安心。

事即完毕,归心似箭。我想竺青或能在守候着我,下车视楼上,见我屋黑灯,大失望。上楼,正摸钥匙,竺青自二楼气喘吁吁地跑上来,叫了声“滑老师”,原来她在邻居家看电视。我们把旅行包刚搬进屋,关上门就互相抱住了。“风雨夜归人”,是古人视为最难得的情境,没有生活体验的人是品不出这一行诗句的韵致的。

“你再不回来,我就变成望夫石啦!”她冒出这么一句。

“望夫石?你怎么知道这个词儿的?”我很惊讶。

“我从书上看来的。”她有点儿不好意思,可能是因为这个词儿里有一个“夫”字;却又有点儿得意,因为我没想到她会用个词儿。她从床头拿过一本《清词百首》的小册子,翻到折了角的一页,递给我,“喏,你看吧!”这首词我没读过,我读的清诗很少,更况是词。词牌是《惜分飞》,题目是“望夫矶”,下阙是:

莓苔改尽罗衫碧,
莫道重逢不识。
但说归来得,
石头曾有能言日。

我看了注释才弄明白大意:我的罗裙染绿了山石上的苔藓,夫君啊,你若是回来,可不要说认不得我。只要有一天我听见你说“你的丈夫我回来了”,变成石头的我也会重新开口说话的!

才走了十天,我的竺青竟然担心自己要变成石头,这是怎样一种刻骨铭心的思念啊!我心里热乎乎的,有一个人在家守候着,这感觉真好!

“你要是真的变成石头,”我把她紧紧抱在怀里,说:“我就把这个石头人搬到床上,天天用体温焐她,非得把你焐过来不可!”

“哎呀,你真会说话!”她用拳头砸着我的胸脯,忽尔又温柔地伏在我的怀里,喃喃地说:“你要是真的爱我爱到那个程度,我嫁你也值了!”

我知道她今夜肯定不走了。

“把身子侧过去。”我推着她贝壳般的肩膀说,我喜欢她侧着我也侧着抱她。

她的身子弯成S型的曲线,我的一只胳膊从她的颈下穿过与另一只合抱在她的胸前,她的臀部正好卧在我的腰窝里,两个人体合成了一个完整。

“你要是当了女人,你就知道让人抱着有多舒服!”她说。

我很惊讶,这是我没想到的,并且没想过。我只想着我爱她,却忘了她也爱我,我只知道我想抱她,却忘了她也想让我抱。我真是呆得赶上《聊斋》里的“书痴”了:“不意夫妇之乐,有不可言传者。”我要是知道这能使她感到幸福,我会抱她一辈子。“我可舍不得你变成望夫石。我就这么永远抱着你,咱俩都变成化石吧!”

“那可不行!这样子变成化石,让我爸看见了,不拿大锤子把咱俩砸烂才怪呢!”

我们都大笑起来。我兴奋得一下子把她搬正,大腿搭在她的腹间,臂横在她的胸上,我的小腿无意地在她膝上摩挲了一下,她疼得喊了起来:“我的腿!”

“腿怎么啦?”我掀开被去看,膝盖上有两大片黑青,不是紫红,是黑青,那么大两片!我的心震颤了。“怎么搞的?”我问。

“我每天都想你,梦见你三四次,”她说:“我给杂志合订本画了一幅白描佛像,在这儿住过一夜,害怕极了。我在二楼邻居家看电视,她说听见汽车响,我以为你回来了,上楼太着急,卡倒了,磕在楼梯沿上,磕的!”

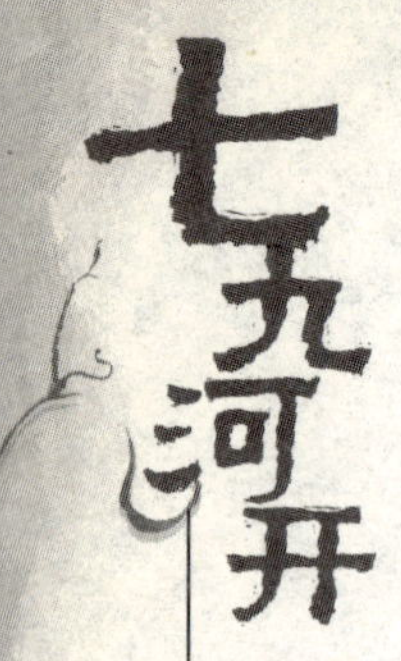

“哭了吗？”

“疼死我了，我真想哭出声来——”

“后来呢？”

“我没顾上哭，我要见你，赶快爬起来开门进屋——”她泄气地描绘道：“你不在，白摔了一跤！”

我心黯然，大受感动。就这么平实的叙述，没有任何夸饰的语言，但她那情感之真，相思之苦，是任何人也装不出来、做不出来的。为了这份爱，我可以把整个世界扔掉；为了这份爱，还有什么力量能阻挡住我们呢？

婚礼变奏曲

竺青提出的“替身新郎”的设想启发了我。我们没有别的办法了，替身倒真的不妨一试。竺青家长的拒婚理由是诚恳的，二十四岁的差距不只是个面子问题，还有个生理差距问题。这话他们跟竺青说了。竺青来问我：“什么是生理差距？”我不是医生，没法用医学术语讲解这个问题，而且也不想讲解。你能指望我向我所爱的人做思想动员工作让她离开我吗？并且竺青一个心气地爱着我，那么执着，那么炽烈，已经不是一两句理论能改变的了。而我要是失去她，等于失去了生命，我也是个热爱生命的人啊！“甘露寺”可以成为美谈，“三笑点秋香”可以传为佳话，到了我这儿就一定构成罪恶吗？为了爱，画家唐寅卖身为奴，为了爱，唐寅化名康宣，我们把这叫作善意的欺骗。无路可走的我，在竺青的鼓励下，我决定善意地铤而走险，一定要把她娶出来。

我有个朋友叫冬子，他为人仗义豪爽，是个性情中人，处世哲学是“我总让别人欠着我的”，也就是先奉献后收获的意思。虽然也是三十好几的人了，但看上去总比我更像青年人，于是决定让他出场点名，充任竺青的对象。“他在附院工作，中专生，只有母亲和一个姐姐……”竺青向家里人介绍说。“人还可以，年龄也相当，你看中了，家里没啥意见！”家里人这么说。冬子西装革履地提着“礼度”跟竺青走过几次，竺青的“婚姻”就算有了眉目。

九月二十一日，我和竺青来到婚姻登记处，我们去年办过的婚检证明已经失效，只好按人家的规定重做体检。好事多磨，我知道这事儿不可能一次顺顺当当地完成。转日,我们又去登记处抽血做体检,称明天才有结果。下午,竺青下班回来,我说今晚别回了,她说行。我洗了个澡,竺青帮我吹头发,又帮我刮脸,她穿着浴衣,像是日本女人的和服,面对面地站在我面前,有如徐志摩的诗一样,我观赏着她那“最是那一低头的温柔”。旧窗帘已经拆了,我们不敢开灯,怕外人看见。

雨淅淅沥沥地下了一夜。

早上起来的这个日子是我们应当记住的日子——一九九二年九月二十三日,尽管这个日子在数字上显得那么平凡。今天法律认可了我们,我们顺乎自然。

晨起后与竺青同去婚姻登记处。手续良多,总算一一通过。体检表,贴相片,给人发糖,按手印,填表,身份证号,婚前教育录相,买性知识书及录音带,总算把两个鲜红的贴有夫妻合影的盖有公章的结婚证领到手了。这时,竺青说:“心里乱极了!”我们等待了六年之久的今天,一旦成为现实,如同梦中,说不清什么心情!又买了两枚一盒纪念币,竺青多情,居然让打成一九九二年九月二十四日,双日吉利!一同去商店买旗袍里衬,买新娘头花,买新娘新郎胸花,回来已经一点了。

饿不饿?要不先睡会儿吧!你是我的新娘了,法律保护。

领证到手的日子不是拜天地入洞房的日子,但它给人带来的踏实感确实不同以往。悬在我们心里四年之久的石头总算落了地。她一直坚持着她等了我四年,她是从一九八八年八月七日算起的,那个日子是我们在红山碧萝画室“挫土为盟”的纪念日。而我一直声称我等了她六年,是从一九八六年她拿着画稿到冷星楼拜师时算起的。我应当说,我见到她的第一面,就被她的真纯打动了,我爱上了她。但我一直清醒地知道,这是不可能的事,婵娟是屈原的学生,她不可能嫁给屈原。我在不明确的情感中享受着温馨,也忍受着煎熬。我终于等来了她的爱,竟没料到她的爱比我还炽烈。关于这个六年和四年的官司,我们没打出个结果,没有一个人敢于裁判,没有一个人敢说,他欠你的还是你欠她的。并且因为我们各自都是心甘情愿的,我们一点都不在乎谁欠谁。

“咱们庆贺一下那个小红本子吧!”午饭后,我提议说。

她看了我一眼,抿着嘴笑了一下,脸颊上便升起两片新嫁娘才有的红晕。她知道我说的庆贺是什么意思。我们郑重其事地上床。我们睡得那么坦然,即使上帝来敲门,我也可以让竺青穿着吊带睡衣去开门,而我大模大样的光着膀子坐在被窝里向来者招手:“哈喽!”

今天我们算是合法婚姻了。其实我们在一九八八年八月七日已在碧萝画室拜月结婚了。我们应该记住两个日子,前者是真正的,后者是合法的。写首诗吧,为了上帝派来的她与上帝关爱的我:

与君谅必有前缘,一会星楼已六年。
多谢纯情恒岁月,可亲稚子忒娇憨。
心声流作床头语,好画题成壁上观。
富贵帝乡两无份,相依为命赖婵娟。

送她回家的路上,我的脑海里又浮现出南戴河海岸上我做过的那个哀婉凄楚的梦。这个梦没什么情节,却有着浓重的情调,让人断肠,让人难受。我好像走在一片毫无头绪的村落里,无规则的横横竖竖的破败庭院迷魂阵似地摆在我的面前。我是谁,我要去哪里,我去做什么?我并不了然。我好像在一家空着的农舍里见着了几个我的同学。而这几个人并不是我特别亲近的同学。我不知我这么疲惫地走着到底在寻找谁,寻找什么。我倦了,像一只大虾似地倦伏在空层的土炕上,昏然欲睡。土炕很凉,我睡得真难受。我要寻找的东西我不知道,如同西方荒诞派戏剧《等待戈多》的剧情一样。而一个正在四处寻找我的人,却被我忘了。

那个人就是竺青。她总算找见了我。她伏在上半扇吊起的农家窗棂上,终于看见了倦卧着的我,笑盈盈地对我喊道:“滑老师!”我惊醒了,惭愧地看着她,“我怎么把她忘了呢,忘了这个到处找我等我的女孩!”她知道我迷失了,却绝对不会想到我会遗弃她,这不,还是找见了!

这个奇异的梦究竟要象征什么,我始终不懂。她的天真无邪与我的悲苦命运却从此伴随着我,让我一想到她,就想到了对她的辜负,想到了歉疚的难受!我是要为歉疚付出代价吗?

我又想起了黄金海岸的夜色涛声，我们在海边拥抱着的对话，我们的海誓！那个夜晚究竟在昭示着什么，注定着什么，很不确定。但我总觉得我们的爱情里埋藏着巨大的不测，巨大的考验和异乎寻常的结局。可能就是这夏夜的海滩导致了我这个一生无法忘掉的梦：我蜷卧在冷炕上，她伏在窗棂上，而她根本不介意我的迷失，找到我，她依然一片天真，一片幼稚，一片纯情！

我们忙碌着，筹备我们的婚礼和洞房。日记里突然出现一段稚拙的笔迹，是竺青的，她写道：

快结婚了，总得准备准备吧！擦玻璃，挂窗帘，擦门窗，缝被褥……好漂亮的被子，泛着荧荧的光，还有两只相伴的鸳鸯。像大幕布的窗帘，显得华贵高雅，外边是一层像雾一样的电脑绣花的乳白纱帘，素雅，清静。小屋里，只剩下一张写字台以及两只和洞房不协调的破沙发，打扫干净倒也过得去。只是席梦思上没有一条华丽的床罩，有点儿美中不足。一切准备就绪，只等佳期来临。

舍弟听了我们用的掉包计替身法，颇不以为然，担心弄出事来。明天要娶新娘了，今晚两个朋友以男方亲戚的身份前往送礼。他们的出场很成功，她妈妈居然没认出其中的一个胖子曾在我家见过。竺青爸爸则提出了第二天让她弟弟送亲的要求。于是，竺青弟弟送亲一事便成了今晚黄叶村最熬人的问题。大家七嘴八舌，绞尽脑汁，种种办法都想过了，一旦一个人说出一种，立刻就有人找出漏洞，论证其不可行。这时候，明天就要做新娘的竺青突然骑车子跑来，也在为明天送亲一事发愁，想听听大家讨论出方案没有。

“你弟弟一进门，就让一堆人把他围在一个小雅间，不让他再出屋！”“几杯酒先把他灌醉放倒！”“接亲时让他坐另一辆车，中途一拐到另一个饭馆，搭进一两个人，就说跟新人联系不上，不知道婚礼在哪儿进行。”快到午夜时分，新娘子才心神不定回了娘家。

第二天婚礼如常举行。因是秘密结婚，只约了一些亲近朋友，总共三

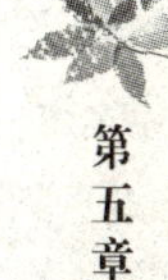

桌。娶亲的出发了,伪新郎穿着西服,别着新郎的胸花出场。我在酒楼入口有栏杆的高台阶上,新郎新娘满面春风地从车上下来。我赶紧跟“新郎”进屋换装。摄影的端盘子的瞠目结舌,一点不明白这是啥子一回事。我问竺青,怎么制止你弟弟上车的?她自得地说,我起床后就跟家里人说,别让弟弟去了,爸爸说,不就是个礼节吗,真的就能吃你多少东西?我说,我们今天不举行婚礼,接回家去,我们到外地旅行结婚!爸爸说,去看看新房认个门总也行吧!

“今天别了,”竺青说:“他要上车我就不上了!”说完,就独自出门,在外面徘徊一个多小时才回家。

就这么简单?

就这么简单!

要赖?

要赖就要赖吧!

欣喜充满在她的脸颊上,心田里,其余的是与非、小事与大事,此刻统统进不了她的心间。她的心已经没有空隙,被幸福填满了。

我和竺青站在高栏杆上说着话,听得阶下不远的对面有人在议论我们:“新郎有三十了。”他们真好眼力,一看就知道新郎生得面老。我和竺青都笑了,当然最开心的是我:三十岁,不老小喽!

今天,竺青穿的是一袭乳白色的缎面旗袍,高雅华丽而端庄。盈纤得体的旗袍塑出了她优美的身材曲线。戴着一头粉红色的小花朵,如一片山花,把她的脸衬托得无比娇艳。一个纯情的小丫头一下变成一个丰满艳丽的新人。我好像不认识她了。到各桌敬酒的时候,让我喝我就干,让我做什么节目我就做。我想做。让我亲她,我居然抱住她真的热吻起来。

“有你这么做节目的么?”客人嚷了起来:“你倒真好意思,弄得我们反倒不好意思啦!回了家,你们亲得背过气去,我们也不管啦!”大家一齐哈哈大笑起来。

没有乐队,没有主持,没有摄像,没有婚纱,没有搭礼的,是这年头最寒酸的庆典吧!可是我俩很满足,我们觉得任何一对新人都不会比我们更幸福!

总算有了这一天,这是她盼望了四年之久的!

总算有了这一天,这是我生来没敢想过的!

细瓷娃

我和竺青在结婚半年后之后,就搬进了单位分的三居室,我们有了一间画室兼裱画室了。我名之曰:方外楼,并刻匾额曰:方外楼书画。我有自知之明,自料是在仕途上找不到前程的人。于是,在朋友的帮助下,一九九三年八月二日,我正式归隐方外楼,时值壮年。

一年后我们的女儿伶伶诞生,伶伶用一颦一笑充实着我们三人一体的世界。我们很珍惜这些生活的片羽,把它们拾缀起来,编成一串花环。这一片是妈妈捡的,那一片是爸爸捡的。算不上文章,却是真实的剪影。等伶伶长成大姑娘,她会知道这礼物有多珍贵。

伶伶五个月了,五个月的伶伶迎来了属于她的第一个春天。第一缕春风生硬地从窗缝里挤进来,不经意地吻了一下风铃,风铃慌乱地发出一串清脆的呼喊。美丽而鲜嫩的朝霞,在楼檐上抹了一笔绯红,鸽哨便迅速地把立体声摆满天空。早霞正要从窗前溜过,被床上的细瓷娃的眼神拦住了,于是她穿过玻璃飘了进来,在娃的脸上抹了一下又一下,娃的脸蛋绯红了,圆嘟嘟的小嘴樱桃般地亮出了笑靥。脚丫呢,像猪蹄儿,圆乎乎的小手呢,也像猪蹄儿。伶伶你说是不?还有,谁见过瞳仁以外的眼白是蓝色的呢?啊,湛蓝如天空,如天空般高远。长长的睫毛忽闪着,遮掩得天空越加神秘。那里边是什么呢?仙女,魔杖,白雪公主与小矮人,再有就是好吃的了,要什么有什么……

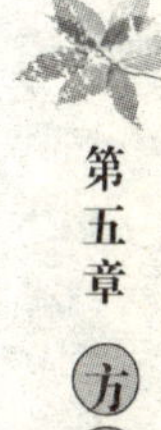

浪花跑过解冻的河床,水鸟呢喃着摇醒鹅卵石的梦。坐都不会坐的伶伶不懂得外边的风景,只能瞪着万国旗般的尿布想象着杨柳春风,在有护栏的小床上编排着小白兔与小花狗。肯定是她用什么花招贿赂了太阳公公,他给她的床上撒了一大片温暖。反正有的是时间,反正她什么事也不干,她用猪蹄般的小手把阳光拆成一条条丝线,“妈妈,用它绣一副枕巾吧,你看,线是七彩的呢!”

妈妈没有绣枕巾,为她织了一条绣花的衣裙。穿上花裙的伶伶金丝雀

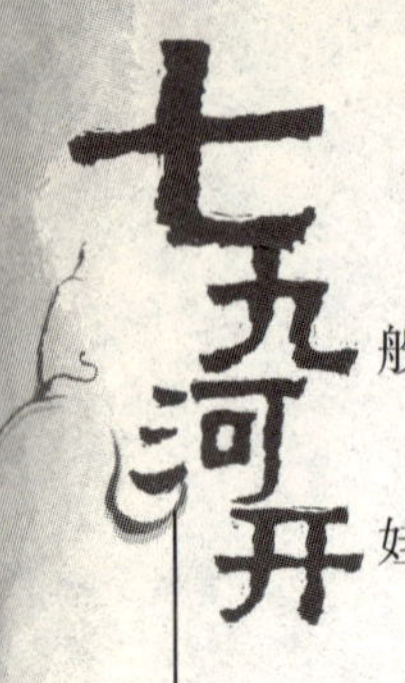

般地一个迷人的亮翅,扇破了本来属于两人世界的平静。

爸爸是个古董,盯着五个月的伶伶照片,喃喃地说,“这不是瓷儿做的娃娃吗?”并且平平仄仄地写了一首诗:

睡如满月寤如花,细刻精雕无疵瑕。
若问此囡何处买,景德镇产细瓷娃。

老友潘志成来H市,每次都住在我家,说好了,他在这里画的画都是我们的,算是食宿费。志成仍像当年一样,见了孩子就“把把喽”,后来说“把把伯伯”,伶伶就知道是潘叔叔。把把伯伯看到师兄推童车的样子很别致,给我照了一张相,我把它立在案头,每次看见,自己都觉得挺特别,挺有意思。但这意思一直很不明确。我给谢君写信自嘲说:“人家问,带孙子转转?我只好顾左右而言他,唔今天天气真好,哈哈……”不知把谢君笑成什么样子。

伶伶一岁零三月时得了肺炎,发烧住院。这么残酷的景象令人不忍目睹。往脚上扎,扎三次还找不到血管,又往前额扎,还是扎不进去,痛得伶儿又哭又喊,两只小腿又蹬又踹,我真想一脚把笨护士踢死。伶伶才一岁零三个月,就要忍受这种苦难。我真不解造物主何以把人生设计成这个样子。教徒们祈祷时总是称“仁慈的主”,我对这称谓一直有点怀疑。一到这时候我就走出门外,我脆弱得连伶伶妈都不如。好了,我不说什么了。

我只能在电话里等候伶伶妈的信息。她们回到姥姥家时,自然是扎针的苦难已经过去。我听到电话时,心里一边为她们事后感到轻松,一边为她们经受的磨难而绞痛。伶伶用电话跟我说话,她把她所会的词儿尽量使用着:“打完了,牛牛太勇敢!”“……”我的心揪得很紧,她真不如哭上一通会让我好受些。有必要让一个孩子去冒充坚强么?我赶快岔开话题问“狗狗怎么叫来的?”这是我们经常逗着玩的一个项目。立刻,听筒里传来“唔—— 汪,汪汪——”声音尖细,甚至走了调儿。我的鼻子一酸。

有一天,在我弥留之际,最后一句话一定是假装微笑着对伶伶说:“狗狗怎么叫来的,给爸爸学学!”

两岁的伶伶又瘦又小,已经能到楼下玩了。楼下的孩子们都比她大,人们看不起这么小的小人儿。“你看,可好啦！”她拿着什么东西追着让人看,人家不看。比她大的孩子跟着比她更大的孩子们玩着,伶伶穿着棉衣,脸冻得红红的,只能在一边看。不一会回来了,可怜兮兮地说:“没人跟我玩。”

我心里很不是滋味。我要是孙悟空的话,拔一撮毫毛说声变,变出一帮跟伶伶一边大的小女孩（当然也可以有小男孩）跟她一起玩,多好。

伶伶把她的大妹妹、小妹妹、小熊、大熊、小山羊们摆了一床,开始给她们上课。“同学老师好。”伶伶一鞠躬,屁股蹶起来几乎摔倒。其实老师跟学生们点点头就行了,这么隆重,有失师道尊严的。没人跟她玩,她只好来管理训斥这些十分听话的玩具了。

伶伶睡觉时总是把妹妹们摆在四周,把山羊放在被窝里。“山羊有角,顶你。”我警告她。“才不顶呢！”她说。

“爸爸,讲故事！”睡前惯例,伶伶命令道。

“把小熊给我,就讲,小熊多顺溜！能放被窝里。”

她光着腿把小熊送过来。“讲完了!”“不行,还得再讲一个,就一个。”“不讲了,我得睡了。”伶伶突然又赤着腿迈过来,把小熊拿走了。不讲故事还想要小熊?

夜里上厕所回来,我顺手把小熊拿在我的枕边。第二天一早,我说:“真奇怪,小熊怎么自己跑到这儿来了呢？”

“骗人,你拿的。”

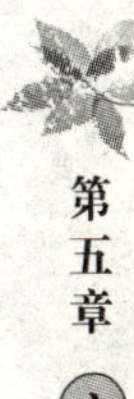

“妈妈,这小孩怎么长翅膀呢？”伶伶指着西洋画里的天使问正在忙着的妈妈。

“因为他们是天使。”

“我怎么不长翅膀呢？”

妈妈不耐烦地说:“你还小,等你长大了会长翅膀的。”

“那你怎么还不长翅膀呢？”

没法回答了。

“你昨天怎么又跑到我们中间来睡了？”

“你咋知道的？”

“我一摸小腿小脚丫儿,这么点儿。”

“你是不是想摸妈妈来的。”

“……”

一到天黑吃完晚饭就困。外国片又在九点半以后才演,除此又没什么好看的。看书的习惯已经丢了六年了,再也没培养起来。“伶伶,刷牙、洗脸、上床,我给你讲个可老长可老长的故事。”

我先躺下了,伶伶脱了衣服,故意钻到我被窝来。

“你给我焐被窝呀！你是我的热水袋？”我说。

伶伶笑了:“你还是我的热水袋呢！”把脚蹬到我背上、胳膊上,“这是热水袋,这热水袋怎么还长胳膊呢？”

我说:“给我挠挠后背。你是我的热水袋,还是痒痒挠！”

想起十年前,伶伶妈对我说过“我是你的安定片”,记不得说过没有“是你的热水袋”了。

青橄榄

有了这么个红粉知己为伴,我的确满足了。这个知己了解我的遭遇,我的心灵,我的痛苦,我的无奈;她能理解我,同情我,帮助我,赏识我,甚至把我的缺点都当成优点来欣赏。我对人生、事业、财富、功名不再存任何奢望,打心眼里觉得命运并不亏欠我什么,我有理由骄傲,不再有不平之鸣。女性的温柔可以熨平失意者心灵的褶皱,愈合受难者心灵的创伤,使干涸的心田变得滋润而有生机。不遇于时的辛稼轩要开释心灵的痛苦,计无从出,最终发出“倩何人唤取,红巾翠袖,揾英雄泪”的心声。我是个胸无大志的凡夫,原本也不大想做什么丰功伟绩,上天却赐给我这么个妙人儿,来陪我寂寥平淡的人生,我能不心存感激,能不自庆幸福么？

日子就这么平淡地过着,我们努力地从平淡中创造一些惊喜。

“又参加笔会了,看,红包！”我得意洋洋。

“给我点儿奖励！”伶伶兴奋了。

“给你。”我拿出一张百元大票。

“不行,都拿来,”伶伶一把抢过去,“妈妈,给你吧!”

“那没我的份儿啦,我白忙乎啦?”我显得愁苦与不平。

“给你爸爸留二百吧!”伶伶妈抽出了两张。

“也算行吧。”我做出无奈的样子。

竺青是很有绘画天赋的,这跟我的培养没多大关系。艺术靠灵气,靠悟性,不开这一窍,就算你白天晚上不睡觉地用功,也不可能弄出啥名堂。我只是给竺青指指路子,诸如如何练习线描,工笔花鸟构图与设色的雅俗之分,她每每心领神会,能弄清关键在哪儿。去B市在花苑书摊上看见一本《怎样画葡萄》,我说“买了”,她犹豫说“四十五元呐!”“四十五元就能会画葡萄,会画一串就能画一百串,这儿还没有画葡萄的,你是第一人。买了!”就真的买了。回来一画,第一幅就成功了。真有灵气呀!能找上竺青真是件快乐的事,我心里暗暗得意着。当然也说几句赞美鼓励的话,她就孩子般地不知天高地厚了:

“这幅葡萄,二百!那幅工笔,五百!那幅绢本工笔牡丹,少于一千,没门儿!”

不料,她的画居然真卖出去了。她参加铁路行业画展,每每都能获一二等奖,作品还能登到杂志上。省美协办的建国五十周年画展,她来不及画了,我鼓励她把十年前从北京逃回临摹著名工笔画家白铭原作的工笔花鸟《白孔雀》送去,她说:“选不上白交三十元参评费了。”

“我写幅字还卖不了三十元吗?算我给你白写了一幅字,顶住了!”不料,居然真的入选了。她以为我的同学帮了忙,他是评委,见面时感谢他“承蒙提携”时,他说:“我不知道是竺青的,以为是白铭的哪个学生画的呢,画得不赖!”

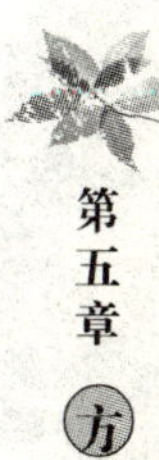

竺青在省部级参展的作品已经有五次以上,并有获奖的,够加入省美协的条件了,热心肠的朋友给她要来了入会表格,填好,报上去了。不久前,我的手机收到一则短信:“我已入会:省美术家协会会员。”我回短信:“你已是官方承认的省级画家了,向你祝贺!”

我们住在黄叶村的时候,还没有伶伶。为了带动竺青,我总是抄一首诗或词贴在厕所的门的内侧,蹲在那里没事做就念上一两遍,不几天就都背会了，再换一首。伶伶七八岁时，我们三个去散步，路上我两句两句地教她俩，告诉伶伶背会有奖励，一个字一角钱。伶伶很聪明，散步一次能背一首。“瑶草一何碧，春入武陵溪。溪上桃花无数，树上有黄鹂——”“不是树上，是花上。”“我欲穿花寻路，直入白云深处，浩气展虹霓……”这一家老小，嘴里叨咕些什么呢？路人一定纳闷儿。我们的快乐他不懂，他怎么能懂呢？

音乐绘画诗歌之类的艺术，本是种自娱性的雅好，不必也未必能涉及功利目的，但它在陶冶人的心灵性情上确实有无法代替的作用。淑女，不是用衣服来完成的，缺乏气质，一张口就会露出粗俗。雅好，可以改变一个人的情趣、作派和思想。人雅了，就容易自尊，就容易鄙弃世俗，就会自觉地与世俗拉开距离，即使过着清苦日子，也能拥有别人无法涉足的精神家园。我多想把她领进这个家园呀！

竺青的性格真好。在黄叶村的时候，我们还没有结婚，我属于“单身贵族”，许多文友、画友经常到这个自由世界来造访。来了，竺青从来没有表示过厌烦。还有些三教九流，也成为我的座上客。搬到方外楼，我改变了一下方式，来喝酒的自带酒菜，我老人家不能给你们下厨。竺青中午不回家，这就给她省了不少事。但这根本挡不住人来。来了就是大包小包一大堆，酒是整件搬的，根本不用我动手。朋友们常常从中午能喝到竺青下班。还有喝醉了不走的，吐到床上的，在地上打滚的，把衣架扶歪了的，竺青从来都是笑脸相迎。

八十翁刁老先生，常来坐坐，讲讲旧社会、旧礼仪、旧文化，他看见我的学生帮我干活，总是用欣赏的口吻说：“有事弟子服其劳，有酒食，先生用。这是很讲究的事啊！”

“听见了吗，竺青！刁老说，有活呢学生干，有好吃的呢给先生。”我开玩笑说。

刁老赶紧解释说：“不是我说的，是古人说的！”

竺青一边撇嘴，一边就真的接受这种美德。其实，这传统礼仪她早就知道，她在冷星楼跟我学画的时候，给我送笔筒，送瓷马，送含笑花，家里一做好吃的就把我请去喝酒，这都是执弟子之礼。如今真的做了我的妻子，仍旧保持着这种关系。她仍然管我叫老师，一直叫到今天。

“孩子都有啦，还叫老师？”别人开玩笑地说。

“真是的，滑老师，我该管你叫什么？”竺青傻乎乎地问我，问得很认真。

“叫老公，叫老头子，叫老滑，叫名字，叫孩儿爸，叫什么都难听，俗气。”我说：“还是照习惯吧，我真的是老师，你真的是学生呀！”

“行。我也觉得这么称呼挺好。”

“师徒如父子，你姐不是嘱咐你要听老师的话吗？继续听！”

“哼！”她撇了一下嘴，知道我想占便宜。

但她确实成了我的拐棍，成了我的小跑腿。我岁数大，凡是她能跑的，她都很乐意地去跑，让我心里充满了感激。

“下午买点儿天地杆吧，顺便开张裱画发票。”

“把这几幅画轴顺便送到新闻出版局那儿。”

“去趟画报社，我给你画了个路线图，到那儿一找就知道。”

“把这两张稿费单带上，去车站邮局取款，这是身份证。”

“买螺丝钉去！”

……

于是，“小跑腿”就颠颠地去了。

“你们老师可是得了学生的济了！”我想起秦皇岛竺青给我刮胡子时，姥姥说过的话，心里得意着，甜丝丝、美滋滋的。“她爱我，我知道。我要用我的生命呵护她，我要让她们娘俩幸福！”我心里说。

我本来是搞文学的，人们说我有才气，文笔好，我本应在我的这一长项上发展，可我知道好文笔换不来钞票。千字三十元的稿费还不如裱一幅画呢。于是我不得不把我的精力和时间多用在务实上，我想给这个家庭，不，给我的小跑腿、我的孩子做点儿实事。爱因斯坦在一次讲座中突然在一个常用公式上卡壳了。秘书说：“这可是连中学生都知道的公式呀，爱因斯坦先生！”“正因为中学生都知道，我就不用记住它了。我的价值在于发现人类还不知道的东西。”爱因斯坦这么说。

那么我呢？我丢开我的长项去做每个人都能做的裱画营生，这是我的价值么？

“是。”我沉思良久，结论说：“这是实在的价值，是与我的所爱有关的价值！我不能让她们穿着旧衣、吃着大烩菜,听我吟诵今宵酒醒何处。我这个并无成果的一生,还用得着珍惜时间吗？”

于是,我心甘情愿地做起刷浆糊、锯杆、展纸泼墨的营生来,做得挺起劲儿。

就这么,我们的书画生涯给我们带来差可自慰的欣喜。

年底了,我拿出记事本:“竺青,把字画收入加一遍！”她很愿意干这事,这事等于在数票子。

裱画、装杆、装框、覆膜、吹风、买材料、写字、画画、现场施工、开票、要账、分红……这些又忙碌又快乐的时光过去了。

此时,它们已变得有些遥远,甚至模糊了。那些时日,我们忙得很投入,记事本上的这些细目,每一条款都能唤起我们对当时场景的回忆。它们像一枚枚新鲜的青橄榄,含在嘴里虽然有些苦涩,却有一种蜜糖所不能比拟的味道。那味道很特别,很耐人寻味,很绵长悠远,如同广告词所说的“农夫山泉有点儿甜”。这有点儿甜的感觉真好。我们不可能大富大贵,这“有点儿甜”已经够让我们幸福的了。当这一切都成为过往的时候,我是多么留恋那段青橄榄的岁月哟！

大限警钟

这种日子就这么信马由缰地过着,既无方向,也不用心,算是实现了我中学时代的隐逸梦想。

我在我的圈子里过着众星捧月的生活,只要一有饭局,我必被推为上首,因为论起年龄,非我莫属。时光从指缝间溜走。二零零三年我和竺青迎来了我们的本命年——羊年。当年的美少女已是三十六岁的孩妈。“两口子羊,加个羊年,三阳开泰,大吉大利呀！”吉利话有的是词儿,可吉利话十有九是不应验的,倒是“本命年要当心”的俗例偏偏得到证实。

二月的某天的上午,刘君休假没事,到方外楼来看望我。

“您的嘴有点儿歪,”刘君是个不开玩笑的人。

“歪了吗？我看看,”我去照镜子,“我的嘴角一直就是一个高一个低,没什么吧？”

“有点儿像中风后遗症。”他继续说。

“怎么会中风呢？”我把医学的中风理解为着凉。

朋友不便再说什么。

最近以来,我写字总觉得手抖,尤其用硬笔写,像是手不听脑指挥似的。右腿也不听使唤,送伶伶上学走快了,忽然打个趔趄,几乎吃不住劲儿。竺青说:“看,缺钙了吧,喝牛奶！”

医院的朋友得知我的症状,十分警觉,“必须检查！”在朋友的压力和陪同下,我走进了诊室。接诊的大夫先量血压,高压二百。大夫吃惊地说:“你要爆炸呀！”赶紧开了单子,很快做出了脑CT。拿着片子看了半天对朋友说:“多发性脑梗。这个人的记忆要迅速丧失。对付不好,要导致脑溢血,偏瘫……先输上半个月的脉络宁,终身服药。”

石破天惊。昨天还自在潇洒的我,即刻无言。在刘君“喝顿告别酒”的提议下,认识我的好朋友都来了,就在医院旁边由我题匾的聚源酒楼上完成一次还算隆重的告别仪式。

我的生活风格整个地改变了,贴出了“因病戒酒,不参加任何饭局;因病休息,中午不留人吃饭”之类的告示。我把这消息告诉了B市的亲戚。我自知时间不多了,打算动笔写自传,用最后的时光完成一次自我一生的巡礼。

没有脑梗这病,没有大夫的恫吓之词,我料定我的自述必是遥遥无期的。错以为自己有百年之寿,不知老之将至,我的好多错事都是这么形成的。这个脑梗的棒喝让我清醒了,我不能再每天瞎哄哄了,我该从生活圈里站出一步来,向生命揖别了。我铺开稿纸、找来零星记下的往事、按纪年分类的提纲,思考着怎么落笔。可我怎么也静不下心来,有比写往事更重要的,那就是我的竺青和我的伶伶,她们该怎么办？

我不知道脑溢血会在什么时候发生。如果它来得太快该怎么办,我总得在我死之前为她们娘儿俩做点什么。我首先想到了这么三件事:一是解除婚约,给年轻的竺青以重新选择的自由和权利。二是给她画一百幅梅花,虽然顶不了大用,总也能换点钱花,聊志夫妻之恩。最后是写一份遗嘱。

想起来,惟有第三件事情最好办。有些话是不能当面说的,有些话是不能提前说的,我写这封遗嘱是假定在我死后或弥留之际,而她读这封信是假定她在我的病榻之前或死亡之后。就这么,我把它写了出来。

我的所谓遗嘱,不是要交待什么要办的事情,也不是关于财产的交割,除了几个装着用过的废宣纸的纸箱子,我还有什么可以称作“财产”的东西呢?我的遗嘱是一封诀别信,最后一次向她诉说我的爱、我的歉意和遗憾。并告诉我的女儿伶伶,我家墙上挂着的镶有我妈、我和伶伶相片的《祭母文》镜框里有十包共计一百张的百元新票,新到连号都是挨着的,那是我从卖字画的钱里抠出来的,每包都写着“伶伶留念”和日期。“这是爸爸给你的最后一次小奖励,不要花,留着它,想着我。”不知道她读到这封信,悲痛是减轻了呢,还是哭得更厉害了呢!

大限将临,该给这个家来一次大清理了。

凡是跟我有关的东西应当跟随我一起消失,只留一两件作为纪念可矣。即使你最爱的人,你把成百上千汗牛充栋的物件赠她,想让她记住你,这样做起来不但双方劳累,弄不好会适得其反、招人厌烦的。有情人的一缕青丝,值同拱璧,就是这个道理。我是个懂道理的人。

大纸箱里集中了我的所有该处理的东西:信札、手稿、刊载过我的文章的报刊、校样、剪报、美术来稿、未发的关系稿,旧照片底片……

你想想,这些杂什让你的“未亡人”和你的子女往哪儿放置?你的生活终结了,那么人家的生活呢?

我不知从哪里学来的保存信函的美德,以为将来有时间可以重新翻阅一下,怀念怀念当时的事件与情感,现在我才明白这想法有多可笑。那些有事说事、没事问候的信函实在没什么可读性。它们不具备任何文学价值与史料价值。我不好意思地把它们塞到一个小纸箱里,找个时候火化。

看着那一个个大信口袋与卷宗里的历年手稿,我犹豫了。全是我用杂志社稿纸写的,大八开,很气魄,四百字,四周有足够的可供修改补充的空白。与杂志社有关的稿子,他们都有去无回地存档待查了,与之无关的都是我给其他报刊的底稿。看着那些蚯蚓蝌蚪般的笔迹,我心里沉甸甸的:这是多少时间多少心血呀!不要说构思撰写,单是让我重抄一遍都不会再有这样的力气。其中有个信封上写着“未完稿”,是有了题目写了一半的稿子,留着还是扔了?留着想干什么,莫非还想把它补完吗?还有这个必要吗?我点燃一支香烟,坐在床上默视着它们,一则对自己勤奋的成果完成礼赞,一则对它们耗去我多少生命多少时光而深表怨尤。

我怎么还给那么多无名的小报写稿呢?这些小报小刊有的连正式刊号都没有,在上面登上一百篇能成作家吗?不过在我“上进”那年头,只要能把自己的名字变成铅字,我都干。而况还有诸朋友的盛情约稿,何乐不为呢?看着自己的生命在如此无聊中消磨,心头不免一阵酸楚。

……

就这样,我把能想到的该去做的,一件件地做着,打算有准备地告别人生。我的自传已经动笔,天天都思如泉涌地写着。在所有要办的事情中,有一件关系重大也最难办的事情是竺青和伶伶。如果我猝然谢世,竺青在悲伤过后还来得及改嫁,她今年三十六岁。如果我因脑溢血偏瘫,或因老年痴呆症成了能喘气的植物人,那她该怎么办?守着还是离开?这该是我考虑的事了。我没有权利拖累一个我用生命去爱的人,我应当自己做主,做出理智的决断。我打算就在今年跟她解除婚约,放还她一个自由身。

暮　霭

我当年的老师李嘉峨,已经是年近七十的老人了。他在B市中学教了一辈子书,培养了一届又一届的学生,可谓桃李荫浓杏坛人老。一提起“文革”,他每每不寒而栗:“六班毕业的那个学生,如果再给我来一张大字报,我就得跟着牛鬼们在操场上爬了!”难怪他感叹地说“我们的往日已不堪回首”,只能无欲无求地“忘记过去,不看现在”了。人类永世赞颂的红烛,不得不如五柳先生般发出无奈的叹息。文约意永,他的话蕴含了多少沧桑之慨呀!

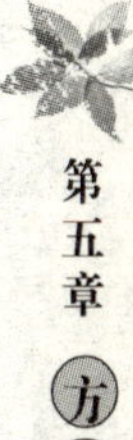

而《空中楼》里的那两位女性,又是一番更其不幸的命运,是我绝对始料不及的。陈芷清后来找了我们母校的黄老师,也是上海人,生了一个女儿乃琴。“文革”中,黄老师以特嫌罪名被造反派隔离,恰恰隔离在我当年的所谓空中楼画室里。黄老师无辜蒙冤,受不了这非人的恐怖,三天之内,在门框上自缢,给我的同学陈芷清留下一个遗腹子。芷清把儿子送到了爷爷奶奶家,辛辛苦苦地拉扯着乃琴,直到遇上一位善良忠厚的崔君,才算找到晚年的归宿。我真想拿着我的《空中楼》与芷清完成一次中学时代的回忆,别人告诉我芷清得了白内障,不可能再看书了。我一阵唏嘘,怅然良久。李老师告诉我一些罗小琼老师的情况,我才知道了她的大不幸:她已经守寡二十年了。我很震惊,立刻给退休独居的罗老师写了封信,竟让我的罗老师重新揭开二十年未能愈合的伤口,回了一封带泪的长信。我能做的只有把这封信附印在这里。

滑同学(不知该如何称呼你,姑且如此):

你好!元宵佳节,接到两封信,一封是老同学的,一封就是你的。两封信打翻了我心中的五味瓶。是感动、欣慰、悲痛还是自怜,我分不清。喜怒哀乐、酸甜苦辣,还有太多的“无可奈何”。尘封心底的往事,四十年前的,二十年前的,眼前避而不愿去想的,全都又浮上心头。我呆坐了不知多久,心中茫然一片。当我猛然惊觉时,发现眼里已汪满了泪。到底还是血肉之躯。这些年来,我本以为我已不再会哭、没有眼泪了。

都要我回信。可是,多年来我确是怕谈以往、怕想以往。那里面“雷区”实在太多了,无论欢乐还是悲伤,都会触动那永世无法愈合的伤口。对任何一件往事的回忆都会伴随着一滩政客们用以染“红顶子”的我的亲人的“血”,我无论如何都难以平静。因此,我总是小心地回避着。不是我要顽固地生活在“过去”,实在是我无法摆脱那一段刻骨铭心的情,那一段撕心裂肺般的经历。你既嘱之再三,我只得简略相告。

我们这一对双双支边的夫妻,最终以一场“莫须有”而家破人亡了。而且事情竟发生在全国大规模平反冤假错案的八十年代中期,真个是天高皇帝远、春风不度玉门关!我孤身一人跑过九个月的探监路,难以数计地奔波于公安局、法院、监狱之间。在经历了九个月的监外等待之后,生活给我的又是整三个月的无望的病床守护。我被通知接回家来的已经是一个病入膏肓的人。我只有无奈地守在病榻前,眼睁睁地看着他一天天离我、离这个尘世越远,终至不归。

四口之家剩下三口了,两个儿子尚未学成,我得既为人母又为人父。我自知没有能力挑好这副重担,但挑不好也得挑。人们多为我惋惜,中年遭遇这样的塌天之祸,但作为母亲,我本能地感到灾难下受击最惨的还不是我,而是我的孩子们。于是,我打起精神,继续着寡母幼子相依为命的坎坷岁月。今年,二零零四年,已经是第二十个年头了。

我不喜欢B市,因为它整年不是风沙漫天就是天寒地冻。这个我的第二故乡,我从南国只身来到这曾经是羌愁笛怨的地方,为它献出了青春,献出了我所能奉献的才智,甚至一生,却在我的中年无情地毁了我的家庭。但是,在我的下意识中,我又对它有着某种眷恋:熟悉的街道、房屋,那些我在寒冬深夜独自徘徊过多少次、长着浸坡荒草的土坡沙丘,甚至包括那个山脚下围着铁网的监狱。还让我眷恋的是这个城市普通百姓中深深的人情味,那些在我最坎坷、凄风苦雨的人生路上,替我鼓起勇气的相识、不相识的朋友们。我常常想念他们,想念那些在街头相遇,用默默注视给我安慰、给我温暖的眼神。这个城市,深埋着我一生的悲欢离合,在这里我尝尽了人生百味。也是在这里劫后余生的我,继续咬牙坚持着事业上的求索。虽然只有耕耘的辛勤,不敢企望有新建树,但总算可聊以自慰。

你想写我,这使我既感动又颇费踌躇。我是一个不求闻达的人,喜欢安静。多年来,我深居简出,谢绝了很多交往,甚至包括被我视为第二生命的学术活动,因为我的环境和精力都不允许。人们称我是“书呆子”,甚至说我不会生活到“只会煮糊”。其实我的生存能力还是很强的,生活早已教会了我。我又是一个极普通的中国女性。我常常自省:事业上我愧对母校,家庭中我愧对孩子,我还愧对我已死去的亲人,因为他白有了我这样一个会识字的妻子,却至今含冤九泉。总之,我想做的事一件也没有做好。至于我在生活中承受的一切,这是中国女性都会如是的。如果得到人们的某些好评的话,那是我的民族给我的。我们这一代生而不幸,适逢我们的国家人民多灾多难,我不过是和我的国家人民一同经历着这转型期的阵痛,苦尝得多了些罢。

文人的笔会生花,就像你送我的那幅画一样,实际的我,并没有你笔下的“我”那样好,实在是愧受了。你一定要写,就概略地涂写几笔吧。我信里

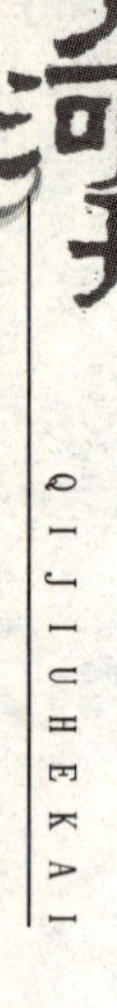

说的这些,你却没有必要写,仅供你了解我,后面的一大堆你没法写。

回忆录的特点是记实情,下面我补充告诉几点:我的出生地是四川省绵竹县一个古代兵家必争的军事要地,在那里我度过了我的童年,因为太小,除儿时的梦外,几乎没有更多的记忆,后随家迁成都。这里是历史古都、文化名城,巴蜀文化的薰陶,也许和我后来学文有关。一九五五年秋考进北京大学,就读历史系,五年后毕业,当时北大重点支援N大学,故分配来到N大历史系,一年后随整个国家形势精简下放到B九中。后又调B五中。一九八零年调到Y学院。退休后的我,闲居在家,看书、学学写字,聊以自娱。因为老家在南方,孩子们不在身边,故常年南北奔走。总之,亲人在哪里我到哪里,也借此游了不少风景名胜,算是补了我这数十年背书本生涯的欠缺,现身体、精神都尚好。

信算完成任务了。欢迎你来家一聚一叙。

罗小琼

后来我在李嘉峨老师的陪同去看望过罗小琼。她老了,当年刚毕业的女大学生的高傲与美丽踪影全无。像是电影频道在流金岁月里不时推出的老演员,掩饰不住的皱纹在眼角唇边聚扰着,和缓的语音复述着美少女时代的记忆。罗小琼既不回忆美好,也不细说苦难,只是努力地描绘她退休后的充实:“冬天了,我可以到四川老家住,可以去我长大了的孩子家住,夏天了我可以来B市住。历史学会年年让我写论文。我还练习毛笔字,你看——”我有点儿心酸。其实,她一点儿也不知道她没有描绘出充实,而只描绘出了孤独。她的三间屋都像储藏室,没有地砖,没有装修,老式书架上堆满未必翻动的书,并且每屋的桌上都立着一张照片——是她的丈夫。

我们的人生是怎么了?为什么这么无端地给好端端的人制造灾难,残忍地“把美丽毁灭给人看”?面对她们的不幸,我只能感喟万千,却一筹莫展。我爱她们,却不能帮她们做点什么,真让我愧对我的同窗与师长了。百年孤独,老来一叹,下面该我来叹息自己了。

思想家郭沫若早在一九二零年他本人还是年轻人的时候,就对生命的迷惘、衰败与消亡无奈地发出喟叹,“流不尽的眼泪,洗不净的污浊,浇不熄的情炎,荡不去的羞辱。我们这缥缈的浮生,到底要向哪儿安宿?”我们这缥缈的浮生,好像大海里的孤舟,好像是黑夜里的酣梦,酣梦里的一刹那的风烟,只剩些悲哀、烦恼、寂寥、衰败,环绕着我们活动着的死尸,贯串着我们活动着的死尸。郭沫若假想中的呼喊,该轮到我们这一茬真的这么呼喊了:

> 我们年青的时候的新鲜哪儿去了?
> 我们年青的时候的甘美哪儿去了?
> 我们年青的时候的光华哪儿去了?
> 我们年青的时候的欢爱哪儿去了?
> 一切都已去了。
> 我们也要去了,
> 悲哀呀!烦恼呀!寂寥呀!衰败呀!

噩运终于发现有一个人差点儿被漏掉。这个人已经过了十五年温馨平和有如山泉般的日子,该轮到这个人受难了。

这个人是我。

钟摆晃了

罗曼·罗兰说:“人生的钟摆永远在两极中摇摆,幸福只是其中的一极:要使钟摆停止在一极上,只能把钟摆折断。”

“希望”总能刺激人们向前。但希望一旦转成了事实,却又让人在满足之后总有些失望的感觉,觉得眼下的事实不是他们向往时所预期的那样。激动总有过去的时候,激动过去了就转为平静,平静酝酿着平淡与空虚,如果没有新的希望来填充,生活就变成一潭死水,死水若要生动起来,势必要发生意外了。

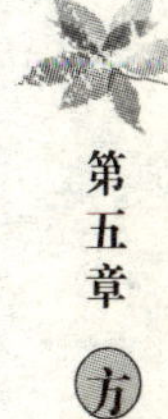

我有书籍字画这些“乐此不疲”的爱好充实着,倒也不觉得有多空虚。而女人,似乎很难找到一种“觉得时间不够用”的事情,这样,她们就在平淡中感到生活乏味了。玩具箱里的每一个物件都曾给孩子带来过新鲜的刺激和快乐,而今她没心思再摆弄它们了。这是一个可怕的征兆,但又是个无

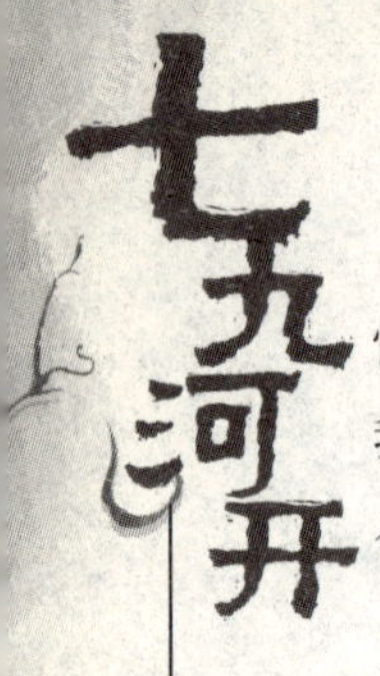

情的规律。我如果意识到这规律的无情,我就不会心如止水地享受安宁了,我会去有意识地去创造些新的内容和新的希望,可我的愚钝和懒散让我什么都没做。那么,钟摆向另一个方向晃去,就已成为必然。

一个满足于现状的人与一个新希望的追求者,在不知不觉中悄悄拉开了脚步。

尽管两个人都在努力,都在辛苦,十年过去了,这个九十平米三室无厅的家仍然没见出什么变化,依然是结婚时别人送的双人床,有几处脱皮并有一扇门掉下来无法再安上去的两件一体的衣柜。后阳台改成厨房,给走廊扩大了一点儿空间,但仍然只能叫作走廊而不是厅。吊顶时,两个人都没有经验,忘记了电源线,一旦完工才发现后阳台厨房有油烟机、壁灯、电饭煲,都没有插座,只好用明线横横竖竖地拉过去,看了让人倒胃。走廊上大小重叠的画框,鞋架上横七竖八的拖鞋,收拾不完的书本废纸,让人看了真是无奈。

就在这时,身边的时代却在悄悄发生着巨大的变化。竺青所在学校的校医,因为也爱画画,她们成了朋友。校医要搬进一百六十平米的新家,让竺青和我帮助作些字画,我们当然乐意。待一切就绪后,我们到她们家认门,这才惊讶地发现,一百六十平米意味着什么。想想我们的家,我们什么话也说不出来,甚至连叹息的力气都没有。

朋友孟君也迁新居,向我借房钱,我爽然答应说:"没问题,一个整数!"他惊讶地问多少,我说一万。他说一万哪儿够,我才知道一万不是什么惊人数字。东凑西凑,凑了两万五。看着孟君从室内楼梯上走下来的感觉,与他在楼顶平台饮酒品茗观看日落的情趣,由衷地艳羡不已。"疑是人间天上,果然世外空中——"我沉吟道。我要是有这么个居所,不啻于武陵人找到了桃花源,那可真是不虚此生啊!

我虽然故作清高,把物欲看得很淡,却六根未净,也有心动的时候。

商品楼的出现打破了旧制度的等级差别,只要有钱,平民也可以住上大房子。中央美术学院附中的老毕业生李君在省报社当美编当了一辈子,单位分给他的仅是底楼又黑又小的六十平米的一套旧房。李妻在省广播艺术团也工作了一辈子,女人家走街串户、见多识广,自然领略过不少豪宅之美,不免心生羡慕,于是在我家附近买了一套分期付款的楼房。乔迁之日,宴请宾朋,我也在应邀之列。对于此类活动,我一向不愿参加,可经不起李君盛邀,只好带着竺青、伶伶持礼前往。在大厅踱步的感觉真好。且不说大沙发可以很舒服地睡一个人,大彩电的音响共鸣击人肺腑,单是那两面白墙的距离真是让画家动心。我每次在家画八尺梅花时,总是苦于看不出大效果,退到墙根才只四米,退到室外,看不见画了。单这一点就让我向往有套带大厅的住房。老友画家潘志成买了一套一百二十平米的新宅,他说,我就是为了买这一堵墙好画大画。难道我不需要这么一堵墙吗,可现实吗?老婆孩子跟了我一辈子,我又多么想给她们带来这起码的物质幸福呀!

我动心了,决定也在这儿买套房,跟李君做邻居。

这个动意的可行性在于只要先交两万就可以住进来。而后每月扣一千二百元,扣到第十五年,房子就归我所有了。可是谁能保证我确实能活十五年呢?若是我中间作古,竺青的那点儿工资全交了也不够呀!想到这儿,就什么话也别说了。

我苦笑了一下,把歉意存进心里。

“昨晚我又忘了锁门,今早你发了那么大脾气,可你还是不声不响地帮我把电瓶车搬下去了,我心里暖乎乎的,让我感动了一天!”一点小口角后,竺青下班回来,已是多云转晴,没心没肺地主动说话了。

“就这么简单?”

“就这么简单!女人经不住两句好话,是最好哄的。我们学校的人都说,你找了你们老师,比你大那么多,他每天像哄小孩似的哄着你吧!我说,才不呢,每次闹了别扭,他一两天都转不过弯来,还得我上赶着他说话!”

“我是长辈,是老师,你是孩子,孩子得听大人的话!”我有我的理论。

“大人应该会哄孩子,你会吗?每天拉着个脸,有话闷在肚里让人猜,还不如人家那该打闹就打闹,打闹完事啥事都不往心去的日子好过呢!你看看这张报。”她拿着一张小报,指着专栏上的一篇《心中有爱,就该过有爱的日子》的文章,念道:“任何爱情都不能在沉默中活下来。对于婚姻对于家,积极的交流和表达,真的很重要。如果你对爱的表达出现了黑洞,我也无法在完美中飞翔。没有交流的生活是死的,生活死了,感情也会无所附着。

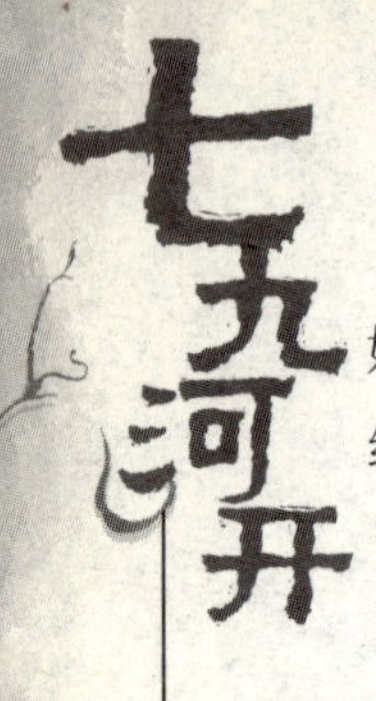

婚姻是一个不断修正、不断调谐的漫长过程,婚姻需要置身其中的人悉心经营……”

“嗯,这话说得真精辟,”我接过报纸说:“完事我得好好看一看。”

从心里我没把这事看得有多重,我不打算在研究女人心理上当专家。竺青已经是我的了,是我生命的一半,我放心地去拥有,去享用,就像享用阳光和空气,惟其如此,反倒不懂得珍惜了。人们不可能每天像天主圣徒在饭前祈祷“感谢主赐给我们食物”那样来感谢阳光和空气的。但谁也没有意识到这错误有多严重!我是一个不会把握幸福的人,等我懂得空气的重要了,一切都已不可救药。

我总觉得竺青嫁给我有些委屈,我是个结过婚的人,而她在十九岁就认识了我,并且一心地跟着我。结婚那天,我在日记里写道:“她的幸福就是我的幸福。即使有一天她的幸福变成了我的痛苦,我也将无怨无尤。”朋友们聚饮,我喝高了,就口出豪言:“我鼓励竺青找个情人,但有三个条件:一别在我认识的人中找;二别告诉我;三别带回家来。”我觉得我说的够诚恳了。她撇撇嘴说:“哼,我要是真找了,还不定把我咋样呢!”

我甩手让竺青管家管钱了。她热爱生活,不想像老一代人一样去过“缝缝补补又三年”的日子。她发狠要让这个家跟上时代,一套黄黑相间的真皮大沙发搬进屋来,耗资仅六千元。伶伶高兴地在上边睡了一夜,说是挺好,挺舒服,掉不下来。竺青把旧的、过时的和已不合身的衣服很有大将风度地处理了,“占地方,留也没用!”我心疼地张张口,却没说出什么来。

“咱俩的生活观不一样,你跟我爸妈一样,啥都有用,舍不得扔。‘穷家值万贯呀’。”她故意模拟着老人的腔调说,而后就流露出一些牢骚,“人家小C,每月都要花八百块钱买衣服呢!小Y的老公刚搬了新房,光装修和家具就花了二十万,就这个情况下还鼓励她说,衣服该买还得买呀,你都四十岁的人了,再不穿啥时候穿呢?”

我听得出这话的弦外之音。

她想买双高腰马靴。“六百元?”我惊叫了一声,停了许久,才说:“你的事你拿主意,喜欢就买呗!”她大约犹豫了几天,终于没买。

我对女人的化妆始终迷惑不解。不只是我一个人会背这两句古诗:“清水出芙蓉,天然去雕饰。”可是真心欣赏这种美的怕只有我一个人了。几乎所有的美女人、丑女人、小女人甚至老女人,都把化妆当成自己的天职,好像上帝向她们宣读过天条:做女人就得抹画。谁都明白这是一种以美为名义的性诱惑、性吸引,是以性开始又告终于性的单纯过程,但谁也不说破。这样,女人就可以坦然地去研究自身各个部位的再造工程了。

“我今天去做护理了,”竺青兴致勃勃,“那个美容师问我,你猜我多大岁数了?我看她和我的年龄差不多,她说她都四十八了,我真不敢相信。她说,你看我这鼻梁,垫的;眼皮,拉的;唇线,纹的,还有……我这才知道,现在的办法真是太多了。美容师说,你看那些歌星,一个一个都多漂亮!全是假的,做的,漂亮人儿都争着去当影星,歌唱得好的十有九不漂亮,唱红了,人为什么也越看越好看越看越受看呢?美容!懂吗?”

天呐,在这充满虚伪处处假冒的世道里,连美丽都可以造假,仿佛整个人类进入了魔幻世界,想一想让人不由得毛骨悚然。

我这个老师已不能再给她什么指导了,我的生活观与人生观在她们这“新新人类”看来已然过时,已然陈腐,她们没办法从清贫中获取幸福。她们觉醒了,不再自欺,不再用虚幻不实的所谓精神安慰自己。她们要切实地抓住每一天享受每一天,只要能做到的,她们都会去做。

你不知道被男士们称赞有气质时的那种感觉,你不知道一套时装在女伴们的眼里引起惊羡时的那种喜悦,你不知道跑了调的歌声仍能被人称赞为挺好的那种欣慰,你不懂有男士去开车门让女人从车里伸出时尚一脚的那种潇洒,你不懂有人陪同在大商店里购物的快乐。这些感觉都是真实的,是看得见摸得着的,比起你那“赊些明月权酌酒,画个佳人亦解颐”要可靠可信得多。你做不到的事情就称之为“庸俗”,跟吃不上葡萄说葡萄是酸的有何不同呢?

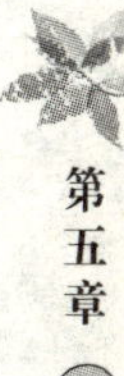

生命属于人只有一次,“多留些关爱给自己吧”,这是她们觉醒后喊出的鲜明口号,这口号表达了她们所理解的时代精神。

新潮女性从方方面面给她们提供了榜样,她们很容易也很愿意接受这些榜样的引导。她们注重自我感受和生活体认,并不寻思这些感受与体认是否正确,是否可靠。她们渴望颠覆传统,渴望摆脱一切束缚她们的意识。

她们很容易冲动,充满自信,任何新鲜的诱惑都可以把她们重塑成另一个形象。她们自叛成人世界的既定规则,她们会找到某种新的说法为自己的自私和功利做出辩解。在条件允许的时候,她们有勇气去尝试那些全新的生活方式。她们效仿那些成功者去“用青春赌明天”,只想得到什么,并不在乎有可能失去什么,即使失去了,她们甚至不知道失去的是什么,不知道失去的有多重要!

我眼睁睁地看着她偏离了我所期望的轨道,我知道我不但没有能力说服她,甚至没有资格说她,我害怕被她反指为自私。一天晚上,她参加完一个饭局回来,笑逐颜开地拿一个手机给我看。

“谁的?”我问。

“杜给的。”她说:“今天吃饭时说到手机,我说我也快有手机啦,滑老师的弟弟说给我一个。杜问什么牌子的,他听了以后说那老大个家伙早过时了,女士应当拿个精巧的漂亮的。他真的给我买了一个。”说着连盒子带发票都掏出来,呀,MOTOROLA,一千三百元。

杜是我的好朋友,画家兼企业家,他送她手机是我们之间的人情。这没什么,我会用其它方式补报的。只是——

“你要手机做什么呢?你联系业务?”我不无嘲讽地说。

“嗨呀,现在哪个女人不带个手机呀!”她说:“有手机就一定联系业务?打短信也挺好玩呢!”

后来我才知道短信在女人生活中的重要价值。

“来,给你看条信息,”她神秘地说:“看着,不断地按右下角这个键。”

是这么一条:

女子宣言:要坚决打破老公终生制,实行小白脸股份制,引入老公竞争制,推行情人合作制,实行帅哥轮流制,执行择优录取淘汰制,外加红杏出墙合法制。

我们都大笑起来,知道这是个笑话。

“笑啥?我看看。”伶伶凑了过来。

“儿童不宜。快去做作业！”妈妈说。

我也沾光地体验到手机的快乐了,这是我的第一感想。好像还有点儿此外的什么,却一时不大明确,也就懒得去费脑子了。

很久,我已经习惯于在北面的小屋里独居了,我在床边的缝纫机上写作,写到投入时可以捱到十一二点,失眠的时候可以随意在床上翻腾。好心的竺青说,两口子总分着睡不好。我觉得有理,伶伶就搬回北屋她的童话王国里去了。可我这心脏病加失眠,总怕惊扰身边的人,越是紧张越睡不着,不久就跟伶伶换了过来。可能命运是在冥冥之中安排的,我们什么都不知道,懂得了后悔,往往为时已晚。

到了我们互相需要的时候,我就邀她到我的小屋来团聚。“我知道你又逃跑了。”伶伶总是愤愤不平地对她妈说。可是有一天,我们拥在一起时,我的原始图腾却千呼万唤不醒来,我大吃一惊,这是从来没有的事。这现象延续了好一段时间。我怀疑是高血压脑梗终生服药引起的,朋友也颇为在行地说:“一是扩充血管一是收缩血管,正好相反,当然要受影响。”竺青问她们的女校医,她也说就是有影响。于是我迁怒于终生服药,并在血压不高的时候有意停停药。但这小招数跟本补救不了老之将至的年龄。

我知道,我已经成了个废人,而她才只三十六岁。

她是人,是女人,是年轻的女人,是我真心爱着的女人。应当给她享受生活的权利。我爱她,我不能把这个我爱的女人绑在我这辆破车上,耽误人家的一生。她给我的已经够多了,多到无法回报的程度,她从十九岁的妙龄陪我到今天,已经陪了十七年,她把她的青春全部压给了所爱,我有什么权利索要人家的一生。

在我心里在我口头酝酿已久的协议离婚该出台了。

我辗转反侧,折腾到午夜,悄悄地披衣起床,起草了第一份协议书。

落笔无疑是异常艰难的,每一个字都像在手刃我们的爱情。

正当我筹划以一种自认为极其悲壮的方式把竺青交出去的时候,事情的性质在潜移默化中发生了蜕变。狡狯的魔鬼躲在阴影里狞笑着,正在导演一出出人意料的悲剧,他要把美丽毁灭给人看,并且让人们、让竺青、也让魔鬼亲眼看看一个受尽折磨的痴情男子的生命极限。

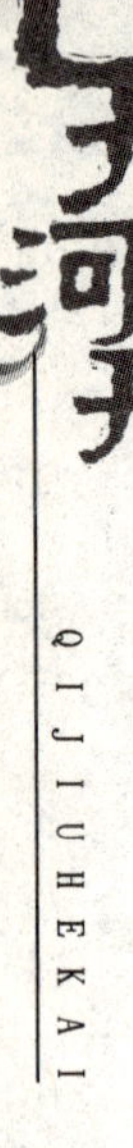

这是件很好玩的事,魔鬼说。

今年以来,竺青找到一项新的爱好——游泳。这项活动是与瘦身有关的,学起来自然是蛮有兴致。我对她的这一爱好从一开始就积极鼓励:"我年轻时学了三年都没学会,关键是不敢换气,因为不知道自己的嘴是否已经露出水面。没露出来,换气,要是呛死呢,亏大本了!"不料几次过后,竺青竟兴冲冲地告诉我,她能换气了。她每个星期四下午都要和女伴N搭伴去游,我从她们的谈吐中知道了本市所有的高档游泳馆,知道了游泳票多买可以优惠,知道我认识的几个朋友是游泳高手,知道工会可以给她们弄上不要钱的游泳票。

N和J都是竺青的女友。N年方三十七八,是大龄未婚青年。J纠正道:"应当叫大龄未孕青年。她领过结婚证,男友为了弄套房子,领了结婚证就又领离婚证。领过结婚证的就叫已婚,别的那个啥啥啥我们不管,是吧,啊?"

这些都是女性,新潮开放,说话口无遮拦,她们对竺青的生活态度影响很大。

"你游泳怎么找这么个伴儿呢?"竺青学着别人的腔调说:"你瞧她身上花里胡哨的那是怎么长的呢?白给我我也不要!你看人家竺青这皮肤——"

竺青又回复为自己的腔调,叹息说:"我身上这皮肤要是长在脸上该多好!"

"晚上的饭谁做东?"我问道。

"当然是N,"竺青说:"我给她一个包,她是还那点儿人情。"

"游泳不邀两个男士?"我开玩笑地问,其实我也真心想让她们找两个泳伴儿。

"没有哇!到哪儿找去呢?"她也假装伤感地说,其实未必不是真伤感。

这种对话挺开心,大家都变得生动了。

九月,她们的朋友圈子出现了一位男士。

这位男士是N拉进来的。她说是她的干哥哥,是和她从小一齐长大的,青梅竹马,绝对不涉及性爱,他待人真好,真像大哥哥似地体贴人、爱护人,善解人意。N失恋后,这个绝对不涉及性爱的干哥哥在游泳池出现了,在游泳后的原先只有两个人的餐桌上出现了,她们也得意地坐上他的私人轿车,享受着善解人意的亲哥哥般的呵护。

瘦身成了竺青生活的重要课题。除了生产时引起的赘肉和不可泯灭的妊娠纹之外,竺青身上几乎找不出缺点。浑圆的胳膊、浑圆的大腿、浑圆的乳房、白皙的肌肤,很像拉斐尔的《蒙娜丽莎》或安格尔的《泉》,加之我们重复多次的"鼻如悬胆,唇似樱颗"的五官,加之被她称作由我熏陶出的气质风度,加之三十六岁的年轻与长不大的娃娃相,的确是个容易招人喜欢的少妇。若是把收腹这一项美中不足解决了,不就十全十美了吗?于是她把它当成一个课题来突破。她每天早晨花将近一个小时的时间追随着汽车尾气,徒步去上班,她坚持了三个月,居然跟同事打赌赢了一双鞋。她把白菜、萝卜之类切好,到学校熬上一锅汤,用以代餐,晚上无论多好的饭,做完之后让丈夫女儿去享用,自己只喝一袋牛奶。看去让人同情。

这年头的女人不看书。世界名著是写过往世纪的事情,又冗长不堪,翻不到三页就得合上,远不如看电视来得省劲儿。电视里的节目最好的还是美国大片,要说电视快餐,莫过于晚会小品、流行歌曲、T台秀场,有的广告同样精彩,滑滑的,嫩嫩的,水水的,做女人真好……

"人家这体形咋长的呢,真是魔鬼身材呀!"竺青我见犹怜地赞叹道。

竺青的床头总放置着两三本杂志,有时伏在桌上认真地看着。我很好奇,翻翻封面,写着《瑞丽》,还有《都市女人》。国际开本,高清晰度精美图片,打开任何一页都是令人悸动的乳沟、丰臀、肚脐眼和殷红的嘴唇。想掏女人腰包的商人差不多把功夫用到了每一颗汗毛孔。

"这应当是给男人看的书呀!"我惊叹道:"女人也喜欢看奶子大腿?"

"爱美是女人的天性,"竺青说:"咱也学习学习。"

"噢,学习吧!"隔行如隔山,我不懂,不便发表看法。

竺青上班一走一天,中午在学校吃饭,看得出她很忙。我天天写我的书,写到动情时让她看我的稿子,我想与她共同怀旧,在旧日情怀里重新陶醉,我

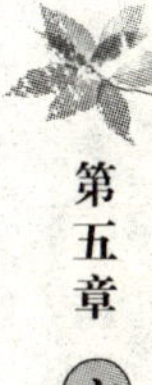

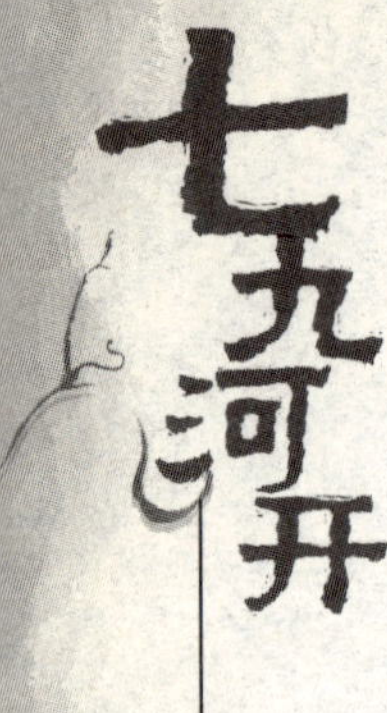

相信她肯定兴奋得拉我躺下一同读,最后她说:“我是打字员,我来打这部分!不许你给别人打!”但事实是,她浏览了一遍,放下了。

“看完了?”我问。“看完了。”她说。“怎么样?”我问。“挺好的。”她说。

还问什么呢?

女人的心是受不了空虚的,爱是她们生命的支柱,没有支柱,她们的灵魂和肉体都会崩塌。如果她们全身心曾经投入过的旧情淡化了,一定是被新的内容挤占了。新的内容是什么,只有女人自己知道。

我仍旧沉浸在旧情的回忆中,那是怎样一段绮丽婉约乃至带些凄楚的恋情,那是只有诗歌和传说中才有的爱情故事呀!我忍不住再次为之动情,为之落泪,想到为她的幸福我不得不让她离开我,歉疚之情不断地向心头涌来。是的,我想给她带来更多的幸福,我努力过,而眼下明摆着我做不到了。用什么表达我的心意呢?将我们所有的一点儿可怜的家业连同我的余生,全部奉献给她和我们共同创造的孩子。我只能做这么点儿了。于是,我又重写了一份离婚协议:

1.男方仍住原处,女方迁至学校宿舍。

2.女儿由女方抚养,根据女儿意愿可随时或长期在男方处居住,不须女方付抚养费。在女方处居住时,男方以月工资永远的一半直至全额作为抚养费。女方有权到男方单位代领工资。此款兼作委托代办书。

3. 凑足五万元,作为女儿未来学费,以大额储蓄方式交女方存管。

4. 所有首饰及二零零三年以前所藏字画归女方所有。女方有权拉走室内任何她认为有用的物品。

5.男方去世后,女方有权进入室内,料理后事,处理遗留物品,办理房屋过户手续。

竺青看了很是感动,并且在长途电话里告诉了她在大连的姐姐。她姐姐说,“滑老师这么高尚啊!那他的晚年怎么办呢?”“我给他找个老伴儿,谁能把他伺候到老,我把这套房子给她都行！”竺青的姿态不比我低,一套九十平米的楼房在女人眼里总还有点份量,她能如此爽快,真让人感到意外。我当时一点儿也不知道一套仅花了两万二千元的旧福利房,此刻在她眼里也许已是小菜一碟了。

我始终坚信,我们的感情基础是永远不可动摇的,它像她画的白孔雀踩着的大青石,坚实可靠。除了世界毁灭,没有力量能改变它,哪怕一瞬！当年她的家人为了让她改变主意,带她到南方走了一遭,劝了一路,甚至把“即使跟他如何了也别在意”的话都说了,无效。他们全家为她的事哭成一团,软禁她,威胁她,无效。娶亲的大难题又没难倒她,家里几年不承认的难题没难倒她,还有什么可以动摇得了她的呢？我周围的朋友吃喝嫖赌的啥玩意儿都有,我只做朋友,无论朋友怎么邀请,我从来没去过彼类下贱的地方。我身边向我示意的女人不是没有,我总是把她们推给竺青做朋友。竺青两个夏天带孩子去大连,我心旌不动地度过两个暑假,十分理智地完成了“为她守节”。那感觉真是高超、静穆,有如佛前的阿难迦叶。

“我绝不在她之前迈出那一步。”我总是对朋友这么说。多大的压力,多大的艰难阻碍,多绚丽的魅惑,我们都能走过来了,我们还怕什么,还担心什么？谁要挑剔我俩任何一方,另一方就会本能地站出来辩驳、抵御、反感甚至愤怒。即使在我们闹了意见的时候,都接受不了别人的同情。“我可以发牢骚,我可以诉说他（她）的不是,而你们不能,你们顺着我说,就等于恶意挑拨！”我们相信我们可以为对方承受任何委屈而保证对方不受伤害。

她很关心我的身体,总说,你比我大那么多,就说为了我和你的女儿,你也该多活一些年,等你七十岁时,伶伶已经二十了,正好你能得济！这些话让我非常感动。我该替她们娘俩多想想未来了。

这种坚贞不渝的爱情把我们自己都感动了。我们一直这么自信着。

这种自信的云翳也障住了我的眼睛,当潜在的危机出现并降临时,我一点儿也没有觉察出它的警示和发展过程。

为了扩大我们的业务,竺青从石家庄买了台裱画机。回来之后,我感觉到她已经变成了另一个人了。

此前我们闹了意见,甚至我发火了,她总是听着,至多辩解,从不出恶语,

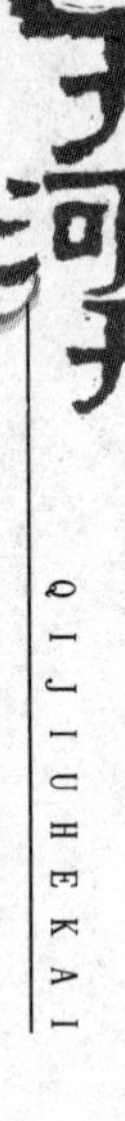

我一两天转不过劲儿来,她一会儿就烟消云散,主动找我搭话。她感到问题严重时会伏在我的腿上说:“滑老师,咱们好好过吧!”

然而这回不同了。她不再有热情,有的只是令人陌生的冷静、冷漠,既无喜也不怒,不再收拾厨房,很少在家吃饭,连以往“看这家乱成什么了”的嗔怪都没有了。我如果是个心灵设防的人,应当从她的言语和行为上听出看出些端睨。她说:“想想还是姥姥说得对,老夫少妻早晚还是别人的。”她说她的一个女友选错了对象,现在真有些后悔,她很苦闷,找了个出租车司机做情人,就是你说的把他当个工具用的那种关系,现在分手了。她说:“你别写那些往事了,有啥用?看了心里怪难受的!”这些话在我来说虽然不中听,很扫兴,而我仍然没有把它跟我们的婚姻建立一点儿联系。我压根儿没想到我们之间会出现危机。

“俗话说得对,苍蝇不叮没缝的蛋。”她说。

我仍然没想到这话暗示什么,或预兆着要发生什么,或是已经发生了什么。

我太自信了。

有一次她给她的同学打电话,一口气给我罗列了一堆不是,像是在心里预先起草好的总结:“他这个人特自私,对孩子,对谁都没有一点责任心!我去石家庄这几天,孩子连续旷了三天课,他连管都不管。生活了十多年,竟然得不到信任。他知道我对鸟毛过敏,故意把鸟放养着。活得窝窝囊囊,邋里邋遢,一点上进心都没有,像个活死人!没有一天不来人的,把个家弄成个车马大店。前几天,他有个拐了八道弯亲戚来了,这人在北京注册了个公司,他俩在我家喝酒,滑老师喝多了睡了,我跟他亲戚聊了会儿。我把滑老师那个什么‘清贫斯守’的理论讲给他听,他觉得滑老师挺好笑:‘没钱还想让人伺候,尽想美事呢!’……”

对方好像问了句什么,她回答说:“在了,他就在我身边!”

是谁这么说过:你爱他的时候,缺点都可以成为优点;你不爱他的时候,优点也会变缺点。眼光角度变了,他就不是他了。桥对河里的一片秋叶说:这么快你就离开了我!秋叶说:是你动了,变了,你不像先前那么可靠了!

春节前,我弟弟来我家小住。临走时向我透露,听竺青说,“过了春节就跟你办离婚。”

“那是我先提出来了的,我想做一个高尚的举动,还她自由!”我得意洋洋地说:“我起草的离婚协议书,那可是破釜沉舟、不给自己留一点儿后路的条款,你看看——”我就去找,没找见。

“不用看了。我看你还是实际点儿吧。”

弟弟的这句话很有点到为止、不便深说的意味。那么,他从跟竺青的谈话中听出些什么、感到些什么呢!但我仍旧坚信着,也不多问。

果然,春节刚过,一个既定的部署开始出台,坚实、有力、冷峻而沉着。恐怖的罗网对准毫无准备的心张开了,噩运降临。

悬崖菊

在我所见过的菊花品种里,悬崖菊是最有特色的。一组枝条哗地从高处斜披下来,无数朵小小的黄花挤在一起,像一个大场面的童声合唱队,发出耀眼的绚烂。无论从构图的奇俏、色彩对比的明快、造型的装饰意味上来讲,这个菊种是最入画的。当我和竺青乘飞机双双从北京逃回之后,相携观看过一次菊展,在良久地领略了婷婷团团的东篱风味之后,眼前蓦地一亮,我俩几乎同时叫出声来:悬崖菊!

这个美好的记忆连同我们的爱情一起铭刻在我们心里。她在悬崖菊下照的那张相,至今保存在相册里。

不料十数年后,这个纪念爱情的花种反过来做了我们爱情的花圈。

春节前的某天,竺青、N照例去游泳,回来得很晚。我关心地问怎么回来的,她说N的干哥哥有车,送回来的。“自己的车?”“自己的。”跟有车的人一起去游泳,这就方便多了,我挺受安慰,不用担心她深夜回家的安全问题了。“晚饭谁买单?”“她干哥。”竺青好像还解释了他买单的理由。第二天晚上两个朋友来访,我切了些熟食,准备与他们共饮。这时,门开了,竺青笑盈盈地搬进一盆花,我一看,喜出望外,正是我们十年前见过的悬崖菊,是从花店刚刚买来的,是N的干哥哥开车送来的。我让竺青招呼她干哥哥上来同饮。干哥哥总算进来,很得体地把一杯一两五的白酒一口喝了进去,而后说还有事,改日一定拜访云云,就下楼了。他还要把N的花送到N家。竺青说:“我跟着去一下。”“你赶紧回来,还得给我们炒两个热菜呢!”“噢!”

她风风火火地跑了。我们继续喝酒。不一会儿,我的小灵通响了:“滑老师,你们喝吧,N的哥哥带我们出去吃,我赶不回去了。”“噢,你……”我当着客人不便再说什么。

“昨天刚吃了人家的请,今天又吃?”夜晚,我借着酒劲儿发泄着:“你没吃过饭?人家给N拉花,有你的啥事儿,用得着你跟车吗?你明明看见家里来人了,而且是重要的客人,能放下就走?用得着这么心红吗?”

她只是听着,一言不发。后来她告诉我,是我的羞辱性的言词给她起了推动作用。悬崖菊带来的噩运由此开始进行。

我到现在也不相信,如果没有那段言词,事情会是另外一种样子。

这是我一生中见过的本书另一主人公的惟一一面。

有一天我收拾屋子,在门口的衣架上看见一本十六开的书,估计是课本讲义之类,拿起来准备放到书架上去,扫了一眼书名,竟是《机动车驾驶与维修》。我很纳闷:这种书怎么会出现在我家里呢?

“你的书?”我问竺青。

她好像有些慌乱。其实她完全可以说成是同事托她带回学校的,但她不会撒谎,总算迅速地做出了应急反应:“我想学会了以后再告诉你,给你来个惊喜,没想到让你发现了。”

“你——学开车?”我真是丈二和尚摸不着头脑。

“驾校租我们学校操场教驾驶,学员学费每人两千四百元,我是本校的,只收两千三百元,上着班就能学。我想捎带着学会,多一门技术呗!”

“你开车?就你那反应能力,你开车?那可不是闹着玩的呀!再说,就算你学会了,车在哪儿呢?你想改行当司机?”

我这才明白裱画机为什么一买回来就变成废铁了。

我对我们的爱情的坚信,整个地把我的眼睛和心灵封闭了。

早晨竺青又早早步行去学校学车,她走的时候,天蒙蒙亮,窗外的楼蒙着一层恐怖的惨白,是我在梦中见到的坟场的黎明,那光线很特别,不是黑夜不是白天,黑夜或者白天都很平静,很正常,惟独这黎明前的惨白,有种说不出的感觉,如同月球火星的地面,是一种无影的恐怖之光,又如夜战中的埋伏兵突然被照明弹照亮,潜伏的危险终于昭示在面前。今晚我得嘱咐她,一个女人不要这么早出门,我不放心。

伶伶今天不补课睡足了懒觉。下午,我跟伶伶商量让她去童话王国的小屋睡,让我和妈妈天天团聚,她犹豫不决。我说,我们要分手要离婚了,她说:“不行,大人离婚孩子说了算,我有办法把她搞定,我说不离就不能离。”多天真的孩子!她轻信了“宝宝”的称谓,把自己看得太重了,以为她最亲爱的人一定能把她的话、她的意愿放在首位,但这一次她失败了。她一点儿也不懂妈妈的欲望,以及欲望膨胀开来的冲击力和破坏力。世界上没有任何力量能阻止女人的欲望。伶伶是孩子,她不懂。“小孩的意见只能供大人参考。你将来有两个爸爸了,也挺好玩的。”我说。“不,我才不管他叫爸爸呢,我就一个爸爸,是你!”“你跟着谁都行,跟我呢,你妈妈就来看你,跟她呢,你可以来看我。”“我妈说去北京上大学,她说租上房,把我带上。”我听得出她还是离不开妈妈。

下午以为能等上竺青回来看孩子,我好去参加朋友的聚会,但竺青仍未归,只好领伶伶打车前往。饭前,伶伶用朋友的手机给她妈打了两个电话,然后告诉我,没人接。九时许,宴饮结束,与伶伶打车回家,见后窗灯亮,伶伶很高兴。进门,果然竺青在看成人高考的理论书。“我给你小灵通打了两次,还是欠费停机。”她说。我没问她给我打电话想说什么事,一个女人找一个晚回家的说法是不难的,她可以在枕头上打手机说她正在回家的路上。她根本不知道我今晚有饭局,她不想想我一个人带个孩子在家一分一秒地等着她的感觉是什么。

她跟孩子到大屋去睡觉了,没有过小屋来的意思。我也没叫她,因为她困了,她每天都困。而我呢,我不困,我要是困就好了,就可以不痛苦了。今晚借着酒劲儿,我睡着了。可是夜里醒来,才三点钟,就再也睡不着了,这是常有的事。我不能去找竺青,我不想听她“还让不让人睡觉”的腔调。我穿好衣服,拉开裱画室的灯,离天亮还早,只抽烟打发不了这好几个小时。我继续画墙上的八尺梅花,画上的红点早点好了,我只是用叶筋笔蘸着胭脂点花蕊、花萼、勾小枝,这是琐碎的不用头脑的事,但它可以消磨时间。我每夜是怎么煎熬着的,隔壁床上的熟睡者根本不知道,即使知道,她觉得爱莫能助,也便坦然释然了。

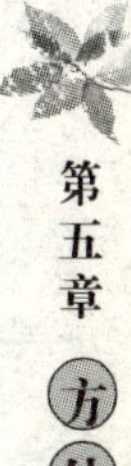
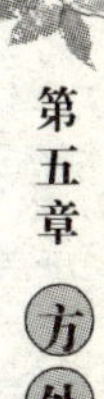

捱到凌晨五点四十,我觉得可以打扰她了,到床上推了她一下,她醒了,会意地跟我到了小屋的床上。我说今早你别走着上班了,你坐公共汽车吧,咱们可以多聊会儿,她说行。我的手去搂她,我问有感觉没有,她说难受,我问难受是不是想,她说不想才会难受。守着雪白的裸体却无可一用,我的心里一片无可名状的黯然。

“要不咱别离了,” 我说:“伶伶说不许离。”

“小孩子说的哪儿顶用。” 她态度很平和,很冷静,但很明确。

“你跟我交交底,我也就不折磨自己了。我不会拖你的后腿。我得给你朋友打个电话,问问你们学校最近有没有离婚的。”

“我们学校的人都是知根知底的,谁不知道谁呀,我一个也看不上。你可别瞎打听。” 她有点着急,正色道。

“是不是李叔叔?” 我指的是上次她在娘家时有个本单位的人请她和孩子去吃麦当劳的男士。

“那是开玩笑。” 她不以为然地笑了笑。

“那是哪儿的呢?” 我劳心费神,苦苦的思索着。

“反正不是本单位的。”

我的心咯噔了一下,这等于她承认已经有了主儿。那么我的分析、我的猜测、我的困惑、我的煎熬总算有了答案,她的冷漠、她的沉着、她的坚决、她的残忍也就有了答案。

“我说这两年你怎么这么怵头我,上了床我也是奸尸呢!” 我的语气很平静,我的自控力在常人之上。

“是最近。” 她说得也很从容。她想让我相信这话是真的,没打折扣。

“这个人我认识吗?” 我问。

她 “嗯” 了半天,一副不好回答的样子。我的心脏剧烈地跳着,我听见了 “咚咚咚” 的音响,如沉闷的雷,而且我看见了一个硕大的心脏在吃力地一张一缩。我的大脑像电脑一样,迅速地计算着,七位数的阿拉伯数码以一秒钟一万次的速度变幻着,不好说认识又不能说不认识的那个人在大脑的屏幕上定格了。

是他?!

“我见过一次对吗？”我确定了。

“别问啦！”她很为难地做出不耐烦的样子,而实际上等于认同了。

一万颗针同时扎进我的心脏。我觉得心里有什么东西碎了,像玻璃器皿,一声脆响之后,许多带尖的碎块扎进单薄的心壁上。

我的整个身子趴在她的身上,头埋在她的颈侧,想哭。

“想哭你就哭出来吧！”她平静地说,我觉得她的话是想完成某种安慰。当巨大的刺痛猝然来临时,人是哭不出来的,只有在痛定思痛的时候,泪水才会奔泻。我翻身躺在枕头上,身子在抖,心在痉挛,心仿佛忘记了工作。其实,关于那个人的情况我一无所知,既不想问,也不想听,只知道是某个中专学校的老师,下海了,有自己的车,游泳完了请她们吃饭,再送她们回家。现在才明白,她突然学习驾驶,原来因出于此。但我没说我猜出了是谁。

“什么时候有的事？”

“正月十五,不,十五以后。我已经走到了那个份儿上,没办法。”

“你可别上当!”

“我都快四十岁的人了,相信我的眼力！”

她的口气一直这么平静。不像是策划好的给我的摊牌,而事实上确也完成了这一宗旨。她说:“他也是个大学生,是个高科技下海的儒商,他的人品很好,他是知识家庭出身,父亲在‘文革’中挨整,他拉扯两个弟弟学习,后来哥仨都考上了大学。从他对自己女儿的关怀上就能看出他的善良和责任心,从他对他母亲的孝敬上就能看出来他的品德。他每到自己生日那天,首先要做的是买上许多东西去看母亲,因为这一天是母亲经受着苦难给了他生命。他每年义务承担十来个贫困学生的学费。他有好儿套住房。其实他究竟有多少钱,我从来没问过。我不问！我看中的不是钱！朋友们都说他是花心,我劝过他,我说,你以前跟过多少女人我不管,都五十岁的人了,你也该收收心啦！”

我听着她这天真的建设性意见,很感动,苦笑着问她:“他怎么回答的？”

“他答应了。”

她继续说道:“他很体贴人,关心人,呵护人,真像个大哥哥。而你不会。你总觉得咱俩是长辈和晚辈的关系,你不知道成了夫妻就是平起平坐的关

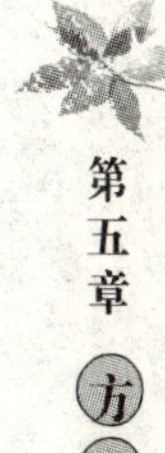

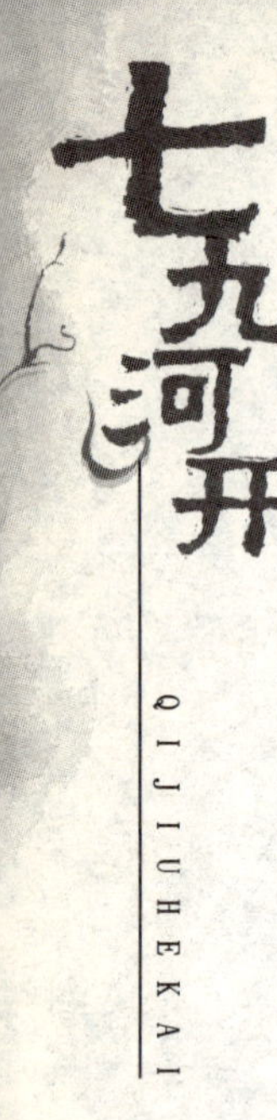

系啦！你不会爱，你其实也懂，女人是最好哄的，不就是两句好话吗？但你不做。你说你对我多么爱，可是体现在哪里呢？举个例子吧，你总念叨十几年前我跟你去北京穷得两人吃一串羊肉串，你推我让的，你一想起来就有歉意。现在不那么穷了，你有歉意，陪我们娘俩儿到小摊上拿出二十块钱，'吃吧，今天羊肉串管够！'多好！你会吗？我过生日，朋友送我一花篮鲜花，给我带来一个星期的快乐。你呢？你给我买过什么？我想买双靴子都能吓你一跳！他就善解人意，知道你想些什么，要什么，话能说到，事能做到，总是那么得体而又及时，让人温暖，让人依赖。他给我买了件裙子就一千多元……"

"还买什么了？"我插话。

她犹豫了一下，似乎觉得说走嘴了，就打住，没往下说。

"他离婚几年了？"我想了解这个人了。

"他们分居十年了。"

"什么？"我惊讶得差点坐起来，"他不是离了婚的？分居十年，你怎么知道他分居？"

"我去过他家，他们各有各的屋，一个屋是双人床，床里堆着书，另一个屋是两张单人床。是分居的。"

"床能说明分居？你和伶伶一个床，我自己睡小屋，这就叫分居吗？"

"我相信他是分居的。这中间他们闹过离婚，孩子小，他们约好孩子大了再办，现在孩子上大学了，该办了。这中间他和另一个女人同居过两年。"

"同居两年，他都没离婚找她？"

"那女人的孩子是个小子，总来要钱闹事，不着家，闹得他实在接受不了，那女人才走的。"

"哦，是这么回事。你知道这是个什么角色吗？"我激动了，"竺青，我又得用长者的口吻说话了。你虽然快四十了，可你远不成熟，你仍是个简单、单纯的年轻女人！你做的事，现在谁也不知道，没有人能帮你参谋，你也不跟任何人商量，完全跟着自己的主意走，你又是个一意孤行、有了主意谁也拉不住的人，万一你的主意不对呢？你当然可以永不后悔，但为什么不慎重些，把事情办得更稳妥更可靠更好些呢？你本可以堂堂正正地离婚，而且离婚是我先提出来，因为爱你才解放你的，你就不能催我办完手续再开始吗？用得着抢先一步先做出来,而后再离呢?你堂堂正正地离完,再堂堂正正地去找。你如果真的爱他,就不能等他办完离婚再结合吗?你急什么呢?你怕这个肥缺被别人抢去?他如果真的爱你,他不在乎等多久!竺青你真是办了件傻事呀!”

她听着,一直不说一句话,如同悬崖菊搬回家的那个夜晚。其实,我这么说着,自已心里也不托底。这不过是些老生常谈,也许早已过时。当代的人生竞技场上,一步险棋,有可能造就一个大赢家。就算输,能输点儿什么?我不是女人,我不懂女人,我有什么资格去指导女人呢!

天亮了,起床漱洗,我们的情绪忽尔都轻松了。

“正月十五,我跟我姐通过电话,她同意我把伶伶送到瓦房店,她给带。”听得出来,这是她们早就设计好的一步。看得出来,她接受了那个女人的前车之鉴,不能因为孩子的闹腾而功亏一篑。

“他说每年给我姐一万元抚养费。”我们都知道那个他是谁。

这么简单的一句话,不但能说明她与他早就策划好,又说明这个人真是个好心肠,一万块对于他的实力来说是个微不足道的小数,而能把无法安置的三多余安排到遥远而可靠的地方,剩下的就是两个人的安宁了。

好了,一切都明朗了,原来如此。所有的哑谜都有了答案,原来如此!女人折磨人时的沉着、冷静、轻松,甚至偶尔还插进些幽默,女人的胆识,女人的果决,这一切的一切,都被这么一句话解释开了。

“一会儿你走的时候把咱俩按了手印的那份离婚协议带上,跟他说咱们离婚的事定了,让他先办离婚证,这样免得你上当。你知道,咱们都认识的那个小丹,当年不就是跟情人约好各离各的婚,小丹离了,男的没离成,闪了她一辈子吗?”

我这么说着。我真是好意。而这句话一出,竺青愣住了,她原以为跟我交了底,知道我无法容忍,会加速她的进程,早早拿到离婚证好向她的情人证实决心,促使他有所动作,却不料适得其反,她不说话了。我又补了一句:“以后你不回来时,不用打招呼了。”她听出了这句话的分量,她已经化了妆,到大屋里取包,我注意到她的眼圈红了,只说了句“我又办了件蠢事”,走到我面前跟我拥抱,她的丰满的乳房紧紧压在我胸前,我这时才感到跟她拥抱的

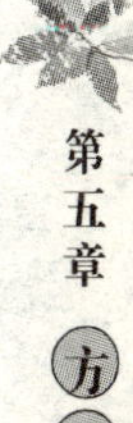

珍贵。我拍着她的后背,不知道该怎么安慰她,不知该安慰她什么,而且她所指的蠢事究竟是什么内涵,我到现在也不了然。

现在是冬天。悬崖菊已经跨越了自己的辉煌节令,枯萎了。被剪断的残干残枝,毫无生气地僵立在花盆里,像垃圾,像木乃伊的手,像炼尸炉里扭曲的肢干。我走过去,连盆端起来,端到走廊的垃圾道前,打开门,咚的一声,下去了,碎了。

"爸爸,你怎么把妈妈的悬崖菊扔了?"伶伶问。

"它死了,是妈妈让我把它扔的。"

"不对。"伶伶说。

"那为什么?"

"仇人!"

她的话吓了我一跳。十岁的女孩,看去没心没肺,居然能懂这些!

几天以后,仍不见伶伶妈提起悬崖菊。我说:"我把你的悬崖菊扔了。"她很平静地说:"我知道。其实那是我买的呢!"

不和谐的剪辑

摘自竺青的日记。

一九八九年九月十二日,晴。早晨我俩坐公共汽车来到北戴河海滨,下车买了三个胶卷,共二十七元。我说想买个戒指,滑老师说:"老娘们才带那个呢,咱可不要戒指,买项链吧!"我说:"太贵了,什么也别买了。"其实我真想买点儿什么,可就是我们没有多余的钱,我怎么好意思买这没有用处的东西呢?还是节省点儿吧。

走到一个十字路口处,一个五十多岁的半老徐娘走过来,满脸笑容,热情地问我们住不住旅馆,每天四元,有淋浴。我们跟她看了看住的地方,还算干净。对她说,等上趟街,回来再住。她还耐心地告诉我们买什么样的螃蟹,说了一大套,等到了市场,并没买螃蟹,太贵了。买了半斤鸡膀子,好大。滑老师说:"这是大肉鸡的。"可总觉得卖鸡的是在骗我们。之后又买了啤酒、小瓶白酒回旅馆,带上葡萄、游泳衣、照相机、姿势参考资料,一路说笑到了海滨,两人合租一个汽垫。滑老师真不愧是高级摄影师,他说要照许多好相片,这回可真的实现了他的愿望:“记录下来你的青春美。”实际上我知道我的体形并不好看,并不像滑老师说的那么顺溜、如何如何的好,那只是安慰我罢了。我也曾锻炼减肥,却没收到好的效果。再说他又不是嫌我胖就不和我好了,干嘛要自找苦吃呢?

我们带上相机和香烟,找到一块大礁石,那没别的人,就我俩。为了给我照相,他摔倒了,腿都破了,一大片红红的,严重的地方掉了一层皮,直流血,我好心痛。我宁可不照相也不要他摔倒、流血。我抚摸着他伤口的边缘说:“疼吗?”他却满不在乎的说:“不疼,为了记录下竺青的青春美,疼也值得。”我知道他在安慰我,海水那么咸,蜇着他的伤口,怎么会不疼呢!他却忍着疼痛为我照相,陪我玩。我感到我那么自私、那么对不起他。他用手臂围绕着我,我们相吻了。一时间,天空大海之间只有我们两人,其他都不存在了。我伏在他的肩膀上,闭上眼睛,脑子里一片空白,什么都不去想,什么都不去看。只用心灵去体味这爱的真实、爱的热情,真希望就这样一直坐下去,直到地球消亡,生命结束。只有在他身边我才不感到孤独、寂寞、等待和烦躁;只有在他身边才觉得有那么美好的事要做,多想就这样相依相偎地坐在海边,静听大海的诉说,讲述着海的女儿的故事……可惜我们没有太多的时间。于是,我们一同找了一个海水冲不到的地方,一同把烟和火柴用沙子埋了起来,趴在同一个汽垫上向东游去。我躺在垫子上他推我一会儿,过一段时间我又让他躺在垫上推他一会儿。

“咱们并排躺在汽垫上吧。”滑老师认真地说。

“不行,不行,会翻的。”我着急地说。

“不怕,有我保护你。”

“那你不会游泳呀!”

“没事,不会翻的,就是翻了,我也会不顾一切地去救你。”他认真地又满不在乎地说。

“我可不敢冒这个险!”

其实我也想跟他躺在一起,但又怕真的万一翻了,我俩可就真要回到大海的怀抱了,还是保险点儿好。玩累了我们回到沙滩上,开始野餐性地吃喝起来。这样的吃法已经不止一次了,去年我们好几次中午在公园约会的时

候就是他带上白焙子、两个鸡蛋和蒜蓉辣酱。我回到原先坐的礁石旁把烟从沙子里找出来,回到他身边坐好,用沙子把腿埋起来,好暖和,舒服极了。我悄悄地对他说:"滑老师,用沙子把腿埋起来可舒服了。"那神秘劲儿好像怕别人听到,"照我这样去做。"滑老师说:"那你也给我把腿埋起来吧。"我高兴地用沙子往他腿上放,"别动,一动沙子就会滑下去。"于是他把腿拿开,把腿下的沙子拢到一边,把沙滩挖了一条小沟,再把腿放进去,帮我一起埋起沙子来了,我们就像小孩子玩过家家一样,认认真真地玩了起来。他神秘地对我说:"看,你把聪聪埋住了。"我当然明白他的意思了,不好意思地笑了。我们就这样坐在暖暖的沙子里吃着鸡膀子,喝着啤酒,说着话。我吃饱喝足,要他陪我下海玩,他不去,不去拉倒,我自己去,一个人抱着汽垫下海了。他坐在岸上得意洋洋地看着我,还给我一个飞吻,弄得岸上好几个人都回过头来看我,真不好意思。我横趴在垫子上,不知不觉地离岸远了,一个不算大的浪打来,我一惊从汽垫上掉了下来,双脚站立不稳,挣扎了好几下才站好,我怕极了,把我这比正常人大的心脏吓得直扑腾,差一点从嗓子眼跳出来。别玩了,快回到他身边吧,只有在他身边才是最安全的。回到他身边后,我问他:"你刚才看见我没有?"他紧张地说:"看见了,我腾的一下就站起来了。"可以想象他当时一定不比我好到哪儿去。我拍拍胸口说:"吓死我了!"他这时却像没事地说:"别怕,我去救你。"我说:"你又不会游泳,怎么救我?"他说:"我豁出命来也得救你。"我被感动了,我要是真的死了,谁来照顾他、陪他说话、陪他散步、陪他解闷?我们俩不论哪个不在了,另一个一定会痛不欲生的,会难过得死掉,我不能没有他,他也不能没有我。

我们休息了一会儿,他说:"收拾好东西,我们到那边照相去。"那边有好看的礁石。他告诉我,涨潮时候海水就把礁石淹没了,等退潮的时候,礁石就露出来,像一群趴着的老虎,所以那些礁石叫老虎石。我们拿着垫子、照相机往老虎石走去。在离老虎石两米多远的地方浪特别大,无法接近。他指的地方,我们绕到礁石的后面爬上去,照了几张相。这个地方的浪大照出相来一定很好。他也想照,就直往我这走来,我赶紧告诉他:"你从这绕到后面来吧。"他好像满不在乎地说:"没事,这块石头挺平的。"刚说完,只见他脚下一滑就倒了。就在这一瞬间,他想到的是相机,他把它高高举过头顶,使相机不着水,他想站起来,因为浪大,他站立不稳,又滑倒了,又站起来,几番沉浮,终于使相机和他一样落在水里,把站在他对面的我吓得不知道去扶他一把,只是瞎叫、乱喊。一时间我没有了主意,脑子里一片空白,等他站起来时,我才不顾一切的奔到他的身边,把他扶到岸上,他却平静地说:"看来我没有福气照相!"我可没听照不照相的,只是紧张地问他:"你没事吧?"他倒真像没事似的拿起毛巾给我擦身上的海水,也许这是来安慰我吧,还是来平静自己的情绪。其实这时我比他还紧张,无论如何我是不能失去他的,如果他真的去龙王面前报到了,我一定会跑到龙王面前请求他把我的滑老师还给我,我不能没有他!我这么辛苦等了他四年,还没有实现我们幻想的将来的生活的美好,我怎么可以失去他呢?我从他手中拿过毛巾,给他擦身上的水,看着他那瘦弱的身材,真想哭,看着他想说什么却又不知该说些什么。还是他开口说:"走,我们去那边。"他牵着我的手,顺着他指的方向向东走去。那有一些石头,在那把剩下的几张照完,已经六点多了。出租汽垫的人来找了,我们把汽垫还给他们时,他们当中有一个人问我们:"你们出来玩,把孩子放在家了?"我一时不知该怎么回答,还是滑老师说:"啊,那不放在家怎么办!"事后我跟滑老师说:"他们准是打探咱们,你倒挺会说的!"他得意地说:"这时候,只有顺着他们说了,省事!"我们都笑了。回旅馆的路上,滑老师说怕时间长海水把胶卷泡坏了,我们就把卷拿到一个店里冲洗,说好明天来取。回到旅馆洗了澡,我们晚饭也没吃就和衣睡了。滑老师让我睡一觉醒来叫他吃饭,我十点多钟醒了,却不想动,索性接着睡吧,明天一起吃。

稚拙的字体,朴实如话的文字,不时出现的错别字……这都没什么好笑的。前提是她写的不是文学。十五年后,这些不是文学的文字显得多么珍贵,那些文字里所包蕴的情感更是多么难得。我简直没有力气读下去了,我没法把日记里的她与眼下的她叠印在一起,我甚想把她叫过来大声斥问:"这是你吗?哪个是真的你!"

天　问

一个女人对男人投怀送抱,只要她愿意,还可以在精神物质直至肉体感官上得到某些满足,也还不算太丑陋的事情。而一个男人,一个老男人为爱而流泪,怕是再丑陋不过的了,并且明知这泪水已毫无意义,既挽救不了什么,也阻拦不住什么。小青年在爱河里沉浮,愿意品尝其中的酸甜苦辣,也算人生的味道,一个老男人居然还能被爱情压垮,真让人不可思议。我很想让自己庄重起来,但我不能。

“让你受苦了,”竺青下班回来,见我在床上怔怔地坐着,心疼地说,“好了,你不欠我什么了!”

“用三个月的痛苦,去换十五年的真情,值得!如果有下辈子,我还换!”泪水止不住从我腮上流下来。

可怕的夜又来临了。我的脑子不停地运转着,逐一地想找出一百个问号的答案。我究竟有多大错?我错在哪儿?我真心地爱着她,我一生只爱过一个人,就是她,这她是知道的呀!她为什么这么急不可待?一个那么温柔贤淑的小姑娘怎么就变得如此生硬绝情,判若两人?她中邪了?究竟是什么魔法魅惑了她,做出如此惊天动地的事情?是胆大还是愚蠢,是单纯还是老练?我的大脑像一架失控的机器,疯狂地运转着,从日到夜,从黄昏到黎明。我觉得这架破机器已经冒烟了,随时会轰的一声爆炸、崩塌。

我有话要说。可是我的痛苦我的事,在人间已找不到可说的人。我想知道我不幸的来源,想知道我的过错在哪里,想知道这一切到底是因为什么,我想起了我在空中楼上做梦见到的那位少司命夫人。

一纵身,我真的就飘浮起来,愁云惨雾在身边唰唰地流过。

天上的建筑从云隙里露出来,我走上前去,又看见倚在墙根晒太阳的老汉,他的样子跟三十六年前我大学未毕业时见到的一样,好像时光永远不作用于他。

那老汉说:“后生,找什么哩?看你这愁苦的样子,像是活不出去呢!”

我说:“我有心事,说了你老人家也不懂!”

老汉拈须笑了笑,“人生一世,大凡烦恼不过是源于贪嗔痴慢爱恶欲,都是当局者迷,旁观者清啊!生命就像一阵风,看去似有,或者说是有过,风过之后呢,一切了无踪迹!那么曾经有过的与先前就没有过,二者有什么不同呢？一个人在不认识你的时候，不可能爱上你，认识了，爱上了，后来又不爱了，这个结局与开始是一样的。譬如生命，你从尘土中走来，死后又回归于尘土，这中间的假合和，即使有一万种内容，不也都是虚幻的一瞬吗？连你自己都要化为轻烟，你还指望抓住那轻烟般的人生的哪一部分，让它能够永恒么？所谓风过无痕空空空！懂了吗，后生？”

我没有时间跟老汉饶舌，很礼貌地说：“请问长者，少司命夫人的殿宇在哪里？”

“境由心造，幻由人生，你想找她的宫殿吗？你看，那不就是——”老者笑呵呵地向东南方一指。我回头一看果然。我踏上了这座殿宇之下的台阶。门开着，由门口到殿内已有两排侍女列队，好像预设好似的在迎候我。那些侍女一个个都很美丽，脸上挂着稚气单纯的笑容，找不出一点成人的高傲与狡诈。我一个个地端详，好像在找谁。是的，好像要找谁，要向她讨个公道。这时，从殿堂里跑出一个垂髫小鬟，到门前立定，盯着我看着，她的眼里涌出了泪花，嘴唇嗫嚅着，是小孩子要哭时的那种难看表情，她忽然喊了一声“老师”，便哭出声来，扑到我的身上，并不管殿堂内外的几十双眼睛。

“真对不起你，让你受苦了。”她梳着两个发髻，流泉般的青丝直直地垂在肩上背上。她穿着古装，而脸庞、五官、手和身材，绝对就是陪了我十八年的竺青。

“你怎么在这里？”我奇怪地问：“你不是说今晚要请分局的人吃饭么？”

“你说的那个竺青不是我。我在去年八月七日就奉命回到少司命夫人的身边。她只给了我十五年的时间报恩。一九八八年八月七日我们结合，到二零零三年八月七日，正好十五年。我不得不离开你，我离开你之后的她，已不再是竺青，她叫小晨，她原来就叫小晨的。我和你有一段夙缘。我的前世因为不听话，偷偷跑到人间去玩耍，不小心掉进猎人布置的陷阱里，我迅即变成了一只羊羔。你恰好路过那里把我救了。当时我虽然不能与你通话，我毕竟爱上了你，你是个好心肠的人。你根本不知道你抱在怀里的是个小姑娘，你还亲了我的脸颊。我从来没让人亲过。就因为你这一吻，注定了我

们的缘分。你在中学爱上陈芷清的时候，宿命册里已经写着她不可能成为你的夫人。你结过一次婚，但那也不是你真正的夫人。你大学毕业的时候，你的真正妻子在瓦房店刚刚诞生，十九年后她才在冷星楼上寻找到你。我是你的小书僮，是你的热水袋和安眠药，是你的小跑腿，又是你孩子的妈妈，我能做的我都做了，自认做得还好。可是再好的夫妻也有分手的一天。天界织女下嫁牛郎，七仙女下嫁董永，都是命中安排的。我和你只是十五年的姻缘，我奉命回来了。我回来以后的竺青已不再是我，她在九月份认识了一个男人，她在今年年初要离开你，她是个向往浮华而又敢做敢当的人。她伤害了你，伤害得那么重。你现在遭遇的一切苦难与不幸，我都看在眼里，你在痛苦中挣扎，你没办法摆脱，是你爱竺青爱得太深，竺青对不起你了。”她说着，泪珠像断了线的珍珠一滴跟着一滴地落下来，她伏在我的怀里，哭得连话都说不下去了。

“是的，竺青。她做了这么惊天动地的事，可我还是爱她。我先提出让她走，是爱她；我舍不得让她走，也是爱她。我终于放她走了，而且亲自体验到她做了些什么，可我还是无法清醒过来；就算你告诉我，那个竺青不是你，我已经没有能力把她和你分开了。我知道我所剩的生命不多了，就是说，我的苦难也要到头了。我现在有一肚子疑问，我想找少司命夫人评评理。”

“少司命夫人不是感情中人，她不会告诉你什么！不信你去试试吧！”竺青的头离开了我的肩，她俯首站在一边，像一只温驯的羊羔。

大殿里华灯璀璨，少司命夫人庄严地坐在高台的椅子上，看上去已经等我很久了。

“少司命夫人，请指点我，我错在哪里？为什么要这么惩罚我，这么残酷地折磨我？”

“你错在‘痴爱’，而又不会爱。没有人折磨你，是你自己折磨自己。我问你，你第一次跟你的前妻离异，你痛苦吗？”

“不，我不痛苦。一九八一年我从办事处走出来的时候，心头充满了解脱的喜悦，仿佛第一次看到蓝天。我当时有诗为证，‘一片心湖蓝湛湛，满天星斗颤巍巍’，世界重新变得自由而舒畅。我不痛苦。”

“那么这一次为什么如此痛苦？”

“我爱她。我没有办法不爱她！”

“她已经不爱你了,你仍旧爱她,这不是自寻痛苦吗？”

“不,不能说她不爱我,只是她太理智了,不愿放弃她所认为的幸福的机会。”

“你觉得这个人还可爱吗？”

“我没办法忘掉旧情。”

“她理智。那么你为什么不能理智呢？”

“这不是讲道理的事情。”

“境由心造,你只好自己享用你的心所营造的痛苦了。”

“少司命夫人,是男人的心硬,还是女人的心硬？”

“因人而异,不能孤立地论定。”

“我所蒙受的苦难是我的报应吗？”

“作业受报。你这个读过《金刚经》的人,这道理还用问我吗？”

“她会有报应吗？”

“我不知道。我只执行报应。”

“我希望她能幸福,不希望她蒙受像我一样的苦难,我希望她能获得我所不能给予的幸福。”

“我也这么希望。但我不能告诉你什么。”

“少司命夫人！四十年前你用朱砂笔在我背上写了五个字,当时我只默记了三个字,是‘一世缘’。我和竺青的因缘中途而止,你怎么解释？”我激动地问她,已经顾不得许多了。“你不要断章取义,自作聪明！”少司命夫人生气地说:“当初我就看出你是个唤不醒的痴儿郎。你经历了人生的诸多体验,似有所悟,你不是帮助你父亲翻译讲解过《金刚般若波罗蜜经》么？你应当记得观自在菩萨那条偈语:‘一切有为法,如露亦如电,如梦幻泡影,应作如是观。’可你仍是一味地沉迷色相,视空为有,在嚣闹红尘中想找到永恒不变的纯情,那可能吗？人类正经受着一次空前的物欲大劫难,你所遇到的竺青是坚守到最后的一人,她做得已经够持久、够难得了。但她不具备金刚不坏之体,她跟所有的尘凡女子一样,最终无法抗拒浮华的诱惑,这是运数所定,谁也无能为力呀！你看看你沉迷到何种程度吧！”少司命喊道:“竺青,把他写的那堆手稿拿来！”

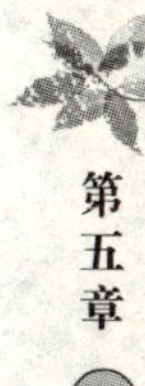

竺青抱过来一摞稿纸,我很惊讶。

“这就是你的所谓回忆录!”少司命夫人拿起一打稿子,没好气地翻着说:“你每写一个字,我的竺青案头的白纸上就显示一个字。我不知道下界的你的那个竺青有什么感觉,我这儿的这个竺青每天哭得泪人儿似的,你这叫做什么?”

我接过少司命夫人递过来的稿纸,一看,真是我的稿子,我很奇怪,这稿子怎么会到这儿来呢?莫非真是旧小说常常教训人的那句“举头三尺有天知”吗?

“关于我这书,我还写过一首诗呢?这里边没有!”我说。

“竺青,他说的那首诗你看过没有?”

“看过,夫人。”竺青答道。

“还记得吗,给他背一遍。”

“是,夫人。”竺青望着屋顶,圆嘟嘟的小嘴一张一合地背诵起来:

如斯爱我彼韶龄,
负我如斯亦竺青。
满纸唏嘘皆是恨,
更从何处觅纯情?

我听了,张口结舌,惊骇得一句话也说不出来。少司命夫人表情冷峻地说道:“你不是要找真情吗?你找到了吗?连人间自己都会唱‘爱情不相信许诺,想念不需要诉说’,你说你写这些破玩艺儿有什么用?”说着从我手里把那一小打抽了回去,摔给了竺青,竺青没接好,散了一地。竺青失声地“哎呀”了一声,像小孩子般爬在地上去捡撒了的糖果一样,又着急,又小心。只剩下少司命夫人脚下踩着的一张了,竺青怕抻断,而夫人并不觉得,竺青说:“夫人,请抬一下脚!”夫人像没听见一样,一动不动。“求求你了,夫人,轻一点儿。”竺青说道。

“要这个做什么?”夫人生气地用脚使劲儿一拧一踢,那张纸飘出去老远。

“我要!”竺青红着眼圈扑过去抓那张纸,喊声带着哭声。她抓到了,流着泪,坐在地上边看边在身上擦着,哭着嘟囔道:“说好的轻点儿,看,都踩破了吧!”

我想走过去安慰她,说“我给你重写”,但我不敢。

少司命夫人不管这些,她盯着我,严肃地说道:“你不是问你背上的那五个字吗,现在我可以告诉你了,因为你已经用自己的一生证实了我的预言。那五个字是:一世镜花缘!”

五雷轰顶。我才明白我这四十年的追求、寻觅、执着、苦恋,原来都是不着边际的虚妄。可我不是那种醍醐灌顶、豁然开悟的人,我仍是割舍不下什么,怯生生地向少司命说了一句:“我想等她。”我脆弱的感情又让我莫名其妙地流下泪来。

“她都这样了,你还等什么!欲望之火已经烧毁了她的理智,她已经不再是你原先爱着的纯情少女了。你带着孩子看着表,一分一秒地等着她回家。夜沉沉,你黑暗的心塞满了不安与不测。你的情绪直接影响着你的血压,而你的血压在每一瞬间都可能冲突你的血管。你知道,你这么煎熬的时候,她正与她的他沉浮在欢乐的海洋里。你让孩子一次又一次地给她的手机打电话,她和她的他诡谲地把手机上的电池取下了,你和你的孩子每次听到的回答既不是关机也不是通话,而是‘您拨打的电话不在服务区!’,懂吗?就是说,‘你的爱情不在服务区!’你以为他们开上车跑到城外了,你以为他们进了地下室?不,他们就在他们喜欢在的地方,只是他们不需要你们的打扰!为了给她办事,他开着车陪她跑了一个星期的关系。为了向他付出的劳累表示慰安,就在你日日在家苦熬的日子里,她跟他去了有免费餐饮的洗浴城,那可是身份的象征、贵族的享受啊!你想知道那里的情景吗?”

“不要说啦,夫人!”这时竺青再也忍不住地哭喊道:“你没看见他已经崩溃了吗?你不能再刺激他了!求求你!夫人,求求你——”竺青抱着少司命夫人的胳膊,摇着,哭着,身子开始萎颓,跪下,而后整个地瘫软在地上,晕过去了。

“夫人,”我喘息着说:“能告诉我他们的结果吗?”

少司命嘴角上露出一丝刻薄的嘲讽般的笑意,一言不发。

“那么,我呢?”我怯怯地问。

“还要问吗?四十年前,在你的故事还没开始的时候,我就告诉了你结局,你却坚持着要走下去。你的苦难才刚刚开始呢!你究竟能不能承受住这个毁灭性的打击,我真的不知道。我只知道事件变化过程,却无法预知情

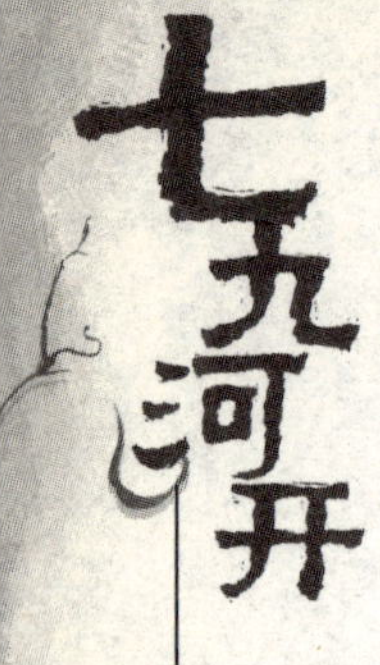

感变化的过程。”

我听得出少司命夫人的口气在愠怒,而表情却充满了悲悯,她厉声说道:“我告诉你吧,你的故事完结了。来人,带他出去。”

于是就有两个女武士架着我的臂,我被拖着,倒退着……

这时候,就看见萎颓在地的竺青挣扎着站起来,她摇晃了一下,化作一只大雁飞向屋梁,飞出门外,飞向云霄,听得碧空里传来一声雁唳:“等着我,我来救你——”

“还有来生吗,少司命夫人——”我大喊着,可是声音沙哑,只能自己感觉,却喊不出声来。

有人推我。我气喘吁吁地醒来,睁开眼,是竺青。

“做梦啦?”她把胳膊搭在我胸前,我感觉到是一个完整的裸体,她的睡衣昨晚就脱了。她把浑圆的大腿压在我身上,就像十六年前五层楼上的那个少女。“梦见什么了,还喊?”她说。

天已经透亮了。对面小区的宿舍楼总是在这个时间蒙上一层恐怖的惨白。

我掀开被,看看紧挨着我的这个女裸体,又看看她的脸庞,想起梦中的竺青向我所说的话:“那个竺青不是我!”我有些狐疑起来。

“有啥好看的,没见过?”她奇怪地问。

我笑了笑,没说什么,把她抱住了,我还是恨不起来。

她让我抱,她没有像我的理智告诉我的那么坏。

三月骊歌

我该从这个丑恶的三角中退出了。当我听她说道“我心里装不下两个男人”的时候,我就知趣地明白该怎么做了。我看得出来,她是多么希望尽快拿到离婚证以便向对方表示自己的权利和决心,那种可以爱人可以被爱的权利,那种义无反顾、破釜沉舟的决心。她的这种决心很有可能影响对方,感动对方,促使对方不得不把她摆到举足轻重的地位上,在她的感动下,尽快地迈出同样坚决的一步。

我对竺青的处境与心情十分理解,尽管我心里充满了痛苦,充满了愤怒,我还是理智地要成全她。她选择了他,她爱上了他,而我所有的痛苦、愤怒与怨恨都是出于对她的爱,那么我有什么理由去破坏她的爱呢?

这当然是件很难的事。一个人的心上被所爱的人插了一把刀子,还要去做他的情敌所乐意的事情,这等于在痛苦之上又加了一层痛苦,在插了一把刀的心上自己再插上一把。虽然不情愿,但必须去做。我知道这种灾难性的使命已经落到我头上。这是宿命,不许抗争。

三十年前在无书可读的时候,从《外国电影》杂志上看过一个苏联电影剧本,大意是:一对大学生情侣乘轮船拟赴某大城市结婚,轮船遇难,溺死者过半。女大学生幸免于难,未婚夫被江水冲走,必死无疑。女生将养好心灵重创,与一位年长若干的中年人结婚。不料她的未婚夫男生被冲到下游获救后,专门到该市寻觅女友下落。中年人恰在妻子不在的时候接到了男生的电话,把女生已为人妻的事实告诉了他。妻子回来后听说男生未死,发疯般地谴责丈夫:“你还不快去替我找他,快去呀!”丈夫赶到男生下榻的旅馆,才知道失望的人只身遁迹于郊外某森林。丈夫知道那片森林是恐怖地带,不但有猛兽,还有沼泽。他的遁迹很可能与死亡有关。出于对妻子的爱,他毅然前往,历尽千辛万苦,当他找到男生的时候,血迹斑斑的男生正与一只雄狮搏斗,就在雄狮向男生的头颅张开大口之际,一声枪响,中年人救下了男生。他把男生拖回大都市的医院,而后自己消失了,男生醒来时看见一张字条:“请到某某街某某号去见你的女友,她一个人在家等你。”

我曾经被这个故事震撼过,现在该轮到我做这个故事的主人公了。

一个月前,正月十五那天,是千家万户图团圆吃汤圆的日子,我和竺青带着申请、协约和户口走向竺青预先问好的S区婚姻办事处。办事的年轻人冷漠地审视我们的结婚证,对竺青所持的那份满腹狐疑。当年我们结婚时,是用伪新郎代替接亲的,为了让她家相信,就把结婚证上我俩的合影揭下来,贴上她与伪新郎的照片,新郎姓名、年龄一栏自然也要改写。如今又得改回去,怕看出破绽,就用蓝钢笔水撒了两大片,盖住。办事人显然有意刁难:“男方的出生日期与身份证不符,到所在派出所和街道办事处开证明去!”

我木然地听着,一言不发,又与竺青木然地走了出来,竟把我的红黑相间的围巾忘在办公室里。办事的内容与办事的不顺阴郁着我们的心情,她搀着我的胳膊,像搀扶一个老人,竟还有心思说笑:“再搀你一次吧!以前散步的时候搀你,还说搀着不得劲儿,哼!”这笑话不但未使我笑起来,反倒徒增惆怅。忽然想起那条围巾,那条围巾从这天起有了纪念意义。我说:“再用一次小跑腿吧!”她返回去替我取了回来。

元宵节的喜庆,从一大早就掩饰不住地透露出来。已经有红男绿女的秧歌队、小车队、高跷队从街上游过了。路边院墙前的空地上有业余的“江湖艺人”唱着小曲,一群看红火的闲人有滋有味地听着:“烟锅锅点灯半炕炕明,酒盅盅量米不嫌你哥哥穷……”是来自黄土高原的歌吟,是从那种最贫穷最淳朴的乡野中,从世世代代的生死煎熬中压榨出来的纯情,只是这纯情在今天听来已恍如隔世了。我无奈地摇了摇头,一缕苦涩从心头掠过。

是的,我像许许多多钟情者一样相信过永恒。而今我不信了。永恒是什么?

我想起了《简·爱》的结尾。简与罗切斯特结婚了,简的女友来信说,只给简度蜜月的时间,等简蜜月一度完她就来看简。兴奋着的罗切斯特说:“她要等的话,那就太晚了,因为我们的蜜月将照耀我们的一生,它的光辉只有在你我的坟墓上才会黯淡下去。”

“噢,多动人!”我冷笑了一下,没弄清是冷笑罗切斯特先生的浅薄自信,还是冷笑自己的不幸!

八月十五云遮月,正月十五雪打灯。天阴沉沉的,天要下雪,一定要下,只是早一会儿晚一会儿的事,拦不住的。忽然想起了《红楼梦》开篇的癞头僧给甄士隐念的一首诗:“好防佳节元宵后,便是烟消火灭时。”今天不正是元宵节吗,元宵一过,我们就该烟消火灭了。

“要不,把你的户口迁到你们单位分给你的那间宿舍楼,你就成了M区的人,可以到M区办离婚了。省得让S区这家伙这么刁难。”我说。街道派出所所长佟君跟我很熟,他肯定认识本区管离婚的。

“不是刁难。我去开证明,你就等现成的吧!”竺青信心十足,当然我从这话里也听出来热情十足,决心十足。

我还说什么呢?

“着急啦?”几天以后,又涉及到这个话题,我问。

“着急了!怕你心脏病突发。”她以玩笑口吻表达真情。

记得以前,电视里连续播放动画片《数码宝贝》。市场上迎合儿童心理,也推出了布制玩具亚古兽。亚古兽就是这部动画片中一个“人物”。伶伶连续看了这部动画片,并在商店见到了那个玩具。“亚古兽”,那是她每天挂在嘴边、安排在梦里的一个名字,她多想得到那个数码宝贝呀!“吃饭!把这碗都吃了,就去给你买!”妈妈没好气地说。伶伶兴奋了,开始大口大口地吃。我看得出来她在嘴里反复嚼着却难以下咽。每咽一口差点儿能把眼泪挤出来。但她仍然坚持做着,她想得到她为之神往的那件宝贝。

眼下,竺青也要定了她的亚古兽,即使有再多再大的艰难险阻,也拦不住她既定的追求。她可以说是奋不顾身了!

还是由我来操办离婚证吧!我亲自张罗的,由我来完成的,至少在面子上可以免去被抛弃的耻辱。我也只能用自欺给心灵一点儿抚慰了,虽然它一点儿也抚慰不了什么。

我让邻居带封信给辖区派出所所长佟君,让他到我家来喝酒,他爽然答应。饭桌上,我向佟所长交待说:离婚。先把竺青的户口迁回她娘家,这是房本,这是身份证,再给找个M区婚姻办事处的人办离婚手续,这是申请,这是协议,这是照片。佟所长看了申请说,真离?我说,真离!我这么老了,不能再耽搁人了。真相只字未提。他说,你真高尚,我说当然。他大包大揽,说,你们等着,到时候两人去摁手印就行了。

我“兴致勃勃”地拜托佟所长成全我的事,像是搬门子改年龄完成早婚似的,一听人家说“我包了”,竟至喜出望外,谁尝过这是什么滋味呢?

委托完这件有把握的事,我们心里轻松了许多。第二天,竺青休息,连月来这是她惟一有时间陪我的一天。因为是星期六,护士朋友也不用上班,她早早地就来给我输液。我坐在大案子旁边,扎上吊针之后,朋友就走了。竺青守着我,给我剥桔子。我平时是不吃水果的,这时候却很有耐心地吃着她一瓣瓣递过来的桔牙儿。我们都在体验着惜别,体验着曾经有过又将失去

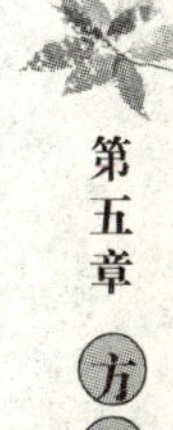

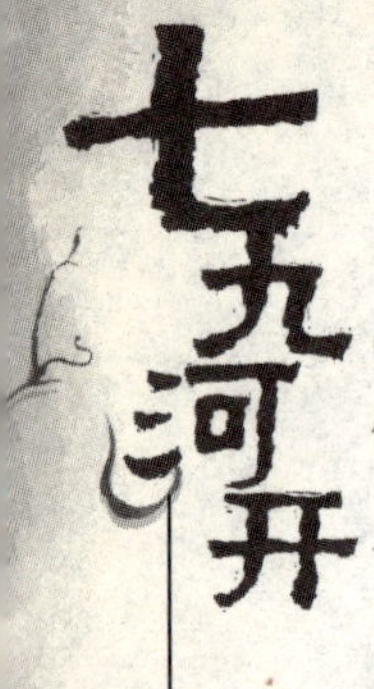

的恩爱。双方心里都有一些话,但谁也不愿触动主题,现在不是对话的时候。她看我呆坐着无聊,就找来一盘流行歌曲的光盘,打开VCD,让我解闷儿。“里边有两首歌让我哭了,你听听吧!”她说。“哪两首?”我问。“你自己感觉吧!”她按了启动键。

流行歌曲是年轻人的事,我平时不听。这是代沟使然。今天既蒙竺青的盛意,我输液又的确做不得别的事情,居然耐心地一首接一首地听了起来。有几首是失恋者的怨艾歌哭,那歌词若无真实感受是写不出来的,而且我听到了两句歌词:“我不是你的天使,我不懂你的天堂。”我怀疑竺青是不是要借助歌曲向我表达点儿什么!流行歌曲真有它的动人之处,它可以用浅白的口语表达真挚的情感与哲理,我受了触动,竟信手写了几句,一拼凑,竟也有点儿像歌词。我拿给竺青看,怕她误解,还特意强调了一句:“是文学,未必是对你而言,别介意。”歌词的题目叫《不爱也不需要理由》:

别找太多的理由,
你知道你一直刻在我心头。
正如爱不需要问为什么,
不爱,也不需要理由。

爱过之后,才发现我不是十全十美,
新爱来临,才知道有人比我优秀。
爱情是不可理喻的事情,
时尚说得对,跟着感觉走。

我的心,张着可怖的伤口,
我的手,在抖。
我同意了,行了吧?
带上你的唇膏走吧,别回头!

这明明是抱怨她的诗,她看了却没说什么。十数年间我们也闹过别扭,但从来不吵架。只要看出话不投机,总有一方先打住了。

“就让我带点儿唇膏走啊！”她把它玩笑化了。这就是她的性格。

“滑老师,我给你唱支歌吧。”她岔开了刚才的话题,想表达些什么。

“唱给我的？”

“嗯。你听过《心雨》吗？”

“没听过。你知道我对流行歌曲一窍不通。”

“我唱的不好,你注意听歌词吧。”她蹲到我面前,孩子似的伏在我的腿上,并且仰着头,目光却不对着我。

我的思念是不可触摸的网,
我的思念是不再绝堤的海。
为什么总在那些飘雨的日子,
深深的把你想起。
我的心是六月的晴,
沥沥下着心雨。
想你,想你,想你,想你,
最后一次想你。
因为明天我将成为别人的新娘,
让我最后一次想你。

随着她的歌声,我眼前映出了那些歌词勾勒出的画面。一个将要穿上婚纱、挽着另一个男人胳膊走向庆典场面的新嫁娘,在头一天的夜里最后一次想念她曾经的恋人。是留恋,也是无奈。“生活不只需要感情,更需要理智。”“我不是无情的人,却将你伤得最深。”竺青,这就是你要告诉我的吗？你的这最后的“想念”是唱给我的“安魂曲”吗？等她的歌声消音时,她无言地望着我,发现了木然坐着的我眼角上挂着的泪珠。

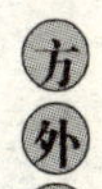

六天之后,我被佟所长的电话叫到街道派出所,竺青已事先等在那里。竺青一人一户的户口本摊在眼前,我意识到,我们的三口之家解体了。赶到婚办处,有一对年轻的很时尚的青年刚办完离婚手续。我们涂改过的结婚

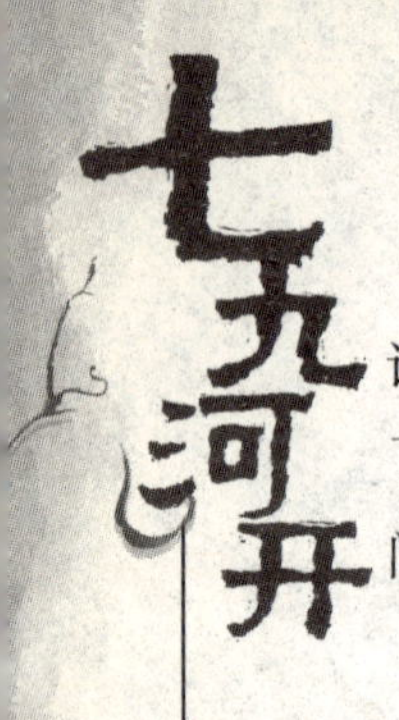

证没遇到任何刁难,通过了。办事人员正往两个绿皮证书上填写,该压钢印了,竺青的眼圈红了,开始拭泪。"女方,你同意离婚吗?"工作人员严肃地问。她哭着点了点头。嘣嘣两声钢印响,十五年的夫妻就此劳燕分飞。

所有的埋怨,所有的不满,所有的动情与销魂的记忆,所有的难于割舍的情丝,被判官的朱笔一抹,统统地云散烟消、化为乌有了。

我原想把这个日子拖到八月七日,凑满十六年,但是她等不及了,她怕错过幸福的机遇。我呢,我的竺青已在去年的八月七日回到少司命夫人身边,我还在乎跟这位小晨子多几个月少几个月吗?现在该是高咏"食尽鸟投林,落了片白茫茫大地真干净"的时候了。

佛说人生七苦之一就有"爱别离"苦。与所爱的人生离,与亲人的死别,同样是撕心裂肺的痛苦,而前者尤为惨烈。是所有的人生都必需经受这种体验么?去问地还是问天?

我去也

我本是个与世无争的人,一生就想过平平淡淡的日子,从来没想过衣拖青紫、富敌万家的幸福,我甚至想把昌黎崖上的废宅修缮一下在那里安度余生,只要有这个憨憨的竺青为伴。人生却是如此的无奈,命不由人啊!

十数年前,电视连续剧《红楼梦》播出的时候,竺青对我讲过,曲作者为了这部剧的系列插曲制作,亲人死了都没赶回家去,那份悲伤情感就这样贯穿于他的作品之中。能让竺青感动的作品自然也引起我的留意,录音带播出的旋律无意地进入我的记忆,有意地刻录于我的心间。到今天,其中的一支曲子从心底浮了上来,隐隐地在耳边环绕:

一帆风雨路三千。
把骨肉家园,齐来抛闪。
恐哭损残年,
告爹娘休把儿悬念。
自古穷通皆有定,
离合岂无缘?

从今分两地，各自保平安。

我去也，莫牵连。

就歌词来看，似是女人在哭别，而那肠断魂销的旋律倒很适合我的此刻。

今天是我在这里住的最后一夜了。明晨太阳升起之后，我将告别这张床、这间屋、这座楼和这个城市。

我已经没路可走了。我有的是时间来思考各种方案，比如办完手续继续同居，比如让她搬出去，或租房、或住进她说的"怎么也得给我个地儿"的某套住宅，再比如……我试想了一下，每一种情景都不堪忍受。那么，我还在这里等什么呢？等铁树开花，等石人垂泪，等她的白婚纱的豪华婚礼？我再留下来已经毫无意义了，我才是多余的讨嫌的第三者！

惟一的出路就是离开这里，摆脱掉这张日夜折磨我的梦魇般可怖的网，来一次失败大逃亡。

这个主意确定以后，便心平气和地收拾行囊：这是一箱五十条够我抽一年的山海关劣质烟草，这一箱塞满了日记本、大信封和本书已写出的清样以及我有可能还看还用的书籍，这个旅行兜里是颜料、毛笔、画册、字帖，还有两卷画轴与宣纸。我要回B市我外甥的空屋里把已经开始的自传写完，把所有的债还清，我便可以了断这以刻骨铭心的爱开始又以刻骨铭心的恨终了的半世情。

夜里醒来，再也睡不着了。这在黑色的二月里是常有的事，我一点也不奇怪。而当知道这是最后一次失眠时，从容里还带些流连，对失眠况味的流连。我穿衣起来开灯，呆坐着注视着地上一字儿排开的箱子与提包，一阵凄凉袭来，心头不免泛起些酸楚。这个家，是我们共同生活了十几年的家。在这里诞生了我们的女儿，这里处处留着我们共同建设的痕迹，每一处装修，每一件摆设，都能勾起当时情景的回忆：这个顶天立地满面墙的书架，虽然不大如意，毕竟让我的书籍们归了位；阳面卧室的席梦思是结婚时朋友送的，在当时完成了一种喜庆；墙上挂着的巨幅的带框梅花，是我在爱情的煎熬中滴着心血画成的，是我偿债的纪念。大画框左侧的油画是八十年代的画家朋友

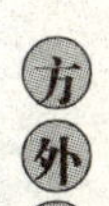

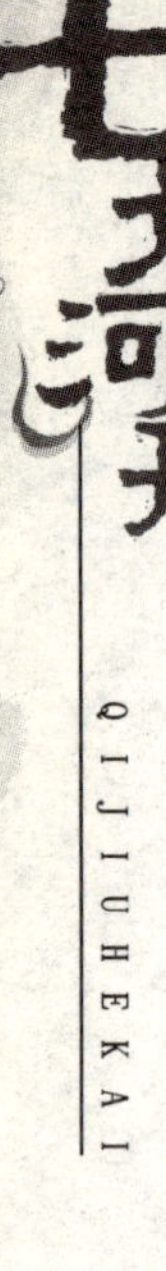

给姑娘时代的竺青所画的肖像,而今那个淳朴的女孩已经变成了追求时尚的妇人。门边的一个椭圆形的石膏框里,镶着南戴河时期的竺青泳装照,那浑圆润泽的腿臂与天真烂漫的笑声曾让人迷狂,而今又让人心碎。裱画室的大案子上无声地坐落着冷冰冰的裱画机,竺青亲自到石家庄厂家买来,尔后就给这个生涯划了个句号——她找到了比这更兴奋更时尚更具诱惑力的雅好:开小轿车。我知道走廊上重叠堆靠的画框已经与这个家无关了,迅速地把它们处理殆尽,免得给她的新生活造成不便。我在大屋、小屋和走廊上踱来踱去,沉默着向它们诸一作别,感激它们丰富过我们的生活,也埋怨它们在我想挽留爱情时却无能为力、一筹莫展。

这样的巡礼与诀别往复了挺长时间。我盼着天亮,天亮后的解脱。可惜离天亮还早,我只好重新脱衣躺下,辗转床褥,煎熬着时间。

将近凌晨六点的时候,门响了一下,穿着紫红绸睡衣的竺青走进我屋,钻进我的被窝,与我做最后的团聚。在这个刻骨铭心的黑色二月里,她比往常任何时日都注意对我的亲昵,她知道她要离开我了,或换言之,知道我这个败北的项将军有可能要去自刎乌江,她用她所能有的温柔想多给我一些抚慰,以完成对我的怜悯。

"昨晚我已经跟保姆交待好了,去了B市,生活要有规律,至少每周换洗一次衣服,监督你少抽烟少喝酒,多活动,早晚多散步,每天一袋牛奶。别把自己封闭在空屋里,串串门,见见朋友,书可以慢慢写,着急什么呢,后边也许还有好多要写的呢。你的衣服我都给你装在提箱里,没给你带夏天的衣服,五一长假我带伶伶看你的时候给你送过去。"

"你真能去看我?先别把话说死,到时候再说吧,谁知道那时候又是什么情况呢?万一那时候你正忙着穿婚纱,或者人家……"

"你别说气话,不可能那么快。还不知是福是祸呢!"

我听出了这句话的沉重,她的心里不像我想象的那么轻松。已被抛弃的痛苦袭击着我,怕被抛弃的痛苦煎熬着她。

"把睡衣脱了,"她就脱了。"扭过身去。"她就扭过身去了。她知道我的习惯。我把一只胳膊从她的颈下伸过去,与另一只环抱在她胸前。两个侧卧的S天衣无缝地吻合在一起。她的圆屁股卧在我的小腹与弓着的大腿所形成的凹陷里,她的脚丫放在我的脚面上,被我的另一只脚盖住,她的另一只脚又搭上来。

“真舒服!”她偎在我的怀里,像只温柔的羔羊,“你的身子总是这么热,我总是凉的。”

“这是我最后一次给你焐屁股、焐脚心了。”

“不是最后。五一我还要去看你呢!”

“你去看我,还能……”

她点了点头,即使从背后,我也能感到她在点头。她为什么不用语言回答呢?

我体内的某种感觉醒来了。我很惊讶,我原来不是个废人。那感觉好像知道主人在向曾经的妻子告别,知道自己该做些什么了,我松开了紧捂在她乳房上的双手,她也知道要做什么了,仰正了身子。

嘟嘟嘟,伶伶醒来发现没了妈妈,知道她又“逃跑”到这间屋里,来敲门,“我拿点儿东西。”她说。

竺青对我笑了一下,无奈地穿起睡衣下地去开门。

“爸爸要走了,妈妈和爸爸谈点事情,今天你让邻居姐姐送你上学吧。”

“那你先给我梳头。”伶伶拿来了梳子。一轱辘,不管是床是被是腿地砸了上来,这性格这风格我们见多了。妈妈在床上给她梳完了头。“好了,再见!”

再次把门插上,这回可以从容些了。

天已经亮了,我把窗帘拉开,审视着这个完整的裸体。她闭着眼睛,眉毛的下弦月与睫毛的上弦月巧妙地应答着。鼻如悬胆,唇若樱颗,我又看见了少司命夫人身边的竺青。我有些惊讶,竺青居然生得这么端正,红嘟嘟的嘴唇圆乎乎紧绷绷的,有点陌生,仿佛是另外一个什么人。平时我很少看她,已经是自己的了,什么时候想看都行,也就不用专门盯着看了。夜里看不见,并且也不用看。只是在今天,在即将分手的这一刻,我才重新发现她的美丽。这么丰满浑圆的乳房,这么莹洁白皙的肌肤,这么丰腴而匀称的裸体,本来是我的,是我一生的爱的所居,上帝竟残忍地把她从我的怀抱里拿走,去交给一个我不认识的人。我把仇恨压进愤怒的枪膛,把留恋化成最后的爱抚,我在

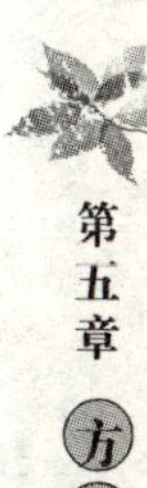

极度痛苦和极度欢乐的撕扯中恨不得跟她同归于尽,梁祝般地化成双蝶。

“我真是舍不得你,我又真心地希望你得到我无法给你的幸福。要是你受骗了,要是你想哭,就回到我的怀抱里来哭吧,让我不变的爱抹去你所有的伤痛!只要我没死,我一定等你。”我说。

“不许你先结婚!”

“你是说,我先别结婚?我结婚?我还能再结婚?你是怎么想的呢?你以为结婚像到商店里买一双鞋子吗?我知道哪儿卖鞋子,可我不知道在哪儿能买到爱情!我一辈子真正爱的用整个生命爱着的只有一个竺青,这你是知道的,竺青走了,我还能再跟别人结婚?傻丫头,你愚蠢到这般地步吗?你执着地走向幸福,而我孤独地走向死亡,你怎么想到我再婚呢?一个把竺青从二十一岁抱到三十七岁的男人,还能再跟别的女人结婚?我原以为能与你牵着手一同涉过这物欲横流、肉欲横流的浊水河,完成一世的真纯,可我不小心把你弄丢了,是你松手了。当然,我依稀在等待什么,是的,我的确在无望地渺茫地等待什么,等少司命夫人身边的丫头来找我,你觉得她还能回来么?”我神光涣散地看着她,其实我什么都没看见。

“我没结婚之前,不许你结婚!”泪水从她的睫毛里滴落在枕上,“我要是结婚了,你就把我忘了吧,忘得越干净越好!我的心永远为你留一块空间,但我不可能再离一次了。他现在对我挺好,谁知道两年以后是什么样子,我这个人其实挺能宽容的,是好是赖,总能过下去。再说,能不能结成,还两说着呢!”

“别打电话直接告诉我,”我指的是关于她的结婚,“在伶伶的录音带上录上你唱的那首《心雨》寄给我,我就知道了。我受不了太明白的刺激。”我抽泣着说。她流着泪连连地点着头,她知道这话的含义。

“我有抑郁症。我不知道自己能支持多久。如果有一天你听说我去世了,千万别去送我——”

“不,我一定去!”我的话被她打断了,她着急地说。

“你去了没有意义,那时我已经不能感知你了!我的亲戚们会质问你,你跟他结婚的时候不知道他的年龄吗?看过在教堂宣誓的婚礼吗?无论他(她)健康还是生病,无论他(她)富贵还是贫穷,你能永远爱他(她)

吗……你没必要去听他们的偏激之词。”我冷静地说理。

“不,我一定要去!”她喊了起来,根本不听我的解释,紧紧地搂着我,摇着我,抽泣着,仿佛我真的死了。

随着一声嘶心裂肺的呼喊,最后一次带泪的做爱完结了。我的整个身体压在她的身上,头埋在她颈侧的枕窝里。我们俩哭出声来,已经顾不得上学没走的孩子和外人。

三天前我已经告诉竺青,我星期五走,不用她送。这不是通常意义上的出门,不送为好。送,痛苦的将不止是一方,何苦呢!我知道,他的车一会儿就来接她。

真是一个颇为奇妙的场面。

她在她的卧室做着自己的出门准备。伶伶跟她的四年级大朋友一起走的。每天上午照例来这儿用机器裱画的助手W默无声息地干着自己的活儿。我呆坐在斗室里守着一溜儿行囊,宁静地吸烟。

是的,该准备的都准备好了,不需要再做什么了,只等朋友们一来,我就要在H市消失了。

蓦然间,一个穿白裙的靓女走进屋来,简直就是我在荧屏上看过的T台秀。她的白裙是皮革的,质地柔软,乍看去不会以为是皮草行出品,裙长过膝,上端连衣,修长贴身,一排俏丽的钮扣由颈下穿越饱满的胸鱼贯而下。白裙下摆露出一圈黑丝质有花边有垂带的装饰,我想那就是女人们常说的衬裙了。再往下是一双俏丽瘦削的黑色马靴,使这支白莲般的秀女婷婷玉立。因为这一切来得毫无准备,我惊讶地寻视这件服饰所包裹的主人脸庞——噢,是竺青。竺青的脸上没有一丝表情,进来后随手把门关上,而后走过来跟我拥抱。

“真的不用我送你?”她说。

“说好了的,不用了。”

“你多保重,”她哭了,带着哭音说:“滑老师,真的对不起你!”

这是她的临别赠言。我当时体会是,这几个字像老式打字机夹起的铅字,一个字一个字地敲印在我的心上,那是些是烧红的铅字,是烙在我心上的,

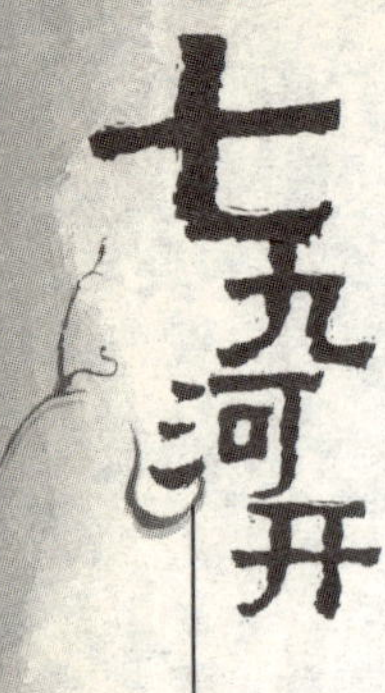

很疼,但很牢固。我的眼圈红了,外屋还有人,我得克制,她已经哭了,我就不必了。我是男人,我是丈夫,我是老师,我是长辈。我的手在她的背上拍着说:

"该说的都说了,我理解你。我等着你的喜讯,更盼着你的坏消息。"

这样意外的别离仪式我一点都没想到。

我的长者之风在此刻找到了最好的感觉,松开手,看着她泪光满眼的样子,说:"别哭了,看,妆白化啦!"

她掩脸抽身而去,蹬蹬蹬直接走出门外,没向任何人告别。

一刹那,我知道我已真正失去了她,并且有可能是永远!

我并不起立,也没有追出去送她。我知道外边有辆私人轿车在等她,他们有他们的事情和生活。她刚才的影像仍旧清晰地留在我的脑海里,我知道,那就是那天夜晚她说起的他给她买的一千多元的裙子,我第一次见。我目睹了这件裙子的魔力,它可以把一个普通的三十七岁女人变为光彩夺目的T台秀;我也领略了这件裙子的征服力,它完成了对女人的体贴、关爱和占有。这在我来说简直是永远无法办到或根本不想去办的事。

那么我呢?上车,走吧!

车来了。朋友们七手八脚地往楼下搬东西。我呢,我不出面,怕邻居问这是做什么。

要带的东西都搬完之后,我忽然想起还有一个给伶伶的许诺,留一百元大票给她买旱冰鞋。我拿了两张新票,又拿了一张纸,想给女儿写个留言。在落笔的一刹那,抬头变了:

竺青:

我走了。如果有来生,我还找你。

分一些爱心给伶伶。

滑老师

直到我把门关住又用家门钥匙绕了几圈之后,才算把我悸动的心封死。心灵里的最后一缕光消失,心的墓门落锁了,谁也没有发觉走下楼的是一个无生命的躯体。

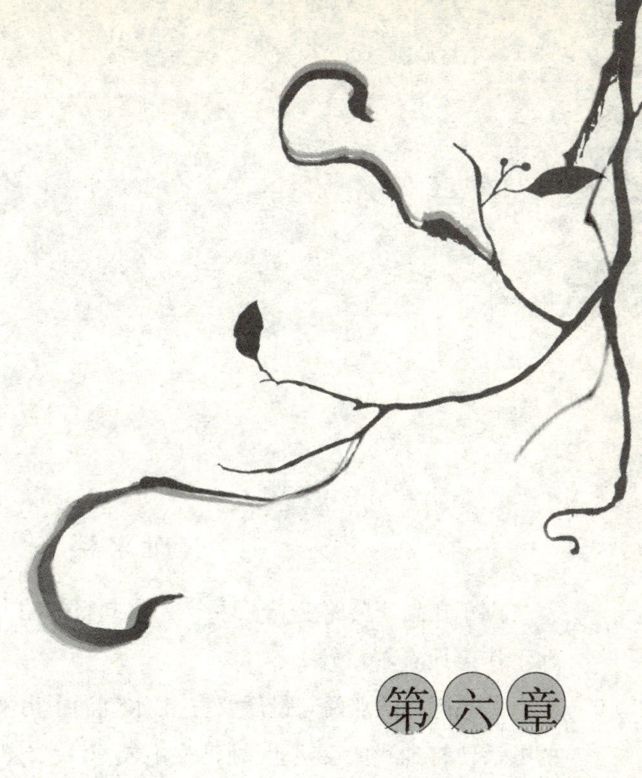

第六章

来雁楼

韶华不为少年留，一切都要成为过往。七九河开，八九雁来，九九归一。

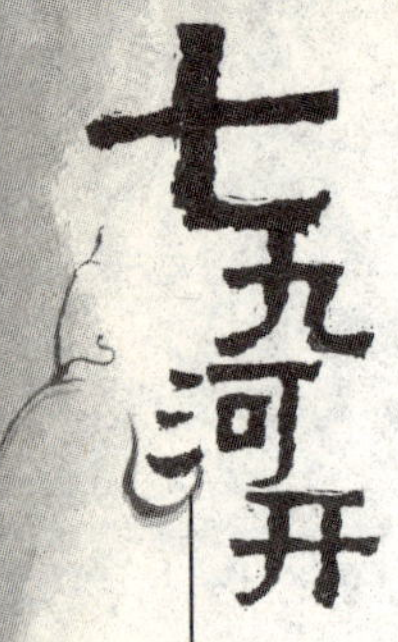

有雁来楼

汽车在高速公路上开了两个小时,同行的朋友一直在唠着什么,我一直默不作声地看着窗外。

一想起我的那两句最后留言,泪水就涌了出来。到B市还未安妥,竺青的电话便打到我的手机上,她已泣不成声,我安慰着她,泪水却当众流了出来。

送我的那一行人并不知道内情,自然也不知道我落泪的含义。

最后的流连开始了。

我住的这套屋子是我外甥的空家,他因为脑溢血后遗症失去了自理能力,我姐把他接到自己家养活起来,靠吃低保过活。低保人家的房子不许出租,这房子就这么空着。空着的房子成了我的避难所。

我要坚持着把我这本书写完。

冬天的窗外没有一丝绿意,一株古老的大榆树塞满了窗户,有意或无意地完成了我的与世隔绝。枝杈横斜欹侧,像画家刚刚勾勒完的墨稿,未及渲染,画家死了。我僵卧在床上,眼睛直勾勾地望着满窗枝条,希望那个画家在某天奇迹般在上边点画出一点什么,哪怕加一片叶子。世界凝固了,后天和前天一样,是的,没有一点变化。时间还在流动,是窗台上马蹄表秒针走动的声音,嘀嘀嘀嘀,只有它告诉我我还活着,生命还在延续,一秒又一秒地延续着,如同病床前悬挂的吊瓶的点滴声。我不知它在哪一下会突然停下来不动了,像我的生命。

入夜了,窗外亮起了邻楼的百家灯火,我知道那是一个个的完整家庭,他们在说话,可能也有一个跟伶伶一般大小的孩子,正为了看电视的哪一个台而辩论着。我受不了这种刺激,就把灯关了。灯一关,邻家的灯光一下子把大树的影子投到我家的玻璃窗上,树影像许多枯朽变形的臂爪,并且在动,矍铄欲搏人,令人不寒而栗。最难受的是夜里三点醒来,醒来就再也睡不着了。在这个钟点熬到天明,太难了。树枝间露出的天空泛白了,好了,有盼头了,我惊喜地坐起来,面对又一天的到来。

我每天到姐家吃饭,我装作很能吃的样子,艰难地咽着饭,还要找些诸如“早点在外面吃多了”的借口作掩饰,吃完饭觉得心口堵得慌,每天,每顿。我这才知道,手机上流传的那条短信不是玩笑,不是夸张:“认识你用了一分钟,了解你用了一年……忘记你却用了我的一生。”这句话在我身上无情地应验了。

发给我这条信息的人却在一分钟里忘掉了十八年,在另一分钟里找到了幸福。

街上一直播送着刀郎的带着悲怆情感的歌,我的这本书就是在他的歌声里写完的,以至于后来一听见刀郎和《月光下的凤尾竹》就想起那段苦难的时光,这可能是巴甫洛夫所说的条件反射吧。如果哪顿没去姐家吃,她就知道我在外面喝酒了。有心脑血管疾病有高血压的人喝酒是很危险的,她不放心,但又不敢进屋看看我的情况,怕我认为她担心我死掉,会莫名其妙地发火,就绕到楼后看我屋子的灯光,灯亮着,她就放心了。有一次,妹妹想用说竺青坏话的方法开导我,我竟喊了起来:“你说这些干什么?你是什么意思?”她不吱声了。还有一次,一言不合,我把她借给我用的手机摔飞了。事后我后悔不及:我是投奔她们来了,我有什么理由冲她们发火?晚上我妹又来看我,跟没事一样:“我还有个旧手机呢,换上吧。”我才知道,亲情有这么大的包容性。

正是这惟一可靠的亲情,让我在这重创之下没有发疯,并且活了下来。

每天从老榆堂出来,正对着巷口的是四医院的后门:太平房。上面是一幅广告招牌,写着“人生后花园”,下面的小字是殡仪服务项目。门前几乎每天早晨都停放着灵车、花圈以及披麻戴孝哭泣的孝男孀妇。人常说“大清早见棺材是吉兆”,我在吉兆的笼罩下向北拐去。四医院的门前是一条街

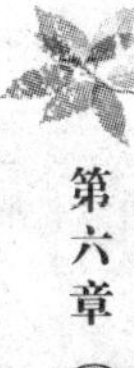

心公园,有松柏树、凉亭石凳,老年人在那里打拳做操,半身不遂的老女人围成一圈呲眉瞪眼地甩着手,像受了“慢急”。医院门口有好几处摆地摊的,写着麻衣神相、周易预测之类。我正要走过去,听得一位老者沉吟道:“欲往城南望城北。你这么走来走去,到底要寻找什么呢?”我怔了一下,很是惊异,站住了。那老者竟是一个瞎子。

“抽个签吧。”他说着,便把一笔筒的卦签伸了过来。我不知所措,下意识地抽了一支递给他。瞎子摸了一下,说:“怎么抽了个旧签子?七九河开,这是一九八六年的事儿吧。”我一惊非小,接过一看,果然是那四个字。那是我认识竺青时的时候,喜悦之情无以言表, 用过这句农谚。

“韶华不为少年留,”老者不须求教便演说开来:“一切都要成为过往。你有过七九河开的时光,可是你不能留住任何时光。七九河开,八九雁来。八九之后呢?九九归一。一生二,二生三,三生万物,而万物最终又九九归一。无生有,有生无,你从土壤中来,最终又归回于土壤。这是永恒的法则啊。大梦谁先觉,平生我自知。河开归慧海,始可证菩提。”

我给瞎老者盘里放了五块钱。

我不再城南城北地走了,默默地回到老榆堂。

竺青坚决地沿着她的路子走下去。她来短信说:“我的心天天悬着,何时才能靠岸啊?”我知道她说的岸是指什么,但她锲而不舍地坚持着。开学前她要去天津美术学院进修,要把孩子送到大连她姐姐家,我坚持要带上半年孩子,她总算同意了。就这样,我回到了本来就属于我的家。

这个家已经很陌生了,陌生得跟我的记忆完全不一样。

竺青起了一脸疙瘩。

伶伶的英语不好,期末才考了六十多分。朋友热心地说:“请个家教呗!”竺青挺同意。托朋友去师大问问。第三天就来了电话,说找到一个,是外语学院英二的。山沟里的人朴实,学习又好,还是学生干部呢。

当然行,我们都很满意。

竺青走了,上“大学”去了。

伶伶管这家教小老师叫姐姐,没几天就打打闹闹、骑到背上教学了。孩子很孤独,这我看得出来。睡觉前,她把她妈的照片摆到床的靠背上,又摆上苹果什么的,我问这是干啥,她说给她妈上供。我笑了笑说这么远她也吃不着啊,伶伶不高兴地说那她也能闻着点儿味吧。她说得很认真,我不敢再笑了,我不能再用玩笑亵渎她的思念之情。一会儿她又说:“你猜我最想的是谁?”可怜的孩子呀!我心里这样说,但这句话不能由我说出来,我没有权利阻止竺青这个年轻女人去寻找幸福。

伶伶害怕孤独,于是,冒出来的这个家教姐姐成了她可以依托的亲人。

“姐姐,你别走了,就在我家住吧!”她简直是央求了。

“不能。姐姐明早得出操,点名呢!大学里一二年级都出操,只有到了三年级才不用出操。”

“那星期五你就能住了吧?”

“……”

为了打印书稿,我让侄儿装了一台电脑,既然回了家,也就把电脑拉回来了。拉回的电脑成了姐俩的玩具。

有一个周末,伶伶出去了,屋里一点动静都没有,我推门去看看家教做什么呢,见小老师正坐在电脑前。我过去看看她看什么这么专注,近前一看,屏幕上居然是我的书稿。这部稿子一直储存在里边,不知她怎么调出来打开了。

我大吃一惊,赶忙去阻止:“这不是小孩子看的,快关上!”她几乎喊着跟我说:“我不是孩子,让我看完!”说着用手擦了一下眼睛,甩出了一串泪珠儿。那串泪珠因是逆光的,每一滴泪都被窗外的阳光镶上了一个亮圈,那么晶莹,那么刺眼……

她什么都知道了。

我疑惑地看着她,忽然想起了我书中记述的《天问》那一幕。

“不要说啦,夫人!”这时竺青再也忍不住地哭喊道:“你没看见他已经崩溃了吗?你不能再刺激他了!求求你!夫人,求求你——”竺青抱着少司命夫人的胳膊,摇着,哭着,身子开始萎颓,跪下,而后整个地瘫软在地上,晕过去了。

我听得出少司命夫人的口气在愠怒,而表情却充满了悲悯,她说道:“好

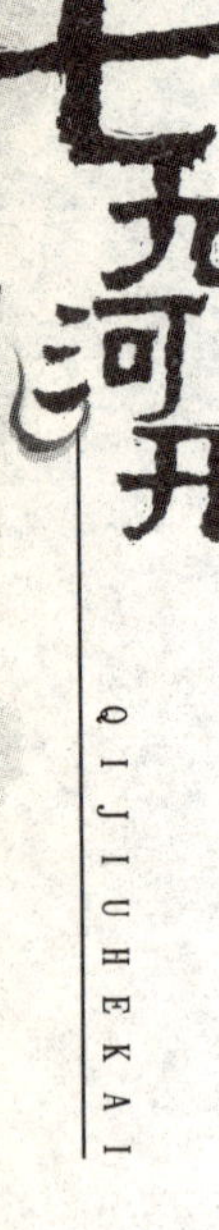

了,你的故事完结了。来人,带他出去。"

于是就有两个女武士架着我的臂,我被拖着,倒退着……

这时候,就看见萎颓在地的竺青挣扎着站起来,她摇晃了一下,化作一只大雁飞向屋梁,飞出门外,飞入云霄,碧空中传来一声雁唳:"等着我,我来救你……"

我很惊异,难道……

我嗫嚅着问道:"你叫什么名字?"

她重复了一句她的大名,这是我们一开始就知道的。

"你还有别的名字吗?"

"有。小名,大雁!"

这辈子我没写过多少像样的文章,只有这本书算是认了真的。我把爱与恨尽量地倾泻在里面,虽然不是全部,也算大体有了个记录。回来以后,我继续调节自我,弥合伤口,心却还在漂游。

在我苦难的日子里,朋友们无微不至的关怀给了我巨大的安慰。

我的同学丛英奇从《国际商报》退休后余热生辉,又到香港创办了一本经济类杂志,自任主编,他从网上(http:/huagz.bokee.com)读了我的书后,发来电子邮件说:

我并非闲暇随意浏览,我是在倾听:一个老同学在用心血吟唱独属于他自己的灵魂之歌。你写你的童年,少年,厚重、充实、感人——你用孩子的眼睛去观察家族亲情冷热、去体味建国前后社会变迁给一个平民家庭带来的冲击和推动,将你与生俱来的"穷儒"宿命镶嵌在社会发展大背景下,情感逻辑与认识逻辑更贴近、更顺畅。情更真,理更深了。

这是一个时代历史浓缩在一个人六十年成长史中的缩影,亦可读作一个追寻自我不断反思的痴挚灵魂沉浮跌荡在大视角的社会发展长河中的真诚之作。

同学阿壮更是写来情深意切的长信:

……

你从蝇营狗苟的是非里退出来,你从竞尚繁华的浊流里退出来,你从人性的虚伪里退出来,如今你又从你最自信的纯情港湾里退出来。你还要退到哪里去呢?!

大作从头到尾又拜读一遍,唏嘘良久,心灵震撼。你嫂子把其中“情变”、“婚变”的部分也读了两次,好几个晚上失眠,悲愤交加,不仅流了泪,心口也憋闷,出不上气。你所遭遇到的悲剧性结局,使她大感动!正如老舍在《神的游戏》一文中所说:“一切是在悲壮的律动里,这个律动把二大妈的泪引出来,整整地哭了两三天。”

你是才子,还是风流才子,而且你在人生舞台上演了一出出动人感人的才子佳人戏。据说在上海南郊有一座风流园,此园入门墙壁上有副对联:人生一老何堪美,自由精神风流魂。又有人云:风流像风的流,流的风,随势赋形,千姿百态;文采风流,人物风流,男女风流,都在这风流二字中。里边就有点儿《好了歌》的禅机在里边了。当我们这些“曾也风流难忘却”的过来人,再回味一生风流的酸甜苦辣时,读读这首《好了歌》,感慨还能少吗?

苏东坡有句:“只恐夜深花睡去,故烧高烛照红妆。”现在红妆已离你而去,你心灵上受到的打击和震撼完全可以理解。小仲马在《茶花女》中写阿尔芒·迪瓦尔与妓女玛格丽特之间的纯洁的爱情,多处提到“我们头脑里的想象赋有一点诗意,灵魂里的幻想高于肉欲,那就会感到无比幸福。”“赢得一颗没有谈过恋爱的心,这就等于进入一个没有设防的城市。”“真正的爱情始终是使人上进的,不管激起这种爱情的女人是什么人。”“当生命中一旦产生了真正的爱情以后,那么要想中断这种爱情而又不影响整个生命中的其他方面似乎是不可能的。”

在这些文句中,我似乎看到了热恋中的你的甜蜜,执著与陶醉。她——你视为生命,一生真正把爱给了她的这个姑娘——绝对是个好姑娘,是你的好妻子,她绝对是爱你的。但她又是现实生活中的活生生的人。在“情变”发生以后,除亲身经受强烈冷酷的情感炼狱外,还要有“理解节制的伟大”,这种伟大也是一种美。感情的美近于火焰的美,浪涛的美,疾风暴雨之美,或是风和日丽、鸟语花香的美。而理性的美却近于钻石的闪光,星星的闪光,

近于雕刻精工的美,完满无疵的美,也是智慧之美!将情感与理性结合起来,实现二者的平衡,这才是最美的,这是最上乘的人生哲学和生活艺术。

“椒焚桂折佳人老”,不老的应该是我们的心。我们的精神应该是愈挫愈坚才是。

不要指望永恒。情种郁达夫比你还执著,他说:“我相信真的理想主义者是受得住眼看他往常保持着的理想煨成灰,碎成断片,烂成泥,在这灰、这断片、这泥底里,他再来发现他更伟大、更光明的理想。我就是这样的一个人。”“我们在这生命里到处碰头失望,连续遭逢幻灭,冒险——痛苦——失败——失望,是跟着来的,但失望却不是绝望。我不能让绝望的重量压着我的呼吸,不能让悲观的慢性病侵蚀我的精神。我是一个生命的信徒,起初是的,今天还是的,将来我敢说也是的。”这个生命的信徒追求了一生,他追到了什么了?不要把精神王国的理论拿到现实中来印证,一千个人要有一千个失败的。

美只是瞬间的感觉,美不会永恒。没有永恒。用东北人的话说,别听诗人扯犊子。只有无奈是永恒!

我小的时候,妈妈受了委屈,常常背着爸爸跟我们诉苦,举着例子说爸爸这不是那不是。为了讨好妈妈,我们也就附和着,甚至做出义愤填膺状,言辞比妈妈还要激烈。这时妈妈打住了,说:“我怎么说他都行,你们就别说啦。怎么说他也是你爸爸呀!”这话让我们很意外,弄不清个中逻辑。长大了我才弄明白,作为人妻,他是她的丈夫,作为人子,他是我们的父亲,即使他有一千个不是,即使天塌地陷,这是个不可颠覆的命定。后来我在一篇纪实文学上看到一个拒绝同情的离异老人这么说话:“爱情上是没有是非可说的。”将来我的女儿看到我这本书的时候,我已经是古人了。所以我只能现在就嘱她:我这里写的只是我个人的情感世界,我这么感受的我这么写了,不要以我的一面之辞论是非。感情只有甜与苦,没有是与非。我想把我妈妈教我的那句话送给我的孩子:她是你的妈妈,她孕育了你,并且爱你。

两年后的秋天,我又回到B市老榆堂住了一段时间,为的是让书在这里写完。

天气从早晨起就是阴郁的,这样的小雨会像前天一样要下一个白天和一个整夜的。老榆树依然静默地遮满窗户,无喜无怒,不受阴晴的影响,如寺庙里的释迦世尊,对人世的忧乐既不看也不闻。一场秋雨一场寒。大树的尖端先是黄了几个叶子,黄了的叶子也是鲜亮的。但它已经构成一个信号:入秋了。如同我掉了第一颗牙齿时身体并没有受到影响一样,而人生的阶段却因此而划开。今天的这场秋雨一下子把满树绿叶都打蔫了,使它整个的身躯同时进入了暮秋。

到本书临近完稿时,我们七十多人的大学同学中已有七分之一的人谢世。南口的林玉获知后发短信说:“使人悲叹,但树总是要落叶的,人如彭祖也不能永生。命运的转轮轮到哪棵大树落叶纷纷的时候,都无力回天。只有好好活着,尽力做片坚实点儿的树叶吧。”大厦将倾,每一代人都会烟灭。这是自然规律,我们只是无奈地尽量安详地去顺应它,“聊乘化以归尽,乐夫天命复悉疑!”

我的书总算写完了,费了我三年的时间。

三年来,我艰难地对我的人生历程做了一次巡礼,重新咀嚼一遍苦与甜、爱与恨、辛酸、快乐、希望和懊悔,重新和我爱的、爱我的、负我的、我负的人生活了一遍,也算不虚此生。我一生也做了不少错事,甚至劣行,本想在这本书里完成忏悔,但我没有勇气面对它,它让我心疼,所以本能地略去了。

该做的都做完了,“坐也布袋,行也布袋。放下布袋,何等自在!”布袋和尚负载了一辈子的布袋总算放下了,他这才明白,了却烦恼原来如此简单:“放下”,就没事了。

我将归于寂静。

可是,我立刻感到无所适从了。

我点支烟,在地上踱来踱去,感觉到巨大的空虚如同一个集团军悄悄地向我接近并包抄过来,我甚至听见他们“衔枚疾走”的声音,看见他们如幻如梦的身影,我觉得一阵战栗。

不,我不想进入死寂。

我好像要失去某种东西,好像正在向某种东西告别,我明白了,那叫生

活。

这是我最后的留连,如同屈原在痛苦无着的时候下决心离开楚国一样,最后是“仆夫悲余马怀兮,踡局顾而不行”。

应该这么结尾

我好像还知道床在哪儿。我不能摔倒在地板上,定型那样一个丑陋的姿势会给别人留下嘲弄的口实或廉价的怜悯。我摸着床了,像一个装满什么的麻袋沉重地倒了下去。这一次我是仰卧的,试着完成一次我一生中从来无法完成的睡姿。我还来得及把双手放在小腹上合十,这样会显得安详。

我的头像灌了铅一样沉重,沉重得不能再思维。那一堆黑色的铅块渐渐地有些清晰,像是老式印刷厂印完报刊的活板铅字,密匝匝地挤在一起,绝无缝隙,甚至连空格空行都被铅条铅块填满。有人把这块铅版连同木托端了起来,我毫无能力地听任他的摆布,沉重的趔趄,摇晃,蹒跚。到地方了,哗的一声闷响,铅版被整个地投入一个熔炉里。那原本排列有序读之成文的铅版,即刻散碎为互不相干的个体,任何两个挨着的单字已无法再组成句子,甚至组不成一个词汇。我的思维崩溃了。

熔炉的白炽的火舌吞噬了每一个铅字,把它们熔化了,熔成红色的铅水。我突然感到我的脑子的什么地方出现一个漏洞,那些火红的炽热的铅水从那个洞里倾泻而下,耀眼的红光如火山喷涌的熔岩,从恐怖的黑色裂缝中亮起夺目的殷红。我的整个身心受到一次轻微的却是强烈的震撼,迅即归于寂灭。

空白。

这一切之后,我觉得自己从空白中重又苏醒,我扶了一下床站了起来,解脱了一切沉重,感受到向所未有的轻松。这样的轻松我一生中只感受过三次:一次是接到高考录取通知书的时候,一次是我拿到离婚证书从街道办事处走出来的时候,一次是我带着竺青登上东行列车的时候。但那时是精神的心理的,而这一次是连同质体的。我轻飘飘地站起来,像一团雾,一片云,我的脚踩不到实处。我的手在抚床的时候触到了一个物体,使我下意识地朝他看了一眼,那是一个熟悉的身材与熟悉的面孔,他是有点儿像我。

是的。你看这左臂上有一道至今犹存的划痕,是我七岁时给妈妈打酱油时在路上摔倒时划的;看这二脚趾,确实比别人长,我还曾发狠要把它剁去一截;看这面孔,也算端正呢,是我父亲的翻版,是我弟弟的重复,是我女儿的模型。

"你这辈子究竟做了点儿什么呢?你有些什么留恋和遗憾吗?"我想问问他。

他不回答,沉默,沉默如一尊雕像,又像是被谁扔下的一件穿废的衣服,穿衣服的人走了,只留下它无知无识地被遗弃在这里,毫无意义地等待着消灭。

我肃立着向这个身体凭吊。

这曾经摸过母亲乳房的手,这曾经在暗夜里为母亲哭泣的眼睛,这曾经让母亲怜惜得流泪的细胳臂,都不再有用了。它从尘埃中走来,再回归于尘土。

我伤感地拿起一块白纱蒙住了他的五官,直起身来,算是完成了与他的诀别。在我行将离开这屋子的时候,由不得扫视了一下屋里的一切。那是他连接屋顶的书架,上边有《先秦文学史参考资料》、《古文观止》、唐宋诗词和外国名著,这些都不再有用了。那一摞日记本、笔记本,可以卖废纸了。还有这间屋的宣纸、墨汁、印泥,完成的未完成的和打算写画的,都不再需要他劳动了。那两只文鸟和鱼缸里惟一的一条小鱼,都不必他再为之操心了。这里的一切,连同这所房子,连同这个城市,以及太阳、月亮、春、夏、秋、冬,都与我无关了。对世界来说,我消失了,对我来说,世界消失了。并且是永远。

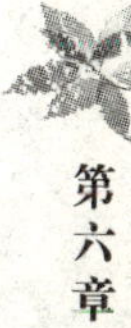

这时,一个熟悉的声音在我耳边响起:"别看了,走吧!"我回过头来,是母亲!她挽着我的胳膊,我立即忘掉了躺着的那个他,跟着母亲走去。天越来越亮,朝霞升起来,染红了天上的云彩。"卿云灿兮,绚烂烂兮。日月光华,旦复旦兮!"我想起了古诗《卿云歌》,又记不确切,想找本《古诗源》之类的书查一查,书都留在人间了。彩云里由隐渐显地响起了鼓乐笙歌,并且现出了两排仙女,我看见了仙女们簇拥的是少司命夫人。我离她们越来越近。有一个侍女从队伍里走出,向我走来。母亲说:"看,那是谁?"这时,少司命

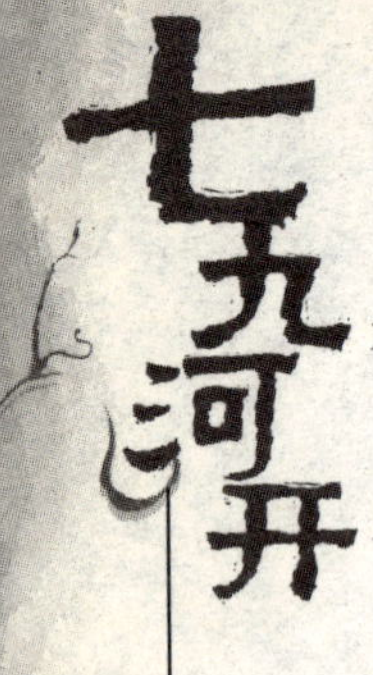

夫人慢慢转过身去,与她的队伍淡化、消失了。

“老师!”随着一声亦喜亦悲的呼唤,那个离群的少女向我跑来。我看见了,是竺青!